张医生与王医生

伊险峰 杨樱 著

文匯出版社

新经典文化股份有限公司
www.readinglife.com
出 品

主要人物表

【张家】

张晓刚

张　岐——父亲

杨淑霞——母亲

张晓翔——哥哥

张慧娟——妹妹

张华阁（张绍堂）——爷爷

张　荣——二叔

俞高洁——二婶

张　韵——堂兄

张　欢——堂妹

【王家】

王　平

王宝臣——父亲

曾慕芝——母亲

王　英——妹妹

李　丽——太太

王子琪——女儿

【张医生和王医生的同学】

王新宇——初中与高中的班长
王婧雅——王新宇的女儿
付同学——初中同学

目录

001　序言　"社会"与沈阳人的精神世界

009　**第一部分　20世纪**
011　第一章　我们的主角
026　第二章　走进奉天
034　第三章　张家
047　第四章　王家

069　**第二部分　张医生与王医生之一**
071　第五章　王医生的高光时刻
083　第六章　张医生的门诊

099　**第三部分　工人阶级子弟的成长**
101　第七章　"我们"和"他们"
121　第八章　"社会"与奖学金男孩
163　第九章　男性气概和它的消逝

219　**第四部分　家庭**
221　第十章　父亲的角色
278　第十一章　母亲的社会

331　**第五部分　张医生与王医生之二**
333　第十二章　王医生抓住了机会

357　第十三章　"每个人心底都有一座坟墓"

375　**第六部分　社会人**
377　第十四章　"熟人社会"
403　第十五章　社会里的成功男人

421　**第七部分　张医生与王医生之三**
423　第十六章　王医生的房子
439　第十七章　张医生的爱情

475　**第八部分　知识，尊严和自我**
477　第十八章　缺失的人文
509　第十九章　王医生重入社会
519　第二十章　不能独自进晚餐

529　说明及感谢

序言 "社会"与沈阳人的精神世界

李海鹏

中国的现实主义文学和影视作品中有一种典型叙事,就是人物在社会化过程中经历了一个被称为"成熟"的精神腐败过程。本书所写的两位医生的故事,倘若严厉地说,大致就是这样。他们的"成熟"始于人生发轫时期与社会潜规则碰撞导致的心理创伤,止于一种悲剧性与喜剧性参半的尴尬状态,也就是既不能忠实于自己的真实心意,与"社会"保持距离,又掌握不了适度地沉瀣一气的复杂技巧。这种故事,每到社会变革时期就会流行,在变革意愿低落时期又会沉寂。在兴起和沉寂的循环往复中,其中一个搞笑又颇具意义的问题——"我们都这么庸俗了,怎么还是不快乐?",始终不曾得到答案,因而变得恼人。如今,就连这一问题背后的"人文精神"也被视为无意义之物,问题也就不必解答了。

这本书的特别价值,在于以这两位医生的半生经历为线索,呈现了沈阳过去四十年令人叹息和沉默的民间社会史;更在于作者以知识人的认真态度和故事人的写作能力,描摹了上述问题的核心答案,即促使人们精神腐败的社会因素。书中以工业城市、单位社会、稀缺经济、工人阶级文化、男性气概、重大历史事件和时代变迁等为经纬,编织出一只捕兽笼,试图捕捉人们口耳相传的神秘的"社会",令人一睹其真容，又以社会学式的耐心，具体而微地再现了"社会"塑造、摧折和屈服人们的步骤。

在20世纪[1]80年代，沈阳还处在计划经济意义上的"好光景"之时，书中的两位医生都是父母较为偏爱、着力培养的孩子，他们被要求戒除一种"随弯就弯"的放任倾向，远离遍布四周的恶习。他们被持续地置于成为好孩子的压力之下，正如作者意识到的，其本质是被要求摒除自身的工人阶级习性。日后两位医生功成名就，正得益于他们良好地回应了上述要求。当他们的家庭在国企下岗潮中面临困境之时，教育仍作为优先事项被坚持下来。他们的弱点就此埋下了伏笔——他们是"奖学金男孩"，隔膜于真实的社会。比如他们都被要求诚实，待到成年之后，不得不补习必要而复杂的说谎艺术，却为时已晚。结果直到四十多岁，两位医生仍不得不时常懊恼于自己的不够"社会"。同时，城市的失败也导致父亲们的失败——本书第十章就此有着敏锐而精彩的刻画——母亲们因此成为家庭中更有用处也更具能量的一方。两位母亲，一位以身段灵活见长，一位以勤奋自律为荣，都具备现实的野心和势利的远见，在相当程度上塑造了两位医生的人格。两位父亲的形象则要脆弱和模糊得多，或因循本分，或沉迷阅读，显然没能称职地完成"何为男子汉"的言传身教。考虑到在沈阳，争夺啄食顺位是一份终生事业，夸耀男子气概是一项基本技能，父亲们缺乏影响这一事实显然深有影响。

在书中，罗伯特·E.帕克的一条理论显得尤为刺目：城市发展过程中必将产生大量废弃物，而其中大部分是人。两位医生的原生家庭

---

[1] 因本书背景为20世纪，此后大部分日期仅保留××年代。——编者注

跨越三十年的奋斗在事实上始终紧紧围绕这句话，在这场奋斗中调动的能量、毅力、耐心、机谋是如此之多，堪比战争所需，然而这部平民史诗的主题只是"不要成为废弃物"而已。

他们成功了，恰如书中对张晓刚父母的终生成就的概括："在整个社会崩塌、解体、堕落的过程中，他们用微薄的力量、充沛的精力、智慧和爱，让每一个家庭成员都跟了上来，不但没有掉队，而且逆势上升。他们带三个孩子实现了阶层跃迁，进入到富裕而且专业的群体之中，与90年代那个迷茫困顿、看不到出路的沈阳截然不同。"但他们从中感受到的幸福、欣慰，还不如庆幸多，又不得不伴随着疲惫和怀疑。

在沈阳，人们口耳相传的"社会"正如书中所说，"根本就是一个没有准确的外延和内涵的词"，一方面是具体语境中的民间用语，灵活性多过规范性，另一方面，词义随时间推移而变化。不过约略而言，这一"社会"也就是缺少透明度的社会，是无数人际联盟同时作用下的一种过分复杂的游戏规则。

比如在书中，张医生和王医生跟无数沈阳人一样，受到一种显而易见的文化蒙蔽，相当推崇男性气概。对于"理想的男人应该勇敢、仗义和慷慨"这一神话的深信不疑，几乎可以成为沈阳定义的一部分。然而事实上，沈阳"社会"对男人的真实要求更类似于微型军阀，在意政治技巧多过在意男性气概，不带有政治技巧的男性气概则是一种累赘甚至致命的习性。"朋友"，才是那个能在无数沈阳人的心灵中激起神奇能量的词，在隐藏其后的裸猿体系中，联盟则是能量的来源。拥有政治技巧的人拥有联盟的支持，拥有政治资源的人则领导联盟。联盟可以保障交易的安全，尤其是利润丰厚的暗地里的交易，联盟也对外竖起壁垒。"打通"多个联盟的能力因而至关重要，而男性气概，尽管令人目眩神迷，却只是涂抹在这一社会结构上的神话外壳而已。这样的社会结构自然会催生一种"腐败就是全部问题所在"的世界观，以及一种"把自身的失败全部归因于没能跻身于腐败圈层"的人生观。其结果是，无数个联盟的总和，也就是"社会"，成了无处不在的流动之物，遍布城市的每一寸空间。哪怕是在廉价的酒馆里，乃至亲族聚会的温馨场景中，也免不了要上演一出出既慷慨真诚，又表里不一的权力的游戏。

在自由经济发展的好年景，现代文明规则会扫荡类似的"社会"体系，但是由于坏年景时时归来，微型军阀们负隅顽抗，固守了地盘，这样的事情在第三世界普遍发生。沈阳正是这一辽阔图景中的一个小点。正如书中两位医生注意到的，相比中国"南方"地区，沈阳更守旧，更顽固，更为高昂的社会成本所拖累。

在这一图景中，两位医生想更"社会"化也力有不逮。他们接受的教育，对于习得民间政治技巧毫无帮助。正如书中所说，掌握这种政治技巧需要的不是知识，而是经验和资源。要掌握它们可能首先需要家庭的传承，而平民家庭多半对此不甚了了。在其他条件接近的情况下，这种经验和资源将是决定社会地位的核心因素。他们作为"奖学金男孩"毕业之后，如常言所道，"遭受社会的毒打"，也就不足为奇。

因此书中记录，王平医生多次说，"要是会来事儿的话，这个东西就解决了"。"会来事儿"乃是表露乖巧和体贴的"妾妇之道"，是一种基本的政治技巧，其要点恰恰在于违背男性气概，因而他拒绝掌握。张晓刚医生也曾在紧要关头，徘徊在某个联盟之外而行贿无门。在整本书中，他们都极少提到"朋友"或其同义词，他们谋求成功的路径是跟医院同事共同"创业"或进军网络医疗平台，并不拥有能量十足的"社会"联盟。

　　发生在两位医生身上的最戏剧化的情节，是戏剧化情节的不曾发生，即两位医生都不谴责这一令他们难受的"社会"。一部分是因为他们的确不是批评者，与其他工人阶级子弟相比，他们的优势之一正是不批评，或者说不叛逆。在少年时期，他们是什么样的少年，取决于被父母要求成为什么样的少年；如今，他们是什么样的中年男人，也取决于被"社会"要求成为什么样的中年男人。另一部分是因为，他们和身边的人都缺少基本的人文常识和相应的判断力。还有一部分是因为，沈阳这座城市忽视"谴责"与"抱怨"的差别，而"抱怨"会被认为是缺乏男性气概的表现。在回顾面对"社会"的多次挫败之时，两位医生都以一种男子汉的气度，把一切归咎于自己。对于父亲的失败，他们也简单地归结为能力匮乏，不愿思考国企改制转型期间，"社会"对成年男性的伤害。他们似乎默默地信守着一句格言：挨打要立正。

　　最终，两位医生都成了不情不愿的荷花式的人物，有的部分出淤泥而不染，有的部分染，有的部分想染却染不上。他们的社会身份走向中产阶级专业人才的舞台，精神世界却留在工人阶级的童年小屋里。

　　如今他们是优秀的医生，有责任感和医德。他们能辨善恶，保留着某种程度的独立人格，拒绝下作，拒绝同流合污；他们经营自己，又不钻营。同时，他们思考却缺乏思维工具，因此常常表现为思考流于表面而且过分自信。他们是不假思索的男权主义者。他们鄙视文科，鄙视政工干部，又轻易地将二者混为一谈。他们鄙视太"社会"而成功的人，也鄙视"社会"的失败者，比如不懂得利用威胁手段而轻易诉诸武力的同事。出于草率的心态，他们尊重得少，蔑视得多。大致上，他们是社会达尔文主义者，是相对主义者和经验主义者。他们有着犬儒的精神世界。他们是博士，却沾染了当地的"红脖子"色彩。在这一系列特征中甚少自觉的成分，多半是男性自尊和某种可称为"沈阳性"的精神特质的曲折表达。

问题的核心正在于，他们是地域性的人物。像无数出生在沈阳的人一样，他们被染上了强烈的沈阳色彩。在持续终生的社会化过程中被沈阳的"社会"塑造、摧折并向其屈服，正是两位医生为何如此又如何至此的原因。

本书的第一作者，伊险峰，中国媒体界凤毛麟角的人物，也出生于沈阳，而且是书中两位主角的初中同学。他也许是单纯地看中了沈阳这座城市的戏剧性和深度，也可能是很自然地想到了自己熟悉的世界，因而选择了本书的题材。无论如何，在这一题材上，两位作者完成了一份杰出、精彩而重要的工作。在描摹沈阳特色的"社会"和显微呈现沈阳人的精神世界的方面，他们的工作是前所未有的。

如果能用两位医生的视角目睹沈阳几十年来的社会景观的话，我们会更理解他们。我们会看到，在他们四十多年的生活经验中，在他们祖父两辈的言传身教中，在他们的专业阅读范围内，在他们的有生之年，在沈阳，"社会"是不可改变的。我们会看到，过去三十年间，沈阳完成了从人到建筑、景观和城市记忆的去工业化的过程，一切天翻地覆，"社会"却近乎永恒。既然如此，我们可以理解，对于两位医生来说，是否喜欢"社会"就不再重要，它的对错也不再重要，重要的是承认并尊重它的存在。这就是他们的"楚门的世界"。每一个地域性的人物都比其他人更多地受到社会布景的摆布，他们也是如此。沈阳人的精神世界，如书中呈现的，无论是犬儒的、男子气概的、波希米亚的还是社会达尔文主义的，究其根本，也是尊严、价值和情感的表现，其情可悯。这一精神世界几乎有着瑰丽的一面，却又只是水面上颤抖的波纹，映照出的是历史的伤害，以及"社会"这条龙带来的恐惧的影子。

第一部分 20世纪

第一章　我们的主角

在万豪后面。

这家万豪在世纪交替那十几年里，一直是沈阳最豪华的酒店。从桃仙机场进入沈阳，过了广阔的开发中的浑南区，还没到浑河大桥的时候，闪闪亮的金顶就已经招摇地在对岸路口翘首以待了。万豪对面是沈阳最早的高级住宅区，河畔花园。1991年3月这家楼盘就在《沈阳日报》上打出广告：

> 中外合资　金牌工程
> 沈阳首座外商住宅区

时价三千多块钱一平方米，差不多是工薪阶层两年的工资。举凡有头有脸的人都应该在河畔置一套房产，大佬都住在那里，传说赵本山也是那里的住户。快三十年了，小区看起来老旧了很多，大佬们起起落落换了几茬，现在看起来衰落了不少，与对面金光灿灿的万豪不可同日而语。

往北一点点，有几个卖奢侈品的大商场。同样是千禧年前后，中国奢侈品的半壁江山号称都由东北人掌握的时候，它们都是中国零售业绩数得上的大店。现在店已不景气，但富人区的架子还在，餐馆高档而且洋气，豪华酒店还是依着惯性在这里扎堆开业。尽管与万豪的合作早就终止了，但它还是固执地叫自己万豪，大家也已经习惯于用万豪来指称它，并以它为地标。

王平医生在这里开了半天会，把我们约在万豪后面的一家日式海鲜火锅店里。我和他有五个月没有见面，在五个月之前有三十年没有见面。五个月前，我们都参加了毕业三十年的同学聚会。

这一天很紧凑。

上午，我们到了沈阳。天冷。离约定时间还早，就决定试试直接到陆军总院的机场大巴。在车上等了有一个小时，司机中间来过一次，拎了一桶热水放在驾驶位边上，又下去了。只剩下袅袅的热气和零星几个裹紧羽绒服的乘客。那趟大巴本来要开到龙之梦客运站，但走到陆军总院站人就全下去了。司机也意外，"你们都走了啊。"

下了车，发现陆军总院的名字改过了，现在叫"北部战区总医院"，人们还是习惯于叫它"陆总"，或者"总院"，过去它的全称应该是"中国人民解放军沈阳军区总医院"。

在楼下等了一会儿，通了电话，张医生穿始祖鸟羽绒服，从病房楼里出来。我们穿过整个总院，到另一个大门外的商场里找了家餐馆吃饭。

张医生和王医生都是我们的主角。

我们跟张医生解释了我们想做的事。大意是，我们想写一本书，事关一代人的阶层跃迁，想找几个专业人士为主人公，想来想去觉得你挺合适。

张医生，张晓刚，工人子弟，有一兄一妹。他考上第四军医大学（注：今中国人民解放军空军军医大学），最后在三〇一医院（注：今中国人民解放军总医院）念完了博士，如今是总院神经外科副主任。

他认真地听，讲他关注的一些大事，比如中年人的翻盘机会。前半生不顺还好办，你看王平——就是王医生——刚工作时不顺，现在顺了；后半生不顺就比较麻烦，没有翻盘机会了。

他这不是拿自己当对照组。在之后一年多的数次谈话里，他从来没有不顺的任何暗示。

不过，那天他说，他应该做一些更烧脑的工作。

这不属于不顺的范畴。这是人生的大方向上的问题。

就像是深思熟虑过，他说，你这事我全力配合。说得很诚恳。

王医生在火锅店里表情严肃。

王平现在是中国医科大学附属第一医院甲状腺外科副主任。主任秦浩比他大一岁，成立科室的时候挑中了王平来一起做事。王医生表示对名利很淡泊，但很在意一家名叫"好大夫"的网站上的评价。"全国二十万医生，请三百人到北京去开年会，有我一个"，"机票酒店都不用掏钱，怎么也得四星级，照顾得都很好"，"果断把双人间升级为单人间"。

王医生说现在爱忘事，眼睛花。吃饭时他突然到处找起了手机，想起这会儿应该有人给自己拿一台机器，但手机放在口袋里，振动听不见。

"你看，就是容易忘事。"

联系上了，但是他很不满意，一直埋怨送机器的人为什么不配个手提箱，七十来万的东西，就这么端着。

我们说，可能会有一些外围采访，没准会有一些说他不好的话。他想了想，很严肃地说，应该不会有他找来的人说他的坏话。他说他在原来的诊室不是一个合群的人——"做我自己的事"。

王医生看上去很板正。有问必答，答得尽心尽力，但是说到他觉得可以结束的时候，便戛然而止。讲家里的情况时是个例外。他的自我定位是一个大家庭的运转核心。我们知道他有一个女儿，正准备考东北育才学校的高中。太太毕业于中国政法大学，与他同届，现在在一家有管理职能的事业单位工作。父亲去世了。母亲和妹妹还在二〇四那边住。妹夫在沈海热电厂。妹妹被他参谋着提前退休了，这样可以更好地照顾妈妈。

母亲这年肾上长了个肿瘤，全家人吓得不轻。"做了一夜陪护，想起小时候一大家子人挤在一张床上的日子，找到了感觉，这是家。"

王医生说，他由此意识到自己生活的重心在哪里、什么东西才是重要的。

又说到了他的女儿，青春期，经常指责他思想落后。

思想落后的前情提要是这样的。他爱他的女儿，觉得必须要安顿好她的前程，因此出国留学是考虑之一。没想到女儿激烈抗拒，认为这是不爱国的表现，这出乎王医生的预料，他本来只是考虑钱的事。"留学钱？那才几个钱。这么说吧，如果她觉得上海好，那至少得给买一套房子吧，一千万够不？"

房价是他唯一主动发起的话题，在日后我们的聊天里，这个话题也仅仅有过一次变体："在上海做啥工作赚钱算多？"

"房子得有。不能在这家工作不开心了，连职都不敢辞，成天担心自己交不起房租，委屈着自个儿迫不得已撅着屁股还得干下去。不能。"

"撅着屁股干"，是王医生经常说的词。他用来反问自己，质疑别人，包括我们。"你们撅着屁股干，累死累活的，说不是为了赚钱，那图啥？"

王医生吃过饭回中山公园，现在他的活动重心在中山公园这一带。中山公园在日据时期叫"千代田公园"，他所工作的中国医科大学，那时叫"满洲医科大学"。他之所以搬到这里住，不是因为医大，而是因为女儿的学校育才初中部就在这里。育才以前叫"千代田小学"。这些都曾经是"满铁附属地"里的机构，现在位于和平区，是沈阳的好地界。

张医生和王医生都来自城市的另一端，那是沈阳还叫"盛京"时的老城。

这是2018年年末，往前数三十六年，老城的大东门外，我和这两位主角的人生开始有了交集。

＊＊＊

大东门外这所"沈阳市第六中学"，精致、美丽。

三排房子。我们的教室和老师办公室都在最北面一排。房子是青砖砌的，两层，有青瓦的顶。木制楼梯和门廊都在外面，刷红漆，我们咚咚咚跑过，一颤一颤，经常会被老师呵斥。

这所学校历史悠久，根深叶茂，我奶奶和爸爸都从这里毕业，张晓刚的父亲张岐和二叔张荣也在这里上过学，从概率上讲应该不愁生源。而且那是在1982年，正值生育高峰之后的就学高峰，学校应该供不应求，人满为患。但不知道发生了什么，学校看起来病恹恹的，殊不景气。在我们初一年级的四个班入校之前，这学校就剩下初二的两个班。我们来了之后，学校终于凑了六个班，感觉上来一点人气。没有初三年级，那一年没招生。

9月，我们入学，学校看起来也没准备好，教室的桌椅还没有到货，我们只好拿实验桌做课桌。这桌子很大，很宽，容得下三个人，所以我们一共坐了三竖排大实验桌，一排九个人。这实验桌是新的，学校并非糊弄我们，只是没准备好。我们的桌椅来了之后，这些实验桌进了礼堂改成的实验室里。那实验室在两排楼之间，绿树掩映，颇为古典。

中间一栋楼是禁地。结构与我们那栋楼一样，由东边一扇时而开放时而关闭的门连接。它与第一排平房构成前院，这前院肃穆且整齐，方砖铺地。操场被征用为新教学楼的工地之后，课间操挪到这一块方砖地上。做操的那个课间，小门打开，我们蜂拥而至。80年代初大部分操场是煤灰渣土的，很少见这么高级的场地。我们每人站在一块方砖上，就可以排出全沈阳最整齐的队列，把课间操上升为艺术。

操场朝北的正前方并非通常学校的领操台，而是已故周恩来总理的雕像。中间这禁地，两层小楼中的某间教室乃一神圣所在，据称前总理曾经在此说过"为中华之崛起而读书"。

最南面一排是平房，有门洞，是当年学校的正门，上书"奉天省官立东关模范两等小学校"。这是一座纪念馆的办公机构，与学校已经无关。托前总理的福，在沈阳第一批全国重点文物保护单位名单中，排在第一位的就是这所学校，所以至今我们仍可以享受这暮气与古典。

如今说起来的古典或暮气，都不是我们当时所能表达的。我们当年不过 12 岁，于世事一无所感。

这三排房子的东侧是操场和正在盖的新教学楼，即将投入使用，风格与木质结构无任何传承性，但宽敞明亮。

张晓刚医生出现在这里的时候，身高一百三十厘米左右，与未来还差五十多厘米。王平在这里摆脱了婴儿肥，越发清瘦，长成了一个英俊少年。

班主任是年轻的王老师，说北京话，单凭这一点就足以鹤立鸡群。课间经常看到她双手插在裤兜里，我们称之为"端着屁股走路"，顾盼自雄，目空一切。

王老师从教育局争取来一个实验班的课题。据称，这一年全沈阳只安排了两个实验班，一个语文班，一个数学班。数学班不知道被哪个学校抢去了，我们是唯一的语文班。实验计划有整整六年，横跨整个初中和高中。对于初一学生来说，它漫长得难以想象，当然也令人兴奋。

语文实验班第一学年第一学期就不同凡响，语文课不叫"语文"，分为阅读和写作。这一班的同学虽然未必在阅读和写作当中建立起不同凡响的优势，但对于教材的新颖和与众不同倒是都记挂在心上，言必称"我们实验班当初教材可都是单独设计的"。

事后理解这次不可考的实验初衷，大概是源于经过了"文革"，各行各业的改革者都在重新思考自己所处领域里的种种不合理之处。大约语文界的改革派也蠢蠢欲动，算准了我们生活中人文教育的薄弱或者缺失，想借改革重新定义语文——把工具性的"语"和人文性的"文"作一点区隔。

阅读虽然还去不掉中心思想、段落大意之类，但总是更强调从文章中汲取美感以及享受文字之美。比附起来，它与几十年之后，大家恍然想拾起但又不知从哪里拾起的"通识教育"有些相通之处。不管怎样，把语文拆解开来再分头仔细耕耘，在当年一窝蜂的"学好数理化，走遍全天下"的社会氛围之中，也是需要一点勇气的。

如此算来，这场很有人文主义精神的实验，"天降大任"于当年的我们，算得上一个诡异的开端。它与我们这本书想要探讨的这一代人的成长——知识、尊严和自我如何建构——显然也有一些隐秘的关联。

语文实验为什么选择沈阳六中，同样不可考。六中不但不景气，而且它所处的大东区，向来是工人聚集之地，人文基础薄弱。

开学没几天，学生背景分野就已经很醒目。一批学生来自遥远的东北机器制造厂，这是一家制造枪支弹药的兵工厂。当年有部电影叫《高山下的花环》，讲对越自卫反击战，我军将士痛陈兵工厂的产品质量问题，扔一手榴弹，哑火，产品质量已经到了罔顾将士生命的地步，这时电影院中诸位"东机"子弟就会齐声怪笑，出得电影院还意犹未尽：那臭子枪弹都是我们七二四生产的。七二四是他们的番号，指代深处郊区包围的大东区的一块飞地。他们每天呼朋引伴，历经一个多小时从那飞地坐早班公交车而来。

另一批学生来自广义上的二〇四、二〇一，还包括几个小的二〇五、二〇二家属区。听这名字当然也是一些有番号的工厂。我们的主角王平家住二〇四，这是沈阳黎明航空发动机厂的家属区，以生产飞机发动机而知名。二〇一对应的是国营新光机械厂和另外几个连成一片的大厂，如中捷友谊厂和矿山机械厂。

剩下一批学生没有国企身份加持，可视为市民阶层，大部分在大东门外几个聚居区里生存了几代。另一个主角张晓刚就来自这里。

工人阶级与人文虽然没有矛盾，但像素低，颗粒粗，饱含人文主义精神理想的语文实验班选在这里没有什么道理。

现在推测，王老师之所以当仁不让，十有八九是因为她不凡的背景。王老师1982年毕业于北京师范大学，是中国恢复高考之后第一届毕业的大学生。千军万马过独木桥，五百七十万考生经历了十二年蹉跎，争取二十七万个入学机会，王老师是其中翘楚。而考上文科本科一百二十人取一人的北京师范大学中文系，则说明王老师是翘楚中的翘楚。凤毛麟角。

1982年9月，探索未来人文教育之重任，落在分配至此的王老师肩上，天经地义。

只是这实验进行了计划长度的十分之一不到，就结束了。它的学生并没有因为阅读和写作的分置而有什么不一样的心得，这个最初五十几个人的班级，四年之后学文科的比例也不高，加在一起不过十几个人。

王老师起初尽心尽力，颇想有些作为，比如认准了多动笔才是王道，多观察多写，写什么都行，但每天都要写。这东西叫日记，她要定期检查。虽然她有点拖延症，拖延到期末考试前才把期中考试的卷子打完分，但日记倒是看得都很及时，隔三差五还要挑出好文章来公之于众。有的时候也命题，比如写老鼠，我忘了为什么要写这个东西。王平那篇日记得到褒奖，他在日记中说，从前老鼠可爱而美丽，小白蹄子小白肚子……后来不知道为什么不学好，自甘堕落到了地下，与尘土为伴，时间久了，终于变得灰突突的，也不再好看了，更不可爱了。这是一个警世的励志故事：小朋友不学好，就会变成一个人人嫌弃的大坏蛋。

那时候还没有米奇和杰瑞，老鼠是"四害"之首，将老鼠写成白富美的出身，需要一点想象力。

那天在万豪后面，我提起这篇日记，王平全然不记得，更忘记了曾在大庭广众之下朗读过这篇日记。他偶尔会记得自己作文写得也不错，但这不是他在意的东西。

这场实验之所以失败，并非因为工人阶级过于粗线条而丧失了提高人文精神水准的机会，也并非因为王老师的拖延症。最直接的原因只有一个：这学校黄了。

大约在1983年5月，我们初一还没有读完，就突然从广播里听说了撤销沈阳六中的消息。在我们离开之后，有一段时间它是沈阳幼儿师范学校，后来终于如当初撤销时所称，恢复东关模范两等小学校。现在它是东北育才教育集团的一部分。

我们被集体划到几公里之外更深入工业腹地的沈阳五中。王老师似乎并没有把我们这些实验品视为私有，她不喜欢五中，就此告别了她的实验、实验班和实验品。

我们也因此没记住她的名字。真遗憾。

***

王平掏出一个硕大的钱包抢着付账。"请得起，到沈阳了你们得听我的。"

随后他抱着机器坐上出租车。他没有车，也不会开，在数九寒天也骑共享单车上班。"挺大一个公司,就不能给它弄个包。"他又重复了一遍。尽管我们早就想好了要写两个专业人士——医生的成长史,但我们还是准备得太不充分了,好长时间才适应,原来这机器就是手术刀。

一周以后,2018年年底,我们给张医生和王医生分头发了邮件。

生于20世纪70年代前后的这一代人是值得记录的,也到了应该记录的时候。

总的来说,这是流动性最强、人生积极、机遇完好,并且能够通过自身努力完成阶层转换的一代人。

知识、专业性是决定因素,它超过了阶层和出身所产生的影响,同时,相信进步带来的改变,也让这一代人保持一种积极的态度。

与此同时,这一代人还经历了旧企业衰落、社会剧烈转型、传统人际和社会关系的瓦解与再造。在这一点上,沈阳和大东区都具有特别意义。

大东区除了经历大工业遗产和计划经济传统工人社区的起落之外,还有传统市民社会的转型(这是与铁西区不大一样的地方)。它包括了市民社会的瓦解和社会结构的解组。

从那天的采访开始,就不断地有人——特别是我的同学们狐疑地看着我们:写晓刚?啥?写王平?为什么写他们?这能行吗?他们不是名人。得写名人啊。马云。罗振宇。

我想在这个过程当中，记录有关个人成长的故事。

一个人如何实现自己的梦想，为之付出什么样的努力，如何把握时机。

教育、家庭、学校、社会……为一个人的成长提供了什么支持。

希望为这一代人，在个人意义上和代际意义上获得更全面的评价以及赢得更多尊严。

通过个人的成长和变化，也能折射出家、家族、社区、城市的变化。

我猜想这些东西还是迷人的。作为他们的同学，我在与他们和他们的父母、亲戚一次又一次的聊天过程中，发现了更多一开始我们所忽略的东西。

在写的过程当中，发现了"东北文艺复兴"。这事儿与我们的关联度并不大，但它是一个以前未曾出现的现象，而且显然开阔了我们的视野。如果在音乐、小说、电影、电视中都有那么多有趣的故事，它对我们当然是一种启发。

有的时候，感觉我们正做的工作就像一部精神流浪汉小说一样，这是一个寻找的过程：一方面，我们两个人莽撞地闯进这个庞大的题材，试图顺着理清一代人精神世界的建构；另一方面，我们的主人公在这四十余年中也在不断地寻找。

在那封邮件中，我们详细地列出了我们要进行对话的次数、要点和想要见到的人。

半年以后，我们终于接近了现在的想法——呈现他们作为专业人士的知识、尊严和自我的形成过程。这令我们变得有野心，而且愈发显得我们莽撞。我们的社会学训练，不论是对社会学的掌握，还是对社会学方法论的了解，都过于欠缺了。

但是这承平日久的一代，从贫穷中走出，从工人阶级转身为专业人士，在他们经历的这几十年中，中国经历了复杂而且天翻地覆的变化。"工人""农民""知识分子"这些名词在短短十几年间就完全变为另外的意义，"专业""知识""成功""财富"在更长的一段时间里被重新定义，"国企""单位""福利""社区"等每一个词仿佛都换了内涵和外延……如果可以有一些机会审视并探讨个中的意义，无论如何都是极为诱人的。

在几十年间，张医生和王医生完成了知识获得，赢得了社会尊重，看起来功成名就。

在他们上升的同时，整个锈带地区在下降：东北经济的衰落、东北文化的妖魔化、东北人和"东北人"这个词的内涵的转变……这个社会发生的变化，远远大于他们自身的变化。

过去这些年，沈阳在中国的各项城市排名中不断下降，敏感一点的沈阳人都活在各种失落当中。这种失落有悲天悯人愁煞人之感，看到"024"这样一个电话区号都会触景生情，感慨起命运无常来——三位区号表示在电信业曾经发达的时段里沈阳作为"中心局"的地位，现在一些新贵城市当年可未必有这样的殊荣。因为三位区号或者"东北局大军区总部"之类的荣耀，沈阳原来还幻想过成为直辖市，直到现在心里还为争夺"国家中心城市"的称号暗暗较劲。但是，一些跟增长有关的硬数字不留情面，沈阳还担了"数据打假""挤水分"的名分,这个以往看上去手到擒来的中心地位现在也没有任何把握。这时候,连人口都成了个大问题:老龄化和人口外流——前者对张晓刚这样的医生来说倒不是什么坏事——以及前些年执行计划生育的坚定和听话,让沈阳的育龄人口比例不断降低;多年的城市化,也有人认为是东欧化,导致人口自然增长率极低。虽然沈阳很早就想凑齐一千万人口,成为超大城市,但过了这么多年,人口只能勉强维持着增长,每年只有七八万,离大目标越来越远。

沈阳四十年的发展,前十年似乎是计划经济回光返照,那时感觉硬硬的底子都在,沈阳努力努力还可以争一争中国第四城、第五城的位置。接下来十年,完全被下岗这事打击懵了,一群掌握不了自身命运的省市领导,眼睁睁地看着国家的大政方针转向——让一个计划经济堡垒城市失守而放弃,兵溃如山倒——觉得这件事不可能就这样任其发生:"你总得给我点解决政策吧?"结果等着等着,就等成了一直被各种人声称要挽救的对象。后二十年,靠着过紧日子挺过了贫穷,借着一些区位和贸易的优势,再加上全中国如出一辙的房地产拉动了消费,城市里还算得上富裕,但眼看着再也追不上别人,以前讲些"共和国长子"之类的陈年荣耀,现在泯然众人,发自内心地说起了自己的"宜居"——房价不贵,物价便宜,就连夜市小烧烤和鸡架都成了"网红"选题。

这几十年间,始终有两个社会交错进行:一个是张医生和王医生一点点试图融入的社会;另一个是曾经社会失序,城市景气不再,先是失落,而后负重前行的沈阳城。

过了好久,我们终于发现,几乎所有的问题都和一个出现在形形色色的对话、探讨、宣传和自我反省里的词有关:社会。这个词是如此变化多端，你可以说"这个人很社会"，也可以说"社会现在流行什么"，至于小孩，一旦做了什么事需要被说教，就会听到"等你进了社会"这样语重心长的预警。

而我们希望探讨的，与其说是一个准确的定义，不如说是一组动态的关系，关系的两端分别是"自我"和"社会"。对于张医生和王医生而言，他们所追逐的、他们背景中各个时间段里鲜明的标签、他们从中脱颖而出的，都是形形色色社会的变体。

在此过程中，我们本来希望探讨"两位医生如何构建了自我"，不过这个问题很快就被修改成"他们这一代的自我真的完成了建构吗？成为父辈，成为中坚，成为了不起的权威教授，成为有担当的人，但他们在人生的刻度上究竟走到了哪一步？"

专业人士张晓刚和王平都曾经是一流好学生。一个只会学习的好学生是不懂得社会的——让我们换个直接的说法：一个书呆子如何在社会中立足？在粗粝的工人阶级文化中，他们与社会之间隔着一条又是怀疑又是嘲弄又是羡慕的鸿沟。"社会险恶"，几乎成为他们从小到大的梦魇。他们要摆脱那些不信任，害怕地、担心地一步一步走过，或者躲过，最后成为一个社会人。

他们到现在也为这事焦虑着。

第二章　走进奉天

"坦克碑"下面,一个拿着相册的人骗了我五块钱。"坦克碑"在站前广场上,一出站就会看到。那是全世界最好认的会合点。苏联人占了东北,在大连、长春、沈阳和哈尔滨四个城市修了四座碑,高耸入云,上面分别驮着苏军士兵、飞机、坦克和一个五角星,占据了城里最好的位置,威风凛凛。沈阳的碑顶是坦克,传说用十三吨历代大钱铸成,威武雄壮,炮筒指向中华路。2006年修地铁,"坦克碑"迁到了城北的苏军烈士陵园,历史遂告一段落。

那应该是1990年的秋天,我约人一起搭火车去医巫闾山玩。在"坦克碑"底下等人时,一个学生模样的人凑过来讲他如何与同学走散,说话间还拿出相册,让我看他与同学们的合影。我听懂了,给了他五块钱。足足二十五年之后,我才醒悟过来,这可能是一个骗子——恰逢我的一个同事,在上海虹桥火车站被人骗了二百块钱,众人嘲笑之余,我突然想起当年往事的诡异之处:一个人为什么要拿着相册出游?

"坦克碑"的后面,是日本人于1909年建成的火车站,当时叫奉天驿。在奉天驿之前,宽轨的东清铁路归沙皇俄国控制。奉天驿往北1.2公里,老道口货场里藏着一个废弃的火车站,名为"茅古甸"。"茅古甸"是Mukden（注：满语"盛京"）的另一种译法，京奉铁路缩写PMR（注：Peking Mukden Railway）中的M指的就是Mukden。

日本人打赢了日俄战争，把东清铁路改为标准宽度轨道，修了奉天驿。砖红色，绿圆顶，被称作"辰野式建筑"，是野心勃勃想着脱亚入欧的日本学习西方的结果。辰野金吾是东京帝国大学工科学部长，日本第一代建筑师。他的学生太田毅和吉田宗太郎先后完成奉天驿设计与建设，其风格与老师设计的东京和首尔火车站相近。车站和它对面的三组红砖建筑一起，围成广场。这些楼其实不高，作为视觉中心的奉天驿也不过两层，一层是候车票房，二层是大和旅馆，但气宇轩昂，十分庄重。

一百多年的时间里，这里是沈阳最重要的入口。在其中的前六七十年里，沈阳是一个重要的人口吸纳城市，"关里人"源源不断地在这里停留。关里人以河北人、山东人居多，有的停下来做生意，有的进了工厂，更多的人从这里经过之后，向更北的腹地进发：开垦荒地，开烧锅坊，做生意……前后不到一百年间，这些人构成了20世纪上半叶全球最大的移民潮，也参与了20世纪下半叶这个国家最大的计划经济体制的实验。

移民潮蔚为壮观，堪称奇迹。其高潮发生在1907年徐世昌总督东三省，满洲由将军制变更为现代行政体系到1930年沈阳事变前夕的二十三年间。其间满洲人口从1440万增加到2995万。多出来1500万人口，"按自然增殖部分占50%即750万人估定，那么，另外的750万人当为移民"（注：范立君《近代关内移民与中国东北社会变迁（1860～1931）》）。

这段移民历史可以上溯到19世纪90年代，清室龙兴之地因为限制进出终成空虚之势,而日俄步步进逼,凶多吉少,这才有移民开放政策。甫一开放,就势不可当。1904年,《北华捷报》曾有报道:

> 旅行中最令人注意的事,为步行到北方去寻找工作的大批苦力。其中很多是往满洲去的……我们当中最老的一位旅行家,在这条大路上来往已有二十五年之久,在他的记忆中从来未见过这样多的人步行流徙。本报记者曾耐心地数过两次,其结果如下:三十五分钟之内走过了二百七十人,又二十分钟内走过了二百一十人。这两个数目是在不同的两天分别数的,可以作为每天旅行人数的一个合理的平均数。

而在"九一八"事变之后,政治形势一时云谲波诡,时局变幻莫测,即便如此,也没能挡住移民的步伐。满铁调查部当年对华北农村有详尽调查,1934年4月河北正定县人口比1930年1月减少了三分之一,"原因并非由于死亡率增高,而是由于离村运动的加强"。

范立君研究近代东北移民,他总结,有三种原因促成持续移民,而且没有因为东北时局动荡而改变:一是华北地少,冀鲁豫三省人均耕地从1851年的4.46亩,降为1912年的3.66亩,到1928年时降为2.93亩;二是东北工资高,以1921年农工日工资为例,山东为0.13元,山西为0.14元,而吉林为0.36元,辽宁为0.42元;三是铁路发达,可以把人送入东北腹地。

闯关东的人,冀鲁豫都有,河北最多。我们的主角祖上都是河北人,这不是巧合。这边车轮滚滚由陆路向关外移民,另一边则有人跨越渤海海峡，以山东人居多。他们将胶东口音带到辽东半岛，成就了一种有别于东北其他地区的文化。

走海路的人有不少从牛庄（注：今营口）上岸。1882年，27岁的杜格尔德·克里斯蒂，带着新婚妻子来到上海，11月到了牛庄。上岸后大雪酷寒，一行人整整在北风中走了八天，终于到了奉天。可惜，没找到安身之处，准备不足，风雪中只好原路返回。直到第二年春天，杜格尔德·克里斯蒂才再次启程前往奉天，终于在小河沿买到一处住宅，有了立足之地。

接下来三十年，这位苏格兰传教士取了中文名字"司督阁"，在小河沿开办盛京施医院，创建奉天医科大学，还赶上了改朝换代，结识了唐绍仪、徐世昌等一众改革干将，与锡良一道对抗鼠疫，与张大帅（注：张作霖）做起了邻居。一时风头无两。

与司督阁同行的人不在少数。从芝罘（注：今烟台）出发坐船，过不了多久就到满洲地界。作家李海鹏的曾祖父就是循着这条路径而来。在家族记忆中，这位先祖从山东某个地方过来，传说带着一把刀。有人揣测是军人，后来又说不是，因为拿的是青龙偃月刀。旁听者脑补：家境不错，闯关东居然还有马骑，要不怎么好拎这个东西？李海鹏解释：你那是从实战角度出发，我们祖上不是军人也不参与实战，而是拳民（注：义和团成员），他的职责主要是表演。"我们祖上神经比较正常，拜关公的，带刀。还有拜白娘子法海的，拜孙悟空猪八戒的。义和团拿古代英雄做偶像，但对英雄的认知比较离谱，唱戏里有什么，就拜什么。"玩笑里谈及的庚子拳乱，庶民流散，是当时满洲涌入新劳动力的历史背景之一。

＊＊＊

1909年对于沈阳来说十分重要。这一年徐世昌离开东三省总督位置，他的盟友袁世凯开缺回籍。摄政王（注：爱新觉罗·载沣）不喜欢北洋新军，徐世昌有眼力见儿，知道适可而止，转任邮传部尚书。东三省权力转移到锡良手上，锡良做了两年，又转给赵尔巽。沈阳出租车司机喜欢说政事，抱怨官员换得太勤，主政者今天来明天走，似走马灯一般，都以这里为跳板，没有人认真规划沈阳。这话不对。徐世昌在东北仅两年多一点，但兴利除弊，风气为之一变；锡良虽是旧官僚，在任不到三年，但处理东北鼠疫之果断、科学令全球瞩目，新政也不输任何同期官僚；赵尔巽先做盛京将军，再总督东北，前后加起来不过三四年，但奠定了东北经济格局，其影响之久远，至少持续到30年代末。后人赵珩回忆其曾伯祖：

> 不遗余力地推行新政，如兴办新式学堂，筹办机械制造工厂，设立警察机构，修建铁路，派遣留学生等一系列政务。清末李伯元在《南亭随笔》中还记录了他经常到高等学堂讲演，甚至引用华盛顿、赫胥黎、克伦威尔、林肯、孟德斯鸠、西乡隆盛等人的言论，令人惊叹不已。他还极力反对缠足，主持禁烟，积极支持和参与了废除科举制度的运动。（注：赵珩《二条十年（1955—1964)》）

赵尔巽出任盛京将军当年就兴办新式学堂，其一力主张创办的奉天普通学堂辗转成为沈阳五中，泽被后世。

清末民初,东北崛起,借殖民开发热潮的大背景,也借第一次全球化资本、人力和资源配置的影响,东北可以看作美国西部大开发之后的全球又一热土。三位首脑,用八年余时间,做出一个新满洲来,不仅要感谢天时地利。晚清破败成那个样子,吏治却没有完全衰颓,这也是原因之一。清末能臣虽各怀心腹事,但向善之心尚未泯灭,徐世昌总督东北之前,先赴当地全面考察了两个月,有《通筹东三省全局折》十万余字。所以能力比为官时间重要,即便只有三两年时间也足够发挥。日本人倒是图谋长远,搞"奉天都邑计划",最后不敌大势,七年便草草收场。

1909年前后,司督阁工作繁忙,盛京施医院不堪重负,他张罗着让中国人来接受医学训练。苦于没有地皮,窘境传到总督徐世昌大人那里。

> 总督说:"这些年来,盛京医院为奉天做了这么多的好事,他们想要那块地皮,那就必须给他们。"……接着总督告诉我:如果我能承担医学教育,政府将在十年之内,每年投入3000两(420英镑)。并任命梁先生和我安排一切。(注:杜格尔德·克里斯蒂《奉天三十年(1883—1913):杜格尔德·克里斯蒂的经历与回忆》)

1912年,司督阁张罗的医学院开始招生,名为奉天医科大学。我最初知道这所学校的名字还是在普利策奖著作《众病之王:癌症传》里,作者悉达多·穆克吉提及一位"首次用化学疗法治愈产妇绒毛癌"的李敏求医生,就毕业于盛京医科大学,即1933年改名后的奉天医科大学。

沈阳当时有两所医学院，除了传教士司督阁主办的这一所，还有日本人开设的满洲医科大学。这所学校在 1909 年也有了一个实际上的开端。

满铁于 1908 年 10 月，将大连病院奉天出张所升格为大连病院奉天分院，设内科、外科，并在奉天满铁附属地中央广场（今中山广场）东南部修建门诊楼和 3 栋病房，1909 年 8 月竣工，改称大连医院奉天分院，1910 年增设口腔科、妇科，1912 年 8 月改称奉天医院，脱离大连医院，直属满铁管辖，增设中国人诊所。至 1915 年 6 月，奉天医院改称南满医学堂附属奉天医院，亦称南满医学堂附属医院。院内设置内科、外科、妇产科、儿科、眼科、耳鼻咽喉科、皮肤泌尿科和口腔科等。1926 年 4 月，南满医学堂附属医院改称满洲医科大学附属奉天医院，院长由满洲医科大学校长稻叶逸好兼任。

这是学者孙鸿金在《近代沈阳城市发展与社会变迁（1898—1945）》中梳理的满洲医科大学的来历。

奉天医科大学和满洲医科大学，肇始时间接近，专业各有所长，但最后合二为一，并与另一所从瑞金走出来的中国工农红军卫生学校合为一体。中国工农红军卫生学校成立于 1931 年，1936 年迁至陕北。1940 年 9 月，经毛泽东同志提议，学校更名为"中国医科大学"。抗战结束，八路军赶去接收东北，这所学校随之迁往黑龙江兴山，就是今天的鹤岗。1948 年 11 月 2 日沈阳解放，学校进驻沈阳，"落户"于已更名为"国立沈阳医学院"的满洲医科大学。寻常学校都拼命把自己的历史拉长——我们辽宁大学就是这样，1988 年我上大学，入学即赶上三十周年校庆。到 1998 年，我接到学校邀请，竟要回学校庆祝建校五十周年了——不知道又从哪里淘换来前身，作为自己历史的一章。中国医科大学却不是这样，只肯说自己诞生于 1931 年，绝口不提另外两段历史。

孙鸿金提及的"南满医学堂附属奉天医院"位于当时的浪速广场边上，如今叫中山广场，广场中间有一尊毛主席雕像，向着火车站的方向招手。那条通往火车站的路叫中山路，当年叫浪速通。

回到 1909 年，这一年，奉天大兴土木。奉天驿即将完工，奉天医科大学即将开工。奉天在这一年还启用了公用照明体系，电网逐渐形成，奉天进入电灯时代。

大东门外，东关模范两等小学校也即将建成。一年多以后，浙江人周贻赓将侄子周恩来接到奉天，送进这官立小学读书。学校因学生而荣，因此当年的建筑得以保留至今。

这些奉天城的过客，来来往往，成就了奉天历史的一部分。1909 年，清室气数将尽，但谁也想不到这龙兴之地因为虚弱，反倒正在酝酿着另外一个工业化和城市化的奇迹。奉系、国民政府、中共政权在这期间依次出场。火车站在日本人和俄国人之间几易其手：1909 年往前四年，日本人在此胜了俄国人，开始规划他们的"满铁附属地"和其后的"新奉天"；再过三十几年，红色俄国又杀了回来，将"坦克碑"戳在日本人建的站前广场上。

第三章 张家

沈阳最有名的吃食是老边饺子，好坏评价不一，本地人觉得难吃，每每还会有害羞之感，拒绝让它代表沈阳，同时感慨沈阳人在吃的问题上不够精细，对人类贡献不多。但自豪感这东西更迫切，急需一个抓手，尤其它的主要功能是展示给外人看，好吃难吃也无所谓，所以至今老边饺子还是头名，无人撼动。

说它好的，去掉冰花之类的浮夸造型，与包子一样好吃不在褶上，老边拿得出手的是独门汤煸馅，肉馅当然要用肉，而这肉要用四合隆的。四合隆的老板是黄老太爷，黄老太爷有两个儿子、一个女儿，女儿嫁给了张华阁。

张华阁是我们的主角张晓刚的爷爷。

老边经历三代，从边福、边得贵到边霖。1940年，边霖把店从发家地小津桥迁到北市场。北市场曾经是张作霖宏图大略的一部分，是奉天新市区，在日本人的"满铁附属地"和老盛京城之间，被称为"商埠地"。老边饺子自此成为美食象征。边霖和张华阁交情不错，这份交情一直持续到1949年革命后。

张华阁出关之前叫张绍堂，家在河北唐山玉田县，此地说是关里，不过离山海关不远，从地理位置上看，位于从关里通向关外的辽西走廊之上，属于东北华北交界之地。张绍堂十六七岁时在中学读书，接受新东西快，学校里有中共地下组织，一来二去受了影响，成了积极分子，不是赶上"一二·九"运动就是赶上冀东暴动——历史上看，当时唐山玉田周边活跃的大事就这几件。不过家里人对这段历史所知不多，只知道他的领导叫吴德，此人在六七十年代一直是风云人物，先后担任北京市代市长、革委会副主任和市委第一书记。

30年代那场暴动对于十几岁的张绍堂来说，命运攸关，他成了通缉犯，一路逃到奉天。从此处开始，他的人生变得扑朔迷离，一是他终究还是没有躲过被抓的命运，在监狱里关了些时日，直到共产党地下组织把他营救出来；二是他在狱中离奇地认识了一位金融业的大人物，此人看张绍堂聪明，出狱之后把他介绍给了做生意的四合隆黄老板，张绍堂自此改名张华阁，开始在四合隆学着做生意。据称此后组织还找过他，问他要不要继续去闹革命，张绍堂思忖再三，觉得黄家小姐和岁月静好更有诱惑力，就此成为一个生意人。

***

一张照片。黑白。照相馆里拍的。有点发黄了。

男孩穿着中袖翻领T恤衫、黑色百慕大短裤，渔夫帽系在下巴上，一只手举起来搭在身边成年男人的手里。男人同样戴着渔夫帽，嘴微张，平静地看着前方，白衬衣的袖子挽起一半，灰色长裤上系着方扣黑色皮带，脚穿双色牛津布洛克鞋。

幕布背景简洁大气，向上的石阶旁摆着一盆棕榈树。

照片上的两个人，是张华阁和他的长子张岐。1939年张华阁迎娶黄家小姐，第二年长子出生。这照片应该是1945年光复之前拍的，日系打扮，看得出来当时生活优裕。

自从"奉天市政公署"1933年在大东门外建起圈楼，各种副食主食卖家聚在这里成为"奉天市营东关市场"，这个从清同治七年（注：1868年）起自发形成的副食市场已经是奉天最重要的副食市场之一，拥有百余户商店，四十多位摊贩。说是圈楼，其实是极为周正的四方形。木结构，瓦片顶，二千四百平方米。

开南、北、东三个门。西边没有开门，是因为距离沈阳东城墙城墙根太近了，几乎挨着城墙根。楼内有牛羊肉行、鱼虾行、鸟鸡行、海味行、干菜行等，有店商上百户。菜行西南有一个肉类加工厂，面积400平方米，专营肉类批发，是全市猪肉供应的重点场所之一。南部是露天菜市场，有50多户蔬菜批发商在此经营，旺季时蔬菜上市量每天达15万公斤左右。这种格局沿袭了半个多世纪。（注：《沈阳日报》）

四合隆位列其中。有名头很响的老边饺子这样的大主顾，四合隆的生意做得更大了。四合隆场面铺得很宽，从生肉到熟食，从米到面，"用急行火车特快运过来"。其生意"好"的一个标志是，张华阁次子张荣回忆，家里做生意被日本人欺负，称货不给钱，吃了哑巴亏，一次损失了一万三千七百大洋。

钱赚得不容易，张氏夫妇除了有经商头脑，还要有点胆大妄为的劲头："当时东北是日本人统治。最紧俏的是米和肉。卖肉的是经济犯，抓住会杀头的。妈妈在棉袄里揣着一条肉，偷偷去卖，维持家庭生活。"

对于小孩子来说，大人的殚精竭虑与他们无关。张岐就像照片里的那样，一副小公子哥模样。张荣比张岐小三岁，俩人从小就上幼稚园，幼稚园就在盛京施医院对面，小河沿边上，先是日本人开，后来是国民政府，有钱人才会想到把小孩送到这里。张荣记忆里，那地方离家不远，哥俩每天穿戴整齐，冬天是带毛领子的呢子大衣，和妈妈爸爸着装一样。

那时张华阁住在小河沿，隔壁是杨宇霆公馆——杨公馆至今也在，一半西式建筑做了大东区税务局的办公楼，沿街的中式小院做了老龙口酒厂会所，维持了故居的建筑格局，可以参观。

张家房子有很大的厅房，从一个大门洞进去，整三间。如果父亲的侧三轮摩托车——东北话叫"三屉驴子"——没出工，就会停在院子里。这种交通工具又叫作"跨斗子"，其原型之一可以上溯到巴伐利亚机械制造厂，也就是今天的"宝马"，它的仿款在中国长盛不衰，作为军警用车一直持续到80年代，之后陆续退役，又过了十几二十年，成了时尚标杆、民间奢侈品，一旦上路，男性气概爆棚，气势凌人。张华阁当初为的是自己出行方便，后来家境困难，便把三屉驴子装上小棚跑运输，拉客人。摩托车经常抛锚，东北有萨满教传统，相信万物有灵，逢年过节就给它上供，家里人烧香磕头，请它保佑自己一年顺遂。

有一阵子他家里还摆着一个鹰标本，作展翅状，不知道怎么就被认为是小孩闹眼睛的罪魁祸首，万物有灵，就这样被扔了。

张岐和张荣都赶上了家境殷实的好时候，张荣说家门口有小卖店，老板姓耿，他们去买零食从来不用现钱，老板记下即可，到了月底妈妈准时去结，从汽水、糖块到绿豆糕，没有限制。值得一提的是，张岐的儿子张晓刚说他初二之前就没吃过肉，张晓刚的妈妈杨淑霞说他们家孩子从来不许喝汽水，这中间只差了不到二十年时间。

张晓刚日后会说起，爷爷家的小院养了好多东西，猫、鸽子、鱼、葡萄、鸡……猫被宠坏了，吃饭也敢上桌。院子里的大鱼缸在冬天得劈柴烧火加热，防止上冻。家里摆着的家具是实木镶大理石的，有一个紫檀烟盒，上面刻着"月落乌啼霜满天"。张华阁夫妻都忙着生意，没人有时间料理家事。想来把孩子们送进幼稚园，这是主要原因之一。

除了那跨斗子三轮摩托，值钱的时髦物件还有不少，数得上来的还有徕卡相机，以及一辆德国产的、有着超宽后座的自行车——这车留在张岐家，据说一直骑到1990年之后，超过半个世纪的服役以车座被偷告终。

孩子们记忆最多的是母亲，漂亮能干，穿呢子大衣，热爱照相，烫一头大卷发，自己每天用炭笔描眉，爱美，也确实美。张岐妻子、张晓刚的母亲杨淑霞对张家总有些抱怨，但提到这位婆婆，从来都是赞美有加，说她见过世面，会做生意，四合隆是从人黄家这儿继承下来的，黄家大小姐的能力不可小觑。

很长一段时间里，张岐聪明好动，精灵古怪，生活色彩斑斓，与后来讷讷不能言的形象有大不同。1948年沈阳解放之前，张荣5岁，还没念书，幼稚园也没有人管，每天被张岐领着到处跑，大东菜行有个卖大酱的跑了，留下一车大酱，张岐觉得有便宜可占，哥俩一勺一勺地卖，卖完以后很得意地拿钱回去给妈妈，妈妈大笑，说这些钱连块糖都买不到。那时金圆券贬值，"国民党钱一麻袋才买一点苞米面，这钱都是废的。我们俩也哈哈大笑"。

张荣记得这位大哥捉弄起弟弟来毫不含糊。那时他们上小学，张岐高两个年级，有一天跟张荣说，你去隔壁那个班，大喊一声，"你们都是张岐手下败将！"张荣小，听哥哥的话，真跑去了，"好一顿给我揍"，"我哥？他早跑了躲起来偷着乐呢，他就是看我笑话"。

有一回，张华阁河北老家的哥哥带小儿子来奉天看病，聊天说起自己家离北戴河火车站不远，下火车就是。张岐在一边听着记下来了，没几天张岐淘气，被妈妈批评，此少年随即离家出走玩失踪，全家焦急万分。几天后北戴河来信，说张岐去了他们那里，这才放心。到了回来的日子，家里派张荣去车站接人。张荣不知道哪趟车，在那儿守着，远远看见一人背影，背个书包，书包上还挂着一双鞋，在报栏那儿看报纸，"这一定是我哥了"。从此家里意识到长子反抗意识强烈，不再打骂张岐。

这位喜欢对别人，偶尔也对自己来点恶作剧的少年张岐，后来完全变成了另外一个样子。兄弟张荣有时也感到不解，他在圣何塞跟我们语音聊天，说到现在他也叫不准哪里出了问题，"书读多了？"

                ***

张家的生活在1956年发生了一点变化，简单地说，就是从生意人家庭转变为工薪家庭。那一年，张华阁最小的女儿出生，国家腾出手来进行资本主义工商业改造，对私营企业实行公私合营。张华阁太太不明白到底什么是公私合营，以为是要号召大家考学校，还担忧自己因为怀孕而无法被录取。

对于公私合营，倒是不用这个前生意人的女儿做什么事。中央在一次会议上通过了《关于资本主义工商业改造问题的决议（草案）》。该草案指出，对于资产阶级，第一是用赎买和国家资本主义的办法，有偿地而不是无偿地，逐步地而不是突然地改变资产阶级私有制。第二是在改造的同时，给他们必要的工作安排。第三是不剥夺资产阶级的选举权，并且对他们中间有贡献的人物给予恰当的政治安排。决议草案要求各地把私营工商业逐行逐业、分期分批纳入公私合营的全面规划，并相应成立专业公司。

这次会议还决定，对私营业主实行定息制度。

私营业主，在现实生活中就囊括了四合隆这种雇了几个帮工的副食生产商，论规模它们与几十年后个体户水准相差不是太多，甚至可能只是卖鲜肉的门市或摊位。辛辛苦苦做了半生，有一天国家来宣布公私合营，有若干股份从此归于国家，但国家仁义，不会白拿，定你的资，付利息给你，只是你从此不能再赚利润——你不能做资本家。

张华阁在那一年成为大东菜行这个副食品商店的采购员，太太这位黄家前小姐则成为卖肉组的售货员，美其名曰"成为自食其力的劳动者"。对于这个家庭来说，夫妇二人虽然有工资收入，再加上公私合营，额外有利息收入，生活还过得去，但生活质量肯定是大不如之前了。

也在那一年，张家从魁星里搬到大东副食对门，大房子换成了小房子。姥姥住一间，六个孩子和夫妻俩住一间。孩子太多，只能把大房间隔一隔，男孩一起住，女孩跟着爸妈住。

张岐那时已经十五六岁，对生活变化有自己的感受，念完初中没再念下去，也与急转直下的生活有关。社会主义改造进行得彻底，想关起门来过自己的好日子已不大可能，整个国家迅速平等化，再没有过去的适意与宁静。

不过，张华阁倒是也能过出一点浪漫来。他去内蒙古采购牛羊肉，写信回来，张岐念给妈妈听：

> 这里大草原，宽广无际。蒙古姑娘骑着马，我当时就看着月光，想起家乡。

***

"文革"之前，张华阁虽然顶着一个"有产者"的帽子，但还算得上顺遂：公私合营之前的"三反""五反"，他算是"基本守法户"，没拉拢腐蚀革命干部，也没有不法经营盘剥员工；公私合营之后的"反右""大跃进"都有惊无险，全家以为日子就这样过下去了。

到了困难时期，张华阁受到考验，粮食定量一个月只有二十七斤半，一个月三两油，腿也浮肿了，一摁一个坑。最苦的时候没什么吃的，用酱油冲水，喝碗酱油汤，完了还是饿。唯一可以安慰自己的是，穷不是他们一家穷，大家都吃不上饭，大家都浮肿，所以也没有太多抱怨。

实际上，他们家生活相对来说还好一些，虽然家里人口多，四个男孩，两个女孩，最大的张岐 20 岁，最小的妹妹只有四五岁，吃饭张嘴的多，但毕竟收入和利息还按时发放，黑市里买得起吃食，不至于亏待了孩子们。我们如今理解的困难时期总像是一个时间点，实际上它持续了将近三年时间，这三年得时刻想着今天吃什么，明天还有什么可吃的……

后期张华阁作为采购部一员,负责看管大东副食的农场,农场里总是能挤出一点边边角角的地,张华阁在那里种苞米。多亏这些苞米,让这八口之家活了下来。"当时养鸡国家给糠给碎米,冬天储存大白菜的时候,叶子扔房顶上,准备喂鸡,困难时期一来,这些都成了好东西。我记得我们家过年最大的蒸锅,半锅猪肉馅,一大锅白菜叶子,包饺子,吃得什么似的。"张荣回忆困难时期的闪耀一刻,"很困难,别人还没有这条件。"

困难时期,兄弟几人在农忙时间去农村劳动,替农民拔草,一大片田从这头拔到那头的报酬,是四毛钱和购买疙瘩白的权利。

> 我们(平时)吃中间的,那是疙瘩白。旁边的叶子很老,喂鸡的。那时候人都吃不着。你干完活之后卖给你十斤。你有这个权利。我们最高兴的时候(是)背些菜叶子回去。爸爸妈妈特别高兴。我们饿不死了。
>
> 我当时记得,我有个同学,后来考上沈阳体育学院了,他说当时农民不识字,给你们一个条子,疙瘩白十斤,拿铅笔添个零,就变成一百斤。我们到那儿就领一百斤。哈哈大笑。为了买疙瘩白叶子,我把裤子都脱了,裤筒里塞的全是,往家里走。

这些在1966年就已经变成美好回忆了。张荣评价,除了困难时期,他到"文革"之前没吃过什么苦,革命、解放、运动,与他的生活无关。在回忆这段生活时,兴之所至,还唱起了"让我们荡起双桨"——他是一个前歌舞团演员,主攻男中音。

发生巨变是在1966年。原本以为已经很糟糕了,谁知道那只能算是一个开始。那年先是利息停掉了,虽然看着运动一阵紧似一阵,这笔钱早晚要黄,但真不声不响地停了,张华阁还是要去打听,人家几句话就打发了他。

停了利息之后,麻烦果然没完,厄运接踵而至。每个单位要揪出足够数量的"地富反坏右",简称"黑五类",有比例有名额。张华阁以革命前的小业主身份获得"资本家"的称号,理所当然地成了黑五类的一分子,本来他是"地富反坏右"中的"右"——"右倾分子",但这个时候,张荣后来的妻子、当时的中学教员俞高洁出于正义为他打抱不平,写大字报说张华阁不是资本家,这惹恼了造反派。越不承认越反动,于是"资本家"加了前缀,荣升为"反动资本家",黑五类也从第五档提升到第三档,这回是"地富反坏右"的"反"。

十几年担惊受怕的生活这回沉底,张华阁进了牛棚。牛棚指牛鬼蛇神起居之处,如果翻译成人类通用语言,就是临时监狱——当年凡有牛鬼蛇神处,必有此革命群众站岗放哨的低配版监狱,这是无产阶级专政之一环。

与那个时代的大多数记忆一样,张华阁也是挂着牌子被拉到层出不穷的各种群众大会中,在人前被批斗,不得回家,大东菜行锅炉房旁边搭的牛棚就是住所。张岐当时受了惊吓,不敢前往,张荣胆子大,每天送饭看望,两人执手相看泪眼。张华阁太太自然也是运动波及的重点对象,当权派看其一向爱美,就把大卷发从中间剃出一道沟,大约是摧毁她的爱美之心,更有助于革命群众识破反动资本家的本来面目。

运动稍事停歇,各种革命派斗得累了。这些黑五类本来要赶到农村去接受贫下中农再教育,张华阁一家也接到通知,限期离开大城市,一家人悲风泪雨,哭哭啼啼收拾包裹准备背井离乡。第二天张华阁又去挨批斗，反正已经跌落至尘埃，张华阁心中难受，嘴上硬起来，大声喊冤，大意无非是"参加革命那是跟着领导人一起，即使出身不是革命干部，但也肯定不能是反动资本家"。

不料，这一喊因祸得福。造反派们听说这里竟然还隐藏着一个和"叛徒""内奸""工贼"关联在一起的漏网之鱼，这事儿得调查清楚。张华阁由此戴上新帽子，不得离开：继续接受调查，继续交代。过了一年，查不出什么结果，不了了之。张家因此留在了沈阳。

张华阁一直工作到退休，活到90岁，2003年去世。太太没有那么幸运，从牛棚中出来没几年工夫，便得了癌症。刚开始的时候只是觉得吃东西垫牙，张开嘴让人看，大家没太当回事儿。那时，张岐已经结婚，妻子杨淑霞是第五印刷厂的工人，这人聪明能干，没事时看些厂子里承印的印刷材料，知道看上去随随便便一个肉瘤可不是小事，就跟张岐说了。张岐还说他妈怎么会得癌症，呵斥她乱讲，可是没几日，老太太去医院查完回来就确诊了，是个良性瘤。经过两次手术，没有抵挡得住肿瘤的扩张，良性变恶性，最终扩散到大脑，很快去世。那时"文革"还没有结束。

***

杨淑霞是个奇人。张荣在圣何塞跟我们语音聊天说："我这位大嫂最自负，全天下我最佩服这位大嫂。"

杨淑霞爸爸在热河省财政厅当差。老家在辽宁北镇，有一点地，妈妈在村子里开店，卖些酱油醋豆油之类，像现在的小超市。在革命前，一家生活不错，住大瓦房，在北镇县都数得着。杨淑霞爸爸因为在旧政府里当差,识时务,给杨淑霞预测了两件事:一是人得有文化,将来共产党管天下,没文化站不住脚。所以杨淑霞9岁上学,学得还挺好,做班长。二是很快就会土改合作化,家里那点地归公家后,就得上沈阳了,以后农村没有城市里发展得快。

那几年,杨淑霞家接连发生变故。4岁时妈妈去世,然后解放了,家中前途叵测;虚岁9岁那一年,父亲续弦,继母到了杨家;再过五年,父亲去世。杨淑霞父亲留下的两个预言纷纷到了兑现的时刻:前一个支撑不下去了——没钱供她念书,爸爸撒手西去,留下她、一个小脚后妈和一个虚岁10岁的弟弟,只能由她想办法出去挣钱;后一个则不得不提前——父亲临终前把他们托付给在沈阳开鞋厂的老叔,"你把我这小崽子和丫头给我弄到沈阳去,要不他们这生活没办法整。"

杨淑霞与张岐经人介绍结识,已经是她到沈阳十年之后。这十年,杨淑霞从14岁到24岁,颇做了一些人生大事,奠定一生事功之根本,成为最自负之人的根基在此十年间奠定。简单点说,这个时候杨淑霞已经凭一己之力将后妈、弟弟从北镇带到沈阳,念了中专,有了正经工作,一切妥当。杨淑霞因此也颇有几分自信。

关于从相亲到结婚的过程,杨淑霞与张荣的表述略有不同。张荣的说法是这位人精一样的大嫂看中了大户人家,更主动。杨淑霞则说这家老太太"人奸"——奸,不一定是贬义词,是说人聪明,跟"精"同义——"才认识一个礼拜,就上我们家来。俩多月,就给我买一个围脖,还有一双鞋。我说这黄了也不好吧。上班跟我们一个老太太说,她说丫头啊,你不知道啊,这有讲究。给你鞋,就是跑不了;给你围脖,就是长(常)来长(常)往"。杨淑霞说,他们家吹了点牛,讲她没爹没妈,"但我们不嫌乎,就结婚了"。"他妈多奸,怕黄,年头就结婚了。买了一块表，百浪多，值钱，一百多。"那表后来被张晓刚摔了，心想一扔伸手能接住呢，结果掉地上了。修表人说得换芯。"我戴那表，羡慕的人可多了。剩下啥都没有。"

张岐那时做电工。初中毕业后，家里供不起高中，只好辍学；不安于此，自学高中课程，考上了吉林电力学院（注：今东北电力大学），又因为家里穷读不下去。郁郁不得志，再没有了昔日的精灵古怪。究其一生，张岐都是一个特别喜欢买书、读书的人，后来成了"书生无用"的证据。弟弟张荣认为哥哥腼腆而教条，但侄子张晓刚之所以读书厉害，还熬得住学医多年，很大一部分是继承了哥哥的基因。

杨淑霞与丈夫搏斗一生，断然不会同意这种说法。杨淑霞的精明强干是公认的，这是她的谋生之本。她做事利索，一家五口大小事一手包揽——从这个角度来说，自负似乎也在情理之中。

但在1967年，一切都还刚刚开始。对于孤身一人带着后妈和弟弟在沈阳打拼的杨淑霞来说，张家根深叶茂，值得依赖；对于张华阁一家来说，木讷而且越发有点呆气的张岐找一个能干的媳妇也是好事。五十几年之后，杨淑霞说起张岐，帅气，身材高大，与矮小的自己恰好互补——张家人都是高个子，相貌堂堂，这是不错的——但随即会加上一句对张岐的评价，"干啥啥不中"。杨淑霞说自己曾为张岐写诗一首，"外头帅，脑袋空，干啥啥不中"，她终生保持了对张岐的智力优越感。

张岐在80岁的时候被问到看上了杨淑霞什么，他毫不犹豫地大声回答"腰细屁股大"。在老派传说里，这是能生养的标志。结婚第二年，老大张晓翔出生，接下来是张晓刚和妹妹张慧娟，三个孩子分别出生在1969年、1971年和1973年。

第四章　王家

　　王平的姥爷曾绪善到沈阳，在大东电影院做木匠，成为国营单位正式职工，是在 1953 年。那是中国第一个五年计划开始的一年，苏联指导援助中国的一百五十六项重点工程中，东北占五十六项，其中辽宁占二十四项，而沈阳又是东北局所在地，由此成为投资热地。朝鲜战争也在这一年结束，和平恢复，让人安心。曾绪善当年已经 48 岁，说明沈阳劳动力紧缺，几乎可以看成是零门槛，来者不拒。

　　此前，曾绪善住在沈阳南郊苏家屯武镇营村。曾绪善的爷爷是取得过功名的读书人，在家族记忆里曾经入过翰林，故而同乡称其"曾翰林"。是否翰林不可考，《清代翰林名录》中未见。清朝一代，沈阳虽贵为龙兴之地，但读书风气不浓，得功名的人少之又少。"曾翰林"之名十有八九是出于乡间对读书人的尊敬，这位曾家祖上又喜欢掉些学问，一来二去叫成了翰林。不过，同样在苏家屯，离此曾家十里地之外的红菱堡，也有一曾家，出了一个曾有翼，毕业于京师大学，1923 年成为奉天市政公所第一任市长。曾绪善家与之没有瓜葛，但肯定也算得上书香门第，父亲一代无功名，以开私学馆谋生。在务农的乡下，维持读书人身份，家境殷实最重要，殷实的标志是田产，有恒产者有恒心，如此才有威望。曾绪善因此在伪满洲国时期做了两个月保长，这相当于出任伪职，成了他一生的污点。虽然时间很短，但运动一来，就是个大事。

曾绪善一代人丁兴旺。曾绪善娶妻师秀容，生了八个孩子，活下来七个。前五个是男孩，后两个是女孩，最小的是王平的母亲曾慕芝，出生的时候师秀容已经43岁，曾慕芝与长兄年龄差了将近二十岁。家里条件好，男丁们都上了学，很快就离开武镇营，在沈阳、本溪、抚顺这些地方谋生。哥哥们离家都早，年龄又大了太多，到了沈阳之后，逢年过节会来看望父亲，除此之外，走动不多。按王平的理解，他们家是工人，几位舅舅大都是坐办公室的，条件好，有钱，各种行政干部，与他们不是一路子人。曾慕芝说，王平出身工人家庭，总有不服气的劲。其实际影响不光体现在家里的来往关系上，更在于王平认定坐办公室的人都是活动心眼、琢磨别人的人，很难称为好人。这想法贯穿他整个人生，对他影响至多。

值得一提的是曾绪善五子，曾慕芝最小的哥哥，与她关系近，也是曾绪善夫妇最喜欢的小儿子，林业学校毕业之后分配到抚顺清原，"文革"期间去世，原因不明，怀疑是被打死的。"文革"之后落实政策，清原林业局每月发十六元抚恤金给父母，一直发到曾绪善去世。

曾绪善在大东电影院干木工活，修桌椅板凳，置办各种宣传海报，月收入五十五元。在50年代，还算不错。他很快把师秀容和曾慕芝也接到沈阳，与大儿子一起住在草仓路，三间房，大儿子住一边，曾绪善住另一边。曾慕芝那时候念初中，在沈阳十中，隔一年考高中，考到了沈阳二十七中。这所学校在万柳塘慈恩寺后面，属于沈河区，现在也是重点中学。念到高中二年级，家里困难，曾绪善又恰好得知电影院有招人计划，就做主让曾慕芝辍学，去了大东电影院，做售票员。曾慕芝上进心强，懂事，早来晚走，积极要求进步，写了入党申请书，党组织看她也满意。不到一年，电影公司需要打字员，曾慕芝文化水平不低，又勤快能干，被挑中了去学打字。进到办公室里，接触机要，风吹不到雨淋不着，在曾家看来，这工作对女孩子来说很完美。

生活看起来要平稳向前了，但运动一个接一个地到来，终于到了曾绪善头上。"文革"开始，每个人都要讲过去的经历，出生在1905年，在苏家屯武镇营也算是大户人家的曾绪善，总得有些东西交代出来才能过关。曾绪善思前想后，隐瞒伪保长经历是个选择，但一旦人家调查出来，就不光是当保长的事儿，还是对组织、对党的不忠诚，一咬牙决定自己上报……因此换来三年盘锦五七干校的经历。

盘锦在辽宁南部，现在因为有油田而成为辽宁最富裕的地区之一，但当年未开发，靠海靠滩涂，野地多，有"南大荒"之称。五七干校于1968年开始在各地成立，此校并非学习机构，更接近于专政路径——主要针对干部和知识分子。曾绪善不是"干"，这里也不是"校"，事后他对女儿回忆：天天晚上不让睡觉，要求交代自己历史罪行，难得让睡了，还有人专门负责收集梦话，趁你迷迷糊糊的时候跟你说话，第二天拿来当新罪证，揪起来继续批斗。

三年之后，曾绪善从五七干校回来，小女儿已经成婚，而他也已经到了65岁。1970年12月31日，他正式退休，从此领取每月三十九块七毛的退休金。

***

王宝臣出生在 1942 年，河北抚宁人，母亲早逝，家中父亲带着哥哥和几个姐妹。王宝臣 1959 年 9 月去内蒙古海拉尔当兵的时候，抚宁还是个县，现在它被扩张的秦皇岛市纳为一个市辖区，叫抚宁区。与张华阁所在的玉田县一样，虽地处河北，但离辽宁不远，也是辽西走廊的一部分，距沈阳只有四百零七公里。在沈阳还有大量人口流入的 50 年代，王宝臣的哥哥和父亲先后到了沈阳，落脚找了工作。

1966 年，当了六年骑兵的王宝臣准备退伍，理所当然地选择投奔父兄，到了沈阳，成为黎明厂的一个车工。虽然姐妹们还留在抚宁，但家乡已经越来越远。王宝臣后来偶尔还回去看看，到王平这一辈就断了来往，只能说出老家在抚宁，从未和姑姑们见过面。

家里人对王宝臣六年的草原往事了解并不多，这一家人务实，不怎么想用不着的事，呼伦贝尔大草原上当骑兵的自由洒脱从来不在他们的想象范围之内。如今留下来的只有一张"五好战士"证书，上面有评先进的记录，从 1964 年到 1966 年，每年都是"五好战士"。像那时所有可以称为"证书"的东西一样，第一页是毛主席大幅标准头像照，占满整个页面，第二页是语录："虚心使人进步，骄傲使人落后，我们应当永远记住这个真理。"

除此之外，王宝臣的这段历史似乎从来没有出现在后辈人的记忆里。曾慕芝通过她的想象完善了这六年时光：王宝臣"一劳本神"，在部队里也是。

"一劳本神"，这是一个北方的方言成语，说一个人只专注于一件事，不长别的心眼。多是用来形容这个人的专注能力和踏踏实实的态度。后来有个词叫"匠人",指对专业技术能力和工作态度的综合赞美,"一劳本神"在这一点上与之接近;但与"匠人"几乎完全正面的评价相比,"一劳本神"因为过于强调心无旁骛,还增加了不谙世事、不知变通的成分。变通是最重要的生存技巧,它代表可以带来更好的生活,比如送礼、走走关系、上下活动,这些都是最普遍的变通。在不知变通这一点上,说王宝臣"一劳本神"也算是恰如其分,后来果然成为王宝臣的终身标签。

1969年与曾慕芝初识之时,王宝臣刚刚工作两三年,但其"一劳本神"的特质在黎明厂五二车间已经有口皆碑。当时,"三结合"的革命委员会刚刚成立。"三结合"简单地说就是工农兵三者的结合,代表最革命的那几个群体。革命委员会被用来代替政府、单位和共产党组织,先是代替了造反成功的各级行政管理组织,后来覆盖到各种机关企业事业单位中。每个单位的最高领导机构都是"革命委员会",不管它是生产机构还是政府组织。王宝臣出身贫农,又是转业军人,还是新晋工人阶级劳模——在新的组织体系里,他的身份代表了最先进的那个群体;另一方面,王宝臣老实可靠、"一劳本神"、有着不显山不露水的低调性格,这些让王宝臣在传统道德评价体系里也不遑多让。

但王宝臣始终是工人身份。几万人的工厂里,一个工人能转身成为干部,需要相当大的能量。王宝臣做了车工,做钳工,"官"最大的时候是支部下面一个党小组的组长,领着大家学学文件,这算是"劳模"之外对老同志工作的认可。带的徒弟中倒是有几个脑子灵活、"会来事儿"的后来成了领导,一开始还来家里看师父,时间久了也就疏远了。

王宝臣身上的这些特征会如何影响他的未来和家庭,在1969年还完全看不出来。

王宝臣被介绍给曾慕芝的时候，她还是做着那份打字员的工作。组织——革委会的人，介绍起王宝臣赞不绝口。他的确是在多重身份上优越于她：党员、贫农、退伍老兵、优秀工人，再加上介绍人说的忠厚老实，曾慕芝没有什么拒绝的道理。她呢，正在面临着一些未知的麻烦，以及可能存在的麻烦的升级。所有人都知道电影院的曾木匠是一个前保长，而她是伪保长的女儿，入党的事自然耽搁下来——曾慕芝说生了王平和王英之后，主要顾着家庭，再也没有心气去好好表现、争取入党了，电影公司机关打字员的工作看起来也保不住，这是机要工作，电影公司还是党的重要宣传阵地，怎么可以让这种出身的人参与其中？不过，电影公司也试图给她一点机会，条件就是与曾绪善划清界限，曾慕芝这个时候却嘴硬起来："我说政治上我划清界限，但他养我小，我养他老，我再怎么划清，我也是他姑娘。"

她回到了大东电影院再度做起售票员。

王宝臣倒是不离不弃。那时候他住在八王寺附近的哥哥家，离草仓路不远。王宝臣有时邀请曾慕芝去家里吃顿饭，有时提着水果上曾慕芝家。曾慕芝的母亲师秀容为了考验未来女婿的生活能力，问他会不会擀面条、擀剂子，王宝臣顺利通过考验，虽然补面给得有点多。后来的生活证明，王宝臣因为做饭舍得放盐放油，确实比曾慕芝做得好吃。

如此相处一年左右，按照曾慕芝的说法，最后是王宝臣乐意，至于她自己，"谁知道是怎么回事"。

多聊几次，她就会提起，当时革委会的介绍人除了说这个人能照顾她和她母亲，还说了一句，不知道是不是吓唬她："如果不同意的话，你就得去盘锦。"

这也属于曾慕芝一生中"谁知道是怎么回事"的不解系列中的一个。

※※※

王宝臣和曾慕芝的结婚证上没有他们的相片。

其实这张纸上最大的字并不是"结婚证"三个字，而是"要斗私批修"，上面还有一排略小的红字写着"最高指示"。证书上唯一的人像是封面上被万丈光芒笼罩的毛主席。"敬祝毛主席万寿无疆！万寿无疆！"

如果隐去证书里的黑色文字，你会觉得这可能是一张革命委任状。因为封底是三个"永远忠于"毛主席的宣誓，"最高指示"上方还有一行题词："大海航行靠舵手，干革命靠毛泽东思想"，这是1967年11月29日林彪在"中国人民解放军海军首次学习毛主席著作积极分子代表大会"上说的。

隔了五十年，结婚证只是上缘有一些磨损，蓝黑色的钢笔字迹已经变成浅蓝色。它被横向撕裂过，然后又用透明胶带小心地粘了起来。曾慕芝说房间太潮，压在箱底，拿起来的时候就破了。

28岁的王宝臣和26岁的曾慕芝于1969年4月5日自愿结婚，这个讯息被一圈向日葵花包围，在大红底色上显得喜庆，最后加盖"沈阳市大东区革命委员会"的落款。

革委会为曾慕芝介绍了丈夫，也认证了她的婚姻。

后来曾慕芝在介绍自己和王宝臣的结识时，这样写道：

> 通过组织介绍，王宝臣是党员、朴实、大方、贫农、心好。对我父母好。是部队退伍老兵，分到黎明，是优秀员工。我们很平淡，没旅游，结婚在二〇四宿舍，倒骑驴送到二〇四，参加的人可多了，他的、我的同志。送毛主席语录和进步书籍。

曾慕芝结婚的时候家里只有母亲，父亲曾绪善当时在五七干校，没办法赶回来。

***

从草仓路的曾慕芝家到二〇四和睦路的婚房，大约六公里。曾慕芝结婚之前从未去过，"一提就是老远老远的一个地方"。

如今的二〇四，是地铁一号线东边的终点，黎明广场站下车就是。当时黎明广场真的是一个广场，沈阳人叫转盘，无轨电车十三路和后来的十六路在这里掉头甩大辫。这里是二〇四的生活中心，粮站、文化宫、农贸市场、澡堂、副食品商店这些生活相关的服务网点分布在它的四周。现在有点广场遗迹的就剩下黎明文化宫了，无论从地铁哪个口出来，都会看到这座弧形立面的建筑，用色极为大胆，黄色边楼，奶黄色主楼上用粗粗的红色勾勒出立柱的感觉，五扇大门带有扇形顶棚。简洁亲切，不似后来中国许多公共建筑，唯一目的是让你感觉到高高在上，宏伟庄严。顶部只有"文化宫"三个字，这说明两个问题，一是这是黎明自己的院，显然没有必要在自己家里再加一个"黎明"或者"黎明工人"的前缀；二是朱德题字并非为了黎明，当年中国多数工人文化宫都直接拿来就用，没有知识产权这一说。

从黎明广场步行十分钟，就到了曾慕芝家。

一路上你会经过许多高档房地产商广告围板，新楼盘的宣传挡住了曾经作为黎明工人住宅区的苏式红砖楼。围板后面，老楼的三角尖顶、红五星和黑铁阳台一如往昔，墙面顶部的雕花覆盖着厚厚的灰尘，玻璃窗已经破损，有的阳台门半敞着。这一片建筑的命运一直悬而未决，一切都像冻结在时光里的废墟。

好几片楼房被两车道宽的马路纵横隔开，居民为了抄近道方便，在围板上开了简易门，走进去是荒草过腰的小区花园，凉亭下停着拾荒人的三轮车。

二〇四是黎明家属区的代号。曾慕芝当初感觉它远，有距离因素，也有中间隔着一片庄稼地的缘故。草仓路到二〇四，只一条路，路的一边是若干封闭的大工厂，围墙高立，感觉没个尽头，另一边是玉米地。曾慕芝觉得自己当年胆大，独自带娃走这条道，晚上都不带害怕的。

家属区按照苏联援建时的图纸建设，有个说法，二〇一、二〇二、二〇四、二〇五都是建造时期的代号，前两者是新光的家属区，后两个是黎明的家属区。这一片房子其实有细微差别，比如有一些并不是红砖房，有一些在雕花和墙面上明显要更豪华，有一些楼举架要更高。

但整体的风格就是苏式，正本清源的苏式建筑，当年随着苏联势力范围的扩大而遍布东欧、中国老工业基地，被称为"赫鲁晓夫楼"。苏联经过斯大林时期的低水平生活供应之后，赫鲁晓夫希望改善工人住房条件，为此大量建设了这样的楼房。它的初衷就是以一种简约的方式提供批量住宅，因此千篇一律，能简化的地方尽量简化。如今使用年限普遍到期。普京在2007年与俄罗斯军方人士讲话时提起过："请研究一下改变住房建筑标准的问题，首先是民居，给军队的住房，从远东开始。我想提醒你们注意，我想让这件事快点办好，要和俄罗斯军官尊严相称，不要让我们的人继续住在那些令人恶心的赫鲁晓夫楼里。"他的这场讲话勾起了很多人对赫鲁晓夫楼的回忆。我们的另一个主角张晓刚在听说二〇四的这些红砖楼还存在的时候——他上学的时候也经常到王平家里玩——说的话与普京的嫌弃相近:"那,那破楼还能住人?"

二〇四的半封闭还来源于自给自足给人的疏离感。工厂办社会,医院、学校、幼儿园、澡堂、副食品商店、运动场一应俱全,当然还有黎明广场的工人文化宫。工厂状况最好的时候,连环卫工人都是黎明负责开支。

世人都以为单位办社会源自苏联模式,对于中国大多数大企业来说确实如此。"一五"计划开始,一百五十六项重点工程启动,那一批工厂借鉴苏联模式,生活区和工业区同步建设。1956年发布的《国务院关于加强新工业区和新工业城市建设工作几个问题的决定》中说:

> 单位的生活区要同步选址和及早规划,生活区的建设也由单位负责。这种背景下,以单位为基本模块进行生产空间与生活空间的建设模式便形成了,进而导致了单位空间的自我完备和在城市空间中的独立性。(注:转引自刘天宝《中国城市的单位模式》)

中国单位办社会的模式肇始于这个文件。不过,虽然黎明厂以代号四一〇工厂的名字成为一百五十六项重点工程之一,但它的历史还可以上溯到更早的时候。学者孙鸿金在《近代沈阳城市发展与社会变迁(1898—1945)》里曾经讲述过这段历史:

> ……张作霖为加强奉系武装军备而建立的东三省兵工厂(今黎明发动机制造公司的前身)。东三省兵工厂在大东边门外东塔之西,距城区遥远、地势空旷,1922年成立之时附近防虞不周,员工住址道路之往来亦极为不便。为解决兵工厂职工的生活,1924年3

月14日，由奉天市政公所呈请奉天省长公署增设大东新市区，"大小东边门外地面既渐趋繁盛，自应扩张为市区，以期整饬，所拟西由土城起东至八里堡以东，南由杨树林一带起，北至八家子以北辟作大东新市区"，3月26日，省长公署批复："西由土城起东至八里堡以东由杨树林一带起北至八家子以北，东西约一千二百五十丈，南北约一千零六十五丈，面积二万二仟余亩辟为大东新市区，拟辟马路纵横各四条，东西马路宽十二丈，南北马路宽七丈，凡在马路线内拟禁止一切建筑，以免筑路时有拆房之劳。"

兵工厂据此在奉天城大东边门外，长安街西南、原察哈尔街以北，滂江街以东，安南路以西，以及兵工厂北侧的开原街以北、三家子以南渐次圈购土地，建筑工厂职工住宅、学校、医院、俱乐部、公园，形成了一片隶属于兵工厂管理、具有城市生活特点的长方形新城区，即为"奉天大东新市区"。在大东新市区，除公安、司法外，市区其他一切行政事务均由兵工厂直接经营管理……

大东新市区的选址一方面借助了铁路联络线，与奉海、京奉铁路连接；另一方面远离日本控制的南满铁路及其附属地范围，有利于保密和安全。除东三省兵工厂外，包括大亨铁工厂和东三省航空处、飞机场等一系列重要的军事工厂均设于此，是奉系政权的核心区域。

1969年曾慕芝搬到二〇四的时候，这样的模式已经运行了四十五年。

【番外】废墟与沈阳的去工业化

少年昕仔,乘火车到大连,坐轮船,到上海,再上夜班火车,早上到了杭州。

出了火车站,左顾右盼,发现这崭新世界与他的经验世界之间有大不同:杭州火车站边上为什么没有卖轴承的?

昕仔当年 12 岁,心思细密,目光锐利,跟着他做采购的父亲走南闯北,江湖事已尽在掌握。其中一样秘而不宣:走在街上看到上上下下都是卖轴承的门市部,没错,到火车站了。以他在盘锦、大连、沈阳等火车站的经验看,这世界就该如此。

这次他跟着父亲从盘锦出发,计划为工厂买喷涂设备上的一个零件,似乎叫弹吐器。在沈阳没买到,辗转到了杭州,最后终于在杭州偏远的秋涛路上找到了。如何找零件不重要,真正具有颠覆性的是已知世界的背叛。

那个早上,疑问萦绕于少年心头,纵使敏锐而缜密,也还是难以理解:杭州火车站怎么可能不卖轴承?

这城市,有意思。

那天中午,我们叫上李海鹏和昕仔在北京通州小潞邑吃羊蝎子火锅。昕仔，王昕，现在是九州梦圆文化有限公司的老板，还是一个野生民俗学家，这公司的名字听起来不大托底，但办的是正经咨询业务：为想评级的景区做评级咨询，比如说，如何包装一个5A级景区。

对于火车站周边要卖轴承，我们有共识，但是对于此中缘由，解释起来各有侧重。昕仔强调市场概念："所有工业品都在东三省卖，这儿发达。跟杭州火车站边上卖纱巾是一个道理，那纱巾也未必都是他们那儿生产的。"海鹏强调物的流通："车皮紧张，轴承是找车皮去了。轴承厂送货到那儿，他即使不是工厂的，是个二道贩子，也得在那儿弄个点。谁买轴承谁拿走。"我说可能还是人的流通，坐火车到东北大部分都是来买轴承的，谁到这儿旅游来啊，都是采购的，单位的采购员，采购科长什么的。

那天，从中午一直到西晒满满地灌进来，那锅羊蝎子咕嘟了五个小时，纵然加了几次水，也还是渐渐变得浓稠粘腻，有如火山熔岩。店里反复放着董宝石那首《野狼Disco》，李海鹏对这首歌的走红心领神会毫不意外，对"老舅"和"捂住脑门晃动你的胯骨轴"传递的丰富信息有深刻感受，话题就此开始，从"东北文艺复兴"一直讲到东北的所有。

"你们学过没？有一个课本，讲家乡地理。讲辽宁和沈阳，那本书看完之后再看别的地方都没法看啊。就是工业总产值，重工业，城市化，啥啥都是辽宁第一，人口一百万以上的城市就二十二个，辽宁占了四个。"

"对对，沈阳，大连，鞍山，抚顺。"

"当时没这感觉，铁西区都是大工厂，往哪边看都是大工厂，机械设备啊高炉啊，铁道啊。现在早没了。鞍山更多，就是规模小。"

"2001年的时候,有人问我沈阳有什么玩的。那时候没感觉,想不起来有啥玩的。如果现在问,我会说去铁西区看看吧。那东西现在看能玩半个月。全世界都没有这种场景了。"

***

铁西区怎么没了?

官方历史中,2002年铁西区已经是"一潭死水",其标志性事件是当时的大型国有企业沈阳拖拉机厂因企业严重亏损,外债高达十亿,宣布破产。沈阳市政府提出"救活铁西",于当年6月18日做出决定,将铁西区老工业基地与沈阳的国家级开发区——张士开发区合在一起,进行合署办公,并得出一个结论:铁西区的唯一出路就是搬迁。此后两年,铁西区有一百三十多家大中型企业迁出。

铁西区是日本在沈阳规划的工业区,在1949年后成为中国重要的工业基地。现在的铁西区很大,包括了一个甩在市区外面的巨大的开发区,过去的铁西区大部分已经改造成为新的住宅区、洗浴城、包括宜家在内的各种服务和商贸设施,还有一个规模不算小的以沈阳铸造厂旧厂房为基础建设的中国沈阳工业博物馆。它的前身是沈阳铸造博物馆,后来升级为整个铁西工业的象征。

现在在铁西感受不到它曾经作为机械制造业中心的样子。李海鹏说铁西能玩半个月的时候,已经是它消失十几年之后了。这种回答更接近于情怀,更接近于参观破坏水土环境的梯田、大坝,这情怀需要一点门槛。沈阳人为铁西整个工业的破产付出的代价,主要是一代或者两代产业工人的职业生涯和生计,由此诞生了"东北伤痕文学"或者"东北文艺复兴",但在大多数沈阳人的感受里,铁西工业区的拆除并没有产生太多波澜。至于未来会否成为新的"伤痛",现在还不是下结论的时候。

之所以如此,缘由很简单:人们对过去的人文景观采取的态度总是很势利。凯文·林奇在《此地何时:城市与变化的时代》中说:"如果过去很遥远,那么保护就是件好事;如果仅仅是昨天,那么就要当垃圾抛弃。"这可能是排在最前面的原因。

第二个原因也很粗暴:工业化本身就是丑的。看过王兵的纪录片《铁西区》的人会有对铁西的直观感受,但如果细究起来,是纪录片中的人——出现在旧厂区里的人和偶尔笨重的、喷着蒸汽的机车车头共同组成了动静、新旧之间的冲突,它的破败与没有前景的产业工人一道共同完成了对人的命运的关注。虽说喜欢北京七九八艺术园区的人也会对工厂旧厂房表现出热爱,但与其说是喜欢旧厂房,不如说是喜欢粗犷风格的建筑与艺术之间产生的奇妙的中和作用,而且前提显然是对艺术的热爱。

乔治·奥威尔在《通往威根码头之路》中说他"不相信工业化天生就不可避免地丑陋","这全部取决于那个时期的建筑传统。北方的工业城镇丑陋,是因为它们碰巧建于一个现代的钢铁建设和烟雾减排方法尚未发明的时代,一个人人都忙着赚钱无暇他顾的时代"——我们也同样不能指责铁西区和它过去辉煌的历代建设者还要负担起提供审美标的的职责,在很长一段时间里,污染、大烟囱、怪味、飘散于城市间的粉尘,是铁西为沈阳创造财富付出的成本。

张岐不希望他的大儿子张晓翔去学化学工业(注:详见后第八章),是以他的经验看,在那种地方生活是要给生命打一个折扣的。奥威尔引用另一位反乌托邦作家阿道司·赫胥黎的真知灼见:"一座黑暗的恶魔的工厂就该像一座黑暗的恶魔的工厂,而不是像神秘而辉煌的神庙。……喷着浓烟的烟囱和臭气熏天的贫民窟之所以可恶,主要是因为它暗示着扭曲的生活和多病的孩子。"

第三个原因重要但有一点隐晦:拆除一个庞大的铁西区有助于盘活主政者的资产。那些旧厂房、铸造厂也罢,拖拉机厂也罢,如果一百三十家工厂继续留在那里,就意味着:这些通常是全民所有的国有大厂继续奄奄一息地等待死亡,它那动辄上万的工人并没有什么重新上岗的机会和可能,自然意味着它不会产生新的价值;它值钱的那部分可能只剩下厂房和地皮。这些唯一值钱的东西掌握在工厂经营者手里的时候,不会产生一丁点价值,但如果把它置换出来,可能就完全不一样。对于级别不高的区级政府来说,面对这些积重难返、狼狈不堪的庞然大物,现在可能是唯一的机会。通过卖地,把央企所有的地变为沈阳市有,这是一种财富再分配。当然,说是"救活"也可以,只是它以一种另外的形式再生。产业工人不会在这个过程中获得新的机会。

工业主导型城市化的完成分为两步,第一步是产业工人的聚集,第二步是产业遇到问题——它总是会遇到瓶颈和问题的——之后,如何转变为一个消费推动的城市。

公众可以把铁西区的转变当成另外一种意义上的"下岗"。在"人"之外,在劳动力之外,将近三十年的时间里,沈阳试图完成的是建筑、景观和城市记忆去工业化的过程。

※※※

"去工业化"的问题,从一定意义上说是个审美品位的问题,这个审美品位与人性多多少少有点关系。建筑审美的变化与时尚变迁有关,一个建筑在它的生命历史中有一段考验期,一般在三十年到五十年。"建筑品味已经改变,最初的设计不再具有新鲜感的时候,提出拆除或大规模改建,最有可能受到重视。"维托尔德·雷布琴斯基在《嬗变的大都市:关于城市的一些观念》里提到,美国很多有名的地标性建筑也没有逃过这个规律,费城火车站生存了五十四年,拉金大厦四十七年,马歇尔场商店四十三年,麦迪逊广场花园仅有二十五年——这些都是知名设计师的代表性产品。之所以说与人性有关系,是因为如果过了这段严酷的考验期,人们就会再度认可这些建筑具有的美感,对它产生热爱,并保护它。

凯文·林奇也在《此地何时》中说,伦敦的大多数建筑,除少数被认定"有历史意义"的以外,"平均过三十年会进行一次修复,六十年后就废弃不用了"。

关键问题在于什么是"有历史意义"。二〇四的赫鲁晓夫楼和铁西大量的工厂,理论上大都毁在它们的审美疲劳期,而现在试图保留它们的人们,会不断强化它"历史意义"的那一面。

不过即便不考虑历史意义这个层面,相对于三十年到五十年的考验期来说,沈阳的许多建筑也过于年轻了。比较多被说起的是沈阳"金廊"沿线的五里河体育场、夏宫和辽宁体育馆。金廊是沈阳市政府推出的从桃仙机场到青年大街到长江街到北陵的一条南北中轴线,集聚了大量建筑景观,辅以金光闪闪的照明,白天黑夜都展现出现代都市忙碌富足的样子。那三个建筑中，沈阳人最常去的是夏宫，据说是很多人的儿时记忆。夏宫是个水上游乐中心，后来不知为什么就经营不善了，土地收回，盖了高楼。五里河体育场时常为球迷所记挂，辽宁队1990年获得亚俱杯冠军的时候就是在这个体育场，当时场外还搭着脚手架，现代派看了会觉得这是蓬皮杜风格，实际上就是没盖完，来不及了。那场比赛辽宁队夺冠，现场扔彩带扔得太起劲，造成电线短路，直播到一半就看不见了。五里河体育场出名是因为中国队在这里冲进了世界杯决赛圈，大家认为其历史意义多半也在此。它在2007年被拆除，存在时间不超过十九年，给人的感觉像刚刚竣工就拆掉了。

三十年到五十年？沈阳人等不及。沈阳在拆房子这一点上，雷厉风行，大刀阔斧。这无关审美，如果善意揣测，主要还是让政府手里有一点钱。

去工业化，虽然于很多城市来说都是必经之路，但去工业化的核心可不是把工厂拆掉了事，干掉人们曾经工作的场所很简单，增加新的就业机会才是目的。

沈阳市有二百万左右的产业工人，90年代末期的下岗职工高达一百万，满足这些人的工作需求，是一件艰难的、基本上不可能完成的任务。去工业化在沈阳是个迫不得已的结果，计划经济的终结、国营制度的弊端、传统制造业的衰退与转型，三者结合在一起，直接结果是工人与管理者的素质和技能都不够支撑职业尊严和城市尊严。

沈阳的去工业化过程就是一个社会整体财富下行的过程。在这样的环境里，想让城市进入一个良性循环里，艰难；实现宜居目标，更难。

2008年，沈阳铁西区声称获得了一个"联合国全球宜居城区示范奖",这到底是真是假,还是一个谜。有人说这就是"联合国人居奖",但似乎并没有人去查证,除了几个媒体发了通稿,联合国的官网和住建部的官网上都没有——至少"联合国人居奖"的名单在住建部官方网站是能查得到的,而那一年并没有看到铁西区。很多国家部委都会和联合国这样的国际机构联合开发一些奖励,听起来名头甚大,很讨政府或者企业之类的喜欢。"联合国人居奖"诞生于1989年,从诞生第二年开始,几乎每年都有中国城市或者个人上榜得奖。有两年正是东北下岗最厉害,也是这些城市最不宜居的时候,我猜不出究竟是以什么标准让他们获得如此荣耀。

"宜居"这个词是中产阶级社会的一部分。"打造宜居城市"——我们看到的所有与它相关的,不管是广告还是政府或非政府组织的宣言,都是中产阶级社会的一部分。而城市要做的事情是,如何持续不断地生产出大量的中产阶级,让这个城市在去工业化的道路上产生更多的服务业、更多的服务对象,更多的服务对象产生更多的需求、制造更多的服务业岗位,这是一个想起来就美滋滋的循环。

铁西区的2008年不是一个为"宜居"盖棺论定的好时候。那时节,去工业化肯定完成了,老铁西区腾得已经差不多,地也基本上卖完了,城市进入疯狂盖房子的阶段。如果把目光从铁西移开,全沈阳和全中国也大都是如此。但是,在沈阳,对于传统产业工人来说,没有新的就业机会。

***

一个转型后的新城市,是由消费而不是生产来决定的——生产出足够的消费者，诞生足够多的消费，从而运转起来。听起来没错，工业革命之后相当多的城市转型是以这个路径完成的。

造就一个消费城市，是中产阶级化的根本。产业工人是可牺牲的，或者说是某一个阶段的阵痛——对于工人阶级本身来说当然不是阵痛，而是阵亡。但城市则期待着一个中产阶级现代服务业的崛起。

这其中当然有不可见的那部分人的失落。尼尔·史密斯是左派的城市研究者。他在《新城市前沿：士绅化与恢复失地运动者之城》中说："士绅化及士绅化作为其中一部分的重建改造，是晚期资本主义城市发展的系统事件。就像资本主义努力用时间消灭空间一样，士绅化也越来越努力地制造出差异化的空间以作为自身生存的手段。""打造宜居城市，"他说，"是中产阶级的宜居"。

事实上，并且也是必须的，城市对工人阶级始终也是"宜居"的。所谓的复兴能够给各阶级人民造福，不过是广告和销售的噱头，因为事实表明情况并非如此。美国住房和城市发展部的年度住房调查结果显示，每年约有 50 万个美国家庭无家可归，这可能造成多达 200 万人流离失所。这些家庭中，86% 是因为自由市场活动导致流离失所，而他们大部分都是城市工人阶级。

每一个中国市长头脑当中可能都有一个士绅化的范本，上海的新天地是最合适的那一个：有一个可以持续带来游客的旅游纪念地，以在更广泛的人群中产生吸引力；本地风格——民国或者清朝风貌的老建筑；大型的商业设施。本地的原住民要被置换出去，反正他们已经厌倦了逼仄的居住环境，在郊区为他们建大房子；开发商拿出一半的空间来做古董街，拿另一半不那么重要的盖高楼；如果魄力够大，再加上足够大的休闲区，成就新景观。招商，传说中的"ABC"是要有的，但要更丰富一点，接地气一点，电影院和餐饮必不可少，本地的年轻人要来，这是关键。

"ABC"指的是艺术画廊（Art Galleries）、精品店（Boutiques）和咖啡馆（Cafés），全世界都把这视为成功士绅化的核心面貌。（注：莎伦·佐金《全球城市 地方商街：从纽约到上海的日常多样性》）

市长们在拆的时候已经勾画好了这样的蓝图，如果实现，就业机会自然也随之而来。

这里往往会变成一个死结，跟铁西区那个死结一样：有着象征意义的厂房这么多，但是有多少个七九八可以装在里面？一个城市，体量远远没有上海那么大，中央商务区也不像上海那么分散，它能创造出几个新天地？

但这并不妨碍每个城市的每个地块的拆迁都把新天地当成目标。到最后，关于城市，要探讨的并不是什么审美或者文化积累的问题，而是"还有哪些地方可以招商——吸引地产开发商"的问题。只要能吸引，就要把这个地方利用起来，最快速的吸引资金的办法是卖地。市长们困惑的往往是：这地方能拆吗？能拆，那就拆；不能拆，那是不是可以绕开文物部门的规定呢？修旧如旧呢？异地修旧如旧呢？

从卖地的角度看，问题倒是简单：只有进入市场，它才有价值。这是一个必须要拆的问题。每个开发商都像一根救命稻草，都要抓牢，只要能说会道，就会得到自己的机会。拆完之后往往听天由命，受制于开发商。没有足够的后续资金，拆一半搁在那里，盖一半搁在那里，盖好了招商一半撂在那里,经营几年没有前景无以为继之后荒一半撂在那里。

所以,在沈阳你会看到最成熟的中街商业区,巴洛克风格的东风商店为了给嘉阳广场这个购物中心让路,拆掉了,嘉阳广场后来牵扯进黑社会的官司,转手给了香港地产商恒隆,现在被命名为"皇城恒隆",生意堪忧;曾经以银座为模版的另一个商业区太原街——日据时期它以"春日町"为名的时候就已经是商业中心了,现在被几个大型购物中心切割,原始的业态消耗殆尽,当大型购物中心发展不利的时候,沈阳人发现已经没有什么能支撑起一条商业街的活力,继而又发现,自己已经好久没有去太原街了;曾经最有特色的东北电影院,在街区改造中拆掉了,被赶到附近大商场的十楼,据说现代化了很多,但那个独具风格的电影院也就不见了——在沈阳,从日据时期到80年代有大量电影院,风格各异,如今大部分都已经不见。

与其他城市略有不同的地方在于,沈阳大拆十几年之后,因为那个死结,那个恶性循环,没有后续的资本去让这个城市建设新的高楼大厦,所以到处都是空地,在市中心,老城区……我们会指着这些空地说,这里以前是亚洲电影院,这里是天光,这里是群众,这里是新闻电影院……

第二部分　张医生与王医生之一

第五章　王医生的高光时刻

中国医科大学附属第一医院心内科主任唐子文有一天心血来潮，突然问王平一个直抵灵魂的问题："有一天，你姑娘问你，说你是医大大夫，怎么谁也不认识你，你要怎么说？"

那是 2009 年，王平跟几个年龄相差不多的同事吃饭聚会，大家嘻嘻哈哈，轻松愉快。沈阳人喝酒聊天兴之所至，经常会有人语重心长地说些推心置腹的话，让气氛变得私密且亲切，大家借此打破界限，把友情带入到一个新境界。因为多发生于酒桌之上，所以也经常作不得数，当不得真，即便振聋发聩，通常也一说一过，没人会往心里去。那天不一样，唐子文这话不巧落在了王平头上，他刚从杭州学腔镜手术回来，这是他工作以来为数不多的一次业务学习机会——感受到了派他出去的科副主任对他的关怀，正在反思自己职业生涯的兴头上。

还有，拿他女儿说事，更是让他激灵一下。他把对女儿的爱放在嘴边，成天说女儿是他生活和工作的意义。但女儿对他是什么印象呢？

这是一个关键时刻的关键问题。像锤子一样，咣一下砸在王平头上。2009 年，他 39 岁，从未听说过"中年危机"这个词。但他事后以一种戏剧化的口吻提到那场饭局"是一个重要时刻",而那个提问扭转了他的人生。

"我姑娘可能会说,'我爸一辈子净混了'。"

十年后。北京酒仙桥四叶餐厅,我们请王平吃饭。那天上午,他先是去本溪做了三台手术,下午从沈阳桃仙机场飞到北京,第二天要参加"好大夫"年会。

那天晚上王平说话多,吃得少。他好像不太在意自己吃什么。他妈妈曾慕芝说起儿子,说他艰苦朴素,不挑食,就喜欢茄子土豆什么的,差不多如此。后来我跟他一起赶各种手术场,吃饭时间都是从手术台上抢出来的,更加随意。看到他对砂锅烙饼和喜家德水饺流露出由衷的喜悦,诚不我欺,他妈妈真是最了解他的人。

他言简意赅地说着自己的奋斗,还有他如何和青春期的女儿博弈,中间会突然拿起手机开始回复语音信息:"侧方转移,侧方淋巴结要转移的话,手术比较大,得做两三个小时,创伤大,术后生活质量低。四楼超声科,张亮彩超质量好,做一个,定一下手术范围。"

唐子文的灵魂之问就是在这个晚上聊出来的。王平郑重地回忆自己在这件事前后的转变。如果这事发生之后,他的生活波澜不兴、一如既往,那这个问题可能仅仅是个酒局玩笑,关键是在接下来的十年时间里,王平真的发生了诸多变化:腾飞了,脱胎换骨了……现在,他已经算是"好大夫"号称的中国二十万医生的代表——受邀参加这个网站的年会了。王平内心已经锚定了这个人生转折点。

本来王平跟互联网没有什么关联,甚至基本上是绝缘的。开始准备采访他,要发邮件,他发过来一个邮箱,我揣测好久这邮箱名字有什么寓意，那几个零散的辅音字母与王平有什么关联。百思不得其解，憋不住问他，他说这是他徒弟的邮箱，他自己没有这东西。对于电脑，他基本上一窍不通，打字也不快，医院已经把门诊的整个流程放进了系统，他还是不会打字，原来有助理帮忙，后来也没有了，同事里比他年龄还要大的江大夫心地善良，成了他的录入员。王平2012年就注册了"好大夫"网站，但到2014年才开始在上面回答问题，其中一个原因是互联网到了智能手机时代，他可以"弯道超车"，直接移动互联了。

当然，如果细细考察，这个有着破碎屏幕的华为旧手机也没能提升他的生活质量，到了2019年，他还是不会在手机上订酒店，也不会买高铁票。他只在手机上使用三个app：微信、网易和"好大夫"。

"好大夫"这个网站，从设计角度看还停留在世纪初的门户风格上，满且密。最大的字体给了一句"全国21万医生在线免费义诊"的话；下面用小了几号的字体写着"7×24小时接诊"和"覆盖所有疾病方向"；再下一行的字更小，"收录全国10203家正规医院625949位大夫"。

剩下大部分面积都属于密密麻麻的更小的字，引导用户以他们希望的方式寻找大夫，比如按照医院、疾病和专科，以及按照咨询方式分成网络、电话和私人、家庭医生；然后是一些支持服务，包括预约加号、快速找药；还有没有那么强时效性的信息服务，包括专家访谈、疾病专题和最新专家文章。相比之下，"好大夫"的app要简洁友好得多：几个大按钮，分别指向"找专家""去挂号""复诊/开药""普通问诊""极速问诊"……从病人或者病人家属角度看，倒是方便，比实体医院的界面要友好一些，毕竟在虚拟网络里，你只要知道自己要什么,就可以一路走下去。

这个网站算起来也确实来自于世纪初,成立于2006年——当时许多网站还喜欢自诩为"互联网2.0",这个网站大约就是那个时候的产物。"好大夫"的董事、当年的投资人评价创始人王航:比较轴。不过"这个行业靠熬,太聪明的人熬不住"。而这个能熬的网站,用十四年时间积攒了一万多家医院、超过二十二万医生的碎片时间——这是他们在2019年时的对外说法。

王平现在拿出手机,基本上只为回微信、打电话和"好大夫"问诊。微信和"好大夫"都是用语音回复,极少打字。重要的对话回复完,还会重播听一遍,检查说法措辞有无不妥。

他和他的患者从不同入口进入。通常来说,有着求医问诊需求的人会先进入"好大夫"那个复杂但全面,因而显得很权威、很让人头晕的网站里,在找到能为他们提供服务的对象之后,会被引导着下载一个"好大夫"app,这个更友好的平台会把他们导向更对症的医生。他们建立起信任之后,一个新的患者就诞生了。这个时候,如王平一样的医生则从"好大夫医生版"进入到后台,为他的患者提供服务。

以甲状腺为例,在普外这个大类里有甲状腺瘤的分类,医生信息按照患者评价总数和好评率从高到低排列。默认先进入全国的统一分类,然后是省市地区。

甲状腺外科,王平排全国第二位,他前面有上海瑞金医院普外科主任医师费健,比他多0.1的推荐度,但是少十几名的患者评价。如果点击"查看更多",你会发现王平在"甲状腺瘤诊后服务星"里排名第一,而费健排到了第五,因为前者患者数更多。

一般来说,医生在"好大夫"上越勤奋——回答问题越多、越及时、越细致可靠，预约至门诊的患者越多——他们的评分就会越高。

打分和排位是最有效的推荐信息，除此之外是一些说明，比如教育背景和学术头衔。还有一份医生寄语——它可能是"好大夫"网站上最个性化的窗口，多多少少能看到医生的一点个性：有些人通过罗列疾病种类来显示自己的存在，比如"骨肿瘤、骨肉瘤、软骨肉瘤、尤文氏肉瘤患者之家"；有些人貌似在谈哲学，比如"有时我在治疗的节点上，有时我在治疗的终点上"；有些人简洁明了，放个口号"大爱无疆！"，不知道效果到底怎么样。大多数人不写个人简介，连头像也是默认的灰色"牛德福"——这个长着牛头的"牛德福"大概是取"牛大夫"的谐音，是"好大夫"的吉祥物。

王平的寄语很长，文如其人，踏实严肃中有一种因为老派而带来的滑稽：

> 很高兴能为您提供甲状腺及甲状旁腺外科方面相关问题的咨询服务。请详细填写病情，已手术者请提供出院记录，病理结果，目前服药名称，剂量。因患者太多，时间有限，咨询务必简明扼要，免费咨询超过一定次数，需收取一定费用。本人能力水平有限，服务不周，请见谅。
>
> ——您甲状腺的忠诚卫士　王平

拿了四届"年度好大夫"之后，王平已经可以熟练地用"服务""品牌"和"市场"这样的字眼来描述自己的工作。"好大夫"创始人王航会乐于见到这样的效果。他在各种演讲里不遗余力推广类似的说法：医生不能毕生绑定在一家医院为院长打工，拥有自己的品牌和客群的医生才不会被时代淘汰，而"好大夫"就是他们的机会。

王航在 2017 年说，平台上收入最高的前十位医生，报酬从六十五万元到一百三十八万元不等。那一年"好大夫"注册医生的数量是十七万，其中六万获得了收入，付费患者占一千零一十二万总数的 40%。

医生获得收入，"好大夫"获得抽成。医生的服务以在线问诊为主，有的医生还可以团队接诊和预约挂号。医生个人页面上，每个功能都是一个圆角矩形的小按钮，上面浮着一个小气泡，里面是"好大夫"的推荐词，比如说团队问诊，"回得快"。包括王平在内的一些人开通了"私人医生"服务，以包月或者包年购买，属于网站开发的 VIP 业务。

点击"在线问诊"按钮，一个菜单页面跳出来，用一种朴素的排版罗列了问诊方式、价格、具体的服务内容以及适用的问题类型。比如，图文问诊一百八十元，粉红色的小字告诉你"充分交流、明确建议"；电话问诊则需要三百元，可以通话十五分钟，由工作人员给双方连线，"好大夫"在这一栏里注明"可传图片""预计通话速度快""已经有 116 位电话咨询患者进行了评价"。评价词都是网站预设好的，由一个个小框框起来的橘色字："充分解释""非常有耐心"，等等。

这些设置跟外卖、电商、订酒店等互联网服务业相差不多，有着极其相似的评价机制，一切都可以量化，选择也是列表式的，所有人的选择会为后来的消费者提供统计意义上的参考——整套操作把门槛降到最低，让最懒、最没有耐心和最粗枝大叶的人都能为此停留。

医生的服务也因此变成一个可以量化的商品，虽然大多数人不大会把医院看成服务业的一员。去医院看病的感受是焦躁而怯生生的，既担心病情又对自己的选择一无所知的人内心虚弱,这是一个有求于人的场合,没有人会把医护看作一扬手就可以叫来的服务员。"好大夫"的这个评价体系让病人或者病人家属放松了下来,网站邀请你为医生打分,医生——准确地说,是医生的服务——变成了可评价的商品。

那些随时出现的按钮让你觉得一切都可以自由选择,也让医生感受到他们需要做点什么才能让病人选择自己。"好大夫"网站的推荐机制埋藏得很深,你不会在首页看到对任何医生的独立推荐。只有去某个具体病种的页面,才能看到医生的排名。

嗅觉敏锐、激进一点的医生,开始使用的时间要比王平早五六年,那时候他们得在电脑上打字回答问题。但是有更多医生像王平一样被智能手机推到这个平台上,其最大的好处,是可以随时随地掏出来问诊,吃饭前、等车时、手术换台的间歇里。

前提是勤奋。这个王平不缺。

刚开始的时候王平没有患者流量,他给自己设了闹钟,早晨四五点起来抢答问题,以此获得关注。坚持的时间久了,四五点就成了王平的生物钟起床时间,连闹钟都不用了。他一般晚上十一点前入睡,得保证休息。

不到五年,王平的个人页面上已经多了这样一句话:"每年主刀完成各类甲状腺及甲状旁腺手术近2000例,为目前辽宁省内每年完成甲状腺手术例数最多的外科医生。"

有时候,王平一天的手术量多达十四台。这意味着他从早上八点不到就开始站着做手术,除了中间吃饭的一小会儿,基本上要到晚上七八点才有休息的机会。一天下来,"两腿发沉,感觉像支着两根木头棒子"。即便如此,王平每天也会掏出手机五六次回答"好大夫"上的问题。

患者数量的增加,让口碑产生了滚雪球一般的效果。成功的手术带来了更多的患者,为王平以及他所在的医大一院甲状腺外科积累更多客源。如果在"好大夫"上查看甲状腺瘤治疗医院的全国排名,医大一院排在首位,其实它并非手术量最大的一家,这与王平和同科室的其他医生在"好大夫"上贡献的问诊时间不无关系。

接近50岁的王平总是觉得时间不够。他认为自己发奋工作的时间点应该从2012年算起,到"好大夫"起步的时候他获得了足够的助推力。有的时候他会说,如果没有"好大夫",他也会一样出名,只不过原来需要五年时间,现在可能变成了三年;有的时候他又会无端感慨,声名鹊起的时间比他自己以为的要快多了。

2019年1月6日,北京诺金酒店,最大的会议厅外面一片紫红。那只叫"牛德福"的牛矗立在"中国好大夫峰会"主看板旁。这回看得真切:长相和寓意都很朴素,平常它都是身着白大褂和天蓝色衬衫,打着领带,这一天什么也没穿,巨大的白色躯体在心脏位置打上了"好大夫"的旧标志——一个被摆成心型的听诊器。一年之后,听诊器换成了两只翘起大拇指的手,正中有个红十字,看上去像个药箱。这家理工科气质的公司把它做成毛绒公仔礼物,声称"萌到吐血"。

这一天,王航没有提出特别大的战略,一位来自上海的三甲医院的院长,作为演讲者表达了他们要拥抱互联网、拥抱市场的热情。对于很多医疗界的人来说,这两者相差也不是很大。在传统的市场体系里,医院作为供不应求的卖方市场的服务提供商,比拼的东西在于人才和病例,这与医院规模和等级相关,而一旦进入市场领域,几十年了,总是跳不开进入莆田系或类似什么系的窠臼,所以医院,尤其是等级颇高的大医院并不会在市场化领域里触及太多。但互联网不一样，在 2019 年年初，"互联网+"还是会被挂在嘴边，一个大医院院长说这些东西不会有失身份。

不过，即便我这样的外行也听得出来，那些成体系的、可以规模化的甚至是流水线型的手术和医疗服务，是值得名门正派的医院去试一试锋芒的。比如甲状腺手术。

对于台下的王平来说，这些医疗界自身的突破也好，尝试也好，大都在他的意料之中，像他经常对我感慨的那样，"你看南方医院就是比我们灵活"，"南方的这些医院院长，人家想的都是怎么让医院赚更多的钱，怎么给医生争利益，这是对的"。言外之意多少有点觉得北方的体制还不够灵活，尸位素餐的事可能还不少，官本位可能还比较严重，"差距还是很大！"

王平感兴趣的是那些医生之外的声音。医生虽然每天接触形形色色的人，但大都囿于医生与病人的关系，即便不是医患，接触的另一方也只愿意把他们当医生，所以医生对世界的了解实际上非常单纯与片面。我们的另一位主人公张晓刚会说，做医生的好处是接触各种人，坏处是听到的都是恭维你的话，于认识世界无补。所以前一天在饭馆里，王平不断回顾去年年会上的收获。2018 年让他印象深刻的是主持人张泉灵和财经作家吴晓波，他把吴晓波跟史玉柱、褚时健相提并论，觉得他们认识世界比较到位，见解深刻，让自己学到好多东西。

2018 年的两位明星演讲者 2019 年也都在。王平很期待。

戴着红色框架眼镜、穿着黑色高领毛衣的张泉灵走上演讲台。即便站着，她依然用一只手圈住自己，另一只手支着自己的下巴，展露亲切笑容，这位前中央电视台节目主持人姿势很专业。

她在2015年辞职成了一名投资人，三年过去，她还在以自己转型的心路历程现身说法，表达对时代快速变化的感慨。2018年，她站在"好大夫"年会的演讲台上说："历史的车轮滚滚而来，越转越快，你得断臂求生。"

这种励志而又让人焦虑的句子在那几年的微信公众号里俯拾皆是，但只要不弄得太砸，每一次依然能成为传播的热点。"好大夫"在介绍她时，说她"在上一届好大夫年会上的发言触动了数百万人"。

台下一个叫张耀国的儿童牙科医生后来写了一篇参会随笔，说张泉灵那句"这个时代扔掉你的时候，都不会跟你说一声再见"最能让他感到共鸣。

不过这一次的张泉灵没有调整到最佳状态，投资圈流行语多了一点，打劫、跨界、赋能、连接，它们的模糊含义让演讲少了一点直指人心的效果。好在内容与王航的演讲有所呼应——王航随后宣布，"好大夫"进入团队诊疗时代。在宣传医生品牌化到了一定程度之后，他希望告诉那些已经确立品牌但又精力不济的明星用户，也许可以成立一个团队来一起作战。

> 一个品牌医生，作为团队领衔专家，可以把医生助理、下级大夫、护士、康复师拉进来，组成一个线上团队，一起服务患者。助理协助完成问诊，下级大夫进行日常回复，护士做日常护理指导，康复师营养师技师都可以进来、处理各自专业的问题，由领衔专家来定期线上查房、整体把控医疗质量，做出关键决策。

这是一个浪漫而且大胆的想法，但能否实现，几个医生说起来都表现得有点谨慎。这也是王平他们觉得今年年会不那么激动人心的原因。他哪一项都不能指望："哪怕是公立医院的科室主任，恐怕也没有这样的调度能力。这个美好的计划缺乏实施的动力，如果没有回报，谁会愿意为这个团队工作？如果有回报，那又由谁来掏这份钱呢？"

虽然也颁奖，但是这个叫作"领航者大会"的年会有一种激昂又紧迫的气氛。演讲里各种和变革相关的词句砸向医生们，就好像他们是创业速成班的学员。一共六位演讲者，都负责利用信息不对称的优势描绘时代滚滚向前的蓝图。

财经作家吴晓波出场。他总结了影响未来十年的重要变革因素。这个庞大的话题最终落脚在新中产阶层的崛起上。吴晓波说，这个阶层的数量已经达到 2.5 亿，正在逼近美国的总人口数。他们对于品质生活的追求，将导致"物美价平的互联网医疗服务，成为新中产生活的一部分。十年之内，所有人都会习惯通过互联网看病"。

这位前新华社记者被认为是当今中国最适合讲述企业变革、产业升级乃至经济发展规律的人。发表对世界的看法是他的主业。这些宏观叙事和切身处地为宏观背景下各色焦虑人物的前途担忧的能力，让他在沈阳以及东北成为一个特别受欢迎的角色，甚至他的浙普都透着一种真诚。他可以出现在各种需要解读变革的场合，并且能回答各种问题。2019 年 7 月，他参加"梦之蓝·名人大讲堂暨沈阳企业高峰论坛"，在论坛上，主持人问，丹东能否发展起来，成为另一个深圳？吴晓波的回答是，一个地区区域经济能否发展起来，与当地的资源情况没有太大关系，主要是一个地区是否有一个能够带动起经济的人。大家照例称赞，高屋建瓴，引人思索。那次论坛舍得砸钱宣传，吴晓波的巨大半身照出现在沈阳铁西街头的广告牌上。他总会提及自己对这个地方有特殊的情感——1991年,他刚刚工作,曾经做过铁西区的调研——后来为了宣传旗下录制的一档节目,他的公众号"吴晓波频道"还发布了他在铁西区跳广场舞的照片。

王平认真地听完了一上午的紧凑会议,说没有去年精彩,那种激动不如上一年了。不过,他还是对吴晓波直指中产阶级人心的焦虑感表达了心有戚戚焉的感受。为此,大半年后他在去武汉出差的路上买了本《激荡十年,水大鱼大:中国企业2008—2018》,吴晓波《激荡三十年:中国企业1978—2008》的续篇,想更深刻地领会一下国家经济政策上的变化趋势。他说这是他这一年里看的唯一一本书。

诺金酒店大会议厅的大屏幕上出现了王平的名字。这是一个荣光时刻。在来这里之前,他也曾在单位评过"优秀工作者"之类的称号。"一群人在台上,戴着花,等着领导接见,领导来了,跟你照个相,然后人拍屁股走了,你说有啥意思?'好大夫'不一样,这是老百姓给的,患者一个一个地给你评出来的,是你自己四五点钟起来一个回答一个回答做出来的。"

他觉得这个奖是对他最高的赞美。

第六章　张医生的门诊

杨淑霞赞美他两个儿子，"一个是修人脑袋的，一个是修飞机脑袋的"。前者指的是张晓刚，他是脑神经外科医生；后边的是指她的大儿子张晓翔，他是中国南方航空集团北方公司的地勤人员——坐飞机时，飞机启动之后在停机坪上冲你招手的那个人。

开人脑袋是个技术活儿。医疗界如果有歧视链，脑外科可能相当于数学在科学里的地位，不但有可能是王冠，而且有可能就是王冠上的那颗明珠。神经外科的鼻祖、英国人哈维·库欣（Harvey Cushing）曾经对《时代》杂志说过一个势利然而准确的总结："公众对于脑科手术的兴趣远大于结肠和坏死的腿。"（注：法兰克·佛杜锡克《神经外科的黑色喜剧》）

张晓刚的微信朋友圈能够吸引一些人，多少依赖于他对这王冠或者明珠的把玩。

他的朋友圈按时间一分为二：2013年12月开始更新，发的内容跟一般中年人没啥区别，转发热帖、时下流行的段子，无他；到2017年，画风大变，大脑CT造影图像、脑血管结构的三维建模开始占据主流地位，到现在一整年都在发医学影像，偶尔混进去一两篇转发文章，不是和神经外科就是和医院有关。

这些影像要么是大脑，黑底白色，像切成薄片的橙子的艺术写真，要么是血管，像粗壮错综的一团橘色毛线。有的时候也会有现场照片，比如手术创口写真，碘酒染过色的黄色创口被蓝色的手术布围住，几个钩子撑开手术面积，一个红通通的洞里面有夹住血管的止血钳、引流管，还有待缝合的血管。

术语和现场图像组合成不带情感的工作汇报，但是看久了还是可以分辨出张医生的情绪：

受到了一点委屈——"虽然你贫穷，虽然你不信任我们，医者仁心，还是急诊夹闭了指向后方的破裂动脉瘤，术后神清语明，运动自如。"

今天挺有效率——"今天修改研究生论文一篇，会议摘要翻译成英文两篇，不到十五分钟夹闭前交通动脉瘤一枚。"

稳——"不急不缓，皮到皮六十分钟。"

是个值得说的事——"今天上午门诊，接台手术，图 123 破裂微小胼周动脉瘤合并微小 M1 豆纹动脉动脉瘤，首次行 CTA 未见明确动脉瘤，DSA 确诊，术中证实为胼周动脉瘤出血，M1 动脉瘤保留豆纹动脉。还有两个破裂大脑中动脉瘤（图 456）待手术。"

看这些朋友圈的人是神经外科的同行，因为张晓刚有时候会在留言区回答疑问。偶尔也会有科普型的更新，比如 2019 年 3 月 22 日转发的一篇公众号文章，说的是《权力的游戏》女主角之一艾米莉亚·克拉克与脑动脉瘤搏斗的故事。当时这部超热门美剧行将收尾，因其扮演的角色被叫作"龙妈"的艾米莉亚·克拉克向《纽约客》陈述自己的殊死经历，成为全球性话题。

张晓刚说，2017 年的时候，他觉得得宣传一下自己，所以开始在朋友圈发这些精致的小图片，这也是受了王平的启发。但王平对张晓刚在朋友圈里发医学造影就很不以为然："他在朋友圈里折腾这个东西干吗？如果想增加影响力，也用不着在这里宣传啊，你朋友圈里的人还不了解你啊？"张晓刚了解王平在"好大夫"网站上如鱼得水，但他自己总是一副不强求的态度，始终拿不定主意去好好经营他的"好大夫"账号。现在他的门诊桌子上摆着一个"微医"的二维码——这是另一个有着腾讯背景的医生平台，正在烧钱抢各地的医生。不过，张晓刚也没拿准主意要不要在这里大展拳脚，他只是会跟患者说可以在这里找到他，并没有太多表示。

王平的评价虽然显得功利了一点，但我也觉得他说得在理。如果再功利一点，张晓刚有在微信上图片直播的工夫，在直播的路上走得更远一点也未必不可行。对于他们这一行来说，直播也不是什么新鲜事，一段野史里记载的，最早的直播差不多就是张晓刚的前同行做的，那都是将近二百年前的事了：

> 某个笨手笨脚的纨绔子弟，穿着马甲，打着蝴蝶结，用手在你的尿道里摸索，陷到了手腕子，这就够糟糕的了，雪上加霜的是你还有一群观众——不仅是从医学院来的呆瓜，根据1829年的《柳叶刀》描绘的盖伊医院里的另一次切石术来判断，半个城市的"外科医生和外科医生的朋友们，……法国的游客，和看热闹的，塞满了台子周围的空间。走廊和高层座位上很快就尖叫成一片——'前头的把帽子摘了'，'把头低下'，来自剧场各个角落的叫嚷甚嚣尘上"。（注：玛丽·罗琦《人类尸体的奇异生活》）

这跟后来流行起来的直播还真有一点相像。实际上，我唯一一次进到现场看张晓刚医生的手术，也是托了视觉记录一切的福。那天，一家生产手术刀的医疗器械公司与医院商定，记录张晓刚的手术过程——视频有助于他们判断并改进产品在实战中的表现。所以那天的主角，你可以理解成是张晓刚，也可以理解成是那把手术刀。

那天下午有一台"颈动脉斑块剥脱"手术。助理医师先剥开层层组织，牵引固定拉出一个手术区。张晓刚随后上场，用镊子把斑块的残留物从静脉上一缕一缕地撕下来。他穿着绿色短袖手术服，坐在一个黑色无靠背小圆转椅上，一旁的助理医师帮着引流、牵引和剪线。他先夹住一条几乎细不可见的白色物体，往一旁拉扯至剥落，然后再返回夹住另一条。

手术越接近尾声，工作愈发细致。罪大恶极的斑块已被剥离下来，黄白色一段，放在一块雪白纱布上。斑块是血液中的油脂、细胞和纤维组织的混合体，拿下水道比喻的话，就是淤塞住管道的那团垃圾，如果不清除，就会堵住管腔，导致血管破裂或者其他更大的危害。张晓刚总是喜欢用下水系统和它的各种变形来比喻他的工作。

摄影师在一旁拍摄手术情景，固定住机器之后，他就可以通过小监视屏放大手术镜头。在张晓刚用镊子夹住残留物往下撕的时候，围观者比手术医生还紧张，人家处乱不惊，我们手心攥出汗来。

摄影师说这是他拍过的最高级的手术。他一边拍摄一边赞美："太利整了，太利整了。你看这做得多干净。下回我也得按这样式的来。"

手术开始之前，张晓刚和助手在手术室角落里的一台电脑上反复研究一张 3D 血管模拟图。从远处看，屏幕上的图案像是一大团纠结在一起的虫草花，张晓刚把这团纠缠物翻转到左侧，又翻转到右侧，上下拉动，间或说几句话。提前研究资料有助于更好地制定手术预案，也就是知道手术中可能出现的风险，以及如何处理它们。医生和风险的关系因人而异，有些人独爱挑战，风险越大，刺激越大；有些人更保守，没有成竹在胸绝不动手。

张晓刚属于后者，这位已经从医二十五年的主任医师在我们之后的无数次对话当中，总是强调细致的重要性，这种对细致认真的执着，在他母亲杨淑霞那里也是被反复提及的。某种意义上，这位博士毕业的"高级知识分子"的一言一行，与他小学毕业的母亲如出一辙，只是他要谦逊许多，不像他妈妈那样因为自负而咄咄逼人。

每周一上午是张医生出门诊的时间。

诊室不超过十平方米，一张诊床，一个铁皮衣柜，一张摆着电脑和灯箱的浅黄色桌子，几把椅子。进门左手侧的墙上有一面穿衣镜，旁边是洗手池，裸露在外面的水管被艳绿色的假竹林围住。张晓刚在桌后坐定。

有三十个人有机会得到主任医师张晓刚的诊疗。挂号费十四块钱。神经外科大致有外伤、肿瘤和脑血管病三大类，最后一类由于体检普及、检测仪器精密化和生活方式改变，发病率大为提高。患上脑血管病，有不少是因为饮食过于油腻，不喜运动，或者过度嗜好烟酒。高盐高油这种生活方式在东北更为普遍。最近十年，张晓刚主攻血管，从这一点上来说，张晓刚是这种趋势的受益者。

排在第三号的人拎了两小箱南果梨进来，他不是患者，56岁的患者刚发病，人在海城并没有来。海城是个县级市，归鞍山管，鞍山原来以鞍山钢铁公司而知名，没听说南果梨也是他们的特色。资料里提示这位患者颅中血管狭窄，右臂麻木，在鞍山首次看诊。

"现在吃着药没？"张晓刚问。

"阿司匹林。"

"你先吃着吧，你要狭窄的话，第一你得做个造影。大脑颅中是窄，支架呢，你比别人风险大一些。造影是症状再犯的话，就需要支架了。"

"鞍山就让我们支架，我们没在那儿支，信不着它。"

"信不着"就是"不愿意相信"的意思。到总院和张晓刚这里看病的人很多都来自于辽宁和周边的市县，信不着当地医院的诊断结果与治疗方案的、信不着当地安排的医疗硬件的，甚至信不着当地药房的比比皆是。医疗资源向大城市、大医院集中发展，是医疗领域的全球问题，也是经济规律的一部分，在中国还要更为复杂一些，因为医疗系统的普遍服务、社区服务、私人服务和研究都混在一起，而且在公有制人才体系的管理之下，"马太效应"的产生是必然的。"信不着"成为普通人的本能反应。沈阳的顶尖医院就要承担诸多县市医院因为"信不着"而被抛弃的后果。当然，到更高阶的北京和上海，他们同样会说"信不着"沈阳当地的医院。

"先做造影看。"张医生给出建议。

"安排在这儿做造影？"

"你先安排住院，造完也做不了，至少得一个月。"

"急性梗死之后一个月，才能下架。"张医生进一步解释，"一次犯病，也得先吃药。"

"在鞍山说得可严重了，他说再来一下就瘫痪了。"家属仿佛抓住了"信不着"鞍山的理由，反衬出他们一家的洞若观火。

"这个得看你的风险和收益。支架的风险和收益得衡量。你要是很安全的地方,没啥风险,就直接支架了。这个地方,你得先造影,离你分叉的地方还挺近,能不能支架都不好说。大部分也能支,但这地方支架是有风险的。颅内,鞍山也没让你现在就给支吧?"

"外科就让我们会诊了,能支的话,就给咱安排支。"那家属道。

"你得造影。支架,急性期间别支。这期间没有招,做手术也有风险。颅内支架贵,得十万左右。还得顺利。你先吃着药,稳当下来,一个月左右吧。"张医生告知结论。

那家属听明白了,再三感谢,把那两箱子水果推上前:"南果梨,南果梨,自己家的,别客气。"传统礼节里,似乎自己家的东西不用花钱去买,所以不关钱的事,这事就变成自家人的走动了,大家都会更心安理得一些。

一个看起来很"社会"的人推门进来。穿黑色夹克,腋下夹着方形小包,来自桓仁,显然做足了准备,声称是宋主任介绍来的,"宋主任说这方面你权威"。张晓刚笑一笑,"就是这方面做得比较多",不卑不亢。这人依旧是替人问诊。他的姨父,63岁,在桓仁做支架失败了,血管很不好,连权威张医生都看不下去。

"术前啥状态?"

"现在就不能动了,术前可好了。眼睛有点不好使。高血压,还是糖尿病引起的。在桓仁做的。支架也是在这儿做的。我怀疑是做失败了。"

"那不一定。基底动脉也不好。术中术后片子没有啊?"

"全在这儿了,11号做的,右侧。"社会大哥把所有东西推过来。

"做完之后怎么不好？"

"左侧肢体麻木，大小便失禁。送本溪救的。神志不清了，人都不行了。挺到九点多钟，又复发一次。本溪造影了。你看这是什么导致的？"桓仁是本溪市下面的一个县。实际上他遇到的也是一个"信不着"地方小医院的问题。

"血栓？支架？在本溪查过磁共振没？失语救过来了？"

"后来拿药溶栓。"

"有钙化，撑不开的。关键我看，做支架就是挺麻烦的活儿，不是谁都能做得到的。取支架就更麻烦。取过，但不多，不是我这儿不多，哪儿都不多。你把你当地桓仁的片子拿过来。有盘，动态的盘。术前术后的盘，我拿回来看看手术能不能给你剥离出来。取支架不知道能不能取出来。"张医生指着桌子上的二维码，"在网上，找我。有时候在台上，我接不了电话。"

张晓刚给人看病的感觉是不赶时间。病人总是胆怯，信息不对称，又担心漏掉重要信息，所以控制不住总要说个没完，信息含量很低，张晓刚总是全力配合，并不着急。有时候病人递过来的是心脏CT片子，他看两眼，就着这片子点评两句，然后再提醒对方这是脑外科。病人本来就紧张，更加慌乱，在一堆资料中一通乱翻，嘴里还要自言自语："脑袋呢，脑袋哪儿去了呢？"张晓刚这个时候看起来就很放松。

这一天里，这样的放松时刻还不少。一位穿高筒靴的瘦高个年轻女士在几位同伴的簇拥下进来，二话不说便直奔诊床躺下，再支起一条胳膊，眼巴巴瞧着张晓刚。陪伴者开始陈述症状，张晓刚听了几句："不归我这儿看。到第一个屋找潘主任。"然后转向诊床上的女士："你看，躺早了吧？"

第九号病人快看完时，张晓刚接了一个电话，说是要去挪车。他没对外面候诊的人解释什么，结束了手头这个看诊随即离去。过了二十分钟，人还没有回来。有人探身进来看究竟是什么情况，有人在外面大声抱怨这个大夫看得慢，别的医生最多五六分钟就出来了，这个看了半天才看到第九个。

不急不慌，倒是张晓刚的一个很重要的风格。盯了一上午门诊，发现张晓刚心无旁骛，注意力始终集中在"问题到底是什么以及如何处理"上，其他东西都不大以为意——这应该算是一个很厉害的素质。后来我们好多次探讨好医生的标准，这一条都没有被他列到优秀素质中来，他可能是觉得这素质过于基本了，或者是将之归结为广义上的"心地善良"，这一点他倒是很愿意当成好医生的重要标准。总之，那个上午下来，他好像从来不担心看不完病人，每一个病人的时间都给得充分，不会给人效率上的压迫感。

差不多四十分钟过去，已经有患者断言张医生一定是去病房了，候诊的人开始互相交流病情，其中一个说："当地让做支架，谁敢在当地做啊？……"这时候，张晓刚回来了。后来他说起挪车的原因——听起来和这件事本身一样复杂而无厘头——因为要贯彻减少碳排放的蓝天工程，医院限制暖气，为了保证门诊大楼的供暖，医院在车库里自设锅炉，于是就占了一些车位。原本医生们大多都要到下午或者晚上才取车，不料这一天出现了一个早上就要往外走的外来车主，挨个通知挡了他道的人来挪车。

那天，好几个看门诊的人都把手往暖气片上凑一凑："真热乎啊。"看起来暖气烧得不热，不是北部战区总医院一家的事。

第十七号是个烟雾病患者。虽然搜索引擎会告诉你这是一种罕见的脑血管疾病，但在张医生这里，它一个上午已经出现了两次，张晓刚每次都告诉患者，这种病没有什么太好的治疗办法。烟雾病的特点是大脑血管缓慢闭塞，患者的脑血管造影图像形似烟雾，因此得名。它像很多病一样，病因不明，后果严重，比如癫痫、头痛和智力衰退。第十七号是一位61岁的女性，听闻张医生不乐观的说法，略显茫然。

"烟雾病。你得住院做造影。烟雾病缺血。颅内血管很差，得把颅外血管往里搭。还得买这个药吃。"药就是阿司匹林，还有一种复述不出来名字的药。不过，张医生总的来说没有什么乐观的消息告诉她："没啥坏处。经济上不行的话，就吃一个。那个药对你的病没啥效果。"

"头晕吐的时候耳鼻喉科看过没？"

"这是一个初步的片子，你这里有些血管都闭塞了，还往里面送血呢。我们得看它动态的情况是怎么样的。知道不？"

"你要做的是最高级的血管造影。"

"平时要注意点什么？"陪同这位女士来的家属问。

"没啥注意的。避免过度换气，避免哭啊，有可能诱发。二氧化碳特别少的情况下，可能诱发病。避免情绪过度波动。其他血压常规处理就行。"

第十九号是昌图人，患者自我描述症状是"迷糊，眼睛闭一下，就得坐地下"，得过脑梗，但当时没有大的症状，也可能是自己没有在意。张医生有两种解决方案。

"你这个得做手术。"

"支架呗？"

"可以支架，可以剥脱。"

"剥脱是什么概念？"

"血管切开，然后给你缝上。剥脱都好几十年历史了。你多大年纪？"

"68 岁，别的啥病没有。"

"支架费用高。但它创伤小。"

"哪个风险大？"

"都大。"

"我听大夫的，你是权威。到时候给我们做呗。"

"剥脱之后事少。剥脱就吃一种药，三十块钱吃一个月。支架复查比较费劲。"怕说得不够形象，他又补一句，"剥脱超声后期维护成本低，跟车似的。"

"现在能住院不？"患者这句话问的是医疗资源。

"你能转诊不？"张医生问的是社保问题。

"现在在昌图那儿办着呢。"

"我得看看有没有床。"

"我们也想做手术了。"患者像决定了什么大事一样，有种给自己打气的感觉。

"我们两个做得都很多。"张医生大概是让患者放心。

"我们信你。"

"你东西先放这儿。我问问床，一会儿有床我叫你。"

第二十一号又是一个烟雾病患者，年龄也不大，1978 年生。和上一位烟雾病患者不同，这一位是左下支蛛网膜出血，属于出血型烟雾病。三个月后遵医嘱复查，但自己都不知道应该复查什么项目。张晓刚在电脑上调出病历和出院报告，详细解释病情。中间打电话为之前的第十九号联系床位，又有同事进来说晚上有人请客吃饭。各种插曲过后，张晓刚继续回到病情的解释中。

"出血的烟雾病可以手术，但不如缺血的。能让你再出血的概率降低百分之十到二十，而且还得做双侧，不能同时做。"

"手术之后才能降低百分之十到二十？"

"对。就是说，你将来出血的可能性是百分之三十的话，我可以给你降低一二十。不是百分之百降到百分之一二十。只是部分有效。就是烟雾病这东西，你架桥之类都做了之后，还是不能百分之百避免。没有一种办法可以根除这种危险。"

"保守有啥办法？"患者挣扎。

"保守没啥招，就是观察。没有特效药。"

烟雾病的麻烦是既可能梗死，又可能出血。眼下张医生推荐的这种疗法对梗死治疗效果比较好，脑梗死一般能解决，对出血虽然有一定治疗效果，但不如对梗死作用那么大。

"造影看怎么样？"患者想再在张医生这里叠点希望出来。

"后循环往前是有供血的。"

"什么意思？"

"后脑往前是有供血的，颅外也有供血。"

"用长期吃药吗？"

"可以吃药，也不见得会有啥效果。"

"那手术的话，可以暂时先不做吗？"

"你自己定,做不做,什么时候做。因为它不是救命手术,也不是百分之百解决问题的手术。没啥招解决出血或者梗死。"

"那你说我现在做什么检查?"

"不用检查,你三个月也没有太多变化。这种复查就得做造影。磁共振也没用,那主要是看脑子,看不了血管。"

患者的女儿突然想起来,问:"像我妈这种,来月经为什么会导致迷糊?"

"迷糊是小事,还是缺血。跟血管有关系。缺血,小血管的血会往里爬,脆弱,容易坏。这病你不知道它啥时候犯,有的时候就没法预料。我同事媳妇反复出血四次,那就没有啥办法,短期之内四次,手术也没啥用。"

"那一次比一次重吗?"女儿担忧再问。

"那是啊,现在这人都没了。短期之内不出血也有可能。"

"我这手术做了没啥意义是不是?我现在忘性大。"感觉患者放弃了挣扎,有点听天由命了。

"跟你出血有关系,出血对脑功能还是有损害。别看语言功能没啥影响,但还是有细微影响。"

第二十九号那个沈阳人进来的时候,大部分诊室已经结束了上午的工作。这是一位年轻男性,有严重的癫痫,从头到尾都是带他来的妈妈在说话。她希望张医生能给开点药,张晓刚则一直声称已经有一年没开药了。他有朴素的歧视心理:开药是内科医生做的事,我们外科医生是动刀的,所以不愿意为这个事破戒。但这位妈妈再度表示她"信不着"药房,迫不得已,张晓刚打开开药的电脑系统,第一次输入密码，系统提示不正确——他是真的很少进入这个系统。解决之后又遇到了新问题："啥玩意儿，不让我开呢。剂量范围，它咋说我超过用药频次了。我开一天三次，五百毫克，没错啊。（默念屏幕上的开药说明）150 岁以下推荐每日一到二次。150 岁以下……这玩意儿咋写的？"

"那严重了。你按 150 岁开呗。"那妈妈出主意。

"开完了。"

"谢谢。抽这玩意儿能缓过来吗？"她说的"抽"是指癫痫。

"大部分都能缓过来，小部分有问题。抽了就往医院赶呗。"

"但有的时候人不在跟前啊，像昨天自己在家抽的，是邻居看到的。"

"抽的时间短，缓过来就没有啥事。看见就送呗。"

"不窒息就没有事是不？"

"抽的时间长都有事，窒不窒息抽的时间长都不行。到医院急诊。"

"药还得吃多久大概？"

"至少得一年左右。"

理论上的最后一个问诊者，也就是第三十号，是一对年轻的夫妻。女生在体检的时候查出了一个脑部小血管瘤，没有症状报告。张晓刚让他们不用太当回事："没有症状不用管它。"两人看起来心神不宁地走了。张晓刚后来说，如果稍微放宽标准，他其实会多很多病人，这些道理十年前他就知道，但是他始终没有这么做。

在起身收拾东西准备走的时候，两位患者捏着片子进来。

"你几号？"

"三十三号。"

"我就三十个号,咋还有三十三号啊?"话这么说着,张晓刚还是坐下来,打开刚刚关上的灯箱,把片子插了上去。

一个中年女子在门外走廊里探头探脑:"主任还看哪?"得到了肯定答复之后:"欸妈呀,我以为都下班了,片子还在车里没拿上来。主任你等一等,我去取片子马上就来。"各个诊室的门诊此时几乎都已经结束,原本挤挤挨挨的走廊变得空旷,女子噔噔跑走的脚步声越来越远。

张医生的门诊和他的朋友圈似乎哪里有些相似。比如那种对技术细节的专注,但是并不是冷冰冰的。他总是希望给患者留下一种踏实的感觉,有意引导气氛往"放宽心"那个方向去。张医生门诊的独特气氛是,就像从我们的访谈中感觉到的,他希望为患者做点额外的东西,比如省点钱——他几乎会问每一位患者从哪里来,判断一下对方的经济状况,然后给出解决方案,患者是不是领情反倒不在他的关心范围之内——这事总的来说是他自己的事。

这与我在第一次见面的那个小饭馆里得到的信息不一样,那天我记住的东西提纲挈领,都是人生大问题,还以为他的中年危机没过完:他先是表达他应该做一些更烧脑的工作;后来感慨起老同学王平的成功,听起来总像是有些深邃的隐忍郁结在心中;再后来又感慨起可以退休了,虽然他当时还不到 48 周岁,但他的工龄已经满三十年——从入伍,也即上大学开始算起——按军队规定,随时可以退休。

那天他给我的印象更接近于一个厌倦了工作的人。但是当他的工作和生活逐次向我们展开,我知道实际情况还是更接近于朋友圈里那个热情、得意而又有点书生气的形象。他很喜欢他的工作。他从中享受到的喜悦,不比王平从"好大夫"年会上得到的差很多。

第三部分 工人阶级子弟的成长

第七章 "我们"和"他们"

王平的奇耻大辱

1982年秋天。开学有几个月了，大家也都熟悉起来，三三两两找到自己的玩伴。开始是同桌或者小学同学，接下来的玩伴多种多样，玩得开心的或者更有话说的。

中午休息的时候，初一四班的付同学在周恩来雕像下与两个同学聊天玩闹，顺着周恩来端起的右手方向，他看到了山里红。

山里红是山楂的变种，比山楂树高大，野生的多，据说可达六米。秋天九十月份结红果，果实有人认为更宜吃，有人认为不如山楂。但不管是哪一种，都酸，观赏大于食用。

那山里红没有什么味道，两个同学也不知什么时候走了。付同学回到教室，等下午的课。

下午上课前，王老师叫出付同学，问他是不是偷吃了学校的山里红。付同学承认了。王老师在班级里公布了这一违纪事件，据称，付同学做了深刻检查。然后，王老师重申了爱护公物的纪律。

付同学现在是商业成功人士，全球数一数二的人力咨询公司的中国区总裁。说起旧事，付同学觉得王老师基础教育完成于"文革"，喜"大鸣大放",不像现在讲教育心理学。好在事件不大,也没有太多疾风暴雨。

三十六年之后。

在微信"六中初一四"这个三十五人的群里——这个班最多的时候有七十多人,相当于只有一半的人在这里——没有什么人说话,偶尔有几个爱说话的同学发些励志鸡汤,有几个爱点赞的同学发些中老年热情闪烁的表情,没有做微商的,也过了晒娃拼富的年龄,还没有混到养生的地步,张罗聚会之类的也少有。总之,这个群没有什么波澜,直到2018年7月1日。

那天,一位同学参加党庆活动,来到六中缅怀先贤,拍了一张照片,发到群里。群里突然开始怀旧。有人回忆起山里红树,枝繁叶茂,还有人被老师抓住了。

"举报的应该是王平同学,追求进步嘛。"付同学说。

隔了两分钟,他组织好了语言:

> 感谢这次举报带来的伤害,我理解了某些人为了获得利益会牺牲战友和同学。当时上午我与王平、张强在一起聊天,顺手摘了山楂。下午就被老师要求写检查。之后我与这两位同学都渐行渐远了。那个年代"文革"结束没几年,互相举报邀功也是常态,乃至后来我上公安大学,也看到很多同学为了攀附,而丧失人格。

事后他说,摘山里红的时候王平在旁边,张强在稍远一点的地方。所以他一直怀疑是王平举报的。

王平迅速回应——以后来我对他手机输入能力的了解,响应速度可能达到了最高等级：

> 申明一点，这种小人之事王平从来没有干过，也永远不会干，从来如此。

以自己的名字称呼自己，一种是自大狂，另一种可能是情绪激烈——几近于拍胸脯。王平属于后者。

未几，付同学继续直抒胸臆：

> 今天在这里说这些，也是对少年时代的困惑有一个交代。后来我离开公安部，应该也是因为看不惯这些事情。从商二三十年，从未做过类似事情，就是有当年的体验。

80年代戛然而止、苏东相继巨变、中国重入改革语境——多种原因作用之下，诸多体制内精英人士进入商界，世人称为"九三派"。付同学毕业于1992年，正逢此时，也算顺势而为。理想青年当年更有广阔天地做大事的雄心壮志，不以稳定犬儒为追求目标，体制内公务员不像如今炙手可热。付同学是初一四班公认有个性之人。王新宇——六中初一四班当年的班长，高中时与王平和张晓刚两位主角继续同班、继续做他们的班长——回头看这位付同学，觉得他的选择相当不凡。

但即便如此不凡，把这缘由记在王平身上，王平当然不能容忍，遂继续申明自己的态度：

> 我凭自己本事吃饭，那些偷鸡摸狗之事，从来不曾染指，也

是当年没被保送原因之一吧。虽吃过大亏，但依然保持至今，宁折勿弯。时至今日依然靠技术吃饭，坦坦荡荡。

微信群里，大家观望之后，纷纷跑出来和稀泥。付同学继续希望举报者能把少年事做个了断，王平则回忆起曾经请付同学帮忙买火车票的往事："至今心存感激，不知道您心里还有这些隔膜。您还是比我虚伪些，依我的性格，对谁有意见的话，我可能一句话都懒得跟他说。"最后总结陈词也掷地有声："我解释到此为止，信不信由你们吧。"

私下里，有同学暗笑：这一班都是神经病吧，过了三十多年居然还在拷问灵魂。

一番争执以班长王新宇高屋建瓴的总结做了尾声：

经历就是成长，经历多了就成熟了！回忆也是美好的！我们初中同学大部分也都是高中同学，下周高中同学就要聚会了，举杯释然！同学友谊常在！

我和王平多次探讨这个问题。王平每一次都情绪激烈，每一次都要用相当书面的语气自况："我是一个品行端正的人，怀疑我是一个告密者，对我来说真是奇耻大辱。"

你才是积极分子

远离官方，主动或者被动，这是王平为自己贴的一个重要标签。

"从小到大，最冤枉就在这儿，我要会沟通，会打小报告，我就不是今天这样了。"王平自动把"会沟通"与"会打小报告"画上等号，在他的认知体系里，这是经常出现的一种替代。"初中高中大学，我为啥不是班干部？我把这个当人格缺陷。"王平点评当年自己。

"我没感觉到我有存在感，影响力。那个时候我啥也不懂，不会观察别人，不会看。高中也差不多，跟老师走得不远不近。这个距离保持着。他也不会平白无故地批评你。"

在日本馆子里，王平试图完整地把这个逻辑展现出来。

我的同学中，肯定有一个人做了告密者，我没办法判断王平是不是那个人，但有一点可以确认，王平对这种告密行为确实持否定的态度。

我们在他的申明中会看到这样一些特征：

——告密是"小人之事"，这是一个基础判断；

——没有一技之长的人才靠告密这种龌龊行为混社会，解决生存之道，而我是有一技之长的人；

——我是一个宁可吃亏、宁折不弯的人，那些偷鸡摸狗的机会主义者才会趁着这个机会表现自己，试图占些便宜；

——告密确实能为这些机会主义者带来收益，但我不屑为之。我要是同流合污，早就飞黄腾达了。

"好大夫"年度大会的颁奖和互联网时代新医生的身份，为王平的风骨作了技术意义上的脚注。但在此之前，他也对来自官方的奖赏不以为然。就像平时他不怎么说科主任是领导，即使他对其素质、运筹帷幄的大局观钦佩有加。在评价与主任的关系的时候，他更强调一种江湖道义，以及对大哥的服膺。这是王平自觉很"社会"的那一面。

在很长时间里,我与大多数人一样,把江湖气当成沈阳文化的一个特点,视为前现代社会的遗存——一种来自民间的、与"庙堂"相对应的体系。这个人"想当官""想往上爬",必然与民间的小团体产生矛盾,他可能是一个潜在告密者,是一个未来要管理"我们"的人,他与"我们"不是一伙的。

这是工人社会的一个很典型的特征。并非单纯来自于沈阳或者东北的文化。工人群体对于自己小团体的忠诚大于对管理者、对机构的忠诚。美国工厂中有一种人被称为"卖命干活的人"(rate-buster),这些人更愿意从工厂和资本角度去考虑问题,通常被工人小团体所孤立和敌视,受到"集体压力"(注:安德鲁·G.魏昂德《共产党社会的新传统主义:中国工业中的工作环境和权力结构》)。

在中国的工厂社会中,"积极分子"与"卖命干活的人"有一定的相通之处,但也不尽相同。因为"单位"所有制,国营工厂对资源拥有更强大的支配权,单位在个人生活中占有更多的话语权,所以一个在单位中"吃得开"的人所获得的收益远大于欧美工人团体中一个表现积极的"异类"。魏昂德在70年代末对天津一所工厂的工人访谈中,一位工人强调:"积极分子有各种各样的,他们与普通工人的关系也彼此有差别。最招人痛恨的是那些同领导拉关系的人。用这种方式从领导那里得好处被认为是不道德的。……如果一个人工作好得了提升,大家便愿意接受。不过大家还是不喜欢那些想当官的积极分子。"

在80年代之前,中国社会的稀缺性如此显著,但凡一点如今看来微不足道的差异,也会被放大为重大差别。一个工厂或单位里的"积极分子"遭遇的羡慕、嫉妒和鄙视,也会因之被放大。

王平医生在2018年7月1日受到的怀疑让他如此不安，是因为这是对底线的挑战。这个底线是整个社会对"正派人"的要求、对"坏人""小人"的定义……挑战这个底线就是挑战工人群体里社会角色的定位。

　　一个"正派人"，就是要对权威或者机构保持一种距离，因为，一旦表现出特别"上心"的感觉，可能就意味着你是个"积极"靠拢权威的角色。在这个文化当中，"积极"与"假积极"的区分并不明显，甚至不屑于做出区分，一个正派人应该保持洁身自好。所以当付同学"打小报告"的指责突然而至，那就值得王平为它赌咒发誓。

　　我是在了解王平与女儿相处的过程中，才一点一点梳理出他的这种思维特色的。我们第一次见面说起他的女儿王子琪，得到的信息包括：青春期，偶尔跟妈妈吵架；当时正准备中考，目标是直升育才；经常指责王平思想落后。

　　王平太太李丽也表示出对女儿的不理解。在他们的完美计划中，王子琪应该出国完成学业，但女儿很快将这个计划归结为父母"落后"的表现："中国这么好，你们为什么总要我出国呢？"她着急入共产主义青年团，将来要加入中国共产党。"我们俩怎么讲一些事情，不行，不能说中国不好。网上有一些小文章，说美国其实不好，然后她就可信了。我说这写得比较片面，你长大就明白了。她不行，就不对，现在还是这样。这个不能争。最后就不说了。"

　　不说归不说，王平继续他的不理解。在聊过多次之后，王平的态度大体如下：他对国家没有反感。与很多这个年龄的人一样，他保守而且听话，没有什么意识形态分辨能力，不想对这事表现得过分上心，也不大在意分析事情的能力，你要跟他较起真来，他可能还要表现出犬儒的那一面。他不理解的是王子琪为什么这么"劲儿劲儿的"。

"劲儿劲儿的"应该是沈阳或者北方方言的一个词,一般来说,会用于表达特别有劲地去做一些本来没有劲的事,不在常人理解范围之内:(1)又不是他自己的事;(2)又不是赢房子赢地;(3)不知道他到底想要什么东西。如果联系到前面我们说的积极分子的表现,就更容易理解这一点。

王平的疑问在于这种基于工人社会背景的解构主义:在遇到"大"的东西时,采取解构的态度,解构神圣高尚和假装神圣假装高尚的东西,指出其虚弱的一面,让人看到其虚弱的本质——有的时候确实如此。

而且还有一点可能特别要强调,就是王平医生这一代人在受教育之时,恰好"文革"刚刚结束,革命式教育,或者说假大空式意识形态教育为社会各界所诟病,但教育体系和教育内容并没有发生相应的变化,基本上还在既有框架里持续,所以教育者本人也会对自己所教授的意识形态相关的内容保持一定的距离,或者保持一种审慎的态度。这种潜于其中的"不必当真"的判断会潜移默化地影响受教育者,就是王平这一代人。它有很强的玩世不恭的风格。前面说到对积极分子的态度、解构各种庄严和"大"的家伙的时候,都会有这种态度在里面。

这是一种基本的人生观:保持距离。与积极分子保持距离,与当官的保持距离,你是普通人,普通人应该有普通人的操守。与之相反的,是错误的价值观:他们喜欢"舔"领导,他们是"假积极"——在沈阳的民间语境里这样的词还有很多,这些人在假装自己要求进步,以获得更好的站位,获得更多的人生收益,最后演变为机会主义,成为不择手段攫取自身利益之一种。在王平那里,这实际上是一种庸俗王平在用自己的人生态度来反对庸俗。

这种波希米亚式的人生观，到最后，其巅峰表现就是明确表示"我上初中也是入团最晚的"，更没有入党。他要保持距离。

"假积极""要求进步""与老师和权威走得太近""像一个积极分子""舔""喜欢跟'大'的概念和存在混在一起"……王平习惯于把各种概念之间画上等号。毫无疑问，正是因此，他才会担忧地看着王子琪："我女儿怎么变成这个样子了？"

矛盾的另一面——王子琪，与我们想的可能也不完全一样。她"劲儿劲儿的"热情，与王平理解的当年工人群体文化还占主体的"假积极"当然不是一回事。王子琪已经远离工人群体那种粗犷的文化，在价值上的取向与她现在受到的单一价值观教育有关。王子琪还有不一样的地方。

与她的父亲不理解她"劲儿劲儿的"一样，她也不理解父亲为什么这么庸俗——对，同样是庸俗。只是在王子琪那里，父辈的庸俗更具体一些：社会达尔文主义，弱肉强食，丛林法则……很"社会"的那些东西。

在王平和李丽的世界里，他们认为自己的社会沟通能力和社会处世能力不如人，磕磕绊绊，远谈不上人生赢家，唯有靠手艺吃饭才能让自己保持尊严和竞争力。与此同时，与他们当年从父辈那里习得的人生经验一样，他们要告诉给王子琪的，一是远离社会，不要过早被社会污染；二是社会险恶，社会复杂，你抢我夺，没有公平公正可言。而他们所能给予女儿的，看起来就是能保护多久就保护多久，能保护到什么程度就奔着最高级去。

王子琪的不理解其实只有一个：你们为什么总是把社会想得这么坏？她认为，这种想法可以被标记为"上一代人"的庸俗。

双方都在反对庸俗。波希米亚派觉得，反对庸俗就是反对社会钻营，要凭本事吃饭。新一代的年轻人认为，反对庸俗就是反对"社会一片阴暗"的偏见，相信世界光明，父母爱我，每个人心想事成，社会和谐而伟大。

父辈与儿女一辈之间的话语权争夺——不是弗洛伊德信口开河的说法——在人类社会和文化当中应该确实存在。但可能也只是在目睹王平与王子琪这对父女的冲突之后，我才明白另一个道理：两代人之间的意识形态之争，实际上无关意识形态，只是庸俗与不庸俗的对抗，双方都认为自己不凡而对方存在庸俗的嫌疑。把目光放得更远一些，对于很多新一代的年轻人来说，他们的反面其实未必是通常理解的自由派，可能只是父辈的庸俗。

回到王平的山里红事件。为什么是"奇耻大辱"？与担忧女儿一样，王平担忧自己被划到"他们"的界限中去，成为"他们"中的一员。得了"先进工作者"本身可能还挺高兴的，但其中来自官僚体系的认可，有损他淡泊名利的形象，与他多年培育的"自我"形象——那个受尊重的、有尊严的、来自于民间的"我们"的形象——背道而驰。这是一件让人恐惧的事。

"我们"是谁？凭本事吃饭，有一技之长，光明磊落，从不偷鸡摸狗的工人阶级光辉形象。"我们"是在野的力量，不会与"他们"为伍。

2018年7月1日，张晓刚在微信群里开解他的要好朋友王平：

山楂的事我都不知道，年纪小被老师收拾，确实不容易忘，那时候都小，没啥原则上的事。大学还专门有匿名学生量化小组记录自己同学的鸡毛蒜皮违纪事，现在谈起来，都当笑话听了，都奔五了，根本不算事。相信现在体制内的同学也能遇见各种更甚的奇葩事，每个人有每个人生存之道，不能强求别人，太较真了没必要。

后来王平夹枪带棒地指责付同学的虚伪时，张晓刚又说："不是比你虚伪，是比你成熟。"

不成熟的、较真的、工人阶级传承中的王平视张晓刚的批评为一种赞美。只有那些社会上的人才是成熟的：积极分子、告密者、单位里与你打呵呵的、官僚、官僚的跟屁虫、喜欢玩弄形式主义的——那些没有一技之长，只能用嘴皮子和动心眼子的人；警察、税务、城管、社会上形形色色的霸凌者——那些以为可以借身后的庞大机构来霸凌我们这些小老百姓的人；可能还有生意人、南方人、各种中介——那些以为自己脑袋很好使，可以去算计别人的人……他们组成庞大的社会，王平医生、张晓刚医生，这些曾经的"奖学金男孩"，这些孤傲的认为自己凭本事吃饭、不同流合污的不合时宜的人，挣扎其中，经年不止。

在经典的工人阶级文化研究者眼中，这个另外的人群被称为"他们"。理查德·霍加特在《识字的用途：工人阶级生活面貌》中表明，"他们"与代表工人群体的"我们"是截然不同的两种对立存在。这个世界就其本质来说，是"他们"的世界。

一般而言,看待"他们",就像看待警察一样,基本的态度与其说是害怕,倒不如说是不信任;与这种不信任相伴而生的是,人们对以下事情不抱幻想:"他们"会为一个人做些什么,会以那种复杂的方式——显然是不必要的复杂方式——做些什么,而且在这种复杂的方式里,如果接触到他们,"他们"就决定了一个人的生活。多年来,工人阶级人民体验到了在劳工介绍所里、在咨询医生那里、在医院里的排队等候。无论是有理还是无理,他们都通常抱怨那些专家,以便得到他们自己背后的某些东西,如果事情出了差错——"啊,要是那个医生知道他在做什么,就绝对不会失去那个孩子了"。他们怀疑,公共服务不会非常轻易、有效地提供给他们,不会像那些能够打打电话或发封语气强硬的信函之人所享受到的那样。

这是理查德·霍加特对工人阶级社会里"他们"所具有的特征的一个总结。理查德·霍加特是伯明翰学派的奠基者,西方马克思主义社会和文化学研究的代表人物,他对工人阶级的热爱和对工人阶级文化的深入研究是最有价值的财富。

沈阳的工业基础雄厚,工业人口众多,所以"他们"的负面清单也特别庞大。随着城市日渐衰落,这个名单不断扩大。最典型的是当官的——可能来自于单位,也可能来自于人们日常生活当中接触到的各种机关;接下来是给当官的使唤的,在各种社会不公正现象和社会暴力的现场,这些人很容易被发现;再之后是专业人士,只要存在信息不对称,那就意味着"自己"可能会被蒙在鼓里或者是被欺骗;然后扩大为所有交易的对方,而偏偏随着社会的市场化,交易的频率越来越高,覆盖的范围越来越广;再接下来,所有市场参与者,不管是不是跟你有交易关系,都会成为怀疑对象。

有的时候会显得有一点荒诞。

沈阳的"他们"中,有一群人叫"南方人"。改革开放之初,沈阳的国营企事业单位还是像盛世恐龙一样的存在,不着急拥抱市场化,当然也没有特别像样的机会拥抱市场化,有开风气之先者总是在算计着沈阳与南方的差距,久而久之,就像总是被逼着学隔壁家榜样的青春期少年,演变出了一种逆反心理。最后完成了沈阳人与南方人的对立。

与此同时,还有一群生意人在沈阳一点点做大,多半是靠着自己的勤奋努力和对市场机会的把握,他们也成为榜样的一种。而且,很多有这种素质的人同时有着南方人的身份,这事就麻烦了,它放大了"他们"的感觉。

如果又是南方人又是生意人,那基本上会被认为是"到沈阳来抢钱的人",基本上要面临绝境中的三个终极问题:你们到我们这里来干啥;我们这里不是那么好,你敢铤而走险,到底包藏什么祸心;我要更加审慎严格地判断与你的合作可能。后世之所以对沈阳和东北营商环境有微词,其实都要归咎于这三个灵魂拷问的变种,它们分别是:你们是有罪推定的对象,可能本身就是违法乱纪者;我在交易过程当中,必须与你斗智斗勇,偶尔还要斗狠,而且我在这个过程当中并不会因此而有道德上的负担;我会严格审查你的合同、资质和其他所有的东西——通常这些已经是各种官员做的事了。

"我们"和"他们"就是在这种复杂的环境里,随时调整着自己的位置,在个人的精神世界和自我定位里,每个人都希望自己保持属于"我们"这个群体的洁净,同时——这可能确实不是很好——能在"他们"的世界里出入平安。

当然,人经常会处于错位的状态,有的时候,因为参照系不同,人也会不断变化自己的位置。作为大东区腹地背景深厚的工人阶级子弟,王平的出身及其接受的家庭和社会教育,决定了他与工人群体的天然接近性。但与此同时,高等教育使得他完成了自己的阶层跃迁,成为一位专业人士,所以很大概率他会被划到"他们"那个范畴中。

在最初的时候,王平不会意识到这种从"我们"(注:工人阶级)到"他们"(注:另外一个人群)之间的变化。一切都是以很合理、很顺畅和高歌猛进的方式进行的。理查德·霍加特最不喜欢的"工人阶级的背叛"当然是阶层跃升的题中应有之义,而且是在个人的幸福感和成就感中完成的。

【番外】"我们"的消失与"他们"的世界

天知道，X为什么会考一个警察学院。他爸爸是医院副院长，妈妈是医生，知识分子家庭。在报考志愿之前，也没有什么迹象显示他有当一个警察的梦想，但真的就考上了。而我则考到了辽宁大学。

暑假，我们拿到了录取通知书，还没有报到。按我们见多识广的老师的说法，这个假期没有人管，可不要过于放飞自己。太放松了，放松到会经常死人。野浴，淹死了；骑自行车去郊外玩，撞死了⋯⋯都不离奇，只关命运。在我们前后届里，沈阳二中的两个高三毕业生去本溪水洞玩，太子河上的漩涡结束了一切。

我们没有这些额外故事。忘了是去干吗，我们俩在八王寺汽水厂门口闲坐着，一个歪戴着帽子的警察骂骂咧咧地从旁边经过，还指指点点。

你知道，我们那时候跟任何时候一样，虽然都惹不起警察，但作为民间在野意识的一部分，经常要天然地把自己视为警察的对立面。我们可是学生，被所有成年人欺负的学生啊，警察，跟老师校长教导主任父母这些成年人一样，是我们生态环境中必须被视作天敌的一部分啊。更何况我们还是工人阶级的一部分，乔治·奥威尔说："我天然地站在这一边。"我们即使被训诫被欺负，有理没理，最后总是会说上一句,或声大或声小到只有自己听见:"你不就仗着穿一身警服吗,脱了它你算个屁啊。"

工人阶级必须是这种态度。这是我们阿 Q 精神胜利法的一部分。

那天,一个警察骂骂咧咧地招摇而过。X 也在那里嘀咕着,也骂骂咧咧,"这警察他妈的跟土匪一样。"缺乏能指和所指,所以按惯例,我以为这是我们经典工人阶级戏码的一部分,也附和着骂了几句。

渐渐听懂了。X 实际上是在说,谁他妈的还敢欺负我们警察。

我那时青春年少,难以一下子理清其中脉络,也没"社会"到拍拍兄弟肩膀:"你怎么还没披上这身皮就向着他们说话了?"你看,如果一个人很"社会",哪怕稍微"社会"一点,也总是会把事情做得很妥帖,听起来语重心长,举重若轻。没准可以敲打他一下——不要这么快就把自己从"我们"当中剔除出去。警察是"他们"那伙的啊。

我那时候就是有点震惊和意外。欸,身份怎么就不一样了?

一年多以后,1989 年 8 月 8 日,《沈阳日报》有一篇报道:"市公安局一司机耍野蛮",大标题是"殴打路人引起公愤"。

本报讯 昨天(7 日)市公安局一司机将一男青年打伤,引起公愤。

昨晚 16 时 40 分许,市消防车厂工人韩某骑车在西滨河路与北三好街路口,与由南向北驶来的辽宁 01-90010 号轿车相剐,韩与司机口角。身着警裤的司机下车,便挥拳将韩打倒,他转身要上车,见韩不服,又第二次对韩拳打脚踢,致使韩满脸是血浑身是泥。然后,这名司机驱车欲逃,被数名群众死死拦在

20米外，韩也倒在汽车轮下。目击者说，车上还有两人，但无人下车阻拦。记者17时30分赶到现场。只见和平区公安分局的一位副局长和众干警正劝说韩去就医，数百人纷纷谴责司机，此时司机与车上的人已不知去向。直到18时30分许，市公安局车管科副科长滕仁友赶到，才将韩送往医大一院救治。经诊察，韩右眼眶部出现一长约2.5厘米裂口，深达骨质，须缝合。据滕仁友介绍，打人司机名叫毛永奎。当晚市公安局有关领导到医院看望了韩某。

　　从昨晚至今晨，目击者于某等人几次给本报来电话，并对这一干警殴打群众的行为表示气愤。（张宝华）

这篇报道配了照片，那个时候还不兴给新闻照片打马赛克，车牌清晰，报道中也说得明白，而且全沈阳人都知道"90"开头的小号车都是市公安局的车。

而且，还有跟踪报道。

引题是"市公安局有关领导慰问被打路人"，大标题是"司机打人一事正在调查处理中"。

　　本报讯 本报8月8日报道的市公安局一司机殴打路人一事，引起市公安局有关领导的重视，此事正在调查处理中。

　　此事见报后，许多读者给本报打电话或写信，对此表示关切。昨天（14日），市公安局有关领导向记者介绍，被打伤的韩某已经基本痊愈，缝合4针的伤口已经拆线。在此期间市公安局有关领导两次到医院和其家中向韩某道歉，并送去了慰问品。打人者毛永奎已经在党员会上和群众会上检讨两次。市公安局计财行政管理处负责人表示，一定要尽快把这一事件调查清楚，圆满解决好。（秋白 宝华）

你也可以理解成这是危机公关的一部分。"正在调查处理中"这种表达方式现在也多见，可以理解成是一种套话。

有一点，我认为是好事。当时诉讼并不是必经之事，民风相对来说淳朴，韩姓工人没有抓住这事要一笔大钱。如果是今天，用一笔钱来解决，大家都会认可。韩某坐地开价就可以——公安局在试图把稿子压下来的时候恐怕就已经在想"多少钱能把这事压下来"了。

而打人者毛永奎无须被"人肉"，第一篇稿子里已经有他的大名出现了，也没有说毛某某，让公众去猜度——只要媒体透明，信息公开，很多争论是不必要的，比如"人肉"的道德和法律属性问题。

打人致伤，缝了四针，如今走验伤程序，定个轻伤害之类，毛永奎可能就已经面临刑事拘留了。当然，有公安局背景，可能躲过牢狱之灾，但至少市公安局官宣可不敢说他还落在收审之外。

而且，他还是一个党员呢。只能说当时社会相对来说还是质朴。

此后若干年中，不断有类似"失手"事件发生，公开媒体报道不如当年爽快，有了网络之后也逐渐成了法外之音，非议者遑遑，然而总体上还是敢怒而不敢言。有冬烘之论：如果受害者不起诉，会伤到中产阶级，最后离心离德；如果起诉，有可能让赖以维稳的警察团队缺少安全感，无法正常履行职责。

何以至此？是非判断很难？如果以结果来看待，我们所要求得的结果不就是公平公正的社会吗？另外一个更深刻的问题是，如果警察是一支五百万人的队伍，为什么里面不会出现一个或几个坏人？如果有几个坏人受到惩罚，为什么会导致一个群体不能好好工作，并被"伤了心"？

毛永奎在1989年下车打了人，然后《沈阳日报》第二天报道了这件事。这世界也没怎么样。

质朴社会里，警察也会提醒自己在"他们"这个世界里的分寸。有警民言语不合或者起了冲突，洁身自好的警察通常有两种反应：一种是边脱掉衣服，边证明自己可不是一个倚仗制服才能制服这些地痞流氓的人，脱衣服只是证明"咱们像个爷们一样来个你死我活"；另一种稍微弱一点，但也不输气势，"今天我就用这身皮来制你了，就问你服不服"……

回到八王寺汽水厂门口的那个下午，我看到"我们"的弱不禁风。眼见就要上大学了，未知世界就在不远处，"他们"的世界已经在招手，但我们还没有准备好成为"他们"中的一员。孤零零甩在那里，什么也没说，无须城府的少年生活也就此沉默下来。这世界在兄弟眼中已经各有不同，这种大变化还需些时日来慢慢评估，当时只是暗中着急，这可如何是好。

在这个暑假里，你真的不知道都有什么意外发生，都有什么东西死掉。没有离奇，只关命运。

我和X都不是纯粹的工人阶级子弟，生活轨迹相近，都是父母大学毕业下放到乡下生活了多年，然后落实政策调回沈阳。本来也不大属于"我们"那个工人阶级圈子，但离"他们"显然也更远。我到现在也不明白他为什么要选择这个行业。

有很长一段时间他都在市局工作，那几年里，沈阳的电话号码从六位升到七位，又升到了八位，我跟他说，从你的电话号码就能看到升位路径。他说何止是电话号码，他的桌子，他的办公位，十五六年都没有变过。侧过身望向窗外，毛主席在中山广场中央一直扬手向前。

第八章 "社会"与奖学金男孩

"不社会"的张医生

80年代，沈阳拆迁逐渐多了起来。一大片平房街区，哪天突然有零星的老人在路边支起地摊，就知道这里要拆迁了。有的时候，还只是听得风声，急性子也会摆出来，过了几天，有权威消息说不动迁，空欢喜一场，收了摊回去，难免发现某个生活离不开的家什已经卖掉了，心里感慨贫贱家庭百事哀，还要成为街坊邻居暗中嘲笑的对象。

那时候，虽然"四旧"已经破过了，但有些趁手的家用器什还是老货，所以如果时间和眼力都够用，这种地摊也会淘到些好东西。到了后来，越来越多职业摆摊的——可能是下岗找个营生的，也可能是收旧物倒卖的，还有可能是小偷小摸趁着机会销赃的——混在拆迁户队伍里，直到有一天这里的地摊看起来像北京的潘家园旧货市场了，爱好成了职业，生计成了生意，这种趣味告一段落。

大东门外卖副食的张华阁家拆迁。两个孙子，大儿子家的张晓刚，二儿子家的张韵，跟着一起忙活。张韵是张荣的儿子，张韵出生于1970年，恰好在张晓翔和张晓刚之间，堂兄弟三人都在一个年级。张韵高中最后两年在五中文科班做旁听生，是我的同桌，人高马大，喜欢广式香肠和唐纳德那只鸭子,中央电视台周六晚上六点半的《米老鼠与唐老鸭》,雷打不动一定要看,宁可牺牲晚自习。

张家有些好东西。当年擀面杖都是红木的,困难的时候卖了四十块钱,跟天文数字一样。识货的买家连价都没还就拿走了,估计也是怕话说多了,反倒担了个落井下石的坏名声。现在值钱的东西虽然所剩无几,但也还是认真定价,能卖出好价钱还是不要掉以轻心。这任务落在张晓刚和张韵身上。

诸般东西暗中定好价格。其中有一扇门,定了七块钱。张晓刚对这事印象深刻,第一次跟我们泛泛而谈他的人生经历时,就把这扇门说在前面。

中间张韵出去一会儿,恰好这时来了主顾。看中了这门。

"十四块卖不?"

"卖啊。"这大生意翻着番地就来了。晓刚心里乐,顾不上沉吟。

那主顾看了一眼无遮无挡满脸都是盼望成交的张晓刚,果然心下狐疑起来:一定是价给高了。

又东看西看。转悠一会儿,走了。

到手的生意不见了。张晓刚很烦闷。过会儿张韵回来,晓刚讲这生意前后。

张韵虽然只比张晓刚大几个月,但懂生意:人家问你十四块卖不,你得说不行,要二十,然后再讲讲价,便宜三五块钱卖给他。

对于社会经验,有些人天生敏感,凭直觉,合该如此,无师自通;有些人可能就得"吃一堑长一智"才能缓慢习得。张晓刚虽然从小就以读书厉害著称,但在这个问题上,却属于后者。

"不够社会。"张晓刚自我总结,"上大学,我哥送我,他厉害,到北京买去西安的火车票,他挤进去,一会儿工夫挤出来就能搞到两张票。"张晓刚觉得哥哥张晓翔在社会上"吃得开",这可以视作一种能力,而他自己差点。这也符合张晓翔以及他们全家对张晓刚的认知。张晓翔至今也认为弟弟"接触的人太少了",虽然医生的社交圈和社会接触面,远远大于他这个检修飞机的。

弗兰克·琼斯说,每个人实际上都是三个人:他自己认为他是什么样的人,别人认为他是什么样的人,以及他认为别人认为他是什么样的人。(注:转引自 G. H. 埃尔德《大萧条的孩子们》)在张晓刚身上,但凡说到"社会"这个话题,这三个自己就奇妙地融合在一起,一起发声:不够社会;不够社会;不够社会。

这种标签,在其他时候、其他地方可能会是"书呆子"(nerd),看起来木讷,但是自成体系,即使显得略有"笨拙",也并无不可——毕竟他有他自己的世界。如果碰巧他还有一点天才儿童的色彩,大家不但会原谅这种笨拙,而且会将之传奇化。总之这并非什么大不了的事。但在 80 年代,在沈阳,在工人阶级占主流的社群里,它就是一个问题。

我特意把这三个都列出来,是因为它们共同指向一个事实:那时可是一个稀缺社会。在稀缺社会里,合理利用资源,合理占有资源,这是王道,这叫"吃得开"。如果资源相对丰富,不那么稀缺,那么"吃亏是福"可能还上得了台面;而如果资源稀缺,尤其是稀缺到只有零和博弈,那吃得开的人的生存能力就远大于对照组。

吃得开与吃不开,是衡量一个人社会生活能力的根本。这是生存能力,得训练。

于是，人生变成了漫长的修炼与成长的过程。虽然我可能在试图浓缩的过程中强化了这一点，但"吃一堑长一智"这个词从来没有这么鲜明过。对于一个善于学习的人来说，这并不是件难事。"卖门"这件事，让张晓刚意识到信息在人和人交往中所扮演的角色，这让他受益至今："跟很多人打交道都用得上，包括医生跟患者打交道也是这样。该说什么，不该说什么。"

但张晓刚人生的第一次挫折并不是这个，而是"打酱油"事件。

现在这个词像惯用语一样被使用。而早先的"打酱油"是真的打酱油，特指购买散装酱油。副食店有若干桶，其中一桶装的是酱油，酱油提挂在桶边，一提一斤。顾客带上空瓶子，打一斤，营业员从桶里提出一提，用漏斗导入瓶中，交钱，回家。

通常流程是这样。不难，所以小孩亦可尝试。

张晓刚还没上学。第一次，不懂规矩，先交了钱，营业员凭借肌肉记忆，从桶里提出一提，用漏斗导入瓶中，"钱呢？"张晓刚说先交过了，营业员不信。有了争执，但没个说理的，最后还是张晓刚回家拿钱，补上一斤酱油钱。

副食店就这一家，酱油就这一处卖，空瓶子也没有多余的——所谓稀缺经济就是这样，它总是会放大零和游戏的残忍。

这打酱油是人生大事，往往是独立走入社会生活的第一步。民谚说"孩子都会打酱油了"，寓意简洁，说明孩子已经进入社会。

回想起来，我第一次打酱油，也如同噩梦。

我姥爷带我去打酱油，把钱和瓶子甩给我，鼓励我独自勇敢面对世界。

我把两块钱交给了售货员，打一斤酱油。售货员带着一脸不相信的表情，用眼光轮番打量：两张一块钱；一斤装的酱油瓶；一张紧张期待以及怯懦的脸。

回忆中，时间以卡通漫画的方式静止，几个镜头来回切换。"你们看这孩子是不是傻？"她开心地召唤其他营业员来观摩，"给我都造愣了。打一斤酱油给我两块钱，咱这柜台哪见过这么大票啊。"

"一毛三一斤"，她小声咕哝着说给我听，推回了其中一张一块钱。

我满脑子想的是，反正多了她会找给我，给她一块钱还是两块钱又有什么区别呢？大人们花钱也是要找零钱的啊。邪恶的大人世界。

姥爷回到家里，给我妈妈讲述事情经过，感觉不是在讲一个算不清钱的孩子的笑话，更多的是忧心忡忡，而且是望着我妈妈忧心忡忡。几乎所有人都一脸绝望地听着这个故事。

我暗自神伤。

张晓刚把他打酱油的遭遇定位成"挨欺负"。

小孩挨欺负分为两种，一种如今被我们称为"霸凌"，就是大的欺负小的，高年级的欺负低年级的，强壮的欺负弱小的，班级里、学校里甚至社会——又是社会——上，只要高你一头或者什么原因也没有，就可以教训你的人生。霸凌现在变得十恶不赦，可在当年差不多是苦难童年生活的一个组成部分。另一种"欺负"的主体，似乎可以看作是一个无形的社会。这社会好像自有它的原则，格外冷漠无情；或者因为无暇他顾，只管滚滚向前，不因为你是小孩或者你学习好而网开一面。这没有人格的社会给跌跌撞撞的小孩子们留下的，就是一个堑接着另一个堑。

打小就要准备好挨欺负，挨欺负之后得学到点东西。张晓刚这次获得的一个社会经验就是：买东西，先把东西给我，然后我给你钱。至今也是这样。

营业员的欺负是无心之举，而倘若这种欺负来自班主任王老师，就是一个不能回避的问题了。在张晓刚的大事年表中，"圆规事件"忝列一席。

我们应该还记得六中那崭新的实验桌。张晓刚的那张课桌，出现了一个圆规尖大小的眼，你要说是洞也可以。在使用之初，老师就已经明确跟诸位同学说得明明白白——这桌子不是你们自己用，而是所有班都要用，所以一定要爱护好它。

这个小洞显然是老师谆谆教导之下的一个意外。

不知道王老师是如何取证，如何办案，以及如何赋予自己勇气的，她认准了这件事是张晓刚做的——按理说，三个人一张课桌，这事比囚徒困境还要费脑筋才对。

但王老师还是认定是张晓刚做的，而且我们这个王老师很显然也愿意回到家里继续碎碎念这件事。以至于有一天她的女儿在学校里见到张晓刚，会开心地叫他："张晓刚，小淘气。"

48岁的张晓刚在叙述这件事的时候一秒回到童年："我连圆规都没有，怎么也赖不到我头上啊。"

这是挨"社会"欺负的第二种类型。

人微言轻，你基本上没有在老师面前自证的机会。实际上，学生在老师面前从来都是有口难辩的，说多了，还会给你挂上一个"顶撞老师"的标签。老师的权威决定了老师的正确。

如果你回到家里跟父母抱怨老师，有可能会导致另一个经典问题：

他（老师）怎么不怀疑别人呢？

对于一个少年儿童来说，这个问题的毁灭性从来没有被认真考量过。又过了三十多年，我的一位朋友因为涉嫌侵占他人财产而被请进了看守所，他说那里的管教有一些理论，经常拿来给大家训话："不要觉得自己很牛逼，不要觉得自己很冤，不要以为都是别人的错，要想为啥是你（而不是别人）到这里来了呢？哪怕是遇人不淑，哪怕是站错队，那不也是你自己的事吗？"

被老师冤枉这种事，在每个人的成长路上都会不时出现。如果你没有因此而逆反到与老师和学校产生对抗，那在我们的传统价值体系里显然是值得恭喜的。我们的两位主人公都是如此。

但因为遭遇过误解或者冲突，他们开始更多地表达对"社会"的恐惧或者敬而远之。他们各自需要很长时间才会想到，这究竟是不是他们要解决的一个问题。

往往这个时候，关于自身身份的确定已经渐趋完成。比如，"书呆子"这个没有多少正面评价的词就会不同程度上成为两位主人公的标签，这会加深他们对自己还"不够社会"的判断，不断暗示自己与社会之间的格格不入。

可能的解决方案，显然不是如何改变社会，而是如何融入社会，尤其是在他们自己还不足以强大到拥有改变社会的信心的时候。大多数时候，大多数人，都是如此。

社会是强大的，而你是弱小的。

"不懂社会""难以融入社会""社会不会容忍一个老实的人""弱肉强食""丛林社会"，这些东西一窝蜂地出现在生活当中。它们虽然占的比重可能不高,但会成为大事记中最重要的部分。警觉就这样变成一种必然性。因为必然,就要不断地提醒自己。

张晓刚医学院毕业分配,母亲杨淑霞想着社会复杂,该走走路子,但张晓刚不得其中要领,无从下手。

结果是别人进了总院本部,张晓刚只能分到大连分院,然而又被顶了,最后被分到丹东的分院。张晓刚好歹反抗了一下,没去。通过二叔张荣的关系找到总院,不但回到本部,而且因祸得福:先到总院的都去内科了,张晓刚虽晚,但被分到了外科。

到了总院被问是哪里人,"我要说家不是沈阳的,就可以有宿舍",有宿舍好,可以为家里解决一口人的住房问题,而张晓刚"不够社会",不会改口,错失良机。

混社会、吃得开、不落空,这些基本技能,张晓刚一概没有。就这么走上了社会。

好容易一切都安顿下来,大学同学来沈阳看望他,第一次请客,心中十拿九稳,让同学自己找地方,被人宰了。"九几年,四个人,就喝了五六瓶啤酒,要了几个普通菜,花了四百多,你信吗?"钱没带够,远道来的朋友把剩下的补上了。

张晓刚没有渲染那次请客的尴尬。这还真是教科书一样的人生。

这些故事在张晓刚的生活当中反复出现,让他特别警惕。前两年来上海出差,从浦东机场打车,他觉得司机绕道了,果断投诉了司机。至于是不是真的绕道,他没开导航,对目的地也并无概念,一时就没了证据。社会对他不够友好的结果之一,就是更容易怀疑这个世界。

社会学家罗伯特·帕特南在《我们的孩子》中说:

  没有一个穷孩子回答"大多数人值得信任",事实上,他们的第一反应仿佛是这个问题无须回答,只要考虑到他们刚刚为我们讲述过的人生,难道问题的答案不是不证自明吗?生活已经教会他们,防人之心不可无。相反,绝大多数的富家子弟都认为,在多数情形内,周围的人是可信任的。之所以出现如此鲜明的对比,并不是因为穷孩子天性多疑,而是因为穷孩子生存在险恶的环境中,周围的人和事一次又一次地让他们失望,终于让他们对这个恶意满满的世界感到绝望。

有时候,社会用一种琐碎的絮絮叨叨的力量来刻画、牵制我们主角的人生;另外一些时候,则是大刀阔斧,劈头而下。1985年春天,我们班上总是排名第二的王平丢掉了保送高中的资格。王平遭遇人生第一次重大挫折。

这社会给他一次重重的打击。

保送与刘老师的运筹帷幄

  六中被撤销的消息开始就有一股荒诞的味道。早上还没起床,广播里说起了我们学校,大意是为了更好地纪念周恩来总理,决定恢复东关模范两等小学校,撤销沈阳六中。以这种公开新闻的方式获得学校黄了的消息让我大惊失色。到了学校,同学们自然议论纷纷,六神无主。看到老师，发现老师也在议论纷纷，六神无主。

两个月后，尘埃落定。我们初一的四个班被整体划到大东区的另一所重点中学——沈阳五中。初二年级两个班则拆分到同样在大东区的沈阳一中。

世外桃源一样的存在结束了。我们咚咚响的木楼梯、簇新的实验桌、山里红，还有周校友带来的荣耀感。

我们的神奇校友替换成了杨宇霆。1905年东北总督赵尔巽倡议创办这所西式学校，取名奉天普通学堂，这是废科举潮流的一部分。后来学校改名为奉天中学堂、奉天第一中学校，现在操场南面的一条道还叫"中学堂路"，即是因校而得名。到1949年新政权建立，辗转定名为"沈阳市第五中学"。杨宇霆是1905年的第一届校友，不过他可没有四米高二十吨重的大石头雕像戳在校园里。那还是一个他被定义成"反动军阀"的时代，小六子（注：张学良）则是民族英雄，杨宇霆非常罪有应得地被正义的小六子从背后一枪撂倒。我们当年对此人一无所知。

我也不知道我的小学墙外面就是杨宇霆的故居。杨宇霆从我们这里毕业去了日本陆军士官学校，回国从军结识张作霖，得赏识办东三省兵工厂。几经周折，1949年后这工厂先称为五一工厂，再称为四一〇工厂，就是今天的黎明航空发动机集团。

实际上，整个大东区，除了老城区那一部分，几乎都借着张作霖和杨宇霆的事业扩张而起，半个大东区的兴荣都与他们有关。当然，那个时候我们对这些一概不知。我们上学时，这些俱藏在历史深处。我们看着光秃秃满是灰土的空旷操场，只耳闻一件事：这学校管得严。

接手六中这四个初一班之前，五中本来已经定位为高中，逐步取消初中部了。80年代前几年，这所学校可能是沈阳管理最为严格的学校之一。不但严格，而且好像也不怎么考虑人性。比如，早上七点十分就上第一节课，一个上午活活挤出五节课的时间。中午强制午睡，以保障休息——这强制可不是说着玩的，必须趴在桌子上，不得走动、说话以及有任何其他动作，窗外走廊外有巡视者随时记录并公之于众。

6月18日

中午。巡查发现高一三班学生××、××、×××不但没有午睡，而且聚拢在某个午睡同学周围，默哀鞠躬，搞遗体告别仪式恶作剧。提出公开批评！

巡查者即是同学本身。每学期每周有一个班停课值周。五十几人分布于从校门到操场到每层楼楼梯、拐角以及任意视野宽广处，行使如今摄像头的功能，负责记录目力所及发生的一切。上课、午睡、自习时间在全校巡逻，大事小情都在管束范围之内，是宪兵与摄像头相结合一样的存在。

靠这硬生生的管理，五中在沈阳还拗出一点名气来。公交车上就曾听到有阿姨议论五中如何抓得紧如何教得好，清华北大年年有……要知道，在工人阶级和市民阶层占主导的大东区，全市公认生源最差、教学质量不怎么样的大东区，在教育领域里常年在沈阳市内五区中排名第五的大东区，出现这样一个学校是多么不容易。

我们就是在这样的形势下，落魄地来到五中。摘下了文学实验班的光环——不但摘下了，而且即便我们涉世未深也感受到，原来这实验班非但没有光环，在大半年的时间之后竟还成了包袱——谁都不愿意带这个班，即使在教材改回普通教材之后。几个语文老师轮番试了试那新奇的教材，其中一位犬儒派老师得出结论：也不过就是这样，教不出什么新东西来，还是原来的教材趁手。另一位资深保守派老师几乎愤怒：这教材胡来。至于为什么胡来，她倒没有太多阐发——在搞乱能指和所指的诸多先贤中，我们的中学老师从来不遑多让。关于这位老师，我记得她曾经高声在课堂上宣布：

世界上所有河流都是向东流的！

自信满满，掷地有声。全然不顾沈阳因之而得名的沈水——浑河就是向西南流的。

这个时候，刘老师圣人一般出现，她丝毫不嫌弃我们，不但不嫌弃，而且表现出了极大的热情。前两年五中开始裁撤初中部，刘老师教初中物理，到高中继续教物理绝无可能，只能转岗或者转到其他学校，而其他学校总不如这重点中学——学生不听话，难管。前途未卜之际，天降一群流离失所的落魄学生。刘老师放手一搏，或是把它当成一个转机，即使于长远无补，权宜两年时间，也没有什么不好的。当然，这其中也有出于对工作和职业的尊重和喜欢。总之，刘老师投入到初一四班的工作当中。

断断续续过了一年多，初一四班变成了初三四班。要升高中了。学校为了保住好的学苗，推出了保送制度。

一个有初中的学校的好处就是可以发现并培养自己的生源。王新宇——当年的班长，如今已经是这所学校的校长——说，现在五中没有初中，只能看别的学校。现在的学生到五中时，至少已经被人挑过两轮了，省实验、二中、育才一轮，然后省重点那几个一轮，第三梯队才轮到五中。"现在毛都沾不上了，生源被人割了好几茬，到五中的排名都一万开外了。"好在教学质量还不错，2019年出了个大东区文科状元，还有几个单科第一，王校长觉得面子上颇有些光。

对于当年来说，虽然冷不丁多出的初中有点像个拖油瓶的，但好处是给本校高中挑选好学生提供了空间。

于是，上至教育局下至这些初中生、涉及各个层面的斗智斗勇就开始了。

首先说教育局。为了保持公正公开和公平，教育局不会让一个学校随意保送。所以五中一共也就给了六个名额，可以不考试直升高中。

再看学校。五中口碑虽然正隆，但毕竟上面还有两个不可撼动的神般存在——辽宁省实验中学和沈阳二中。所以保送是让好学生不要考外校，为此定的私底下的政策：虽然教育局对保送名额有限制，但不妨碍私下里许诺初中毕业生可以保送，目标是留住生源。因此名额可以放宽——需要参加考试，但不管考得怎么样，都会保证你升上本校高中。到了最后，四个班差不多每个班都安排了六个名额。远远大于教育局所规定的数字。

学校怕出麻烦，所以声明：你得认真考，把实战当练兵。对于这些十五六岁听话的好学生来说，承蒙学校看得起就已经感激涕零了，考个试算什么，本来也是靠着考试厉害博得这样的机会。据说这二十几个人当中，真的有一位同学分数不够五中的录取线，学校还真的犹疑了起来，最后念及道义和信誉，还是录取了这位同学。

到了刘老师这里，智慧升级。盘点一番，有如下判断：

（1）有能力报沈阳二中和省实验，并且有把握和勇气者应该不超过十个人。

（2）这些人中大致分为三种：有些人视五中保送名额如同鸡肋，看不入眼，但保送可以让他们丧失斗志，这部分人是要着力争取的；有些人得保送名额相当于得赏，可给可不给；有些人不会报外校。需区别对待。

（3）具体而言：参加过各科竞赛有名次者，有张晓刚等四人，天然占据四个保送名额。这其中有一位家长认为儿子在五中早恋，必须拆散之，所以十有八九留不下来。

（4）学习成绩稳定在前三名的同学有张晓刚、王平和一位团支部书记，书记学习好，自然算得上品学兼优，所以书记必然是其中一个。

（5）有几个她比较喜欢的同学，表现一向不错，排名总是在前五六名，也在考虑范围之内。

（6）排查这个大名单中除了早恋同学之外还有谁会报考省实验、二中。

事后看来，这是她长于运筹帷幄的表现空间。一旦把人放在最适合他表现的场所，他就会迸发出无限创造力。广阔天地，自然大有作为，但螺蛳壳里一样也可以有道场。

在接下来的几个月中，刘老师紧锣密鼓，远交近攻，像亨利·基辛格一样搞起了穿梭外交：

（1）对早恋的那位同学，争取最大的善意与机会，许诺他一旦留在五中，学校可以提供他的妹妹在五中做旁听生的机会。失败。但好处是节省了一个保送名额。

（2）拜访张晓刚的母亲。据张晓刚说，当时他妈妈生病了。正是拜访的好机会。双方都有承诺：不考外校；一定保送。

事隔三十年，杨淑霞与我聊天时仍然记得那老师的好："我生病都会来看，你看人这老师。"

> 刘老师听说我有病了，来看我。她说："我怕你生病影响孩子考高中。晓刚跟我说（你得病了），还眼泪汪汪的。我得来看看。"
> 这老师太好了。我说，放心，影响不了他。
> 我那时候想给他考省实验，要不然就得考二中。后来这老师就跟我说，咱就保送他。"你这孩子不去别的学校的话，考五中，我就可以给他保送。"

（3）趁家长会的时机，与王平母亲曾慕芝说："你孩子挺好，我打算保送他。"

（4）放出风来，有些人可能想考沈阳二中，为这些人争取保送机会。

（5）在中考报名结束之后，告知曾慕芝和王平，没有保送名额了，你得自己考。

（6）明确最后两名莫名其妙的保送者。

这最后两名保送者，既没有竞赛名次，也不是成绩拔尖到名列前茅——至少在王平后面。

剩下的就是品学兼优的那个"品"了。但被老师暗中提携得到这样的机会，很难说这个"品"能在其他同学面前过关。有评论说，这是得了刘老师喜欢男孩子的光。刘老师确实喜欢男孩子，但命中注定遗憾，连生四个女儿，其中老四生到了将近"80后"，国家计划生育已经真刀真枪地罚起款来，这才放弃了诸般努力。

在离中考还有一个多月的时候，多数人认为的这个保送名单是：张晓刚等四名竞赛优胜者、品学兼优的支部书记、王平……

但是的确没有王平。

王校长说："对王平伤害挺大的。上次吃饭，毕业三十年聚会，他们俩还出来掰扯保送这事呢。王平心里一直没有释怀。很多事王平是有追求的，他就想做到某个程度，包括短跑跳远啥的，争。"

在事后三十几年的时间里，王平不断地复盘这次人生失意：

我不知道保送几个。你不保送我，应该告诉我。我生气的是你告诉我能保送，实际上保送不了。

跟我妈说，你孩子挺好，保送。临考试一个月，保送没有你，所有报名都完了，你想报别的学校都来不及了。学校对我就是糊弄住了，过了报名期了，就翻脸了。

为什么保送他不保送我呢？X的爸爸是院长，保送没有利益交换吗？

老师通知你保送了，你知道我知道。没有公开机制。暗箱操作。为啥他是三好学生、优秀干部，高考加十分二十分的，这肯定是暗箱操作啊。

历经社会风雨的王医生多年之后做了如下总结：

你能力够了，这回机会没给你，下回就有了。

退一万步说，你也没缺啥。最后还是能力决定一切。保送那几个高考都不如我呢。

需要特别说明一件事。这个残忍的零和游戏的另一方，最后那莫名其妙得了保送机会的两个人中有我一个。

三十几年后，在跟大家复原这个故事的过程中，他们倒是没有人当面质疑我的品格问题。以我对父母的了解，他们大约是不会送礼的；我也不记得我使了欲擒故纵的本领，比如声称要去考沈阳二中，我好像从来没有意识到这一点。我跟刘老师关系似乎是不错的，可能也因此沾了光——这好像是唯一说得过去的那个答案。另外那位 X，就是上了警院的同学，他父亲当时确实是医院的副院长，本来很可以请教一些当年往事，很可惜，老人家得了阿尔茨海默症。

在王平被命运打击和蹂躏的时候，我作为既得利益者，伙同张晓刚和另外两位同学，四个人过了一个来月的逍遥日子。因为我们不但拿到了保送名额，而且自作主张地对老师宣布我们不打算参加考试。刘老师竟然也默许了这个大胆的想法，只是要求我们不得声张，以免引起其他二十余个保送生的连锁反应。

我们承诺了这一点，只是偶尔翘个课去看看录像电影。但最后，我们还是被可怕的虚荣心裹胁着，洋洋得意地在中考那天出现在考场外面。我们可怜的竞赛优胜者，某女同学，先是瞠目结舌于原来保送还有这种差别——凭什么他们不考试，而我要考，继而悲从中来，痛哭当场。

我不大记得王平当时在做什么。

多年之后，曾慕芝曾提起保送事件，儿子成功的高考让她定格在喜悦骄傲的状态里。她已经不那么容易复原当时所受到的伤害了。

在这件事上，张晓刚医生是表现得最达观的。

> 刘老师管我们，大家对她都挺有意见。她做事也不是一碗水端平，她对我好，因为我学习好。王平对她就很有意见，原来说可以保送，后来又跟他说不行了。他自己说这事没？我本来都不知道这件事，我根本不在乎，她保送一个也得有我啊。你看咱们班保送的X，他爸是医院院长，跟这个也有关系。所以王平心里不平衡也正常。自己考上说明他学习也挺好，但是他一直是第二梯队的。

他对刘老师的记忆停留在"对我好"上。

> 我第一次喝酒就是在她家，初二叫一些同学去家里吃饭，喝的是汽酒，完了我就是回家觉得发飘。

刘老师有的时候有点用力过猛。隔了多年，我对人生有了认识，有时会这么觉得。其实她应该知道继续留在五中工作的机会很渺茫。这基本上也是她在这个学校里带的最后一个班了，这种时候，选择更犬儒的、"多一事不如少一事"的态度，似乎是正常选择。但她反其道而行之，如此用力过猛，不管是因为放手一搏，争取几乎看不见的机会，还是只是出于较真的天性，好像都让人肃然起敬。我犹豫了很久，始终没有去看望刘老师。我想不出如果要去问当年分配保送名额的事，这会是一种什么样的场景,这事是否有价值。

王新宇觉得性格起了决定作用,认为王平逆反心理比较强,特别在意这件事。王新宇是班长,与刘老师接触多,难免会有些意见不统一的地方,原来也会在意,"后来(自己)当老师了,也就无所谓了"。

对王平来说,保送一事对其人生可能性影响之大,足以让这件事不在他的原谅范畴之内。

> 后怕。如果没考上五中,就走另一条道了。我生老师气在这儿。人生大转折点上,有可能会把你一生都毁了。
>
> 心里有坎。现在我也一直有。恨没有用。规则是一样的,你没遵守这个规则,那你怨谁。

他把保送名额的得而复失归结为:老师说你能保送,意思是你有了可以送礼的资质和机会。"谁知道你说能保送了,是一个潜规则的通知呢?"

> 你没理解明白是你的事,是你太愚钝了。我妈也没弄明白,所以这是你自己的缺陷。赖老师没有用。

这些东西刻在王平的世界里,也影响到他下一次的重大挫折。那是他毕业的时候,他觉得他又一次孤独地面对规则了。

> 大学毕业留校,也是波折。怪你导师不,谁让你不会来事儿的。该给老师送礼,或者干啥,该送就送,这就是规则。人家送礼

我为啥不对人家好一点，没送礼为啥要对你好比对他还要好？

被保护起来的"奖学金男孩"

高中毕业三十周年聚会那天，王平回忆往昔，拉住他初中高中六年时间里最要好的同学张晓刚，再度诉说起自己所遭受的不公正待遇。张晓刚劝他把这事放下。"再说，你跟我说也没啥用，如果只保送一个的话，那也应该是我啊。"

王平对这事放不下，有一个潜在的原因是他挺过来了，遇到事能挺过来，这也是一种能耐。更何况三年之后，"高考我五百八十五分，张晓刚五百八十一分"。前后两件事结合在一起，更算得上成功。王医生脑子里记下了不少这种对比鲜明且有冲突感的事件。他认为这都是他"执着"性格的回报。

"我小学老师那时候就跟我妈说，这孩子学好了比谁都好，学坏了比谁都坏。"王平医生念念不忘的还有这句话。我们不应该过分夸大老师这句不是那么认真的评价所起到的作用，她其实也并不具备为一个十来岁的孩子盖棺论定的能力，但她的平台决定了一句话影响力的持久度。对错与否并不重要，关键在于王平医生至今还记着这个评价。

任何事都有可能成为"学好"和"学坏"之间的分水岭。学坏，是每个学生和他们的父母最担忧的事。偷偷抽了一次烟，跟混社会的"坏孩子"们一起逃了一次学，到邻居家院子里偷了一串葡萄，甚至只是偷偷去游了一次泳……都有可能是触发点。遭遇学校和老师的不公，从此自暴自弃，敌视学校和老师——以自己不好好学习为代价，这种事情发生的概率也不能说很低。虽然这种戏剧化冲突不是生活中的常态——大部分人的生活其实更趋向于平淡而不是激烈，就像王平最后平稳地度过了保送所造成的失意——但它确实影响深远。

不同人对"学坏"的理解不一样。对于初中生和高中生来说，那个就在身边游走、不断出现，而且时刻准备干扰你的"社会"，是所有问题的根本。学好与学坏在于它对你做了什么，或者说你跟它是一种什么样的关系。不过，这幽灵一样的存在，有一种"第二十二条军规"的荒诞感：

荒诞的社会第一定律：你要做个负责任的人，对社会有用的人，但你要与社会保持距离。

荒诞的社会第二定律：你只有适应社会，才能成为一个完整的人；要是变成一个社会的人，你就失去了应该有的纯真。

这种对丧失纯真的把握在全世界都一样。作家凯瑟琳·布在《美好时代的背后》中写的印度孟买，与我们这里的纠结有相似之处。

阿布杜每回去东日，仍在寻找他的师父。他想告诉师父，在他作为孩童的最后几年，他曾试图做个高尚的人，然而，现在他相当肯定自己已经是成年男人，无法再继续坚持下去。一个男人要是够明智的话，并不会在善与恶、真与假、正义与另一个东西之间，做清楚的区别。

"有一段时间，我试着不让我内心的冰融化，"他这么说，"可现在，我就像其他人一样，渐渐变成了脏水。我告诉真主安拉，我非常非常爱它。不过，我也告诉它，由于世界的运作方式，我没办法成为更好的人。"

成年人社会所包含的污浊成分会让一个学生身份的人无所适从。要么进入社会并成为主宰的力量，要么远离它，另辟蹊径。

工人阶级子弟在成长过程当中，带有很大的随意性。如果他是一个肯学习并可能在学业上有所成就的人，那就让他尽量远离社会干扰；如果他学业上没有前途，那就必须拥有社会生存能力，更具社会性。每个人被不同的人寄予不同的希望，结果会造成各种偏差。比如说张家的长子张晓翔，在父亲眼中，在母亲心目中，在老师那里，在弟弟妹妹那里，定位各有不同。一会儿是男性气概需求，作为兄长要保护好弟弟妹妹，一会儿又是学习上要更上进、对自己要求更高。没有人会把完整的社会呈现给一个未成年的孩子，对孩子来说，理解起来可能也确实有难度。总之，在这个过程中，一个少年要学会摸索他与社会的关系。而在摸索的过程中，要在别人的审视目光和自己对自己的怀疑中，判断自己是否还是一个在"正路"上走着的人。

在80年代，做一个工人，虽然在重点中学里已经不是一个目标，甚至是失意者的选项，但总体来说，工人还是有保障的一个群体。很多人还是希望有一个全民所有制工人的岗位，接受企业招工，或者继承父亲或者母亲的工作，成为工人阶级的一分子。在沈阳，这是最主流的选择。在稍大于张医生和王医生的这一代人身上，即60年代出生的人，高中升大学的比例不会超过20%，而高中生比例已经很低了。

田毅鹏是吉林大学哲学社会学院教授，他与漆思合著的《"单位社会"的终结：东北老工业基地典型单位制背景下的社区建设》中，有对沈阳市铁西区光明北社区2002年居民受教育程度的调查：现有居民1802户，人口5139人，其中文盲238人；学龄前儿童151人；小学学历186人；初中学历3797人；高中学历621人；企办大专学历10人；大专学历25人；大学本科学历11人。同一个调查的另一部分显示，学生身份有1121人，铁西区和大东区的受教育程度相当，基本上可以推断出大多数居民的文化水平。

理论上，考上重点中学，基本就已经有了一个保障。一个相对成型的可预期的计划已经展开：相对于大多数同龄人，他不大会继承父业而成为一个工人，而应该是一个有文凭的人；他更不会成为那些在街上闲逛的人，在未来毕业之后，国家会替他找到一份坐办公室的体面工作，风吹不着、雨淋不着；那种失去前途和目标的困惑不会出现在他们身上，所以他们也绝无可能成为社会抛弃物，不会成为违法犯罪者。

工人阶级家庭中强烈的上升愿望，大多来自于家庭主导者的远见：一方面是自己作为工人生活艰难的现实，收入确实不高；另一方面是"劳心者治人，劳力者治于人"的传统价值观还在起作用。

很多人的确在新位置中找到了一种沉着自信。有那么一些"丧失阶级属性的"（declassed）专家和专业人士，他们在攀爬了一段长长的奖学金之路、获得了博士学位之后，进入到他们自己的领域之中。有那么一些才华横溢的个体，他们成为非常好的管理人员和官员，发现自己彻底找到了家。有些人并不必然是非常有天赋，但他们达到了一种既非被动又非丧失意识的沉着自信；

他们心安理得地待在新群体中，丝毫不去炫耀性地披上那个群体的保护外衣，他们和工人阶级亲戚保持着一种和谐的关系，这种关系不是建立在一种恩惠的基础之上，而是建立在一种恰当的尊重之上。

上文所说的是一种可预见的结果，引文来自于理查德·霍加特的《识字的用途》。霍加特给这些人取名字叫"奖学金男孩"。相信我们的读者和对我们的主角感兴趣的人会对此心领神会。这本书中对英国30年代工人阶级的描述自成一派，差不多是霍加特当时作为工人阶级的生活记忆，"奖学金男孩"身上多少有他的影子。

我们从他的描述中得到的最大收获在于，工人的阶级性格、文化和社会特征在不同的文化背景下有很多相似性。30年代的英国与八九十年代的沈阳有很多相似之处。

在霍加特对"奖学金男孩"成长历程的描述和评价中，我们会看到熟悉的那一部分。

比如生活的艰难：

> 因为一切事物都是以客厅为中心的，所以不可能有他自己的房间，卧室冷飕飕的，不适合居住，把卧室或者前厅（如果有的话）弄得温暖不仅很贵，而且这需要一种富于想象力的跳跃——跳出传统，而大多数家庭无法做到这种跳跃。
>
> 有个角落是摆放客厅桌子的。在另一侧，母亲在熨衣服，无线电收音机开着，有人在唱一段歌曲，或者父亲断断续续地有什么就说什么。男孩子不得不从精神上把自己隔绝开来，以便做自

己的家庭作业，尽可能地去做好。

　　夏天，问题会变得容易些；卧室是暖和的，足以在里面做事情。但按照我的经验看，只有不多几个男孩子会利用这种机会。因为男孩子自己（比如说，直到他到了高年级为止）正处在家庭和学校这两者的世界里。他极其听从于学校世界发出的命令，但在情感上仍然强烈地想要继续作为家庭圈子的一部分。

比如他与同伴的关系、他在家庭中扮演的角色：

　　他同样可能被从家庭之外的男孩子群体中分割开来，他再也不是那个晚上簇拥在路灯杆周围的团伙的正式成员了，他有家庭作业要完成。

　　……

　　现在，他和房子里的女人们的关系往往比他与男人们的关系更加亲密。这是事实，即使他的父亲并不是那种把书籍和阅读当作是"女人的游戏"而置之不理的人。那个男孩子把大部分时间花费在家庭的实体中心上，女人的精神主导着这里，在母亲继续干活时，他安静地继续做他的作业——父亲还没有下班或者到外面跟朋友喝酒去了。那个男人和那男孩子的兄弟们都在外面，都在男人的世界里，那男孩子处在女人的世界里。

还有，随着他渐渐脱离通常的生活，他的性格与传统的阶级态度有了很大的转变，最后变成工人阶级之外的另一种人类。他渐渐享受，或者认为这是他必须要过的生活：

据他能想象到的程度，他开始把生活看作是一系列跨栏跳，通过学习如何积累和使用新货币来克服奖学金难关。他往往过分强调考试测验、知识积累和公认看法的重要性。

他发现了一种表面学习的技巧，一种获取事实的技巧，而非那种对事实进行处理和使用的技巧。他学会了如何接受一种纯粹的识字教育，这种教育只占用了一小部分人格品质，只对他存在的有限区域产生挑战。他开始把生活看成是一个梯子，看作是一种固定不变的、在每个阶段都带着些赞扬和进一步劝诫的考试。

他变成了一种专业的吸收器和发放器；他的能力会多样化，但很少会带有真正的热情。按照他自己的脉搏，他几乎感受不到知识的真实情况，很少感受到其他人的思维和想象，他几乎无法为了自己和靠着他自己发现一位作家。在其生命的这一半时间中，只有当事情与训练体系直接相关时，他才能作出反应。

他对待自己有点像戴了眼罩的矮种马，有时，他受到这样一些人的训练，这些人经历了同样的体制，他们很难不给他们自己戴上眼罩。尽管对于他的态度而言实质上存在着一种强有力的、非理想化的、不那么兴奋的现实主义，但那是他主动性的主要形式；

关于其他形式——四处游荡的心智，大胆飞翔的精神风筝，反对一些"路线"的勇气，尽管这些路线名义上和其余的所有路线一样重要——至于这些，他可能几乎没有，他的训练通常不鼓励这些形式。

如果我们要看理查德·霍加特的中国版本，杨淑霞和她所主导的家庭是最好的例证。

我们会看到,一个"奖学金男孩"最重要的动力来自于强烈的上升愿望,这其中包括杨淑霞式的自信——相信自己有能力把家庭,至少是第二代带到一个难以想象的高度。

第一步,要跟普通的平常生活做一个切割。杨淑霞家教甚严,扑克麻将被严格禁止。邻居里有被学校开除的孩子,杨淑霞严禁儿子们与他交往,有一个同学跑到家里来,因为说了一些老师的不好,就被杨淑霞赶跑了,她担心张晓刚受到影响。杨淑霞特别提到王平总来他们家:"到我们家来,都得是学习好的。"

第二步,要跟贫困生活做个切割。这需要一点远见,因为投资教育获得回报并不是一件简单的事。一是因为他们脆弱的经济链条并不能保证稳定的投入,二是子女教育获得的回报和回报时间都会影响家中经济的稳定。张晓翔曾经暗示他多念了一年高中才最终进了航空技校,与初中毕业直接读航空技校差了四年时间,在战略上有点失策。张晓刚也觉得自己求学所耗费的时间不是太划算,为了早点赚钱,还想放弃读博士,幸好太太家里坚持让读博士,他才"听话"。

跟贫困生活的切割不只表现在对教育时间的总体投入,也包括对子女的尽可能的支持,这种支持并非以功利性为前提,而是一种出人头地的寄托和期求。张晓翔初三想学摄影,一百五十块钱买台相机;张晓刚想学吉他,四十二块钱买了把吉他。除此之外,还有学游泳,集邮……"小孩干这个(集邮),有点兴趣,这不比在外面惹事强啊?"这还不算张岐买的那些书。

理查德·霍加特在提到"奖学金男孩"的时候并没有刻意强调家庭内部的竞争,他只是说,"奖学金男孩"也许在25岁的时候,"能够面带微笑地对待他的父亲,能够尊重他那轻浮的妹妹和那迟钝的弟弟"。对于资源不是那么丰富的家庭来说,30年代的英国和80年代的沈阳都是一样的:家庭内的竞争显而易见。

妹妹张慧娟喜欢唱歌跳舞,想去少年宫学个舞蹈班之类的,但这似乎从来没有进入家庭预算之内。家庭内部竞争在男孩和女孩之间发生的时候,女孩被牺牲的可能性会更大。张慧娟从来以她的哥哥们为骄傲,但还是难免有一碗水不能端平的抱怨。而发生在张晓翔和张晓刚兄弟之间的竞争似乎并不显著,差异主要在于学习能力。聪明——政治正确的说法为"表现得更聪明"的张晓刚,占据更多优势。张慧娟说父亲张岐势利,对大哥不那么好,小时候经常打骂自不必说,在第一次高考失利之后,迅速给出一个"骑带车子拉脚去"的解决方案,采取的也是放弃的策略。

在张晓刚考到西安第四军医大学之后,张晓翔作为弟弟的保护者,要护送弟弟上学。这里弟弟的定位是不谙世事的、不能照顾自己的书呆子的形象——他只要学习好就够了,很多家庭都把这个作为最重要的,甚至是唯一的要求;而同样没有出过远门、没有旅行经验的哥哥就要负担起"与社会沟通"的责任——他应该更懂得社会,更会处理社会上发生的各种各样的问题。这也是"奖学金男孩"与普通男孩之间的差异,哪怕其资质、社会和人生经验相差无几。

张慧娟高考时,报考志愿造成家庭冲突。作为省实验的学生,她不想沦落到考天津的民航学院的地步。但杨淑霞认为,民航学院毕业会分到民航系统,收入高、有保障,最适合女孩子。迫于全家压力,最后她还是考到了这所学校。

我在和王平聊天的时候,说起张晓刚的家事,王平一如既往地面露犹疑:"不对啊,这事怪张晓刚啊,他妈妈不懂,他还不懂?那时候他们家也不应该缺钱了啊。"确实如此,大哥张晓翔当时已经工作,张晓刚也已经大四,而且他在军校,其实并不需要家里花钱。所以钱不是问题。

这里有三种可能:第一种,张晓翔至今也认为,那确实是个好工作,全家人打心眼里希望她能选择这所学校;第二种,穷是一种思维方式、一种让人恐惧的体验,并且有很强的延展性,他们一家不可能在窘迫的生活刚刚喘一口气的时候,就能改变思维方式,让张慧娟自由考虑未来;第三种,张晓翔和张慧娟在选择自己的前程方面的草率,与家庭竞争中对资源的分配是息息相关的。

需要说明的是,在《识字的用途》中,理查德·霍加特对"奖学金男孩"脱离工人阶级这个事实是持否定态度的。作为50年代一个波希米亚风格的知识分子,他强调工人阶级文化和精神的传承,而不是在成为专业人士之后丧失工人阶级属性。你得承认,这位文化学研究者、社会学家有点浪漫。

实际上,"奖学金男孩"在求学和之后的事业发展中,不但工人阶级身份逐渐淡漠,而且这总体上还会变成一个主动的过程。这既是因为背景身份上的"去工人化"对他们的人生规划没有什么坏处,也是因为"奖学金男孩"成长过程中的一些身份标签,这些标签本来只是一种好意或恶意的性格描述,但久而久之则变成了一种素质上的要求——他应该是这样的。

比如,听话。

听话不是一个优点,它拥有的正面意义其实可能仅仅在于"能主动学习",更多的时候,它与"有主见"等负面评价相关,但绝大多数"奖学金男孩"第一位的素质往往是这一条。不管是在家里还是在学校,听话最后都演变成一个首选优点,只有具备了这种素质的人,才更有可能获得资源。这也是对男性气概和工人阶级精神文化持肯定态度的理查德·霍加特所不喜欢的。而在沈阳文化中,"听话"这一素质还与工人群体鄙视的"积极分子"文化、告密文化等联系在一起,"听话"者某种意义上承担了这个污名。

再比如,缺少管理能力。它并不是一个必备素质,但也并非无用或者被有意忽略。张晓刚因为是保送生,高中开学第一天就被班主任任命为班长,但一个月之后,老师觉得张晓刚缺乏足够的组织能力,便让他改做学习委员,把班长职位让给了初中的同班同学王新宇——他在初中也是班长。张晓刚觉得老师这样做是对的,之后也没有设想过这是老师对他的不重视。作为一个"奖学金男孩",缺乏管理能力是正常的,而且,它与缺少协调组织能力、缺少社会性等特质都神秘相关,而社会性又与社会天然相关。社会,如我们前面所说,它是一个"奖学金男孩"避之唯恐不及的东西。我们在这里基本上可以发现,"不社会"不仅是一个结果,而且是个必需的品质。

再比如,缺乏魄力。理查德·霍加特在谈及"奖学金男孩"的特质时,提到了女性角色的影响。霍加特于50年代写成此书,与80年代的我们一样,有政治不正确的遗风留存,就是认为魄力与男性气概或男性特质相关。霍加特把"奖学金男孩"的女性精神,诸如安静、文雅、闲适等特征,与父亲的、工人阶级的男性气概相对立。现在,普世价值已经不承认这一点了。而在沈阳,80年代老师中女性居多,当我们说"听话"的时候,不能忽略女性于其中的影响。还有,大多数家庭资源分配的主导权在母亲那里。不论是家庭还是学校，女性的主导地位都被强化。对于张家来说，赚钱和持家能力，也被杨淑霞包在身上，这实在是一个特例。最后，我们将会看到的，是父亲形象从另一个维度上的缺失，它与失败社会中失败的父亲形象不完全相同。

当所有这些因素都作用于一个自我不那么成熟的孩子身上时，某种意义上，这个"奖学金男孩"是被保护起来的，以免被"社会"干扰，或者更直白一点说，避免学坏。

在这个意义上，我们看出张晓翔与张晓刚定位的差异：张晓翔是弟弟妹妹的保护者，应该更多地为家庭服务，而不能只想着自己，他的定位是社会的；而张晓刚则是拒绝社会，延缓社会的到来。张晓刚的学习生涯一直延续到2001年，也许只有到此时，他才必须全力思考他于社会上的位置。

【番外】哥哥张晓翔

兄弟俩第一次出远门。买了两张火车票，车次为254，晚上九点多发车，第二天早上到北京。没座。年轻，觉得站一晚上应该能熬得下来。没想到上车就困，晓刚腼腆，站在过道里，挺着。哥哥晓翔跟一老太太商量，搭个边，坐在那儿睡得扎实，结果把老太太挤成一窄条。

"我哥生存能力强。"

录取通知书寄到了五中。学校正放假，没有人搭理。有点摸不着头脑的张晓刚终于想起到学校看一眼。原来通知书早来了，扔在收发室里。录取的也不是他报的中医系，而是医疗系。这是好是坏，那时他还不知道。中医不是他喜欢的，医学也不是他喜欢的，甚至军校也不是他想去的，只是因为家里太穷了，"那我考军校吧"，给家里省点钱，提前录取。报到时间是8月21日，眼看就要过了，急三火四地买了票。妈妈不放心张晓刚一个人走，咬咬牙决定多买一张票，让晓翔护送。毕竟这是张家的大事。

到北京也只是走了三分之一。早晨到北京站签票转西安。签票的窗口远看还有个排，接近售票窗口人就堆成了一座山，看下来一天也排不上。晓刚在外边看行李，看着哥哥挤进去，一会儿工夫就挤了出来，居然签到了座。

"我哥干这活儿行。"

到了西安,张晓翔大开眼界,弟弟这回可有了着落。军装不用说,被卧、褥子、裤衩、袜子,从里到外,都发。还有饭票,吃住免费。学校也招待家属,食堂免费吃。待了两天,招待所也不要钱。哪见过这样的?

张晓翔待了一天多准备回沈阳,看还有点时间,就一个人到了临潼。他对那些俑没有太多印象,小吃倒是至今记得。比画着,羊肉泡馍,这么大一碗,这么大的饼,两块五毛钱,八点半吃的,到下午两点半还没饿。"那时候我觉得油有手指头这么厚。店家把羊肉和汤给你盛出来,教你怎么泡,掰手指甲那么大,好吃。"

跟弟弟告别,张晓翔有点酸,"本来我才是那个想着当兵的",现在弟弟替他实现了。

张晓刚没这感觉。替家里省了钱,一切也安顿下来了。学校怎么样,不可知。至于哥哥想什么,他也并不知道。隔了三十年,他想了想还是说:"我哥心大。"

实际上并非如此。张晓翔当时心里装着一个大问题。

成绩出来,全家都在忙活张晓刚,高兴,也发愁。钱更紧了,但有了一个旱涝保收的前程,紧日子还能挺一挺。同样高考的张晓翔如同其他时候一样,被忽略在喜庆当中。他的成绩可以上一个中专,学会计。晓翔跟父亲说:"我可能考不上大学了。"张岐说:"回头我给你整个带车子,你拉脚去吧。"

"带车子",更多的时候被叫作"倒骑驴",是沈阳及其周边独有的一种人力三轮车,人在后面骑,装人或货的车架在前面。本世纪初那部神剧《马大帅》里经常出现这车的镜头。拉脚,就是拉货。

西安之行后，他觉得还是应该再拼上一年。

***

张晓翔生下来就被送到姥姥家。父母是双职工，成天开会，既抓革命又促生产，忙不过来，没有人照顾孩子。姥姥家也就成为他生活和记忆开始的地方。与现在上一代老人帮着照顾不同，那时候父母基本上就放手了，甩到祖父母或外祖父母家的孩子，就撒着欢儿地独自成长了。

张晓翔对姥姥家记忆不多。平房，砖地，砖头横一块竖一块地拼在一起，但特别干净。干净利整——"利整"这词在东北话中包含诸多赞扬，活儿干得利索可以说"利整"，家里收拾得妥帖也可以这么说。一户人家家徒四壁，并不会被别人歧视，但如果不利整，那是一定要被人从后面指手画脚的。在这本书里，它是一个经常用来强调自己品位的词。

张晓翔从四五岁有记忆开始，就已经是这干净利整生活的一个参与者了。印象深刻的是浆洗衣物，特别是被罩。家里没有多余的被子，往往一年要拆洗一次。洗好了，晾半干，稀释过的面糊作浆子，揉上，如果不够干，嘴里再含点水，喷到被子上，再把被子叠成条，一人一头——5岁的张晓翔一头，姥姥在另一头——抻。得下点力气。这样下次洗的时候好洗，抻得软了，还板正挺括。

后来张家搬到小白楼，弟弟张晓刚4岁，妹妹也到了2岁。6岁的张晓翔这时回家，但不再被视为儿童，已经是个劳动力了。他的职责是照顾弟弟妹妹。

张晓刚记忆里的照顾主要还是玩。从小白楼那木头楼梯上滚下来，就是一种娱乐，有天还撞到眉毛上，磕出一道口子，流了不少血。幸好不是眼睛。再大一点，还被哥哥带到商店里，百货公司的柜台下面有缝，偶尔有一两分钱，就拿根铁丝去勾出来。很多小孩都知道这事，更何况小白楼和后来住的那个四合院都是百货公司的宿舍，他们都了解。一分钱买块糖，三分钱买根冰棍，运气好掏出来个五分钱——那可是挺大一笔钱。售货员并不管，他又没办法去掏。

但照顾弟弟妹妹可不只是领着他们到处闲逛捡钱这么简单，大多数时候是要解决实打实的生计问题。

简单一点的，在张晓刚记忆中，哥哥养过兔子，是叫"单耳立"的品种，一只耳朵趴着，一只耳朵立着。如今听起来，这像生物爱好者小组课外活动一样的娱乐，当年可是张家二叔辞职之后多种营生的一部分——兔毛可以卖钱。这也是他们补贴家用的一个路径，虽然跟二叔一样，这一轮都没赚到什么钱。

更多的日常琐碎生活，才是张晓翔要承担的工作。

张岐那时上班远，在皇姑区，要穿过半个城，杨淑霞的印刷厂效益也不错，经常倒班。如果赶上都是白班，杨淑霞早上一走，门锁上，张晓翔就得担起一家之主的角色。鸡要喂，拣菜叶、剁鸡食这些活儿是每天的必做功课。劈柴生炉子，烧水做饭，样样都得做。

"做饭简单，六七岁就开始，韭菜切碎了，搁点酱油，热水一烫，就好了。"主食就是高粱米饭窝窝头，都是粗粮。

大哥，在家中往往就是扮演这样的角色：干活，憨厚，替父母分忧，从不挑三拣四。

"我妈老教育我，你老大得有老大样，得把弟弟妹妹照顾好。我觉得我定位就是这样，把这些事做好，关心他们俩。小的时候在外面受欺负了，帮着出头去啊，在家里帮着做饭啊。我弟弟上大学我去送，我妹妹上大学我也去送。"

妹妹张慧娟说大哥从小就是家里的好帮手，特别能干，甚至超过了能干的孩子的标准。再大一点，个子够高，张晓翔还学会了用缝纫机，还能给她剪头。二哥张晓刚也干活，帮父母打煤坯，劈劈柴，但跟大哥比要差一些。二哥主要是看书，内向，琢磨自己的东西。

***

张晓翔比他的弟弟妹妹宽厚，设身处地地替别人着想得多。对家里地位不高的父亲张岐也是这样。他更懂父亲的心思，或者说更有耐心去关照父亲的心思，更在意父亲的存在。张晓翔可能也是全家人中唯一能理解所有其他人的，这事看起来颇有些奇怪，全家人每个都自恃聪明，但理解起别人来多多少少都有些障碍。

张晓翔记得父亲买的那些书的名字，也知道父亲一个月三四十块钱收入的时候，买那些书对于他和孩子们来说意味着什么，虽说母亲并不那么看。"他念过书，骨子里就好学。他喜欢文学。我记得小时候，他一直想当作家，有的时候还想写点什么。"

在相当长的一段时间里，理想于张家是一个奢侈品，它与"不切实际"紧密关联在一起。

但张家的家庭政治有自己特有的基本原则。

智力是这个家庭中最重要的一个指标。金字塔尖上的自然是母亲杨淑霞。张荣说他的这个嫂子最自负，这种提法隐隐含着一点不大赞同的贬义,但不论是张家里的大事小情,审时度势安排子女前程,还是为家庭付出的时间、精力和智力,杨淑霞排在第一位都天经地义。更何况这智力和智力排名的解释权还掌握在杨淑霞手中,不容置喙。

紧随其后的是张晓刚。然后是张慧娟。

排在最后两位的自然是张晓翔和父亲张岐。张晓翔生下来的时候,杨淑霞难产,使得张晓翔在这时落下了毛病,有点缺氧,不及弟弟妹妹聪明,这是家庭的官方解释。

地位不高的张晓翔,还面临着另外一个灵魂拷问:钱。这是个比智力基本原则还现实的东西。家里当时面临的情况是三个人都要念书。晓刚有军校的补助,看起来可以不用花钱了——但上学要路费,加上出门在外一走小半年,总不能空手去,这已经远远超出上高中的开销。妹妹张慧娟在念初中,即将考高中。张晓翔要么骑带车子拉脚给家里挣钱,要么补习再念一年——很可能会浪费一年的钱。此时,再复习一年,争取来一个理想的机会,对于张晓翔来说殊为不易。

只是妹妹到现在也有点不解,为什么父亲如此看不上财务会计,宁可让大哥去骑带车子做苦力,也不愿意让他去念那个中专。

***

得到一年机会的张晓翔参加了第二年高考。

不像现在车接车送,妈妈穿着高衩旗袍,爸爸套着黄马褂翘首以盼,张晓翔骑辆自行车就去了。第二天物理考试之前,鞍座底下塞着的抹布卷进了车链子里,他一时糊涂,当街修起了车。动手能力强的大翔子输在了这个爱动手的习惯上——修得兴起,以至于忘了时间。

迟到二十分钟，人家说晚半个小时就不让进场了。去晚了，最后一道大题没答完，接下来几科就答得稀里糊涂了。"我回来想这下完了，肯定考不上了。"

那时我在一中补习，复读插班去的。沈阳一中的一个同学跟我说，民航技校招人呢，我们去那儿考去吧。民航自己招生，我们算是大学漏子嘛。那时候北航（注：北方航空公司，管理东三省航空运输，尚未被南方航空公司并购）东三省都招，人家民航内部子弟加六十分。我考的时候是第二，录取的时候是倒数第一，就是从我那里卡的。那同学也去考了，但大学也考上了，就上大学去了。去的是成都一个军校，叫成都科技还是什么啊，留在学校当老师了。他算是改变了我的命运。

张晓翔其实早就知道那所学校，初中同学中有七八个初中一毕业就去了。他们是四期，张晓翔去的时候是八期，绕了一大圈才去的。

上了半个月学，大学的录取通知书也来了，是沈阳工业学院一个跟化学工业有点关系的委托培养。通知书在张岐手里放了几天。他在皇姑区上班的时候，了解那些化工企业，味道刺鼻，伤身体。他到现在还在数落化工行业的种种不好。

张晓翔有了选择的机会，但最后还是妈妈作主——去民航。

民航那时候待遇特别好。老师跟我们说，来了，你们就算民航的正式职工了。一个月给你们开十七块五，就是上技校有补助，医疗全免。现在有病去民航医院看病，就不用花钱了。

我们那时候粮食定量,全家豆油才半斤,但民航是按部队算的,一个月我一个人就二斤半。三十斤细粮,都是大米,还有黄豆什么的。

我想这个好啊,这还念什么大学啊。

***

在杨淑霞和张岐看来,生活已经走上正轨。

张晓翔经过一年半的学习,1990年就上岗了。一个月拿三百多块钱,已经超过了父母的全部收入。半年一过,就拿到六百块。发鱼发米发油发面,跟部队一样,吃地勤灶。"过年过节发的东西,我们全家都够了。"1992年,年终奖发了八百块。

张晓翔觉得这是一次正确的选择。他们全家都笼罩在民航企业的慷慨之中,这也直接影响了妹妹考大学的选择。

杨淑霞在第五印刷厂的几个同事是民航家属,在比"老头儿"(注:丈夫)的竞赛中,面对杨淑霞从来都是遥遥领先。如今豆油管够的张晓翔更加深了民航是天底下最好单位的印象。听说天津有个民航学院,那就应该考这个。而在省实验这所全沈阳最好的高中里镀了一层金的妹妹,显然觉得这个名字看起来像技术专科学校的大学不在她和同学们的眼界之内。这不但是对她学习生涯的否定,也是对省实验的否定。

大哥张晓翔这次毫无疑问地站在妈妈这一边,二人共同认定妹妹有点"作",是在"闹"。"我妹妹那时候也是年轻人啊。她也没有说服能力。生拉地就让她把民航学院念了。"

两年之后，已经委屈自己在这个学校里上了两年学的张慧娟试图退学，要重新高考。这一次，张晓刚——这位最亲近的二哥与母亲一道奔赴天津，共同扼杀了这次反叛。

现在张晓翔觉得有点后悔，得让人闯一闯。那时不理解，"我们家，我父母，按现在的看法，应该是比较短浅了。实际上我不应该用这词说。"

我到南航觉得工作还挺好。但同事的孩子比如从东工（注：东北工学院，今东北大学）进来，本科生就只有沈阳航空学院和天津民航能进来，其他都得研究生进，干万年都走了。像我们这儿，东财（注：东北财经大学）的研究生到这儿来了，一天啥事没有，管个保险，我这儿受伤了，递个材料过来，你给我报了。报保险，天天干这活儿，他心里能平衡得了吗？

人跟他的见识也有关系。那时候她处的家庭就在这儿呢，父母都是工人，目光只能看到这些。

＊＊＊

桃仙机场。这名字听起来很有一种萨满的感觉。从东塔机场迁出后，这里成为沈阳的新门户。早几年，如果你从这里离开沈阳，飞机开始滑动时，你看见下面有人跟你挥手作别，那个人有可能就是张晓翔。

从东塔机场到现在，眼看快三十年了。

做了快三十年的工作，纯户外，辛苦。赶上下雨下雪也得在飞机下面绕圈。刚开始的时候打杂,拎工作箱,打手电,拿抹布擦飞机。张晓翔刚工作那会儿,飞机还小,运–7就算大的了,坐五十多人,爬梯子擦。那时候还军事化,干完活现场要打扫干净。师父带着至少三年,实际工作两年,再考维修执照,然后才有资格在下面对着机组挥手。这一关,在张晓翔那里,叫放行。是需要签字负责任的。

外场的活儿辛苦。张晓翔说有年冬天,发动机漏油,得把衣服全脱了,光着膀子进来干。零下二十三度,外面冷,老师傅讲,上飞机前接一桶煤油,煤油不冻,冰点低,可能是零下二十五度,把手放里面,拿出来,感觉外面是暖和的,然后才干活。没有自我保护。干活还要讲精细,不能戴手套,讲手感手劲。

现在活儿还是这么干。一线,一个月能拿到一万五六,但工时得够。

"游客扔硬币,最讨厌,坑人。整个发动机都得检查,你不知道他扔多少。"

如今张晓翔年龄大了,膝盖不行,不在一线了,一个月也就一万多块钱,养家糊口算是够了。太太在六〇六所,科研单位,也不错,有一个女儿,眼看着也要高考了。

现在张晓翔每天接送自己的女儿补课。做饭,养鱼,养花,运动,有诸多爱好。经常在朋友圈里发些饭菜图片。做饭收拾屋,干净利整,这是他看重的。

***

张晓翔在讲述自己和他家里的故事的时候,会有一点戏剧感。像是一种天赋。在和张家各种人的聊天过程中,他的回忆和描述兼容了感情和准确，不夸张也不渲染，细节之外带上自己的思考，和弟弟张晓刚的害羞讷言明显不同。

我有一个疑问：为什么张晓翔不改文科？或许学文科是一个比做技术工人更好的选择。

不过，现实一点吧！张晓翔当然是要学理工科的，在1988年他考大学前后，文科是理工科学习不好的最后选项，基本上跟自暴自弃差不多。

想一想爱好文学的张岐，他的父亲，这种文科向的爱好，总是与不切实际、不务正业、不负责任这些评价搅和在一起。在以杨淑霞为核心的工人阶级家庭里，同很多对工人阶级家庭和社区的剖析一样，这不是一个很有男子汉气概的选项。

第九章　男性气概和它的消逝

"你瞅啥"

王平记忆里第一次"干仗",是从姥姥家回到二〇四的那个暑假。他正准备上小学。院子里来了新面孔,同院的小朋友合伙欺生,这对王平是一次考验。如何让对方偃旗息鼓,考验着王平的生存能力。这种困境对于任何一个小朋友来说,都是要找到办法解决的。

王平说他选择了最直接有效的办法。"我跟他们打了三次仗。人家从小一起玩到大的,我一个人单枪匹马。但我出手比较狠,直接捡一块大石头,把人脑袋削了,拎着石头挨个追。全跑了。他们领头的过来,一下子打蒙了。"

王平记忆中的这次完胜,让他在街区里立稳了脚跟。尽管他一直不在二〇四上学,但从此没有什么人惹他麻烦。这是一个值得夸耀的成就。

这种行为现在可能有"霸凌"嫌疑,但在80年代前后,是平常事。王平遇到的相对来说还算简单。一是年龄小,刚上学,真打起来也都是小打小闹;二是对手也不是什么狠角色,只不过是因为总在一起玩而形成的天然圈子;三是原因清晰且不足道,不过是欺生。

更多人记忆里的霸凌更没有来由。这事越没来由,越棘手。比如每天都重复地问你些奇怪的问题:

服不?

这就不大好回答。他希望你回答"不服",以便师出有名地对你进行降维打击,满足他的快感。如果你回答说"服",他就说,"那好,明天你不能走这条路,否则见一次打一次"。这事就不大现实了,所以第二天你就只能硬着头皮铤而走险,然后面临同样的问题:

服不,真服还是假服,心服还是口服?

你就被人打一通,每天丧气地回家。最终变成一种宿命。

也有硬气的。李海鹏说起他初中时的如烟往事:一个自命为大哥的人带着两个马仔以堵他为乐,每天灵魂拷问的母题就是"服不?"。他选择回答"不服",结果就是他同样被人霸凌一番,每天丧气地回家。最终还是变成一种宿命。

当然,还有一些小型"犯罪"。比如翻兜,几块钱几毛钱都有可能成为猎物。如果有内线,这些小型劫掠者会算准猎物在哪一天更有钱一些;如果勤于思考,他们还会判断出在上学的路上打劫还是放学的路上打劫,哪种性价比更高。不过,通常来说他们不会费这个脑筋:一是动脑筋这种活,有失身份;二是如果肯动这脑筋,做点什么不好。

"出没出血我就不知道了。"回顾大石头干仗史,王医生结论清晰,过程略有模糊。王医生靠着自己的鲁莽和对方实质上的软弱而成功,是值得大书特书的。虽然我不能总是怀疑王医生在这一点上的记忆出现偏差，但我可以断定，对方不是狠角色。一般来说，儿时记忆并非可靠，往往会夸大自己遭遇到的困境的严重性，将这经历幻化为战胜对手的一次丰功伟绩，然后在接下来更长的时间里，把它凝固成自己的记忆，最后化成自己伟岸性格的一部分。

积极的一面是，这种不服输的记忆和解决问题的果断，会让他们在漫长的人生里不断保持对自己更高的要求，不断完善他们的男性气概。

相比之下，张晓刚医生的记忆就更接近真实。他们一家搬到小津桥四合院的时候，遇到了同样的"欺生"问题，而且更严峻一些：对手更有组织。理论上，张晓刚有哥哥，可以抵挡一下，但奈何兄弟之间年龄相差不大，在张晓翔记忆中，当他试图替弟弟出头时，他们一起成了被欺负的对象。

当哥的要解决这个问题。张晓翔最终选择求助于舅爷家的几个表哥。那是真正的社会人，在隐晦的介绍中，他们经常替开发商做些协助拆迁的"帮忙"工作。即便过了几十年，据说他们至今仍以此谋生。总之，在张晓翔兄弟遭遇霸凌之时，他们找到了更厉害的社会角色。四海之内皆兄弟，有些兄弟更有话语权，就是这样。

这事不能告诉老师。如果霸凌者来自同班，或许可以解决问题，但从此你就要一直扮演一个给老师打小报告的角色，你的人生就有了污点，可能会从小学一直带到初中高中，你除了坚持做好学生之外，永无出头之日——如果学习足够好，大家还能理解，并有可能原谅你，这是工人阶级势利的一部分，因为你已经在"奖学金男孩"之列；如果学习不够好，那你就是人渣无疑了。而且，很重要的是，老师并不能保护你，哪怕他有保护你的心，也只能保障你在学校时的安全。小学的时候，一天只有六节课，下午三点钟放学，三点到五点的时间里，一个丧失信誉的告密者就是一个事实上的人肉靶子。

同理，告诉父母以及任何被称为"大人"的成年人，包括学校、警方，都是可耻的。大人往往成事不足败事有余，只要想到你求助的力量不可能成天守望着你，你就知道想要避免麻烦扩大化，最好还是不要求助于大人。当然，如果你有一个大到像成年人一样的哥哥，或者你的长辈还没大到成为一个成年人，是可以启用他们的。

张医生和王医生用不同的方式解决人生困境，从当年的道义上说，都很得体。自己用拳头、砖头或者石头解决，是一种男性气概的外露；找到合适的人"摆平"霸凌，同样是一种遵守道义的表现。

从解决问题的方式中，我们也大致可以判断出其中的潜台词：不管遭遇霸凌时年龄有多小，你都要自认为是个大人物，是庞然大物的一部分。你要做的是融入这个规则中，这并非同流合污，而是获得尊重，达成平衡。少年就是得这样才能成长。至于付出的是什么，个人际遇天分各有不同。有取而代之的——转身成为新的霸凌者也有可能，毕竟对于少年来说，这并非没有诱惑力。而对于有是非观念者或者性格懦弱者来说，保持一种不可侵犯的尊严，就足够了。还是得说，对于大多数人而言，不行欺凌他人之事，是基本道德。

当然，也有特殊情况。工人阶级也有舐犊情深的父母，儿子挨了欺负，想着替儿子出头。但抓住霸凌小孩一通以大凌小也是万万使不得的，他面临的选择的也只能是用拳头、砖头或者石头去对付霸凌者的父亲。如果认为老师不作为、不公正，那也是以这些方式来对付老师，江湖事江湖了。不过一般来说，工人阶级线条粗犷，谁不是在打打杀杀中过来的呢？谁最终不是靠自己呢？即便气势汹汹的父亲杀向另一个父亲，另一个父亲的反应很可能是"小孩子打架，你管这事干啥，他闹着玩儿呢"。莽撞父亲想想也是这个理。最终结局就是，恨铁不成钢的莽撞父亲打一顿自己的儿子，"你个尿货，以后别他妈的被人欺负！"另一个父亲也打一通自己的儿子，"别他妈的给老子惹麻烦！害老子赔医药费！"

最终的最终，就像让 - 保罗·萨特说的，一个欧洲人被杀了，相当于两个人得到解放[1]，我们这社会因此诞生两个霸凌的小混混，叱咤风云，乐此不疲。

"你瞅啥？"这世界上确实有这个问题存在，并且从概率上讲，它确实更像是东北文化的一部分。它与"服不？"构成人生两大难题，如何回答这个问题同样衍生出无数都市传说。

对于张医生、王医生以及很多与他们身世相近的人来说，这也是人生中的正常干扰，就跟吃饭睡觉一样，是生活的一部分。在他们上学以及成长的那段时间里，刻板印象中，"学习好"与"家境好""好欺负"这些都混在一起。你看着木讷老实，你看着白静优越，你还穿了新衣服或者总有新衣服穿，都是如此。当然，如果你还戴着眼镜——特别是戴着眼镜——基本上相当于身上别着一个六芒星（注：犹太人的标志）走在 30 年代的柏林街头。如果你不想被这种干扰所左右，李海鹏的建议还是必要的：在各种大哥容易出没的地区，要注意尽量目光向下，减少与任何人对视的机会，以减少被霸凌的风险。

---

[1] 原文为"在反叛初期必须杀人。打死一个欧洲人是一箭双雕，同时少了一个压迫者和被压迫者，剩下的是一个死人和一个自由人；活下来的人第一次感到踩在脚下的是国土"。引自萨特为弗朗茨·法农《全世界受苦的人》所作的序言。——作者注

虽然"你瞅啥？"在很长一段时间里被视为东北彪悍文化的一部分或者证据，但如果看到保罗·威利斯的《学做工：工人阶级子弟为何继承父业》，我们也许会重新思考一下这个问题。他对英国工人阶级社会的田野调查，甚至可以当成沈阳往事来看。

斯派克：像比利·艾维瑞特这样的家伙，他到处晃荡，别人要是多看他两眼，他就会用皮带打那个人。
保罗·威利斯：你怎么挑起架呢？就看某人一眼？
斯派克：不，是别人看你。
威尔：就是这样，你四处走走，就会有人看你。

你看，到了 50 年代的英国，工人阶级气氛浓厚的城市里，大家还坚持着这种非理性的人生观：等着有人不小心看到你，然后你就可以抽他了。

暴力和对暴力的热衷、"你瞅啥"，这些东西虽然与地域有关，但与工人阶级更相关一些。同样来自英国的戴伦·麦加维，新一代工人阶级，在《英国下层阶级的愤怒》中讲述他在监狱食堂里看到的敌意：因为一块吐司，有人脸上挨了一刀。"很多时候，暴力不仅仅是对蛮力的故意展示，更多的是一种交流方式。"

如果在众目睽睽之下，一个人在对峙中败下阵来，那些发觉他好欺负的人就会对他施以更多的威胁和攻击。因为一块吐司砍伤他人也许显得残忍、鲁莽和野蛮，但从一个扭曲的角度看，这样做也许可以防止未来更大的暴力威胁。如果一个人会因为一块吐司出手伤人，别人就不大可能去招惹他，这种逻辑在充满暴力的社群中根深蒂固，它对于生存的重要性丝毫不亚于对自尊和名誉的意义。事实上，自尊和逞能往往只是更深层次的生存本能在社交层面的延伸。即使不考虑暴力行为的背景，它也能发挥同样的功能。它既具备现实作用，又带有表演性质；既能吓退可能的挑衅者，又能消灭直接威胁。并不是每一个来到这里的人都认同暴力，但一旦踏入这里，就很难不被暴力文化裹挟。离开监狱的时候，人们往往比初来乍到时充满了更多暴力。

这种暴力笼罩下的生活与当年沈阳张医生和王医生所经历的相差不多。虽然他们不用每天面对这么残酷的情况，但你知道它们鲜明地存在于生活当中，这就够了。

在保罗·威利斯的田野调查中，那些准备着进入工厂接父亲班——你看，连人生路径都跟我们这里的老工业基地有相似之处——的人，认为未来的体力劳动与学校生活无关。这其中有反智的成分：作为未来的工人阶级，男性气概的重要性远远大于知识储备。他们虽然需要技能的积累，但这更多与体力劳动相关，而不是书本知识。"体力劳动和努力中的吃苦耐劳、笨拙都承载着男性的观点和深奥意涵，并表现出一种超越其自身的意义。可以说，无论这一艰巨工作的具体问题是什么，其本质始终都是男性范畴的问题，需要用男性的能力来解决。"这在逻辑上确乎没有什么问题，但对于上学的人来说，上学的价值就要被质疑。如果他们想维持自己在体力上的先发优势，暴力是一个选项。

也是在这个意义上，那些爱学习——不管是出于什么原因，将来更大概率会与工人阶级分道扬镳——的人，就成为他们现在和未来的"敌人",至少"非我族类"。就这样暴力有了目标,这简直是为荣誉而战。

"长大之后你会做什么?"这个问题,在一所以工人阶级子女为主的重点中学被问及的时候,是个虚拟问题,没有人当真,也没有人能说清楚。他们只知道未来不做工人。

如果问的是一所普通中学,或者小学的学生,即使学生不这么说,他们也知道熬到了18岁,自己就可以接爸爸的班,进入社会,结束当前自由自在的、不用负责的,也没有钱的生活。而现在,如果他选择做一个暴力行使者,他所做的一切的建设性意义就在于怎么离社会更近一些。毕竟走向社会之后,生活更"凶险"了。

也是在这个意义上,重点中学学生、奖学金男孩被他们的父母时时刻刻提醒"注意,别跟社会上的那些人来往",或者,"少跟那人打连连,他太社会了"——其中的"社会"与那些推崇暴力的社会混混所认为的"社会"统一在一起。

街上那些选择做霸凌者的人的想法是一样的,他们也认为这就是社会。在他们的概念中,作为一个霸凌者比被霸凌者只是多走一步。"等到我18岁的时候,我有更多的经验,我能更好地进入社会,否则就是一个书呆子。"这是男性气概曲折到了他们那里之后发酵出来的样子。每个人都在往这条路上奔忙。源于同样的恐惧:不够爷们,没办法适应这个社会,男性气概不足。我想,对男性气概不足的恐惧,会让弗洛伊德的在天之灵哈哈大笑。

80年代,在儿童或者少年对未来职业和身份的想象中,军人似乎是一个普遍的目标——王平、张晓翔、王新宇都明确表示过对军人职业的向往,李丽对未来老公的憧憬也包含对军警制服的想象。某种程度上这与社会宣传和想象的贫瘠有相关性，但不可否认的是，其中还包括对合法暴力和秩序的认同。然而，同样是对军旅文化的一种接受，沈阳与北京的军旅崇拜有截然不同的含义：北京军人大院文化相对来说更强调忠诚与勇气的江湖属性；沈阳更多包含工人阶级特征，除了江湖气之外，还包括对技能的强调——他们所经历的一切，都是准备进入那个"凶险"的社会。

"至少三仗。这就跟在社会上混似的，三仗之后就没有人跟你找麻烦了。你打过之后就好了。"王医生总结。

李海鹏怀念他的敌人，他引用菲茨杰拉德来描述当年场景：

五十六中学。我们门口那条路，像《了不起的盖茨比》讲贫民窟那样：这条道全是烟，灰尘，汤姆的情妇住在这里。烟和灰尘呢，到处飘，飘来飘去呢，烟就好像有了生命，有了意识，凝聚成一个人形走出来。

那地方就是，人带灰，煤灰。我们门口那条路特别牛逼，尤其是这个季节，秋天往后，你是眼看着周围冒烟，烟下来，落到地面了，我们都在烟里面走。PM5000以上。那是烟囱里的烟下来了。

凝聚成人形出现在路边的是他的敌人，他希望有朝一日与这个人有一场终极之战。"他影响我到现在，我只是没有机会而已，逮住机会一定打。我打不过就雇人打。一定是这样。"

这是一种浪漫主义。暴力经常与之相伴。

大卫战胜歌利亚

医大二院出事了。

一对夫妻,男人是麻醉科医生,女人是护士,两个人想挣钱,使了些手段。这事被发现了,主管副院长把他们拆开,还要处分。二人做这事本来见不得光,原本就应该结束了。但断了来钱道,麻醉医生越想越气,就把副院长拦住,动了刀,挑了筋,出了血案。麻醉医生就被抓起来了。

王平跟我提起这事的时候,格外有话说。这挺有意思,但凡提到"社会",就宏观层面而言,尤其是前面的谓语是"懂",或者有副词"很""不"的时候,王医生总是很谦逊,觉得自己基本上就相当于白痴——"不懂社会""不社会""跟社会格格不入"。太太李丽也这么觉得。而认为他"一劳本神"勤勤恳恳工作的妈妈曾慕芝更是如此。但轮到社会上哪个具体事件发生,比如二院麻醉科医生伤人事件,王平会为你仔细分析这到底是个什么事、本质是什么、哪里出了问题、谁做对了什么、谁做错了什么,深谋远虑,头头是道,对这社会驾轻就熟。

你说麻醉师精神病不?就拿小刀片去跟院长比画。你弄那一下有啥意义,割完以后被判刑了。妻离子散,家破人亡。

我要是他,我就去跟院长谈:"你媳妇在哪儿上班,每天行走路线是啥,你姑娘上班上学,每天行走路线是啥。你看看咱俩这事怎么办。"你还要怎么办的话,对不起,那我就不是动你这根肌腱了。我要做事,我肯定会走极端。要不就把你整死,把你全家整死。你不给我活路，我也不给你活路。

我应该事先谈明白，把每条路都告诉你，看这事值不。你认为值，我也认为值。我光脚的，你是穿鞋的，我怕啥，我啥也不是，穷鬼一个。你有社会地位，你图啥？

一直说到"别激情犯罪，要做的话得预谋犯罪"。说得兴起，就像那个当年用大石头赶跑了对手的小男孩，还在这位医生的白大褂里活着。

这话也就说说而已，甚至是不是王医生的原创也不好说。大家讨论热议，各自贡献观点，时间长了，凝固成一套掷地有声的说辞。说着听着都很开心。一个小人物贪恋钱财东窗事发，铤而走险违法犯罪，没有什么值得同情的，但如果是一个被逼无奈的小人物，豹子头雪夜上梁山，那就有趣了。在事不关己的嘻嘻哈哈声中，大家脑补出大卫战胜歌利亚[1]一般的情节，替那个倒霉家伙修成正果。

大卫战胜歌利亚，弱者战胜强者，逆袭成功，这是人类故事和神话原型，放之四海而皆准。尽管麻醉科医生不堪此重任，但就像前面说的，复盘一下自己在同样的故事中如何拿捏得当、张弛有度，想象自己如何叱咤风云、战胜巨人、夺得史诗级胜利，这自我英雄化的过程，足够陶冶自己的情操，锻造自己的强人性格。

不过，自我英雄化之前，显然还存在一个矮化自己的前提："我怕啥，我啥也不是，穷鬼一个。"我，小人物、穷鬼、光脚的；对手，大人物、能左右存亡生死的强者、穿鞋的。自视为弱者和小人物没什么不对，通常也确有其事，也符合工人阶级的定位。但"矮化"不是在

---

[1] 源自《旧约·撒母耳记上》第十七章，少年大卫用石子击杀非利士猛将歌利亚。——编者注

说这个，而是说，在"我光脚的不怕你穿鞋的"这种文化中隐藏着另外的含义。

弱者挑战权威，只要摆出了姿态就是胜利，至于反对了什么，似乎并不重要。所以，很多情况下，姿态成了更重要的事，对它的关注超过了对挑战权威的意义或者行为正义性的关注。所以，它经常会跑偏，尤其是与青春期叛逆结合在一起的时候。

这个姿态，体现在初一那年寒假的李海鹏身上，就是砸学校。按他的说法，那天他正在街上百无聊赖，同学骑车过来："海鹏，走不，砸学校去。"李海鹏就说："走呗。"冬天。两人骑自行车到学校，一个人没有。一地落叶。"不对，冬天没有落叶。"他修正他的叙述。"跳墙进去，砸玻璃，砸无数玻璃。砸完进教室，桌椅板凳全部掀翻，玻璃黑板砸碎。这个过程感觉太他妈的爽了。跟'水晶之夜[1]'一样。"

注意，他引用了"水晶之夜"。没有人经历过"水晶之夜"，但在想象当中如他所说，那应该是极其过瘾的巅峰体验。海鹏有人文关怀，人文精神会让你反向去想1938年希特勒青年团所收获的巅峰快感，并触类旁通，联想到很多破坏者与年轻人的结合。然后，再度去看，惊出一身冷汗：不是所有要叛逆、要反抗权威、要摆出姿态的时候，都会恰好有一个正义的革命摆在你的面前，成就你的大卫挑战歌利亚的史诗梦想。在某一代人的青春期里，是"水晶之夜"；在另一代人的青春期里，是"抄家""破四旧"；而在我们的青春期里，顶多砸个学校，还偷偷摸摸的，没有什么大害。实在是人生大幸。

---

[1] 指1938年11月9日至10日凌晨，希特勒青年团、盖世太保和党卫军袭击德国和奥地利的犹太人的事件。因碎玻璃满地而得名。——编者注

在表达了"太过瘾了"之后,李海鹏和他同学相约明年"还得再干一次"。同样要说明的是,这不是沈阳或者东北特色——21 世纪初,有一首改编歌曲《我要炸学校》,里面也有个来历不明的男声一直絮叨着要炸了学校。

虽然工人阶级没有砸或炸学校的专利,但得承认,跟"水晶之夜"一样,工人阶级更偏爱这些事。保罗·威利斯也在一位英国工人阶级同学那里发现了学校所能提供的刺激:"……他竟然就把门打碎,走了进去。这里到处都是他的脚印,他砸碎了一扇窗户,到处拉屎,还把书扔得满地都是……"

> 他们把"做贼"看成是和打架一样的刺激源头。偷窃让你冒风险,打破对自我的管束。……当偷窃对象是学校时,刺激感变得格外强烈,更突显出他们挑战权威、敢于冒险又深思熟虑的气魄,当然能弄点钱也是成就之一。偷学校不但是对教师的直接羞辱,也能把你同"书呆子"完全分开。那些"书呆子"既不需要多余的钱,也没有那种要践踏传统道德的想象力,更没有那种蒙混过关的机敏。闯入学校行窃包含了很多关键的主题:对立、刺激、排他、金钱的驱使。

实际上很多时候,我们在说想象中的"大卫战胜歌利亚"的史诗级胜利时,姿态之所以比结果重要,是因为它隐藏的另一重含义,就是打不过也没有什么,我还可以解构你。

这有点犬儒主义。它迎合了对大人物的蔑视,对假正经的嘲讽,以及对假模假式的崇高的嘲讽。辽宁有两个城市都自觉不错,一个沈阳,一个大连,经常要比试个高低。沈阳人会解构大连人。大连在青泥洼弄了好多个女骑警,长得好看,骑欧洲马。"沈阳人第一反应就是,你们这帮二逼,你在这儿给我整啥呢。"李海鹏说,"而且沈阳人不会想到的是,大连人为什么会因此而有发自内心的自豪感。"

当然,沈阳人如果只是看友城不顺眼因而自卖自夸,就不是解构主义大师了,他们对沈阳的各种事更是充满热情。沈阳的史前文化遗址挖掘出了一个图腾,叫"太阳鸟",当年市府广场就搞了一座雕塑,命名为"太阳鸟",然后沈阳人给它取名叫"烤鸡架"。鸡架就是鸡骨架,全世界的鸡骨架最终可能都流落到了沈阳,因为除了沈阳,好像也没有别的地方的人吃这玩意。面对一只鸡时,每个沈阳人都是庖丁级水准,干净完整地吃完一只鸡架,实现完全的骨肉分离,可以消耗足够多的时间,当然,与此同时也可以喝掉更多的酒。它是一种消磨时间的工具,解决了下岗职工的再就业问题,也帮助没有就业者度过了无边无际的漫长的绝望时光。

犬儒主义的解构,让愤世嫉俗者成为受欢迎的角色。小人物的英雄主义不但无害,而且最后好像总是变成喜剧——甚至连国家和政府这个解构的对象都在其中扮成了与民同乐的样子。从90年代开始代表东北文化的赵本山就是这样。小人物无害,在背后捅捅咕咕,又能怎么样呢?他们无非就是把你精心推出的太阳鸟叫成了烤鸡架。然后,没有什么了,一种波希米亚式的闲散态度让他们成为一种逃避者。英雄和英雄主义的幻象都在,但这不是生活……这其中有着一些更突出的特征,事关价值观与荣誉观的争夺。

这来自小人物的解构,虽然是喜剧人生的一部分,但它的坏处也显而易见:它随时会成为规则的破坏者。至少,对于求生存机会的小人物来说,规则是可以变通的;求助于大人物,规则是可以改变的;而且,规则是可以重新建立的,只要你有力量。

如何面对规则,是一个大问题。但很显然的一点,如果破坏规则对于破坏规则者有正面反馈,那么他就会因之上瘾。而旁观者、被损害的普通人,最后也许不是因为被剥夺而成为反对者,而是十有八九会认可克里斯玛人格的存在,最后很有可能成为克里斯玛的崇拜者。

这是一条波希米亚的路径。波希米亚与克里斯玛的结合,其后果全部都是灾难,而且是可以上史书的级别,就不用多说了。

穷人浪漫主义

五中大楼是粉兮兮的颜色,三层,当时就这么一栋楼。造楼的图纸可能是从苏联那里直接拿过来的,沈阳好几个学校都长这样。

靠南的那一面,都是教室,只有几个边边角角的细长房间是例外,记忆里好像是广播站、图书室,还有校长室。一楼大堂和大堂上面是会议室,学生不大出现在这里。大堂正对着楼梯,后门通向后院。

背阴的那一面是老师办公室。有一些垂直于大走廊的纵向的小走廊,通向厕所,把厕所门藏在深处,这设计很人性化,既照顾隐私又减少味道流窜。不过当时厕所并没有启用,原因可能是没有多少人用过抽水马桶,把这精密仪器直接交到这群半大孩子手里面,估计是场灾难。又因为更精密的仪器设备,比如门禁还没有开发出来,所以老师也没机会暗中享受这现代生活。他们跟我们一样要跑到楼外的旱厕,一视同仁。略有不同的是,老师可以趁上课时慢慢享用,不用在课间跟急三火四的学生们抢，坑位应该也不会紧张。

纵向的小走廊，走到头都有一个窄窗子。厕所门锁着，里面改成仓库，窗台上可以坐下一个人。总有人噌地一下把自己撑到窗台上，正好蜷在那里，手搭在腿上，目光扭向窗外。最文艺最迷茫。

窗外没有什么景色。教学楼离奉海铁路还有一点距离，中间隔着几趟破败的平房。从三楼看下去，就是一些油毡纸，和横的竖的排在上面的砖，空隙处几乎被破木板子和各种帆布塑料布搭起来的空间挤占了，里面塞满没有人会在意的破东烂西，留下一点勉强挤过自行车的过道。

近处看，楼下似乎冬夏都有一个巨大的煤堆。冬天要烧锅炉，西北角上是锅炉房。东北角上是厕所。楼的正后方是水房，热饭盒的茶水间，十点钟过后，传出百家饭味，让人饥肠辘辘。饿到极处，到十二点十分才下最后一节课，值日的同学飞奔去取各班的饭盒铁篮，最难吃的饭菜这时也好吃了。有一段时间，团委觉得大家正在长身体，要搞点福利，于是去面包厂买平价面包作为晚自习前的间食。我是那个采购面包的人，刚出炉的面包，烫嘴而且香甜，所有的糖都尽力盛开，借着热气辐射出来，没羞没臊，特别好吃。团委王大飞老师说："少吃，这东西伤心。"心，民间有时也指胃。心口疼，那是胃病。但这一句"伤心"，倒是应景。

说回这窄窗台。黄棉袄大哥就在这里。他是留级生，不知道怎么沦落到我们这一届。那个时候黄军装已经不那么领风气之先了，但如果你足够特立独行，还是可以拼出一点与众不同。比如窗台上这位大哥，就只穿军棉袄，不穿罩衣，与成色很新的军大衣不一样，与各种时髦衣服也不一样。窗台上，黄棉袄大哥弄了把吉他在那里，唱着

"春天的花开秋天的风以及冬天的落阳"。

多是在星期天。上课时感觉不到他，可能一直躲在教室里不出来，也可能在外面闲逛。老师不大在意这些旁听的同学从哪里来到哪里去。

周末，有些人假装温习功课，他在窗台上实践文艺。

黄棉袄大哥的文艺腔调可不是到童年为止，他的本行是打架。他的生命充实而且皮实，所以每天都打。他不怎么恃强凌弱，也不调戏女同学，那些都是小混混，不是文艺腔。文艺腔只是像西西弗斯一样每天都打，且被打，且没有惧色。

周一的早上，如果细心，你可能会发现从校门口到操场到教学楼里有一道暗红的干涸的血迹，点点滴滴。有人挨打了。多半是黄棉袄吉他哥。

什么人在跟他打，或者他在跟什么人打，没有人深究。头上缠着白绷带，黄棉袄依旧在身上，走廊里依旧"隔壁班的那个女孩怎么还没经过我的窗前"。

太阳每天都是新的，诗人们喜欢这种调调。对于黄棉袄大哥来说，伤痛每天都是新的。

这是一个文艺青年的故事。他的孤单，他的穷，他的黄棉袄，他的吉他，还有他对身体的挥霍和不以为意，集成了所有符号。这些符号放在一起，就是波希米亚，那时的浪漫主义。

工人阶级不兴文艺青年，但可以有问题青年。所以，如果你敏感而又孤独，满脑子天马行空的奇思妙想，但并不知道如何表达，你可能既没接触过诗，又没接触过人文，也不知道如何表达细腻……某种意义上，你就是个文艺战线上的肌肉萎缩性侧索硬化症患者——就是霍金那种病——思想和意识被禁锢在一个躯壳内，直到呼吸衰竭。在

80年代，工人阶级中的文艺青年除了让人看到他的男性气概，别无所托，他只好去打架。

切斯瓦夫·米沃什在《诗的见证》中说："在二十世纪，各种流派和宣言可以分成两大阵营：一方面是赚钱花钱者，连同他们对工作的崇拜、他们的宗教和他们的爱国主义；另一方面是波希米亚，他们的宗教是艺术，他们的道德是否定另一阵营的所有价值。"波希米亚从茨冈人那里走出，到法国变成艺术，等到了纽约东村的时候，已经是主流文化的一种了。在80年代，在中国东北，在沈阳，波希米亚还是一种无法无天的浪漫主义。

最浪漫的故事在《沈阳日报》1982年6月16日的一篇报道上。这是一个骗子的故事。他骗了一百二十根冰棍，五分钱一根，案值大约六块，批发价可能还要更便宜一点。事件就发生在大东区，那篇报道的名字就叫"大东冰果厂受骗记"。那位骗子比较全面，综合素质好，基本上可以为后世骗子作教科书。

骗子先得说，我是记者。表演记者不是太难的事，但他更用心一些，显然掌握了记者的最尖端技能——在80年代初，大多数记者都不太懂什么是"卧底"——"我在付货室呆了四十二分钟，你们走了六十七支冰棍"。"走"是指未开票付款就把货物拿走了，所以"我要曝光你们"。有理有据，有身份有观察，冰果厂必须服软求情，由此，他网开一面，不能一棍子打死，决定先拿二十根冰棍。

我觉得有必要强调一下，80年代初的绝大部分中国人家里还没有冰箱。一个人即使狂爱吃冰棍，吃个三五根也差不多就够了，吃不完，就要化掉，所以他的冰棍多半是分给诸位兄弟。这通常只有两种可能，一种是吹牛——"老子冰棍厂有人，可以随便拿"，或者直接吹，"老子可以去那冰果厂里骗出冰棍来，信不？"另一种是把兄弟想在前面——"既然兄弟们爱吃冰棍，那我来搞定这事"。

不管是哪一种，舍己而为博朋友一笑，以如此牺牲而赢得友之欢心，都算得上浪漫非常。

这事并没有完。隔几日再来，说现在管得比以前好，不写你们的批评报道了，看看你们有什么可以深挖的好素材——再拿几十根冰棍。

再隔几日，说总编辑觉得素材不错，明天要来你们这里检查一下，然后定稿——再拿几十根。

第二天到了，他告诉厂领导，总编辑今天没空来。"我们记者开会，来取几把冰果（注：东北方言，同'冰棍'）。"事情发展到这个地步，终于让某位员工心下狐疑，一查一核实，没这个人，就报警抓起来了。报道说，骗子为某厂工人，因堵截女青年和破坏生产，被开除了。

这个吉卜赛风格的故事，乍听起来让人心酸。但是，如此义薄云天之人，以如此高智商和高演技做如此微不足道的事，这其中蕴含着一种幽默感。道格拉斯·亚当斯有本小说名叫《全能侦探社》，书中那位发明了时光机器的教授，往来穿梭于过去与现在之间，倒转时光看没来得及看的电视剧……旁人听了，大惊失色：等等，您发明机器回到过去就是为了看电视？

你费这么大劲，就是为了请朋友吃个冰棍？

但是波希米亚就是这样。没有什么章法，也没有什么束缚。很多时候价值不是那么重要，荣誉更重要。这荣誉在成年人社会里有时被解读成面子，成了一种特别重要的东西，不容置喙；在青年人的世界里被看成一种自由——谁也不要碰我的自由，如果不知道在哪里捍卫我的自由，那就捍卫头发、衣服。没有哪个时代像当年那样突显时尚的重要性，也没有哪个时代像当年那样给予时尚更多的存在感。

高三那一年，张晓刚跟学校几个留级生看了电影《霹雳舞》，开始学跳霹雳舞。张晓翔的同学辍学开了一家发廊，缺人练手，张晓刚又成为烫了头的人。这些事的象征意义包括：他思想复杂了，他开始关注外表了，他不单纯了，他想女生了，他会把时间浪费在女生身上，他学习会变得不好，他会与社会青年混在一起……一句话，最聪明、最听话、学习最好的张晓刚可能要学坏了。这个推理过程毫不复杂，也完全合情理，所以班主任如临大敌，担心青春期学生一念之差走上歧途，十几年辛苦可能就崩于一旦。

1981年5月13日，《沈阳日报》上有一个高中女生写读者来信，说她学坏了，做了学生不该做的事，早恋了，还跟社会上的人混在一起。从快班掉到普通班，在普通班依旧昏昏沉沉赶不上趟……看遍整篇报道也没看出来发生了什么，但她已然将自己命名为"失足女青年"。这就是对一念之差走上歧途的恐惧——光是吓唬自己，就会自责不已。

就跟早恋天然具备反叛精神一样，服饰很多时候是争夺话语权的一部分，你要说是争取自由也不过分。在多元化的社会里——哪怕社会不多元化，只要服饰多元化就够了——人们很难理解如何用穿衣服来表现反叛，但当年一条破牛仔裤人们都能争论上几年。

启蒙者田罡，我的小学同学，瘦弱而精明，穿牛仔裤、短款夹克，皮或者PU，当时叫人造革，我分不大清。总之，显得干练而且不落俗套。同样身为"小流氓",大多数人都还穿着军衣军裤,走路恨不得八字脚起来,搭配起肥大的旧军装试图让自己看起来成熟,实际上只让人感觉颟顸。1981年,时尚就是这样。而田罡别具一格。当然,我的记忆也不一定很准确,印象中他还有一层薄薄的胡子,不过小学五年级是否有这种稳健配置,还是有点摸不着头脑。这是我人生中第一次看到活的认识的同龄人穿牛仔裤,虽然不至于征服我,虽然像洪水猛兽一样被诟病,但有一点能够确信:它可以让人好看。

洪水猛兽不是随便说说的,当时经常看到伪装成报道的故事说这些喇叭裤牛仔裤等包屁股裤子的坏话。比如苹果牛仔裤如何让一个青年男性丧失了性功能;某爱慕虚荣的女生穿这种裤子被坏青年诱拐,如今痛不欲生、悔不当初……辽宁大学那时刚刚引进留学生,有报社记者当选题去做,独辟蹊径,回来写报道,文章名字叫"他们都没穿牛仔裤"。(注:《沈阳晚报》,1986年2月5日)

"弗朗哥穿蓝制服裤,裤腿肥得能钻进几只鸡。"如果今天说"裤腿肥得能钻进几只鸡",会以为是在说洋人的嘻哈街头风,而那时候记者想要表达的只是,洋人也穿农民一样的大肥裤子,叫你们崇洋媚外,你看人家都不穿。矛盾在于,你们年轻人要用包屁股裤子来表达你们的自由,但自由故乡的人们可不是这样,所以你们实在是表错了情。当年文化不像今天这样自信,所以拉出来一个现身说法的留学生,仿佛就此穿肥裤子就得了背书。1988年,我刚上大学,与一女同学去留学生宿舍看望日本女生,第一次乘坐没有人值守的电梯,十分紧张,出得轿厢还要担忧这电梯空在那儿敞着门是否合适、如果一楼有人叫怎么办、我们这样甩手走开是不是不文明不礼貌……

不文明的事发生在其后一分钟。我自作聪明地摁了关门键,然后闪身而出,暗中得意,来到日本女生门前,叩门。女生大惊失色:你们怎么来了,你们怎么事先没跟我说,我有约过吗,我是不是忘了……原来,见人之前还要事先约啊。《沈阳日报》说,1986年沈阳个人自费住宅电话共有十六户。我们根本不知道什么叫"事先",什么叫"约"。作家阿城说:"我们七八十年代,有个什么事,我得骑车到你家里,要不在的话,那骑回来才叫孤单。"

我们看到日本女生的慌张和窘迫,觉得自己又野蛮又孤单。其实所有这一切都来自于贫穷。还要补充说明的是,80年代,甚至90年代初沈阳的穷,其本质还不是社会财富分配出现偏差,实际上主要是70年代贫穷的延续。它是前三十年的一个结果,并非90年代真刀真枪的下岗。到2000年后,东北再度穷下来,那完全是国企转型失败,是真正在付出代价。

所以,那个时候的浪漫主义,是穷人的浪漫主义,无关贫富不均。这种"浪漫"与今日"东北文艺复兴"的浪漫不可同日而语。

那张照片里举着枪的小男生,现在做了甲状腺外科医生。王平记得照片上的衬衫,"感觉挺好看的",这是他不多的对自己衣饰的评价。对于别人"好看"的衣服的印象,王平说来自初中课本,杰克[1]的花格衬衫、底下的长喇叭裤,好看。还有初二的时候第一次穿皮鞋,猪皮的。

当然,再晚一点,对于"好看"的认识会更多元一些,高二去隔壁城市本溪的水洞春游,前一天晚上,我和六七个男生会聚在一起商

---

[1] 当时的初中课本里配有插图,男生叫杰克或约翰,女生叫玛丽和凯特之类。——作者注

议第二天的装扮：如何让自己在明天的郊外活动中脱颖而出，成为最帅气的人，并且拍照留念。那应该是1987年，来自台湾的小虎队还没有面世，他们效仿的日本少年队已经有画片流传。就瞄着这样的形象。他们带来诸多自认为漂亮的衣衫，甚至还有一个吹风机。一夜踌躇，各自取了中意的衣衫。第二天早上吹好头发，彼此再细细打量，"你穿这个好看""这个适合你""你应该配上这条裤子"。此情此景，殊为梦幻，至今也是如此。只有在《移民家世》里看到盖·特立斯回忆家族往事，才觉得依稀可以与之相提并论。

> 那是意大利南部地区男人们最能出风头的一个机会。……男人们却会在广场上散步，一边手挽手地漫步，一边聊天，吸着烟，相互审视，品评着对方的新衣服，尽管意大利南部地区很贫穷，也许正因如此，人们格外看重衣着和外表——换上一身新行头出出风头是当地流行的一种风俗。聚集在马伊达广场上的大多数男人（在意大利南部这样的广场还有许多）都对裁剪艺术有着很深的研究。

当年张晓翔有卖"滚包西服"的同学，张晓翔自己买了几件，为张晓刚也买了几件，让这对英俊挺拔的兄弟更加帅气。滚包西服是"洋垃圾"的一种，那时多半从东洋而来，多为旧西装，都市传说中，在西装兜里会发现死亡证明，或者还会有血迹。不过都剪裁得当，价格便宜。《沈阳晚报》在1986年10月21日的新闻里说：

> 今天（21日），沈阳站工商检查站在浑河岸边焚烧了依法查

扣的629件进口旧西服。最近以来，贩运、倒卖进口旧西服的违法行为有所抬头。从9月份以来，沈阳站工商检查站查获31起。广州市无业人员邹永全以旅游为名，于10月20日从广州携带96件进口旧西服到我市倒卖，被依法没收。

每个人都是浪漫主义者。

李海鹏说，大学食堂门口经常打架，对面出来五六个人，将一人打倒，打得狼狈不堪，满头满脸都是灰。人散了，完了，这个人爬起来，他的起身动作，以及整理衣服、整理饭盒、进食堂打饭的一系列动作，都必须镇定自若。这是基本素质。

而王平照片上的四个字，也与这浪漫主义相得益彰——"英雄本色"。

那是周润发和张国荣的港片辉煌的时代，所有的年轻人都被吸引。有人把它处理成帅气，想着自己要有更好的衣衫；有人找到艺术，向着二倍速镜头的美感和古典音乐倾斜；有人动起了枪，把暴力融入生活——一个抚顺青年，偷了双卡录音机一台，录音带十八盒，从抚顺逃到沈阳，四个小时后落网，本来他准备乘火车前往大连。即便当年大家警惕性并不高，但一个拎着双卡录音机的旅行者难免要被抓个现行。

替《教父》辩护的人，会说这并不是写一个犯罪黑帮，而是写一个男人的成长；为《黑道家族》辩护的人，会说这是一个一直在追寻自己人生意义的男人的故事。波希米亚的青春期男生，工人阶级的年轻人要个性化，要与老家伙们不同，越发标新立异。怯懦的人没有机会表达，服饰就成了重要的东西，如果能打，那打架的确是胆大妄为者的言论自由。

说起浪漫主义还有两件事。

我住在小河沿时，对面屋里曾住过一位大哥。高考落榜，壮志未酬。常喝了酒，找我聊天，想念他已经无缘的"东工"，说"东工"的图书馆有难以想象之多的书，"东工"是个多神奇的地方。我那时念小学，只知道第一个社会主义国家起义的第一件事是攻占冬宫，还不知道有这么一个学校在沈阳。后来才知道它叫"东北工学院"，继而改名叫"东北大学"，再后来成为沈阳唯一的"985"大学。最近一次出名是几年前，一个毕业生因为陷入传销网络而不明不白地死掉了。这所学校经常被人提及的，是它到底有没有资格进"985"。与"东工"无缘的对面屋大哥，偶尔拉小提琴，是我们整个院子里的灾难。

最后一次感受浪漫主义，在《东北游记》里。美国人迈克尔·麦尔引用了几则他在东北看到的征婚启事：

女，53岁，身高1.55米，已退休，有责任感，人品好，无负担。想要与你今晚一起观落日。

男，76岁，身高1.67米，有供暖房。无负担。寻找76岁以下的女性。外貌不拘。我会用所有的时间来爱你。

男性气概的缺失与"娘娘腔"的恐惧

在西塔，我去找一个叫"金家大冷面"的地方。那是秋天，白天还热，太阳一落，四处刮出来的风都冷飕飕的。被导航领着，从西塔那里走上珲春路，走到头，在延边路右拐。

一路都没有什么人。天正以肉眼可以感知的速度暗下来。路灯还遵守夏天的时间表,并不急着亮。珲春路极窄,两侧是单层的简易平房,每间开间不大,有最普通的铝合金门窗。每家都一样。窗上、门上和檐头,各自不同的招牌,走几步就有"活狗"两个字。

这里是朝鲜族聚居区,有各种与朝鲜族生活相关的生意,这里批发食品辅料,从狗肉到辣椒面都有。

已经下市了。像走在默片里。每扇门都是锁着的。一条狗也看不见。但你会感觉它们可能在每一扇门后面盯着你走近走远。你不自觉地加快脚步。想象中,应该有哪条预知了自己命运的狗会突然绝望起来,叫上几声,然后整条街都陷入此起彼伏的惶惑,每个声音都会扎向你,让你无处可躲。

并没有。走得就更快了。

从路边居民楼拐进一个破败的院子,迎面一个破败的招牌,大,醒目。"金家大冷面"到了。这是总店。

店里烟大。烤肉烟,抽的烟,混在一起。进来人,每个人都打量一下,判断是生人还是熟门熟路的人,目光不友好,跟烟火氤氲的酒肉之气很不和谐。要先买饭票,服务员并不催,但也不耐烦,不喜欢这种过路的陌生客人,要踌躇好半天才约莫算出该买多少饭票,虽然买多了可以退掉。这烟熏火燎的气氛让人想起写小说的郑执在一席演讲里说过的万顺啤酒屋,那个穷鬼乐园。郑执问店主大姐为什么全年无休连过年都不歇:

大姐当时跟我说了一句话,原话是这样的:我要是不干了,这帮逼还能去哪?

这句话我换一个方式给大家翻译一下：如果此地终会消亡，这些灵魂又将何处安放？

浑春路，狗肉一条街，冷不防走进这种明显异于你生活世界的空间，里里外外都像一个梦。感觉同样遭遇一群无处安放的灵魂，在店里晃来晃去。

每张桌上的灵魂们都前仰后合。桌上排着二十几个酒瓶。不管喝多少酒，他们喜欢把喝过的空酒瓶整齐码在桌面上，以方便计数，让酒标指向一个方向，接受检阅。

脚底下可能踩着没喝的一箱。

两个沉稳的眼镜男，神情斯文，谈吐斯文。谈的东西听不清楚，不过估计跟你在任何其他地方看到的两个文化人／成功人士／高级白领聊的课题／项目／全球市场一样。就是说，你把这两个人的姿态和表情复制出来，粘贴在任何一个写字楼里都更合适一些。唯一不同的是，这里每张桌子都一样，一溜摆着二十几个啤酒瓶，酒标随手摆弄整齐，同样接受检阅。

两位专业人士出现在冷面店里，可能有两种解释：一种是他们停顿于自己少年的率性，即使现在已经是教授，也还保留着当年的行为方式；另一种则可能是不管身份如何变化，他们始终与当地文化保持一贯性。

在这样一个波希米亚大冷面店里，毫无疑问，我是异类。我可能太过彬彬有礼，点菜过于东张西望，对坐哪里、要不要避开烟最大的地方过于斟酌……总而言之，这时问题就出现了，这里的其他人会迅速得出一个结论：来了陌生人，怎么，看不上我们这儿？

这叫文化冲突。阿瑟·史密斯在一百多年前说：让中国人充满优越感的一个主要理由就是外国人听不懂中国话……只要他听不懂中国苦力说的话，哪怕那个苦力大字不识一个，他也会被人瞧不起。"（注：阿瑟·史密斯《中国人的德行》）我倒不觉得这是优越感，也不大觉得这是自卑感——虽然有这种嫌疑——总的来说，问题只是不知道如何处理差异性。

解决差异性只有一条路径：向我们看齐。最后，它变成了优越感：你得跟我们一样。

增加你的男性气概。语言上要敢于说脏话。行为上要变得更粗手粗脚。适当表现出大男子主义。永远摆出一副"你这人怎么这么多心"的表情，哪怕是在霸凌了对方之后……还有一种办法是大口喝酒，就像前面提到的两位教授或者随便什么成功人士那样。

感觉就是让自己粗鲁起来。确实如此。大学里的师兄是上海人，到了沈阳，试图进入东北人行列。打架，用各种离奇手段开酒瓶，混不吝，最后还是选择了他最讨厌的喝酒为粗鲁捷径。现在回到上海，还是异类。

粗鲁是一个选项，不是缺点。在80年代工人阶级主导的社会里，粗鲁，或文明一点的说法，"大老粗"，是优越性的表现。不抽烟、不喝酒、不浮夸、艰苦朴素……这些都可以作为优点，与"一劳本神"相近。不粗鲁理论上也是优点——它就是懂礼貌懂文明嘛，但不能因此"娘娘腔"。"娘娘腔"是个缺点，它是我们前面说的所有的东西的反面，也就是想象当中的男性气概的反面。

关于"娘娘腔"的定义，宽泛且没有章法，因人而异，并且取决于一个人在多大程度上更受他的工人阶级出身影响,而不是他的职业。

我们一会儿会看到若干凝结诸多人生经验的等式,与"娘娘腔"皆有关联。但在说及这些有趣的人生定理之前,我们还是要做些准备工作,否则你大约会与我一样,有的时候完全不得要领。比如"学文科的"与"政工干部""玩人整人"的之间建立了无须过渡并且可互相替代的关系。再比如,面对每一个做市场活动或者培训咨询业务的人,王平医生都要半是肯定半是疑惑地说:"这个人后来好像搞传销去了。"这种反应肯定主要是源于他的观感和认知,而他的疑惑则大多在于,国家不是严禁这种东西吗,为什么他们还没有被绳之以法。幸好他对现代商业文明所知不多,否则可能大半都要在他的想象当中被绳之以法。而这与"娘娘腔"又有什么关系?我们要理清这个逻辑。

对"娘娘腔"的理解,显然与对女性的态度有关。对女性的复杂态度——比如在母亲那里是神圣而且完美,在其他女性那里……嗯,生活里的其他女性吗?回过头来的问题就是,母亲是女性吗?——基本上源于无知。这种无知放大了对"娘娘腔"的恐惧——避免女性化所包含的所有特质在自己身上出现,这就是对"娘娘腔"的基本态度。毫无疑问,这里有个污名化的前提。

更直接一点说,男性气概的前提在于缺少对性别的正确认知。这个"正确"是我们如今普世意义上的正确,而在我们的主角所处的时代,即便想获取这一类的信息也是困难的,更何况他们一般不想。

张晓翔所在的飞机维修行业性别比例过于悬殊,他认为自己没有机会认识女性,尽管自己有一个妹妹。

> 青春期,我们不跟女生说话。上小学的时候,都住平房家附

近的，可能还去过，后期就都是男同学，不跟女同学来往。男女界限特别明显。小时候，张晓刚的朋友，初中高中都很少有女生。我们家没有女同学来玩。女同学没有示好的，也可能是没看出来。特别遗憾这段。高中的时候，有个女同学写日记，把每天的事都记着。有一次同学聚会，我问她，你那时候每天都写，记过我什么？她说就记你天天疯玩。

工作的时候也是。怎么跟你说呢？我那时候倒班，二十四小时一班。今天上午九点上班，第二天十点下班。刚开始上班的时候，都是我这么大的，都是男的，我们一个大班十八个人，后来变成十个人。我们这些人一边大，那时候都没结婚，下班正好赶上吃中午饭。你说干啥啊？就是喝酒，喝完酒没事干，就下棋。

我是1997年结的婚。结婚晚。没有女的。我妈为我搞对象操老心了，到处央求别人给我介绍。高中的时候没开窍。我上个技校，机械班，二十个人，全是男生，二十来个秃小子，长春、大连、哈尔滨的，过了一年半。上班，就有一个女生，是文书，人家不倒班，平常看不着。我们上班的那时候好容易情窦初开，但那时候空姐高大上，老牛了，看不上我们机务的，接触不到。干机械的整得油渍麻花的，埋了咕汰（注：邋遢）的，人家看不上我们。我们也看不上人家，她们太高了。

工人阶级的、男性气概的标签，是未来立世的根本。没有任何两性教育，全靠自己摸索。不过，我们不能以为自己摸索就一定是挣扎在黑暗中，就是压抑，就是不能正确对待两性——这种想象有过于文艺、过于敏感的倾向，十有八九是"娘娘腔"的一种临床表现。在粗线条的人生中并非如此。准确来说,如果缺少足够的感知,性这东西可能根本就不存在。

张晓刚作为医生,居然反问我们啥叫青春期:"就高中那会儿呗?那有啥迷惘,就是烫头,完了不学习。虽然不需要学习,不也得学点儿吗,要不然政治也不会只考那点儿分。我哥的青春期?我哪儿知道啊。我妹更不知道了,她上高中我就走了。"

相比之下,王平要诚恳一些。他回忆他高一下半年有一段时间,不爱学习,不爱看书,尤其周日不像平常抓那么紧,看会儿书,就得出去溜达溜达。"到大河坝边上,草地上坐一会儿。几个月,没啥叛逆。"

王平的性意识在大学萌发,他开始追求一个女生。而张晓刚更晚,他在多年之后把性意识的缓滞部分归结于缺乏训练。

> 我人格不完善……我那个时候生活跟现在环境不一样。就是接触男女的事情都很少。看的电影也很少。
>
> 这个东西跟成长环境是有关的。我见过很多。比如有主任让我去他们家打麻将啥的。其实介绍得挺多的。刚到总院挺多人介绍的。但是有些见,有些不见,到别人家去玩儿但是没有感觉。包括我同学还把他妹妹,就是那个当老师的,介绍给我。还有空姐。都见过。但是……(陷入了沉默)
>
> 就跟做手术有经验似的,谈恋爱也有经验。因为你接触的异性少。老拿自己的想法,认为异性跟你的想法也是一样的。接触下来你就知道了,男的女的非常不一样。从思维到感觉到谈话,都很不一样。你做十件事不如一句话来的好,这是你将来才知道的。这也是经验的积累。要找到合适的人,也得有这个训练,我

们那时候没经历过这些。

现在不是网上说有教程吗？按那个来，什么样的女孩儿都能追到。因为能知道所有人的弱点，很专业化。

那时候有个词，叫"封建"。很难说它就是封建思想的一部分，而且封建思想到底是个什么东西，好像我们也从来没弄懂过。但这并不妨碍我们对这个词的使用，从小学到高中的十余年时间里，"封建"意同"保守"，特指两性关系。有时候用来批评老师，有时候用作自我批评。现在看来，这个被称为"封建"的词，除了它"保守"的含义之外，还有一个含义是"禁忌"。因为对"娘娘腔"的恐惧，女生、女性话题、女性的行为特征，都是被隔离的。

这种禁忌，同样不是地域特征，而是工人阶级或者蓝领社会的一种特征，多发于青春期。戴伦·麦加维在《英国下层阶级的愤怒》中记述他的少年时代，恍然如梦：

……在开往足球场的校车上，身边坐满了雄性激素旺盛的男孩……在车上，我不能做我自己，甚至都不能让人发现我在思考"做自己"的意义。我只是简单地对女生颇具魅力的发型表示欣赏，但这其实一点都不简单。让人百思不得其解的是，说那些话之前要小心斟酌。直接让"漂亮"这个词脱口而出可不行。如果不做一些迂回缓冲，其他男孩会觉得太过刺耳。新的词语和想法会让他们高度警觉，根据场所和他们人数的不同，会引发种种无法预料的反应。我本能地知道，用"漂亮"这个词意味着冒险。所以，为了减弱它的冲击，我在前面加了一个比较粗俗、无礼的词。

"嘿，瞧见尼古拉的新发型了吗？真他妈漂亮。"

我真的以为这个不被群体认可的词能侥幸过关吗？我的话音刚落，四周鸦雀无声。男孩们面面相觑，就像头一回看见大猩猩站在面前一样。在这种情况下，没有人知道应该作何反应。……要么是听错了，要么是从来没听过男生用这个词。尽管他们内心深处想要摆出一副硬汉形象，但在那一刻，他们都害怕流露真情实感，甚至害怕被人看穿这些内心活动。这种如影随形的恐惧正是他们在学校内外种种行为的起源。

这部荒诞剧每天都在上演，公开表达对异性的兴趣都会成为你被"指控"为同性恋的原因，好像这是种罪行。而且，如此荒谬地将你定罪的这群男孩只有在足球场和橄榄球场上打滚，在公共浴室里光着身子用毛巾互相抽打屁股的时候才会快活起来。然而，从1996年到2001年，这种傻事在学校中每天都举目可见。校车旅途总是很短暂，却让我感到极度的恐惧和厌恶。校车上的每一件事都像学校一样令人无比压抑。周围众人的社交预期时刻压迫着每一个人，就像我那次夸奖女孩漂亮的发型那样，连承认现实都成了激进的政治行动。

"嘿，瞧见尼古拉的新发型了吗？真他妈漂亮。"

"漂亮？"有人说道，"哈哈哈。他刚刚说了'漂亮'。哈哈哈，哥们儿，你真是个基佬。"

这基本上也是当年张晓刚、王平他们所遭遇的对禁忌的态度。你要时刻提防同样的嘲笑出现在你身上。在一整套从没完整总结过的禁忌体系中，扩大化的危险始终存在，如果考虑到有的时候这会成为一个霸凌的理由，它简直可以无限扩大。比如"书呆子"。

在英国工人阶级那里，书呆子意味着社会改良空想家，"他们从来没听说过邪恶，也没见识过邪恶"；在我们这里，书呆子就是那些照本宣科的人，只会从书本里找知识找答案，而忽略了广阔的生活实际。1975年"文革"即将结束，有一部电影叫《决裂》，里面葛存壮——就是葛优他爸——演了一个大学教授，一个反面人物，在黑板上写下六个大字"马尾巴的功能"，说这节课我们讲马尾巴的功能，下面的工农兵学员们哄堂大笑。后来"马尾巴的功能"专门被用来嘲笑书呆子型知识分子，揭露他们的故作高深、只谈理论脱离实际。这虽然是阶级斗争时代之文艺作品，但对于工人阶级来说，正中下怀。

在与主角聊天的过程中，我们会发现很多刻板印象，这不奇怪。刻板印象是工人阶级处世的一部分。他们拿刻板印象看待别人，也拿刻板印象看待自己，最后努力地向刻板印象中的工人身份靠拢。当然，这个结论也有可能是刻板印象的一部分，古今中外尽数如此，不光是工人阶级的特点。

"硬汉""男性气概"……这些标签不断在工人阶级身上发酵，然后他们就不可避免地说起了脏话。全世界无产者在这一点上可以说是联合了起来，拥有共同特征。

在《识字的用途》中，理查德·霍加特引用乔治·奥威尔总结的英国"下层人士"的语言风格，"工人阶级随心所欲地使用这些四字成语，下流但并非不道德"；库尔特·冯尼古特在《如果这都不算好，什么算？：给年轻人的建议》中更进一步解释，"我的某些角色看起来是满口脏话。那是因为真实生活里人们就是这样，尤其是当兵的和干体力活的喜欢说脏话，这点哪怕是最受保护的孩子都知道。我们也都清楚，这些脏话其实对我们的下一代没有多大妨碍。真正害人的是那些邪恶和坏事和谎言"；而工人阶级的杰出代言人理查德·霍加特，则明确地说"每个阶级都有自己的残酷和肮脏；工人阶级这种粗鲁类型被无缘无故特别贬低了"。

在了解这么多背景之后，我们可以研究几个公式了。
王医生公式一：

> 娘娘腔＝坐办公室的男人＝文科男人＝政工男人＝玩人的＝不是好人

我们从后往前推这个公式。这里要说明一下，"政工男人"是我们在听王平评价诸多人士之后替他总结出来的一个身份，相当于拉了一条辅助线，有助于解题。

政工干部，是一种特别身份，在中国知识分子开始落实政策的80年代，有一批坐办公室，从事脑力劳动，但又不在一线，不从事科研、教学、技术研发等工作的人，他们一般来说从事的是思想政治工作，被称为"政工干部"。他们还有相对应的职称，叫"政工师"。当年百废待兴，一切都在重新定义，他们到底算不算落实政策的知识分子，颇费踌躇。因为他们风评不好，又与一线的、从事体力劳动和具体工作的人是相对关系，所以被视为"整人"的人。

之所以引入这条辅助线，在于王平认为在他们医院里，凡是不从事具体科室医疗工作的人，也就是从事行政后勤工作的人，都是玩人的人，心眼都用在怎么琢磨人身上。有一段时间我都担心他把内科医生也拉进来,因为他们只会开药,不会开刀。

在《学做工》中,英国小混混斯派克在回答保罗·威利斯"什么是你有而'书呆子'没有的?"这一问题时说:"胆量、决心,不光是胆量,还有狂妄……我们比他们更了解生活。他们可能更懂点数学和科学,但那些都不重要。这些对谁都不重要。……有些方面他们很聪明,他们在数学、科学和英语上很聪明,但是在生活方面不怎么聪明。在我看来他们是输家。"

这里隐含的一个逻辑是,数学和科学相对于文科来说更具男性气概一些。保罗·威利斯自己也这么看:"我的理科都学得很好,在O-level考试之后,我还得了一个学校的物理奖。很诡异的是,学校选择以奥玛·珈音的《鲁拜集》作为给我的奖品。我觉得从某种意义上来说,科学家也是橄榄球运动员,文科是女孩子学的。对诗歌和戏剧感兴趣绝对是娘娘腔。我记得很偶然,我的一位老姑妈去世了,我得到了一本拜伦的诗集,是一本很古老的维多利亚时期的装订本;她将这本书遗赠给我了,或者至少是传给我了。有一天晚上,父亲把书带了回来。那个时候我大概是十六岁左右,我就在睡觉前开始读。我记得我被浪漫的诗句彻底感动了。"保罗·威利斯因此而成为一个"娘娘腔"的人。

对"坐办公室的男人"的歧视由来已久。美国曾经有一个广告:

> 我们敢说,全国上上下下就没有其他任何群体比大城市里这帮故作高雅的纺织品办事员更加依赖他人、低声下气的了。
>
> 做个男人吧!鼓起勇气,带上斧头,像真正的男子汉那般闯入这纷乱的世界吧!为自己带来阳光,创建独立自主的家庭吧!

（注：尼基尔·萨瓦尔《隔间：办公室进化史》）

很直接，如果你迷途知返，那就赶紧离开你的小职员办公室，像个男人一样，否则你连独立创建家庭的资格都没有。不过，这广告是19世纪中期的。如果是在今天，恐怕美国也没有什么人可以被称为"男人"了。

王医生公式二：

娘娘腔＝职场咨询分析＝心理工作＝耍嘴皮子的工作＝疑似传销＝不是好人

"你看他搞心理的，半搞心理的，得琢磨这东西。琢磨人心理是什么样的，我得怎么把人勾过来，人力资源不得讲这个。跟传销是一个套路。"传销是一个高度负面的评价。就如我们前面所讲，这也是王平医生对这个等式中所有职业的负面态度。

"娘娘腔"就这样在生活和职业中都被宣判了死刑。文科是它的一种包装，不从事动手能力强的工作本身都有骗子嫌疑……这并非王医生自己的偏见，只不过他更乐于尖锐地表达。

张晓翔讲话有趣，与他聊天既可以感到条分缕析的逻辑，又可以感受到他的情怀。我们总是感觉他如果当初读个文科，或许会有不同的前程。但实际情况是，即使第一年高考考砸了，他也只会选择与物理化学继续死磕，排斥文科，这是对学坏和堕落的一种反抗。即便是弄个"带车子"去拉脚，文科也不会成为他的选项。他选择再坚持一下，不坠青云之志。

在张家，张岐也被这样一个逻辑链条所定义：

书呆子＝爱看书＝不好好工作＝缺少动手能力＝娘娘腔＝没有责任感＝窝囊（废）

张岐懦弱而老实。杨淑霞在批判张岐的时候特别指出，虽然他身为电工，"我那房子装修这电啥的都是我大儿子整的，他敢整？"动手能力不强、指望不上、使不上劲，这些统统可以视为没有男性气概。光有老实这个特征，是没有用的。鲁迅说，在30年代的上海，老实是无用的代名词。普通话里有个叫"窝囊"的词，用来说这种人。如果程度加深，会用"窝窝囊囊"，更极端的则是"窝囊废"。

与以上链条有相近之处，但更为粗暴的，是王平医生的太太李丽的等式。这个等式不但粗暴，而且被使用了两次，分别是三十年前和三十年后的现在。

三十年前：学文科＝当老师
三十年后的现在：学文科＝当老师

李丽自己就是文科生，因为爱看《红楼梦》，最心仪中文系。"但考虑到就业只能当老师，特别不想当老师"，就改学了法律——"法律是文科里最不像文科的"。她学习好，高考发挥也好，所以考进了北京的中国政法大学。如今三十年过去，她说到有一个与女儿一起补课的孩子的家长是电力口的，"他们那里有规定，孩子只要是学理科的，毕业就能进电力口"，"结果他姑娘到底选了文科，就只能当老师了。我说就只能这样了"。

在三十年前,男人当老师有"娘娘腔"的嫌疑。而且,那时候老师的地位和收入都不是太高,有时还缺少保障。但为什么学文科就等于当老师,这里涉及无数刻板印象,以及更复杂的人文问题。

这里,我们只说对"娘娘腔"的恐惧是如何渗透到生活的方方面面的,而且,它影响了诸多人生的选择——在这个过程中,大家借着恐惧塑造了自己,也塑造了社会。

就像我们看"金家大冷面"里的两个人,总会有一种矫枉过正的感觉。他们举止文雅,但又迅速用喝酒的豪爽让他们与这里融为一体,获得"自己人"的存在感。我们很多时候会不断重复"自己人"这个说法,这是一个缩影,或者是一个象征——融入这个社会。代价是变成一个善于喝酒的人,在某种意义上与周遭浑然一体。

虽然岁月的熏陶早就让他们远离了酒肉氤氲的氛围,但他们还是觉得,可能这里会更有安全感。

歧途和社会解组

王医生在回答"职业危险"的时候虚拟过一个场景:

> 外科大夫是高风险的职业。我现在相对安全,患者来了,肝炎梅毒艾滋病都验完了。你要在急诊室里,来个患者,一肚子血,肝破脾破,手套进去,整个胳膊都是血,手套就到这儿。你能说我怕这个,然后不做?不能。我给他止住了再去看,你那时候不

能考虑这个。这是高危职业,你要不做的话就涉及歧视。

整个国家和医院对你没有什么保护,就给你一件一次性的手术衣,没有特殊防护。护目镜你要用的话得自己去买,没有。血溅到眼睛里是你自己倒霉。

得上这个病,谁来管?医院不管,国家不管。包括现在我们被乙肝病毒扎了,扎了怎么办?没办法。预防科告诉你,你自己去买球蛋白,自己去扎。总让医生奉献,谁给你保险啊,没有啊。你不行了,累倒了,倒在这台上了,没有人来管。

我说我要有一天得上艾滋病了,咋办?我就抱着领导使劲亲,不犯法。

这个场景与其说具有威胁性,不如说有点搞笑。有点像小朋友打架,一方落于下风,不甘于败,顿足大喊:"你等着!"

不过更有趣的部分,是王医生倾向于用自己的方式解决奖惩、裁定善恶,而不是求助于法律法规或者社会其他的既有规则。这样的事在前现代社会里经常出现,如今依然如是,令人玩味。

"自己的方式"有它的好处:直接、快速,有时还会被认为有男性气概,所谓"快意恩仇"。前现代社会之所以用这种方式,大多是因为在熟人社会,交往范围不大,民间用公序良俗就可以达成正义。虽然时有冬烘,但总体上来说举头三尺有神灵,不会乱了方寸。现代社会早已经进入陌生人社会,自己来决定奖惩不好判断正义,于是各自让渡权利给第三方,由第三方来行使公正。这是现代文明。

但王平医生还是把这种很难兑现的自我裁定放在首选。是否真的能实施不好说,如今院长是女性,此举也未必不犯法。

这也是沈阳乃至东北至今还总是有草莽气、前现代性，被文明社会所诟病的原因所在。

这是公共精神缺失的结果。

有人对某个社会的公共精神做了研究，先引用他的几个结论：

关于什么是政治无力感，以下四个论断均表示赞同：
(1) 大多数当官的人都想剥削你。
(2) 你感到周围正在发生的事情与你无关。
(3) 你的想法不重要。
(4) 治国者并不真正关心你的事情。

"公民精神弱"的地区，可以很恰当地用法语的"无公民品质"来概括。"国民"的概念被严重扭曲：
(1) 在个体居民的眼里，公共事务是别人的事务——即高级人士的事务，"老板们的""政治家们的"——不是自己的事务。
(2) 很少人有心去参加关于共同利益的思考，这样的社会提供给他们的这种机会也不多。
(3) 政治参与的动机是个人化的依附或私人的贪欲，不是集体的目标。对社会和文化社团生活的参与非常少。
(4) 私人的考虑代替了公共的目的。
(5) 腐败被视为常态，政治家们自己也这样看，他们对民主的原则冷嘲热讽。
(6) "妥协"是一个贬义词。（几乎每个人都认为）法律是让自己去违反，同时去吓唬别人不得违法的东西。

(7) 人们要求更严厉的纪律。

(8) 陷在这种恶性循环里，几乎每个人都觉得无力、受剥削和不幸福。

上面所说的一切并非指沈阳，它引自《使民主运转起来：现代意大利的公民传统》，是罗伯特·帕特南对意大利南部地区做的田野调查的一部分结果。之所以引用他的结论，原因只在于，它与沈阳人心态的相似性。

对卡拉布里亚的考察者来说，首先使你震动的特征是不信任，不仅是外部人的不信任，而且对社区内部人也不信任，甚至在小村庄里也是如此。……社会资本的存量，如信任、规范和网络，往往具有自我增强性和可累积性。良性循环会产生社会均衡，形成高水准的合作、信任、互惠、公民参与和集体福利。它们成为公民共同体的本质特征。与此相反，缺乏这些品质的非公民精神共同体，也是自我增强的。在恶性循环的令人窒息的有害环境里，背叛、猜疑、逃避、利用、孤立、混乱和停滞，在互相强化着。

在90年代相当长的时间里——某种意义上也持续到现在——这是沈阳和东北的一个特征，这在很大意义上可以解释当时东北的社会失范。虽然停留在集体记忆里的，往往是一些更平静然而也更麻木的场景——

通常是默默地，没有牌子，没有口号。默默地排队走在早上上班的人流中，到一个他们认为可以阻断大多数人交通动线的重要路口，或者到市委、市政府，省委、省政府。

老头儿和老太太居多。他们通常穿着旧工装——很多人曾经有过军人身份，那就一定是旧军装。所有得过的劳模奖章立功奖章之类都别在上衣左侧前摆上，军人得过的军功或者纪念章也一样。要庄严。

他们的诉求大都很简单，所以也不用多说什么。只要知道是什么厂子的，一般就会知道所为何来。

诉求也很卑微。持续计算的工龄，国家规定的保障，采暖补贴，退休金……都是琐事。从铁西的哪个厂子或者哪个破败的工人新村里出来，胜利大街，市府大路，两洞桥……

他们不让年轻人出来。年轻人或者不那么老的，在家里，也可能在厂子里。年轻人冲动、莽撞，有可能把事情搞乱。他们觉得别惹事，有啥说啥。他们还秉持一个朴素的想法：老人应该不会挨打。

时间久了，这种事司空见惯。骑车的人会说，快走，今天老头儿老太太又要出来了，一会儿过不去了。上班迟到的，也理所当然——路上老头儿又堵了。交警也习惯了，疏导起来也驾轻就熟。只是警察还是很紧张。

这些老人，以及他们身后没有出面的年轻一点的沈阳工人，面临的不仅是贫穷，而且是社会的失范。所以，这种被抛弃感也会更强烈。

有时我们需要从一些新闻背后去揣测发生了什么。这是一种技能，尤其在事隔多年之后，这样我们才有可能理清那个脉络——那个被抛弃的脉络。

比如在一次工人纷纷"盛赞"的双向选择中，黎明厂三万名全民固定职工甩掉"铁饭碗"，率先实行了合同制。工人盛赞的理由是让

"企业有奔头,个人有盼头,工作有劲头"。(《沈阳日报》,1993年12月15日)

在另一则新闻报道中,职工夸奖道:"收入打了折扣,但不累。不担风险。假退可以有自己可支配的时间,从事第二职业。"假退一般是提前退休,这其中的逻辑在于,一个人的工作本身会增加企业运营成本,但不会有产出,所以最合适的办法是付他工资,然后让他在家,这样反倒省钱。这则报道披露,某工业集团公司八千余名职工假退八百名,大部分是坐办公室的。有的大企业规定假退职工年龄为男50岁,女45岁,有的则是男满52岁,女满42岁即可假退。"假退前根据不同情况上浮一至两级工资,今后还可根据企业效益情况确定其退休金。"这事发生在1994年,企业效益或者企业主体在其后几年中剧烈变化,他们多半在为自己解决退休金和100%工资上费尽周折。(《沈阳日报》,1995年1月18日)

另一种情况是,可以通过媒体报道中的"起死回生"了解它们曾经的"死"。沈阳汽车制造厂在喜迎合资组建金杯通用公司之后,"二千名55岁以上男职工、50岁以上女职工、离退休人员、长病长假人员全部离厂",这些人"挂原厂牌子,承担原厂债权债务",虽然金杯通用公司会将这些剥离人员养起来,但此时此厂"无厂房,无资金,无生产能力,无场地,无办公地点"……而两年后,效益没有达到预期"的金杯通用公司再度把一千八百名分流人员甩给这间剥离出去的公司。(《沈阳日报》,1995年3月5日)

这些人闲散在社会中。

第二职业做什么呢?在没有第二职业的时候,它会被想象成额外的第二收入,甚至是发财。而实际状况更可能是莽撞地介入某个生意,很快因为没有相应的技能和知识,因为错误的时机,因为对市场的想当然,轻率地进入,轻率地失败,轻率地退出,然后偃旗息鼓。更多的可能是像张岐对待张晓翔一样:我给你一辆带车子,你去拉脚吧。

拉脚的"倒骑驴"——就是带车子,从1985年的七万辆增加到1993年的十三万辆。这一年,沈阳官方意识到这么多倒骑驴影响交通了,要求每辆车每年交纳管理费八百元。"从7月1日到3日到所在区公安交警大队换发年度牌照",否则视为无牌照行驶,一律没收,上交财政部门。(《沈阳日报》,1993年6月1日)

八百元意味着什么?在1995年,即这一政策出台的两年后,沈阳失业者每月可以领到一百一十九元失业救济,或者八十五元最低生活保障金。就是说,它相当于半年的失业救济金,或者九个月的最低生活保障金。

这就是抛弃。

报告文学作家凌志军的《变化:1990—2002年中国实录》,是一本记录90年代中国的著名的书。这本书中写道:

> 在1995年的春天,这座城市里有27万人和刘金芬的处境一样,他们构成了"下岗者大军",此外还有50万退休工人,还有数量更庞大的"富余职工"准备加入他们的队伍,可是政府手里却没有留下一分钱的养老保险金和失业保险金。市长张荣茂绞尽脑汁,让他们每月可以领到119元失业救济,或者85元最低生活保障金,这已是竭尽全力,可还是不能让大家满意。市长心里明白,在他们的背后是27万个家庭的生计,不禁叹息:"本届政府是最困难的一届。"实在没有办法,他就跑到沈河区那条最繁华的

街道上，也走进那个劳力市场，希望在这里为他们找到出路。然后，他看到了满脸无奈的刘金芬，还有一大群人把他团团围住，七嘴八舌："我们怎么办啊？"这些人到现在还不明白"下岗"意味着什么，还等着政府给他们安排工作呢。

我经常咀嚼最后这句话，在凌志军的表达中，究竟是什么含义。相比于他对张荣茂"最困难的一届"的评论，他虽然看到了二十七万刘金芬的问题，但对二十七万刘金芬似乎谈不上友好。他们当然不知道下岗意味着什么，上文的报道虽然只是出于"顾大局识大体"的舆论宣传的需要，但也确实没有什么人能看清楚他们未来一步一步被抛弃的过程。

不止于此。

在最难的一届市政府那里，他们创造力无穷。《"单位社会"的终结》中提到，沈阳市政府规定，"人均月收入不足 205 元的家庭可享受最低生活保障，但沈阳市政府有计算'虚拟收入'的'视同政策'，即有劳动能力的人员，无论是否有工作，都视同每月有 300 元的收入。铁西区有关申请低保待遇人员自谋职业收入的《行业收入评估标准》，对自谋职业人员的行业收入设定了视同标准，无论其实际收入是否达到所设标准"。

具体一点说：

李某，男，40 岁，夫妻双双下岗，李没有找到工作，没有收入，由于其有劳动能力，也就被视作每月有 300 元收入，他的妻子在街上卖报纸，根据《行业收入评估标准》，不管报纸卖不卖得出去，都被视作每月有300元收入。这样，这些家庭就被排除在"低保户"之外。

这就是抛弃，不仅是抛弃，而且重新定义了抛弃。

被抛弃的人，无所依赖，无所托付。就像只有一层一次性手术衣保护的王平医生，想用自己的方式来解决问题，自己为自己做主。父亲不能养家，一家之主不能养活家庭，这让父亲的角色受到伤害。不管是为了给自己正名，还是为了自救，为了生存，男性气概在一个被抛弃的社会里，在被抛弃的人当中，是不多的可以倚恃的力量。

被抛弃以及随之而来的可感知的社会失控，一方面在于突然的失业下岗和贫穷，价值观崩塌，另一方面也在于单位本身的崩溃。

靠诸多单位建立起来的城市在发生震荡，单位以往既是工作提供者，又是福利提供者，它的大院中包括了自己的生活和其他所有。但现在这个单位自顾不暇，它最先砍掉的或者忽视的，就是后勤和社会服务的职能。

沈阳相对来说生存空间还要大一些，毕竟单位众多，整个城市可以通过市场流通、机关、各种事业单位而保持一种相对的活力。对于那些只有三两个大工厂支撑起来的城市来说，麻烦是最大的。单位的崩溃就意味着城市功能的丧失，意味着社会解体。

90年代，社会的失范开始在各个层面上表现。

《沈阳日报》1995年的一封读者来信说，长途运输司机，行驶不足一千公里，挨宰二十余次。修车花三千五，实际上收了五千二；而且还没有修好，走二百公里又坏，又花二千三；抛锚，二百五十牵引费，最后交出一百五十元；交通检查站，说手续不全，花三百元请警察吃饭才允许离开；检查站还没忘了收二十元停车费。

每个人，都在想尽一切办法利用自己的社会资源和占据的位置，去掠夺他人。

张晓刚医生曾经无意中介绍自己学车的经历，不是在驾校，而是在医院外面的辽宁工业展览馆。那是沈阳90年代的时装市场，市中心的好位置，时尚男女周末的好去处，是沈阳当年的地标之一。教他学车的那个教练认识展览馆的人，里面空地方挺大，划出一个地方，他就在那儿教人学车，不是正规地方——我恰好有这个资源，好，我想办法怎么利用好它。这是一种能耐，更是一种技巧。

所以也就不难理解，为什么在那十几年时间里，会有那么多贪污腐败案件发生。每个人都在掂量自己手中的资源，利用好它。

如果你没有社会资本，也没有经济资本，而又自感被抛弃，看到别人都在依赖各自的资本为自己淘金，那么你只好选择最原始的方式——以胆略和勇气来获取财富。你又不会失去什么。罗伯特·帕特南书中的意大利南部黑手党社会，就是在这样的丧失了公共性的社会里打造成型的。

在相当长一段时间里，人们对大案要案抱以复杂的感情。至今，在"东北文艺复兴"的诸多小说家口中，沈阳"3·8"大案还是一个题材宝库。在东北"伤痕"文学中，它凝结了诸多社会元素，尤其重要的是，它可以比附各种民间传闻都市传说，成为传奇一种。

我感兴趣的是一些小案子。这些案子太过随意了，处于一种儿戏状态：

几个中学生在游戏厅里，钱不够花了，就决定出门去抢个出租车，然后回去再接着玩；

第二天结婚，感觉钱还差那么一点，当天晚上去打个劫，把第二天的人生大事对付过去；

一个团伙，打伤了两个人，抢来半盒烟，三十块钱。抓起来一审，以前也抢过，十五块钱，上海手表一块，军帽一顶；

三个年轻人追赶一个收破烂的老人，将老人衣服剥光，抢走老人身上的二百四十元，这是我见过最大的标的；（注：以上散见于《沈阳日报》，1993—1995 年）

……

每个人身上所表现出来的，就是麻木，是非不再重要，浑浑噩噩。社会里没有人负责任。《沈阳日报》的一篇文章学龙应台，问"你为什么不生气"。有些确实是生气的问题，比如，看到公共汽车上男青年从车窗往马路上撒尿，拷问自己"为什么不生气"。这种事我也见过，那是在最后一站，售票员看车上没有女人了，就着车门往下尿。相比这位，还算文明，不过当时我也没有生气。至今我也没揣摩出如何从车窗向外撒尿。

而有些其实不是生气的问题，而是社会崩塌之后的问题。比如有一位刘老师，在辽宁大学丢了自行车，在为此事诉苦的过程中，收获如下建议和评论："丢了再买个旧的。"——不要买新的，至于旧车的出处是哪里，不要深究。"偷个别人的补偿一下。""这么新的自行车，不往楼阁里面搬，停在光天化日之下，不丢不太幸运了吗？"最后一种答案，看起来最"文明"，感觉像我们今天经常看到的，一个女生因为穿得清凉而被骚扰，大家一窝蜂地指责女生穿衣不得体。万事万物其来有自。

最严厉的一件事，是一位老太太家说晚上门口有人敲门，"请大姨开门,有流氓"。"我女儿大脑袋想去开门,让我一下子给拦住了。谁知道怎回事?兴许是坏人在外面装神弄鬼呢。再说,真是那么回事,让这女的躲进来,流氓也闯进来,不连窝端啦?""大脑袋"是沈阳俚语,形容一个人莽撞、傻,怀疑是中国流行传染病脑炎时遗留下的骂人话。这看起来像是美国纽约邱园事件的沈阳版——"皇后区邱园有38位可敬的守法市民在半个多小时的时间里围观了一起凶手尾随并分三次用刀攻击一名女性致死的案件。"这件事在纽约和美国引起轰动,是因为人们开始关注中产阶级社区里的冷漠。它同样不是生气与否的问题,而是社会丧失信任之后的问题。(注:《沈阳日报》,1993年6月16日)

在这个社会里最强势的国家机器对个体的人所采取的态度,决定了这些人对他人的态度。而当这些人被视为可以抛弃的工具和牺牲品,那么,这些个体的人,在同样程度上也会采取同样的态度面对他人。

而每个人要保护自己,要让自己变得很强大,如果不能足够强大,也要像一只好斗的猫,尾巴要很粗壮,毛要乍起来,让别人看着害怕。这样在被别人识破之前,才有机会逃掉。

王平医生的微信名叫"王者归来",他曾经想给女儿起名字叫"天骄"。都是很霸气的名字。

那二十几年里发生了很多犯案故事。杀人越货的,黑社会的,贪污腐败的,成为让人咋舌的传说。社会失范就是这样的结果。他们祭起原始本能,仿佛不如此不足以挣得生路。

【番外】沈阳的穷和沮丧

90年代,是一个沮丧的时代。

我的大学老师,教文艺理论,1993年开始成为一个押车的保镖。他长得气宇轩昂、人高马大,坐在副驾驶座位上不怒自威,足以震慑任何犯罪分子,同时又戴着眼镜,给交易另一头的守法乘客以安全感。

社会大潮流当前,不满足于自身的收入,下海去赚出租车的钱,这其中透露出当年——不只是在沈阳,整个中国都是如此——知识分子对自身工作前景的不信任。押车,本质意义上是保护自己的私有财产,这首先说明了对社会治安的不信任,其次说明了对公权力的不信任。本来已经通过税收等手段把解决治安问题的权利让渡给了公权力,但现在我们的文艺理论老师,不得不亲自解决这个问题。当然,还有隐含着的第三个不信任:他可不希望他雇的司机把出租车费据为己有。

沮丧,不光是来自于穷,更来自于信任体系的崩溃。

我的另一个大学老师,教新闻写作,在家里被劫持,家中四个人被绑在椅子上惊魂一夜,几个入室者抢了钱财逃路。钱财中有一手机,第二天下午就被技术手段搜寻到位置,虽然换了SIM卡。早在90年代末,我就懂得手机这种追踪利器的道理,实在是源于各种各样血的教训。

每个人都能讲上几段身边认识的人遭遇到各种不测的故事，言之凿凿。居民小区里先是一楼装上防盗网，然后是二楼三楼，一直修到九楼。在沈阳，那个时候建住宅楼，很少有电梯房，七层是人道极限。有钻空子的开发商，再加两层底商，建成一个户外的大露台——先上两层到底商楼顶大平台，再搁个单元门，仿佛这楼只有七层。

城市在破败。公交车看起来七零八碎，超期服役，大部分车都被承包了，去跟更自由更破败的小公共汽车竞争。能省下的钱都是利润，1993年12月9日《沈阳日报》批评了环路电车。环路是沈阳最早的公交车，连接日本人的"满铁附属地"和老城区。作为黄金线路和城市门面，现在只能在承包费中完成不再公共的服务。正常四分钟车隔，现在十几分钟，多攒点人，每辆车都能多卖点票。赶上下雪，厚着脸皮跟乘客说，今天"下雪路滑，多收点路面费"，从五毛涨到九毛。到了车站并不走，司机踩着座椅抽上一根烟，希望再多等几位客人。车窗丢了几块玻璃，寒风阵阵。乘客说："如果客运部门买不起玻璃的话，用纸板把窗户堵上，也不能让乘客挨冻呀！"大家要求不高。

十来年的时间里，公交车没有新线路。再过五年，环路电车的大辫碰到了高压线，五个人因此遇难，虽然责任不在电车公司，但管理者看到了无限商机，推行电改汽，号称"中国最大的城市无轨电车网拆除完毕"。

整个城市处于一种贫穷而且对付的状态。乔治·奥威尔一辈子都坚定地站在穷人这一边，他在《巴黎伦敦落魄记》里说，之前对于贫穷想了不少，"一辈子都在担心这种事，这种事迟早都要来，等它突然来了，才发现和先前想的完全不一样。你原本以为这事很简单，其实相当复杂。你本以为这事很可怕,其实只是很悲惨,令人心烦。人一穷立马就变得卑微起来,你首先觉察到的就是这个,还有那种一夜之间就成了卑微小人的突如其来的转变"

  比方说吧,你发现了与贫穷有关的秘密。你的每天生活费突然变成了六法郎,但你并不愿承认这一点,你假装自己的日子还跟以前一样。从一开始,你就被一张用谎言织成的大网盖住了,甚至有的时候连撒谎都撒不圆了。打个比方,你的脏衣服不再往洗衣店送了,店老板在街上碰到你问你为什么,你胡乱嘟囔了几句,她觉得你肯定把衣服送到别的洗衣店了,从此以后,她就成了你的敌人,你也就再不愿见她了。

  90年代,我们几个朋友曾经把铁西的一个房间当成工作室,其实就是大家在此聚会、聊天。那是第一机床厂或者第二机床厂的职工宿舍区,房子不是很旧,不像工人新村那样是上一代的住宅区,住的都是退休和接班的穷人。我们周边住的都是正为下岗和开不出支而发愁的新穷人。隔壁是个清华毕业的工程师,一个月一百多块钱,歪戴着帽子,看不出来清北背景,与本地工人阶级无异。大多数时间不用上班,无事可做,也不怎么出门,以减少开销。我们是当地小卖店的最大主顾。有一段时间去得少,小卖店遭受重大损失。"钱都压在可乐和你们买的烟上面了。你们不来没有人买。"我们看到几个十八九岁的年轻人,看起来不像是有工作的样子,他们凑钱买了几根烟。在铁西的90年代,烟是可以零买的。还是最便宜的醒宝,冲。

  我们对小卖店的店主也没有太多话说。猛喝可乐也解决不了别人的生计问题。这个铁西区最后终于以从地图上抹掉的方式得到了拯救。现在铁西区没有了那些工厂，就像贫穷没有出现过。

《"单位社会"的终结》中探讨了单位制下的社区衰败。书末附有2000年前后几个典型的东北社区，其中一处是铁西区的光明北社区，隶属于笃工街道。

这个调查透露出很多信息：这个5139人的社区，大部分人都没有工作，在职职工和私企经营者加起来有359人。60岁以上老人有438人，但退休人员加在一起有1028人，说明内退和提前退休的人占比非常高。如果按严格的失业率算法来计算，失业率有26.8%；每个就业人口养活13个人，算上退休人员也要达到3.7人，而1983年的官方统计数据中，沈阳每个就业人口养活1.55人（注：沈阳市统计局《1983年国民经济和社会发展计划执行结果的公报》）。这个街区住户涉及二三十家大中型企业，沈阳冶炼厂、重型机械厂、电缆厂、第一机床厂、变压器厂等，其中冶炼厂和重型机械厂等单位的退休、下岗职工和家属占社区总人口的25%。贫穷是整个街区的贫穷。老龄化让问题雪上加霜。这个社区办公室在一栋盖完没有交付使用的住宅楼里，调研者在2002年冬天看到这个地方无水、无电，当然也没有供暖。社区全年收入13200元，可供社区支配的按规定为六成，也就是7900元。

贫穷是全方位的。在田毅鹏的调查当中，我们会看到贫困有多残酷。吉林市某个由两个破败工厂家属住宅区组成的社区，经费来源如下：

> 街道划拨：钱，每月给社区50元办公经费，用于日常办公。物，体育器材近20万元，健身场馆约500平方米，4000余元的彩

电、音响等设备。

单位赞助：联化（其中一个驻社区工厂）提供了200多平方米的办公用房，石井沟热电厂为社区免费提供了每月50度的办公用电和冬季供热。

经济收入：每月收取房屋出租的租金240元。

穷困如潮水，一波一波传递到每个人、每一处。二三十年过去，我们看到的已经只是数字。但即便是数字，也足够触目惊心。

从1990年到2012年，沈阳的第二产业即工业就业人口从174.7万减少至122万，国有和集体经济就业人口则由222.4万剧减至72.2万。（注：刘岩《历史·记忆·生产：东北老工业基地文化研究》）

从1996年各地下岗者占工人总数的比例看，辽宁最高，达到14.2%。然后是黑龙江13.8%、湖南11.2%、上海11.1%，江西11.0%、湖北10.5%、吉林10.3%、四川9.5%。从全国各地区的下岗者人数来看，第一位是辽宁118万人，占总数13.2%；黑龙江93.5万人，占10.5%；四川68.7万人，占7.7%；湖北57.4万人，占6.4%；东北三省下岗总数达到253万人，占总数的28.4%。（注：田毅鹏《重回单位研究：中外单位研究回视与展望》）

据《人民日报》1997年5月29日披露：截止到1997年第一季度，全国停发、减发工资人数为1096万，停发退休金人员227万，全国下岗职工已达900万人，困难职工和下岗人员已达到历史最高点。……中国官方公布的数字显示，中国的城市人口失业率是4%,也就是说,这一数字代表了大约800万城市失业人口。……世界银行对沈阳、北京、天津和上海四大城市的计算表明,失业率大约是11%～12%。(注:孙立平《转型与断裂:改革以来中国社会结构的变迁》)

有关部门1999年对北京市1000名下岗职工的调查显示,职工下岗前后个人收入平均下降61.15%。(注:孙立平《断裂:20世纪90年代以来的中国社会》)

第四部分　家庭

第十章 父亲的角色

王宝臣在黎明

国营黎明厂五二车间工人王宝臣,八点上班,早上七点半就到班上,冬夏都是如此。家属区,上班很近,但他还是早早去。材料工具备齐,这一天要做的活在脑子里过一遍,活儿干得精细一点总没错。

还有一个原因:家里太小,九平方米,两个孩子上学早,妻子曾慕芝带他们上学,一早就忙起来。屋里多杵着一个人,放哪里都碍事。还是上班好。

邻居和车间里的同事,对王宝臣早早上班都习以为常。这人上进心强。劳模嘛。

劳模王宝臣有两套工作服,换着穿。夏天曾慕芝给他花六块钱买件汗衫,冬天黎明厂后来发羽绒服,跟厂服差不多。艰苦朴素。曾慕芝对于所有她认可的人都要加上这个评价。确实如此。

有时候加班,"文革"的时候会多,厂子管得严,王宝臣"一劳本神",不能掉队。谈不上积极,但劳模的身份架在那里,别人看他,自己看自己,都要严格一些。

晚上没有加班或者开会,赶上那天曾慕芝下班还晚——有时她要等电影放映结束之后七八点钟才到家,王宝臣会帮着做晚饭。通常不做。

吃完饭如果没有什么事,就去路灯底下打扑克,六冲。黎明是六冲的起源地。六冲是六副扑克放在一起的玩法,六个粗糙的大手上下翻飞,符合工人阶级粗犷豪放的风格。王宝臣在动迁离开二〇四那两年,几十年的环境突然变化,又退休,郁闷难以排遣,早上吃完饭就骑上车,赶到二〇四,打一天扑克,或者在旁边看着也行,晚饭点再回家,为这六冲,相当于继续上了一个班。

除了这个,王宝臣就没别的爱好了。

王宝臣不顾家。"不顾家"有多个含义:不怎么干家里活儿,是第一种;不爱在家里待着,是第二种;家里大事小情不上心,不替家里争这争那,是第三种。王宝臣这几种占全了。

家里人都说王宝臣做饭好吃,从女儿王英到媳妇李丽,还有孙女外孙女。李丽怀王子琪时,在王平家突然吃到一碗好吃的面条,惊为天人,她和外甥女喊里喀嚓吃光,这碗面条就是王宝臣手作。想再来一碗,王宝臣不做了。唯一没有正面评价王宝臣厨艺的是王平,以我们共同吃饭的经历看,与其说王平忽视父亲,不如说他忽视吃的饭。关于王宝臣的厨艺,曾慕芝的评价是别人放一勺油,他放两勺,舍得放油,当然好吃。

第二种不顾家是因为家里小。

第三种要复杂一点。来黎明厂之前,王宝臣在内蒙古做骑兵。那时他也是先进,叫"五好战士",还入了党。转业到地方,先做车工,再做钳工,还是劳模。根正苗红。不过虽说工人阶级领导一切,但工人地位并不会高到哪里去。更大的原则没变过：劳力者治于人。如果想再往上走，那就是干部了。工人转干部，上面得有人，得请客、送礼，曾慕芝觉得王宝臣没这天赋。家里人认为王宝臣死性，只知道埋头苦干。成绩都做给领导了，自己没落下什么。带的徒弟有的脑子活，也当了车间主任之类的官，以往还往家里走，后来就不再来。黎明厂车间级别高，管的人多，车间主任不是小官，有的都是处级了。

"劳模"与我们前面说过的"积极分子"有一定的重合，但不完全等同。"积极分子"的"积极"总是与"假积极""损人利己"挂钩：告密、打小报告、为自己谋利益之类。王宝臣的"劳模"要中性得多，有的时候近似于"呆子""埋头苦干"和"死性"，这类王宝臣头上的标签与"积极分子"的媚态有所不同。

一般说来，"劳模"可以分为三种：（1）如果它没有被拿来为自己谋利，那么这个人就不够社会；（2）如果拿来为自己谋利，他就更接近"积极分子"的角色，在工人社群中会被视为异类而受到排斥；（3）如果谋利到一定程度，具备了更大的权限，那么他就会成为被巴结的对象，这个人或者成为工人出身的官僚，或者成为一个更"吃得开"的人，更"社会"，对上更"会来事儿"。偶尔，如果此人天性良善，那么对下更"会做人"……

在王家的体系里，王宝臣属于第一种。连个房子都要不来。

小时候，王平和妹妹王英每天跟着曾慕芝去上班。没上学时，曾慕芝先把他们送到姥爷家，接着赶到大东电影院，到下班时间，再去姥爷家接回来。上了学，送到小东四校（注：沈阳市大东区小东路第四小学），就在电影院边上，省不少事。那时下午只有两节课，过了就放学，王平就去电影院做作业，或者看电影，等曾慕芝下班回家。

曾慕芝有一辆倒骑驴，前面打一个木头箱，上面带盖，像个小棚子，还做了一圈玻璃，能看到外面。王平和王英就坐在里面，下雨下雪浇不着。冬天冷，热水袋扔在一条小棉被里，热乎起来。这是他们的交通工具，曾慕芝前前后后蹬了十来年。

到了家里，做饭吃饭，烧热水，大盆里给孩子洗澡，孩子睡觉。这算忙完一天。

王平一句话评价当年："我爸上班，我妈付出辛苦最大。"

"上班"意味着小孩子眼中的不过问家事。王平回忆父亲，所有的东西都比较淡。抽烟、上班、打扑克、对人挺好、不顾家、话不多、与亲戚不争……都是琐碎记忆。

"冬天别人家挖菜窖，储藏白菜土豆。三四米深，大坑。很多家都挖。拐把子楼后面，一大片，大杨树底下，那树老高了。我们家没挖过。我们家就我爸一个男的。没有挖。"看不出王平的埋怨。但老王师傅在车间多年，找几个徒弟支援一下不难，顶多是欠一份人情的事。王宝臣不做。

王宝臣善良，曾慕芝总是强调这一点。王宝臣父母很早过世，亲戚主要是曾慕芝家一支，王宝臣相处一直很得体。王平姥姥去世之后，姥爷没有人照顾，四个儿子家不去，搬到王宝臣曾慕芝这十七平方米的家里来，显然是因为王宝臣与人为善。

买了台电视，自己不看，给姥爷看。周末还领着姥爷去洗澡。王平说起父亲来不成体系，只说是好人，没有坏心眼，不自私，是个热心的人。

王平说他挺佩服，但也就到此为止。父子之间从来没有真正坐下来聊过天——大部分父子可能都是如此。

"我爸事业心强,有点傻。社会交往不行,是个缺陷。没办法融入这个社会。好比逢年过节,把东西准备好,该送谁送谁。到我这个年龄,得想这个事。"

据说美国人的成功标准,是一个男人是否能够超越自己父亲的地位。王平冷静地审视他的父亲,品味自己和他的人生,无疑得到了一个肯定的答案。

子女长大,先后上了中学。儿子学习好,眼看奔着大学去了,长大成人可期。自己家搬到对面屋,生活略上一个小台阶。王宝臣的工作生活按部就班。

但与此同时,这世界已经天翻地覆地变革起来了。

黎明厂脱胎于东三省兵工厂,张作霖时代在杨宇霆治下成为亚洲数一数二的军工制造企业。1949年中共建政,划归航空部,生产飞机发动机,代号四一〇,是苏联老大哥支援的一百五十六项重点工程之一。

经过三十年,种种弊端暴露,开始走下坡路了。黎明厂日见颓相。

王宝臣的生活起初还没有受影响,但他知道工人阶级已不如从前。进黎明厂,全民企业诱惑力不输于过去,但顶替也好,大学生分配也好,剜门子盗洞进来的也好,这工厂干活的人不如以前多了,人浮于事了,对外号称不招工了,没有了蒸蒸日上的精气神儿。

最直接的,了不起的"八级车工""八级钳工"这样的名号对于工人的诱惑力不那么足了。车间里开始浮躁,哪个车间转民品了,成包袱了,开始生产摩托车了——这摩托车有一段时间还成了黎明的招牌,外界原本对黎明没印象,现在很多人把它理解成是一座生产摩托车的工厂。

"改革"这词先是出现在农村,农民分田到户,承包,单干,有了自留地,统购统销之外有了自己可以支配的农产品。挣了钱,提了人气,让所有人羡慕。城市里的工人就想,自己也应该改革,厂子才有前景。从上班到下班,从早到晚,从生到死,生活工作都在这单位和单位边上的大院里,弊端看得清楚呢,都想着改改,让自己的生活得到改善。

城里的工厂改革起来要复杂得多。

社会学学者田毅鹏提出一个概念叫"单位共同体"。首先是单位的"父爱"把职工纳入到它的羽翼之下,"单位体系集中了几乎全部的资源,个体的生存和发展,乃至个人社会身份的获得都需要以单位为依托。同时,单位共同体也承诺为其成员提供全方位的生活和福利保障,虽然在物质匮乏年代,这种福利只是较低水平的。在社会主义的意识形态中,劳动不是人生活的手段,而是为了某种超越世俗的理想和目标,通过共同的劳动创造财富并分享财富"。"包下来"的福利体制成为一种原则之后,进一步扩张,父爱"泛滥"到各个环节,"单位组织就不单纯是一个经济组织或者行政事业单元,而是需要为其成员提供全方位的看护和照料。甚至在一定阶段,单位的福利功能膨胀,单位办社会不仅关心在职职工,还必须照顾到职工家属的利益"。(注:田毅鹏《"单位共同体"的变迁与城市社区重建》)

王宝臣人生前六十年的顺遂,来自于这样一种大的背景。他是二〇四或者黎明的一部分。他的生活被打上一些专属的烙印,这些烙印决定了他的身份。王宝臣的生活完全围绕二〇四和黎明所建构,车间、劳动模范、六冲、朋友、工人阶级的风光,结婚、有了儿子女儿、儿女从这里走出、儿女成家成才……他是一个完全意义上的"单位人"。

田毅鹏总结了"单位人"的性格:

一是封闭性。由于这些"超大型工业社区"多是建国以后在城市远郊或城乡结合部新建的,这种新建性决定了它几乎没有什么历史和传统的社会关系可以继承,这里的社区文化完全是由"单位人"自己建立起来的,这里的每一个家庭和个人都从属于单位。

二是与一般的个体产业工人不同,"单位人"是一个复数概念。在企业建立之初,只有家庭里的户主(通常是丈夫)属于单位人。后来,随着"家属革命化"的进程,来自农村的妻子也被纳入企业所属的集体所有制单位中工作,开始进入单位系列。在没有恢复高考制度之前,绝大多数的企业子女在高中毕业后,也多以进入其父母所在的企业工作为理想的就业途径。可见,在东北老工业基地的某些发展时期,甚至连中学生也被潜在地纳入了"单位体系",成为"单位人"的预备,故"单位人"是一个包括了工人及其妻子、子女在内的复数概念。单位人的这一特性势必使单位人的行动带有自己的特点。

三是依赖性。与规模相对较小、居住相对混杂的工业社区相比,东北老工业基地范围内的工业社区普遍具有占地面积广、社会互动规模大的特点,在相对集中的空间内形成了一整套的社会服务体系,使得这里的居住者更容易体验到"单位办社会"的氛围。浓郁的单位氛围使得这一空间具有明显的封闭性,体制性的限制使得其员工无法走出单位的辖区,缺乏社会流动。同时,单位的封闭性自然带来"排他性"。从摇篮到坟墓的社会福利保障体制使得单位人充满了一种优越情结，人们也不愿意轻易离开单位空间。

在这样一个大的背景下，黎明虽有改革的心思和冲动，真正行起事来却不那么容易。在外围小打小闹的，甚至可能是大集体的企业，开始试着承包的，试着转型的，比如前面提到的黎明的摩托车厂，感觉能见到一点光亮，但于大趋势无补。与此同时，社会上那些"船小好掉头"的企业跃跃欲试，总是得些风气之先，勇敢地发出奖金，让生活陡然增加了奔头，虽说经常成为"冒进"的反面典型遭到批判，甚至犯了错误犯了法判了刑，但足以乱了这国营大厂的心智。

1982年2月3日《沈阳日报》头版上有报道。引题是"新华书店无视财经纪律"，大字主题为"大慷国家之慨滥发补助"，副题为"会计出纳等同志多次进行劝阻，书店某些领导竟对坚持原则的财会人员进行压制和责难"。

1982年正是张岐大量买书，领着张晓刚一家徜徉在知识海洋的那一年。新华书店果然志得意满。提出口号"突破七十万，力争七十三，四化作贡献，全店游千山"。千山在隔壁城市鞍山，是沈阳周边不多的可游山玩水之地。那篇报道说，新华书店的领导无视"不准用公款请客、送礼、游山玩水"的规定，而且"擅自提高午餐标准，每人六角"。"书市结束后，758人游千山，300人夜宿，每人发补助1.6元，因公务没去也同样待遇。花掉公款4553元。1981年4月，购买涤纶弹力呢299米，从银行以差旅费名义套取现金购买树脂华达呢128.55米，给科室人员。"共支出6400元，给非一线柜台人员做店服。报道还说："去年初，一次网点行工作会议，会期一天，却看了两场电影,中午每人补助八角,与会人员每人发手提公文包一个。"

偌大的黎明厂沐浴在改革春风中,方向明确,但离找到路还远着呢。反倒是凭空多出来的一些说不清道不明的东西,开始成为困扰。

比如说改成合同制了。虽然上班还是上班,主任还是主任,逢年过节后勤供应还没有什么变化,但都宣布了"铁饭碗"变成"泥饭碗",心里还是不踏实。

又说可以病退了,可以提前退了,国家包这个管那个的都不作数了。"下岗"这词要更晚一点出现,在90年代之前的中国,失业从意识形态上就不可能——那是资本主义才会有的东西。但眼见得有一些小年轻开始自己忙活自己的事。不时有人说离职的发了大财,也不时会有人说那个从小不着调的孩子先是被工厂除了名,果然最后进了巴篱子(注:东北方言,指监狱或看守所)。生活不那么单一了。

"老工业基地"这个词开始出现,当时"共和国长子"还没有被发明出来。前者说明问题已经被人看到了,后者说明大家还没有意识到有那么悲壮而积重难返,还没开始煽情。觉得改革嘛,顶多是阵痛,最终还是要分娩出一个新生命的。谁知道要喊这么久,新生命到现在也没有见到。

1985年7月,《红旗》(注:今《求是》)杂志发表一篇署名"沈越"的文章,提到了"关于东北工业基地的改造和振兴"的问题,有三个小标题:

> 充分发挥东北工业基地作用的关键是要搞好现有企业的技术改造
> 搞好能源和交通的建设是充分发挥东北工业基地作用的保证
> 进一步调整经济结构,提高东北工业的经济效益(注:转引

自《沈阳日报》，1985年7月31日）

这篇文章与我们此刻隔了足足有三十六年，你会发现它放在今天也没有什么违和之处。在那一年的9月11日，国务院发布《国家经委、国家体改委关于增强大中型国营工业企业活力若干问题的暂行规定》。

这老工业基地，让人操了三十几年的心。一般来说，往往是从一件具体的事说起，最好是让人哭笑不得的那种，80年代最初探讨计划经济弊端，比较初级，比如三车间盖个厕所也要国务院×机部来批之类，论者总结为体制和机制问题。再把体制机制问题引向观念差异，类似于红灯绿灯、南方北方、资源多寡、进取心强弱……最后说到人，还要总结这些人和观念是如何养成的，以及我们需要什么样的反思。

不过，在深刻到人和观念那一步之前，不光是人的事，还是钱的事。

中央党史和文献研究院研究员石建国有一篇论文《东北工业化研究》，说的是折旧费问题：

> 如"六五"以来，沈阳全市只有十分之一的大中型企业得到不同程度的改造。全市主要工业企业生产设备属国际先进水平的仅13.4%，国内先进水平的仅19.2%，两者之和不足三分之一。60年代以前的老设备70%还在运转。哈尔滨市工业企业设备役龄在20年以上的占23.8%。30年以上的占9.2%，全市还有四分之一以上的企业仍然沿用60年代陈旧落后的装备。长春市工业设备的平均役龄在20年以上的约占60%，在2.4万多台机床中，80年代水平的约占17%，70年代水平的占47.2%，60年代水平的占19.7%，

50年代水平的占15.4%。那么人们不禁要问：东北的企业折旧费都干什么去了？

在中华人民共和国成立初期，企业的折旧费基本上都是上缴国家金库，然后再由国家统一拨款予以固定资产更新。这样做从两方面增加了国营工业企业对国家财政的支持。"一方面，由于固定资产投资与固定资产折旧均不列入产品成本，从而压低了国营企业的产品成本，增加了企业利润和利润上缴。另一方面，当时规定的企业固定资产折旧率很低，全国工业企业的平均折旧率仅为4.30%，即25年左右，这种折旧率仅考虑了设备的自然损耗，忽略了技术进步带来的设备更新换代要求，从长远来看，影响了国营企业的技术水平与市场竞争力的提高"。

通过这种手段，在"一五"期间，国家共提取基本折旧基金59.09亿元，大修理折旧基金32.41亿元，超计划利润分成10.61亿元，共计102.11亿元，国家拨给的三项费用（或四项费用）拨款12.3亿元。也就是说，本应该用于企业设备改造和技术更新的这笔钱绝大部分被国家用于其他新建项目的投资，而且这种模式是循环往复的，它所导致的直接后果就是这种只重数量、不重质量的外延式工业增长是以牺牲老企业的设备更新和技术进步为代价的。东北工业基地作为典型的重化工业基地，更是这种生产管理模式下受害的重灾区。

仅1950年，国家从东北地区国营工业收入得到的利润和折旧费，约占东北地区国家收入的一半，到1951年，东北地区工业内部积累的资金，差不多就相当于国家对东北的投资数。不仅恢复时期如此，"一五"计划时期情形也有类似特点，这一时期国家对于东北的投资方针也是尽可能的挖掘企业内部积累的潜力。具体阐述为:"我们应该尽可能积累和利用国家工业内部的积累。由于国营工业的恢复,已给我们提供了相当利润,而且随着工业的发展,这种利润将会大大增加。按照东北的情况,今后五年内国家工业的内部积累将占国家工业投资的大部。"

简单点说,过去几十年决策失误。而同样不怎么懂得企业管理的经营者,似乎做着每天割自己的肉来上缴利润的事。等割得差不多了,有一天首长们突然决定按经济规律做事。然后就大惊失色:你怎么把自己砍成这样了?

到了90年代,问题已经严峻到有点可笑了。人们引用那些难以想象的数据的时候,开始还惊讶,然后就渐渐一脸嫌弃。那时候一个典型的让人震惊且痛心疾首的数据,通常是这样出现在报纸杂志和各种出版物上的:

> 每100元资产,就有65元债务;每获得100元利润,就要支付38元的银行利息;每投资100元到生产中,就要拿出其中15元去搞办公楼、食堂、学校、托儿所这一类非生产的设施;每100个职工中,就有30个是多余的人;每100家国有企业中,就有42家亏损。

那一年国有工厂每销售100元的东西,只有0.43元的利润,如果按照投入和产出来比较,就更加可怜,每100元资产只收回0.23元。尽管银行在过去3年降息7次,还开征了利息所得税,但是你要把100元存在银行里面什么也不干,这一年下来,还有1块多钱的利息呢。

80年代末和90年代前期,国营企业的衰败在沈阳工人的嘴里通常还是"厂子里那些王八犊子操蛋玩意瞎鸡巴整""好好厂子被他们给造完了""败家"。

得改,不改不行。每个人都觉得改革的反面是离他们最近的那个人——车间主任、厂长、工业局局长、计委主任、市长……一层一层地责备上去。总体表达的是"我没摊上一个好领导"。每个人都把问题上升到总理那个层面。工人还是企业的主人翁嘛。主人翁感觉到自己被抛弃还要再过几年。那些烦心事会在更晚一点成为让整个沈阳都陷入恐慌的问题。

现在烦心事只是刚露出一点苗头,每个人都知道这可不是好预兆:物价在上涨——那时候,整个社会差不多有一半的人都对1949年以前的通货膨胀有记忆——手中的钱越来越不值钱。工资虽然也在上涨,但打不过物价的上涨。工厂官方的解释是,厂子的效益不行了,开出工资来就已经不错,别想着额外奖金的事了。

本来强有力的"父亲"形象,逐渐变得虚弱。在王宝臣身后,是一个庞大体系快速瓦解的过程。单位落寞,国营兵工厂丧失自信,黎明进入到痛苦转型的时期。转民用,难;像以往一样得到国家的支持,更不易。职工与工厂的关系在发生变化,终身制和工人阶级的优越感被现实所挫败。在黎明的职工子弟中学,老师时刻会用嘲讽的语气说,你们不好好学习,就只能回黎明厂做工人。在90年代前后的沈阳,有着二百多万产业工人的沈阳仿佛有一个共识:做工人是可耻的。

工厂提供给工人的,不仅是工资和福利,更是一种竞争力。工人在社会中唯一的竞争优势,完全依附于工厂本身的价值。而现在,这些工厂说自己正在丧失活力。统计结果里，人变成了一堆数字，甚至是百分比。

但当你是那些数字的一部分的时候，你就会知道"天塌下来"到底不是一句玩笑话。一肚子委屈的长子，那个时候还没觉察到未来已来。

恰好这个时候王宝臣一天天变成一个老头儿，感觉自己已是风烛残年。

习惯了以国家视角来思考问题的人，常用四个字概括80年代初的国营企业：积重难返。

如果考虑到这些制造业企业其后的命运，效率不高，无非就是产出成本增高，就是产品缺少销路或者质次价高，就是企业本身竞争力不再，就是最后难免走向破产之路。

路径确实如此。但如果单把这十几年拎出来，那正是国营单位欢欣鼓舞准备迎接改革开放大展宏图的时候，此时在沈阳这样的国企重镇，看到的只会是国营单位的开拓进取。事后的中国重工业城市研究者们，都会注意到中国国营企业在改革开放初期的扩张——说是黄金时期也不为过。在摆脱了前二十年"文革"造成的种种乱象之后，它们减弱了国营企业作为政治单位的功能，更专注于企业本身的发展，也试着去尊重经济规律——虽然没几个人知道这究竟是什么。而且，更重要的是，与前二十年里始终摆着的阶级斗争脸比起来，它更人性化了一些。

跟东北大哥的爱情一样，刚刚琢磨着人性化的国营单位也不大会表达，能想到的也就是对你更好，给你各种福利：

……每投资100元到生产中，就要拿出其中15元去搞办公楼、食堂、学校、托儿所这一类非生产的设施……（注：凌志军《变化》）

　　事情需要两方面看。在凌志军那里，这是浪费，会影响效率。但对于国营单位的职工来说，除了办公楼让他们觉得"坐办公室那帮王八蛋把厂子的钱都给造了"之外，其他都还不错。这些"浪费"掉的十五元就是就是他们所在的国营企业的竞争力，就是他们拥有"全民"身份的优越感。

　　一般来说，单位福利有几大种类：

　　第一是就业终身制，只要没有刑事犯罪或者政治上出现错误需要服刑，职工就不会被解雇；

　　第二是医疗保险、意外保险和养老金这些后来被称为"社会保险"的东西，都是由单位来提供的。它表现为厂子里的医务室或者医院——在王宝臣所在的黎明厂，拥有一个代号二四五的医院。还有在职工发生意外之后继续发放的工资和医疗费或者意外去世的抚恤金，以及退休金，这些都由单位财务发放。与之相近的，一般的单位可能会有托儿所，大单位一般来说肯定有幼儿园、子弟小学，甚至子弟中学，黎明厂80年代还有黎明工学院，它不是简单的职业技校，它发的是西北工业大学的文凭；

　　第三是住房，毫无疑问这是最核心的单位福利，在沈阳或者中国大部分工业城市，70%以上的房子是由单位出面建造的；

　　第四是食堂、伙房以及围绕住房自然发育出来的小卖部、理发店等。还有礼堂——作为一个有行政级别的单位，拥有一个像人民大会堂一样的议事机构并不是一件过分的事，虽然最后它的政治功能只剩下表彰，但哪个会堂不是如此呢？当然，这是早期的计划，后来它开始兼着办演出以及放电影，或者只放电影。那时《沈阳日报》每天会有一个通栏，大约五分之一的版面用来刊登各个电影院的放映时间表，大部分人对大工厂的印象来自于这个公告牌；

第五则是厂子里的副食供应，采购部门除了逢年过节要为职工采购油米鱼肉蛋之外，还会有额外的供应，只要产品是稀缺的，就是采购部门要完成的。

熟悉中国城市里市民阶层的文化消费和生活变化的人，会发觉上面说的五种单位福利中，有很多是改革开放后才出现的服务。比如这其中最大宗的福利——住房，本来是政府管理的，到了70年代末，政府无力再支持这个制度，也没有建立完善一个以市场化为基础的住宅供应体系，而经济体中的其他元素同样没有能力，只好把这个工作交给大"单位"。

> 1978年9月，国家计委、建委、财政部、物资总局联合发出了《关于自筹资金建设职工住房的通知》，这意味着住宅建设由国家主导在80年代过渡到由单位自筹自建自分主导。到90年代末，出现了大量的单位自建住房，之后随着单位模式和住房制度改革深化，市场和政府互动的模式才逐渐形成。如果仅从生活设施供给的角度讲，这一时段反而是单位社会职能的增强。（注：刘天宝《中国城市的单位模式》）

所以，在80年代，两股力量奇怪地相向而行。市场化改革的那股力量在琢磨如何让单位更加适应市场化，而单位以为天降大任于己身，正是干劲最足的时候。实际上那也是单位体制——包括各种国家机关和国营企事业单位，全民所有制企业，偶尔还有上了规模的大集体企业——最有劲头的时候。

"那单位效益好，啥都发"，这是莫大的荣誉。"民航管理局多好啊，连热水器都发。"张晓翔到现在还感慨。当年他妹妹拒绝去民航，全家人都生气。

有时候发的东西确实令人摸不着头脑。沈阳铁路局在90年代初曾经为每个员工发了一块丹东手表厂生产的孔雀牌手表。这听起来也没什么大不了的，但如果考虑到当时沈阳铁路局的全民职工达到了三十八万，你可能就会隐隐感觉到主事者只手救活一个手表厂的豪迈。

不能小看了这些大大小小国企的采购、后勤、财务之类的部门。90年代首屈一指的大单位，首钢，把自己的财务公司独立出来，成立了华夏银行。当然，首钢那时特殊，有的时候甚至会给人一种错觉：北京的石景山区都在首钢院子里。那时候，中国城市实行的是如今自由派们梦寐以求的"小政府，大社会"，只是社会掌握在单位手里。

生活看起来很美好。这些没办法量化到个人生活中的福利，勉强可以看成是一种隐形收入。但最重要的那一个却并不在此调查中：工资收入。在80年代开始的转型之前，企业的工资水平和工资调整还控制在最高当局手中，一个工人对应他的资历和工作岗位，有相应的工资收入。除了工人，干部、专业人士也都是如此。不过因为当时国家始终忙于各种斗争，所以最高当局仿佛也早就忘了应该调整工资——即使经济再不景气，温和的通货膨胀还是会发生。社会创造的财富增加，全社会工资总水平占比不断降低，这导致的结果就是，穷。绝对意义上和相对意义上都穷。

在改革开放前的 1977 年，中国国家统计局的数据显示，"从 1957 年到 1977 年，国营工业中的平均实际工资下降了 19.4%"——如果从 1964 年平均工资达到最高峰的时间算起，国营企业中的实际工资在这段时间下降了 16.5%，"工资下降的时期持续了如此之长，以至于 1977 年的平均实际工资甚至比 1952 年还要低"。

80 年代工资管理有了松动，1984 年之后有些地方还可以发奖金，可以看成对过去被辜负的工人阶级的补偿，但也仅此而已，因为它还是像雷区一样，工人收入增加有限。想一想前面说过的沈阳市新华书店的那些树脂华达呢制服——管理者还要时刻提防着，否则不小心就成了违反财经纪律甚至违法犯罪的典型。

所以，发些福利是比较稳妥的方案。王宝臣一年发两套的工作服，一年发一次的皮鞋，偶尔发的羽绒服，冬天的棉大衣，手套，毛巾，夏天的降温费，饮料费等等，这些统统与劳保有关。它是固定收益的一部分，值得期待，比如工作服和工作皮鞋，其价值相当于普通工人一个月的工资，但要把固定收益变成真正的收入，前提是你得把它卖出一个合适的价钱。这个时候，走街串巷吆喝着"手套换钱"的这些人就派上了用场。

手套换钱，街上

街上的人各有目的。

街边站着的是年轻人。开始时是港衫喇叭裤列侬头蛤蟆镜，后来港衫具象化为一款被宠溺地称为"娇衫"的 Polo 衫，它来自于一个叫

"梦特娇"的品牌；喇叭裤则一点点替换成瘦腿的牛仔裤；列侬头渐渐退出，新潮的人烫了爆炸头。"一身黄土流氓"的说法还在，但已经是上一季的时尚了。不过，军大衣还要一直坚挺到十年后。沈阳五中曾经禁止学生穿"一身黄"的旧军装，觉得过于像社会不良青年，有一段时间还试图禁掉军大衣，未果。南方人不解北方为什么一到冬天就成了一座军营，其实只是无可替代。军大衣顽固地流行到世纪末，毕竟冬天冷，这大衣保暖方便，赛过刚刚出来的臭烘烘的羽绒服——那时羽绒服制作工艺过于粗犷，有鸭腥味，更可怕的是穿脱之际绒毛飞舞，惊起一滩鸥鹭。

"时髦"这个词刚出现，西装皮夹克或者羽绒服等总是可以归于此类。究其本质，它建立于个体"各有不同"的基础之上。这是与过去年月相比最大的变化。同样进步的是，街上人们的心思与他们的穿着一样，也各有自己的章法了。

街上的年轻人越来越多。以往的路边胡同口，早早晚晚各色人都有，没有人把年龄当成留意的指标。现在不同，年轻人占了大半，无所事事，三三两两，站在街边。这其中，一部分年岁略长，是下过乡的知识青年，另一部分这几年刚毕业——中学早就不再管就业的事。他们的共同点是，前程没有规划好，也没有破釜沉舟到去做生意，总想找个"铁饭碗"，哪怕是大集体也算有个正经班上。就这么僵持着过了一两年。老人会不大放心：这半大小子没事干，早晚是个麻烦。

大大小小的麻烦都会存在，有的在意料之中，有的在想象之外。大东门外的转盘里新修了一个喷泉，夏天配上一些串红之类的草花，就成了一个景点。那时候大东门的城门楼子早就扒掉了，那座现在看得到的仿制的抚近门还没有复刻，所以实在乏善可陈。但耐不住待业青年就业的热情，已经有小年轻在这里支起照相摊，拍黑白照片给路人。生意不怎么样，竞争对手还多，就难免打些歪主意，看到有姿色的女子经过，就有露出流氓相的小子，拿着相机冲着人家大呼小叫，女子惊悚地用手遮住半边脸，跑过。这半大小子心满意足。如果他被人逮个正着，打了一顿，这就是意料之中的麻烦；如果赶上"严打"，判了刑，就是想象之外。

那都是80年代的事。看不顺眼，磕磕碰碰，虽然总是有不知深浅手重手轻的血案出来，但与十几年之后因为钱财而你死我活比起来，还是没有那么残酷，差不多到了90年代末期，人们才更容易铤而走险。如今性压抑的苦闷青年、没有钱的待业青年、胸怀大志对未来充满想象力的有理想青年，总体上来说都是贫穷的文艺青年。

又过了几年，年轻人有了分化。街边的住宅都掏出门洞来，有的平房贴在路边，在自家的门梁上添个招牌，有的把一楼窗户加了台阶，让窗台变成门槛，或者干脆砸掉一段墙改成门，这就是开店做生意了。这修理部那修理部，小饭店，发廊，杂货店，算是就业了。张晓翔同学开发廊，基本上就是这个规模。有一段时间还一窝蜂地开咖啡屋，那咖啡屋灯光昏暗，做隐秘的生意，密度之高难以想象，现在复盘，大概能盘算得出全沈阳加在一起应该也找不出那么多要满足欲望的兴冲冲的莽汉，更何况沈阳大概也没有那么多的供应。推测下来，这些生意大多惨淡经营，可能连雀巢的速溶咖啡粉钱都赚不回来。另一些人，没到绝路，接了班去工厂做工人，换父亲或者母亲提前退休在家。工厂里做了几年之后下岗，全家一起在家，那是后话，但在当时，这算有个正经活儿。

那些需要文凭和专业技能的机关、企事业单位创造不出接班的机会给子女，但也不甘沉沦，径自开些门市部或者商店，卖些想象中好卖的乱七八糟的东西，把子女招进去。

家里没有沿街窗户可改铺面，父母单位又没班可接，考学考不上，还有一个出路是直接租个摊位做生意。卖服装鞋帽的多。沈阳的个体摊床最早出现在南顺城路上，地处沈河区与大东区交界处，就在小河一校门口往大南门去的路上，这市场很快就成了气候。这市场后来挪至五爱街陆军总院东墙外，得名"五爱市场"，再挪至风雨坛，自此成为沈阳百万富翁的摇篮，诸多大案要案中铤而走险者的行凶目标。

那时，小河一校五年级学生田罡已经准备进入这个市场，投身商品经济。田罡家住文庙，就在市场边上，父亲据说在服刑。他是个狠角色，三年级时就已经敢动用牛角刀在操场上扎伤同学，而且知道扎伤之后将凶器扔到楼顶，表现冷静。

田罡是我的小学同学，五年级后就没了联系。他曾经拉着我骑倒骑驴去上货，那是下午，早市已经停掉，我和他东游西逛，说是上货，其实就是消磨时间。算起来这是我人生中唯一一次个体户生涯历练。小河一校原来是大东区菜市完全小学，是我的母校，也是张岐和张荣的母校。它现在是个幼儿园，就守在南顺城路和东顺城街交叉的角上，那楼依稀还在，原来是红砖的，现在跟所有妖艳的幼儿园一样被刷上五彩图案。每次路过那里，我都会想起楼顶上有田罡扔上去的牛角刀。

这是题外话。

国家鼓励个体户，还鼓励多种经营和第三产业，因为国家还没想出什么招来解决就业，只好说这个体户的好。赞美有加。谨慎的人还是观望，观望一段时间，发现有人赚了钱，自己也蠢蠢欲动。那时节，农民刚赚到一点活钱，念及改革的好，工人兄弟觉得这改革想必不错，下一步就要轮到城里，逮住机会或许就可以摆脱穷困。他们念及那时的好，只是觉得命运大概还掌握在自己手里，身边舍得劳累自己放弃"铁饭碗"的那些人都已经赚到了大钱，我或可一试。

试的人越来越多，有的是为了发财，掌控自己的命运；有的是生活所迫，世道艰难。走街串巷是那些新创生意中本钱最小的，省了门面，但靠经营者的脚力和嗓门。前现代社会这两样东西都不值钱——那会儿处于现代社会与传统社会相交接的时节，生活中有些不计成本的东西，比如人的劳力，没有人看重它值几个钱，很多时候都忽略不计。到了现代社会，人开始成为资本，它才变成可盘算的东西。

走街串巷者中自然卖冰棍的最多，渐渐增加各种吃食，豆腐、油炸糕之类；传统的游商也逐渐回来，比如收破烂，街上有人喊"破烂的卖"，80年代还有电视剧专门写这个东西，电视剧插曲还成了流行曲。还有一种，街上经常传来吆喝声，刚出现的时候很不解那是在做什么，过了一段时间终于听了真切：手套换钱——

张岐，是那些吆喝着"手套换钱"中的一个人。

手套换钱，不只是手套，手套只是劳保用品的一个代表。在诸多劳保用品中，手套是易耗品，线手套，领一次至少十来副，省点用，一年下来可以省不少。把福利用品变现，是增加收入的方式。一副手套卖五毛钱，凑个十几二十副，也是一笔不小的收入。不过，这东西既然属于生产资料的一部分，理论上讲，把生产资料变现，似乎是一种小规模的腐败——如果这么算的话，它可能也是人世间最卑微的腐败。这是国营单位所能给予他们最后的馈赠了，这些贫困家庭除了这些东西也没有什么可卖的。

当几乎所有的收入都是固定的,而且仅够维持最低的生活水平,这些来自于废品收购的一点小钱承担着给穷人带来意外之喜的职责。

这一年,你不但省下了一堆棉线手套,还有绝缘手套,甚至还省下了一双劳保三接头[1]皮鞋,那种惊喜基本就像突然得知自己增加了相当于三个月工资的年终奖。

还是太穷了。曾慕芝庆幸自己在王平、王英成长的那十几年时间里没怎么过上太苦的日子,最重要的并非因为王宝臣是劳模,或者他在黎明这样的大厂,而是他们家只有两个孩子。如果有三个,那就麻烦了。与王平家对应的张晓刚家中,尽管杨淑霞长袖善舞,但也总是捉襟见肘,为贫穷所困,因为他们家有三个孩子。在很多领域里,多生个孩子可能遵循边际成本递减的原则,但同样要知道,当基尼系数高启的时候,多一个人吃饭的成本要高出很多。

得物尽其用。每个家庭也不会产生太多废品,没有断舍离,舍不得扔任何东西。每样东西都有它的价值,有的时候简直令人怀疑这是相信万物有灵的萨满教留存。切记,不能败家——这是一个人,不论男女,最重要的品质,超过仁义礼智信。

一个"利整"的家庭,干净是第一位的,有条理紧随其后。这条理可能就体现在家里的一个抽屉,甚至只是一个破纸箱中:

一组绳子——玻璃丝绳、纸绳、尼龙绳、麻绳,还不算铁丝,分门别类盘好;

一组不成套,但保证可以对付所有问题的工具——钳子、改锥、羊角锤、活扳手、电工笔、卷尺……直到可以对付一个立柜生产的所

---

[1] 一种男式皮鞋样式,鞋面由三部分拼接而成,70年代末80年代初开始流行。——编者注

有木工用具；

一组各种型号的五金件——包括但不限于合页、锁扣、废弃钥匙、小锁头、门把手；

一组很难归类，不知道什么时候用得上的零件——钉子、螺丝帽、轴承、滚珠、螺栓、弹簧……

这些东西代表着一个男人的持家水准。在任何需要它们的时候，它们恰到好处地出现，然后就准备迎接别人赞扬的目光吧。

对女人的要求更高。每一块布头、每根线头似乎都要分门别类，这是最基本的要求。一个女人还要表现出她的美学造诣。王平的姥姥就有一块布，纯粹用废弃的布拼接组成，它同时遵循几个原则：(1) 几何图案规律；(2) 色温色号的排列规律；(3) 面料和质地的统一。它最初可能是一个包袱皮，或者是盖在某个家用电器和家具上面的盖布，如今它是艺术品，被家族收藏。

还要注意的是，这里所有的布都不是棉布，棉布有更重要的出路。在用到无可用之后，它还可以成为一种叫"八分"的东西——由碎棉布连缀而成，八寸见方，送到废品收购站，好像真的可以卖八分钱。可能是要卖给什么地方做抹布，所以它一定得是吸水性能良好的棉布，当废品收购站指出你的"八分"里混进了一块化纤面料的布头时，主妇们会很绝望。而后来"八分"不再成为高技术附加值的废品，对于很多主妇来说，其痛苦简直等同于失业。

从这个意义上说，你可能略微感知到一点废品收购的难处。当时的原则是：我们不产生废品。

当然，还是有的。废纸，旧瓶子（不包括汽水瓶和啤酒瓶，那基本上相当于固定资产，因为它可以在副食店里使用，而且如果你没有旧瓶子，他们也不会卖给你汽水和啤酒），偶尔的铁，罕见的铜。有的时候你甚至可能会觉察到，在整个沈阳流通的铜是一个常量，如果你这里突然多出一点成为废品的铜，警觉的废品收购者可能连报案的心都有。他们当年确实被视为"特业"的一种，相当于现在街边便利店在醒目位置的标牌上写着"本店监控联网110"。

在张晓刚兄弟上高中那几年，家中负担越来越重。杨淑霞不能再容忍张岐倒班时闲在家里，更不能容忍他捧着一本书看。街上越来越多的人在想办法赚钱，他们也得想点辙贴补家用。

张岐成了"手套换钱"的一员。

张岐在变电所上班，事情不多，三班倒。值夜班的时候会更轻松一些。一般来说一夜无话，早上下班，回家。有一阵子，值夜班是他得天独厚的看书时间。他什么书都看，抓过来的没有人看的杂志，自己买的书，有的时候也看从别人那里顺道拿过来的书。看书，就是他的爱好。他喜欢别人提及电工老张的时候，说这人爱看书。没有其他目的。

现在则要克制一点，抓紧时间多休息。因为第二天他要跑一天，收手套。

回到家。准备一个饭盒，冬天的时候藏好别冻了。夏天好办一些，反正是粗粮窝窝头之类，不大会坏掉。夏天额外还要准备一瓶水，路上渴了喝。

准备好出去一天，这不是一个省力的活儿。杨淑霞虽然横竖看不上张岐，但对他有体力坚持着干这活儿还比较满意。"老大腰板，干啥都行。"

出门。小津桥往东，生意最好做。那一溜下来，中捷，矿山，黎明，新光，这些大厂各个都是舍得发福利的单位。它们的居民区规模宏大，二〇一，二〇二，二〇四，二〇五，总有倒班的工人在家，不大会白跑。

这活儿，人未到声音先到，吆喝着提醒出货的人家做些准备。吆喝完，得等一会儿，间或再喊几声表示我还没走，等你呢。有人探出头来，"收手套的，等会儿！"，这是最适意的时候，心里踏实了，慢慢等，不着急。

运气当然也重要。礼拜天生意最好做，但也不一定。有时反倒是上班日子，居民区里没有什么人气，突然跑出来一单大生意，不光是手套，可能还会有几双崭新的劳保鞋，像中了彩票一样。

向东这条路。几个大厂走完，再向外，就是八家子，新立堡，住宅密度差了，等到了东陵，就是纯粹的郊外了。有一天，走得兴起，到了抚顺。感觉也不是那么远。

抚顺距离沈阳四十几公里，1949 年之后做过五年中央直辖市，这是当地人痛心疾首于自己如今的衰落时必会提及的伤痛。俱往矣了嘛。在 80 年代，工业重镇的名分和实质都还在。抚顺煤矿在伪满洲国时代就已经开始开采。抚顺的石油化工企业也很厉害，大庆发现大油田，想到可以修输油管道运石油，第一个目的地就是抚顺，在这里冶炼，生产化工产品。

说起来，我对"工人阶级领导一切"这种话有初步认识，还要依赖我抚顺的姨父，露天煤矿正宗全民职工，充满自豪感，说话粗嗓大门，打牌使小手脚，天底下只有他对，你要指责他点什么，他有时以"我们工人大老粗"来搪塞，有时以"你们知识分子能算计"来反击。姨夫家中有三个女儿，姨妈一辈子做临时工，赚钱不多，不管姨夫在世界上是不是领导一切，在家里肯定是领导一切的。当然，这都是80年代的记忆。抚顺后来资源枯竭，矿业萧条，石化公司也不知道遇到什么问题，总之抚顺很不景气。他们家先是大女儿嫁回山东，然后陆陆续续两个妹妹也被撮合过去，然后全家就都到了山东。只十来年工夫，一个在抚顺经营了五十余年的家庭，几乎了无痕迹。如同不曾存在过。

张岐骑着他的二八自行车来到抚顺的时候，这一百多万人口的工业大城，最不缺的就是产业工人。他由此开发了一个新市场。

另一条路线是向北，顺着东北大马路。这条线路同样傍着一个工业区，最初同样是拜张大帅所赐，当年他把这条西南－东北走向的马路命名为"东北大马路"，在路两边建起一溜工厂——陶瓷厂、钢管厂、建筑机械厂、轴承厂、一一〇二厂……虽然它们不如黎明厂那些国营大厂庞大而且根基深厚，但也发展了几十年，不容小觑。

这一条路走得远了，远到另外一个地级市，叫铁岭。

张岐的新营生，收入并不可观。按张晓翔的说法，一天赚个十块八块的，全家都高兴得不得了。一副手套赚一毛五到两毛钱，推算下来，十块八块也就是收到七八十副手套的水平。也有过大生意，张晓翔记得全家有一次跟过年一样，那天赚了足有三十块。收鞋，多，成色又好。

碰运气的生活，代价是早上六点多出去，有时要到晚上十来点钟才拖着麻袋回来。一人在外，到了中午傍下午的时候，拿出冰冷的饭盒，啃口窝头，就点咸菜，对付一口饭。夏天要好一点，但热，容易渴。那时候路边平房多，一般家中没有上下水，一趟房边上总有一个公用水龙头，走过去就着水龙头咕咚咚灌上几口。后来楼房多了，喝水反倒难了。

有一次到了铁岭,渴得急了。馋汽水喝,恰好有八王寺。八王寺是沈阳本地名牌,地位大约相当于北京土著眼中的北冰洋。味道也相近,果子蜜味和橘子味的最多。果子蜜就是什锦味道,使用香精自成一统,绝不攀附什么其他水果,只求与碳酸汽儿相得益彰。这汽水厂就在五中门外不远的地方,有一牌楼,写着"东北第一甘泉",一般来说有泉有寺,也都有各种民间传说,没有什么创意。创始人叫金恩祺,"九一八"事变之前做过奉天商会主席,也是五中的著名毕业生。与中国所有汽水厂一样,八王寺汽水厂被可口可乐合资过,现在赎回了牌子,市场占有率不好说,总觉得与北冰洋一样,沦为怀旧系文创产品。

那时候,这名牌产品八王寺如日中天,还没有遇到可口可乐。

"一毛五。"

"贵。人都卖一毛四。"

"一毛五,沈阳卖一毛四。"

起开了,贵,也得喝。喝好了打一嗝,最心满意足。

小卖店主说:"你沈阳来的啊?"

"嗯,沈阳。"

"坐哪趟车回去?"那时候火车车次少,哪趟车都心里有数。

"我坐这个。"张岐拍着他的二八大杠。

来回一百二十公里,二百多里地。十来个小时就搭在路上了。

代价不光如此,还有收上来的手套、工作服、鞋,毕竟是二手货,要拾掇干净利索,把品相做足,劳保商店才不会压价,不会给你脸色,才可以挣出那一毛多两毛钱的差价。家里满屋都是手套工作服,杨淑霞在家里收拾,送到商店。后来混得熟络,有人专门上家里来收,算是省了一道工序。

张家的记忆始终有些偏差。张晓翔记得这活儿是在他和张晓刚上高中时开始的,八六八七年。张岐说他倒班就开始做,70年代末就开始忙活挣外快的事。杨淑霞的记忆里,"那个时候我一个月挣一百二,他"——指向张岐——"挣五十,我们小三儿一个月上学就四百块钱,我不收手套咋整"。如果是以张慧娟上大学算,那应该已经到90年代初了。

"我挣补差五六百,他手套一个月也能挣个三四百的。"杨淑霞说。

后来家境渐好,张岐继续走南闯北。个人爱好又被呼唤了出来,开始收旧书。张家不再支持。"收书,那大概是十多年前了。我们都反对,不需要了。但他对书有这个情结。图书馆啊资料室啊,旧书淘汰,很可惜都扔了,他就都给收回来了。"张晓翔说。

张晓刚依旧看不上他父亲的努力。他觉得,当年父亲收劳保手套跟他的这些破烂书一样,恰好属于爱好范畴,不是为了缓解家里的窘迫。

张岐的书与张家政治

这里有一个叫陈建华的人在朝鲜战争时的人生轨迹。一张很大的纸,写满了组织上各级领导对他即将结婚的态度和信心。字体工整,阐述认真,大意是觉得该同志在抗美援朝中表现不错,女方家庭也经过了详细调查,不是坏分子,经得起考验,组织上觉得陈建华同志可以结婚了。这个申请是1955年3月11日上交的,组织上最后在5月19日给了四个大字:批准结婚。盖上"中国人民志愿军办事处政治部印"的公章。还有陈同志参加志愿军慰问团演出的入场券。上面写着他的工作单位是"卫生训练处"。他是个功臣,坐在四排九号。

张岐热情地向我展示他收藏的各种货色。有几个"大钱",就是类似于乾隆通宝之类的前清货币。阳台一角放着几捆书,张岐用脚指向那里,"都是收上来的"。还有一些意外之喜,比如陈建华,就像发现了一个偷窥的窗口,可以想象另外一段人生。

杨淑霞一律称之为"破烂"。

这些破烂都堆在小津桥那套动迁置换来的旧房子里。八十来岁的时候,张岐拥有了这套旧房子的使用权,用来装他过去四十年里买过的书,更多的是他收上来的旧书。张岐偶尔会翻看这些东西,发现各种各样的陈建华。

我没有被允许去看这些书。家里对张岐出于年龄的纵容就到收这些"破烂"为止,展示于外人面前在他们看来不可理解。

张岐爱买书,张晓翔记忆里是从他10岁开始的——1979年,就是中国人在新华书店门口排长队买世界名著的时候。"开始的时候,买现代的,《第二次握手》《牧马人》什么的,百花齐放,那时候比较有名的,买不了少。后来是《高老头》啊,莫泊桑啊,俄罗斯的契诃夫什么的。还买史书,《二十四史演义》《上下五千年》《东周列国志》,都买。有个叫潘什么的(注:应为蔡东藩,著有《中国历代通俗演义》),民国时的,写了很多书,魏晋南北朝、宋朝,一直到民国,当时我也看。"

不停地买,后来新书买不起了,才停下来。现在买的,大多是旧书。

杨淑霞对此深恶痛绝。张晓翔说他妈为这生气,不光因为文化不高。兄妹三人都在长身体,还吃着粗粮呢,买书就是没用。

那时张岐一个月收入三十多块钱。张晓刚说,他不把钱交家里,自己买书。

除了买书就是买肉。张晓翔说。

张岐有看书的习惯,带着大家都看。一家人从这些书中得到了好处。

妹妹张慧娟记得有些她没看过的很生僻的书,比如许莼舫的《几何》,挺深奥。她喜欢简单的,浅显易懂,《西湖民间故事》《儿童时代》《少年文艺》这些同样可以在他家里找到。

张晓刚喜欢理科。张晓刚看书不是为了学习,《中学生数理化》《动脑筋爷爷》之类的杂志就是一个兴趣。自己看。有一天他自称弄懂了相对论,开心。"你看我懂这么多知识,跟谁说呢?把妹妹抓过来,讲一通,分享一下,宣泄一下。"那时张慧娟才上小学。

来张家的人都感慨他们的书多。张家兄妹出门,言谈举止之间也会被人看成是读过一些书的,这不光是学习好的事,看过书和上学不一样。

但孩子们也并不念这个有书读的好。说起父亲的时候,所有人都如同母亲附体,就是他们的视角多多少少突然变成了杨淑霞的。所以,在他们的描述中,变电所没啥事,电工张岐常年倒班,空下来就看书,什么书都看。

"一劳本神"。太懒。干啥啥不行,经常被妻子骂。张岐有自知之明。

"生活能力一般,家庭责任感一般,不太管事。"

"有孩子嘛,就不能太自我了,要以孩子为主。但他不管不顾。"

这个"过于自我"的张岐,被女儿张慧娟上升为中国男人的高度——中国男人是婚姻的受益者，结婚对他们的改变并不大。

然而张岐只买不看，终究没有让儿女产生敬意。

"他能买，买书容易，读书难。但你问他读过几本，他也没读过。"

"读书很复杂，很难的。他也不愿意去钻研。只是买书而已。"

"我爸是那种学渣家长。自己学习不好，对孩子要求比较高。自己不努力，所有希望寄托在子女身上这种。我妈放养，对学习好坏完全不管。这个人自强自立，上进。优点很多。特别勤勉。"

背后的妈妈越来越清晰了。而张岐作为杨淑霞人生对照组的作用也越来越明显。孩子们甚至替妈妈打抱不平。

"不交家里钱，还不干活。都是我妈在干活。"

"爸妈感情一般吧。吵架。那代人讲什么感情好不好。感情不好，你也没见他们离婚。他们就算是战友吧。"

这战友就是一起吵闹着打过了一生。

偶尔有点不一样的声音。

"他挺想上进读书的。这是他的一种想法吧。他小时候家庭条件比较好。但是他实现不了。所以买书是一种精神寄托。"

我们看张家老照片。

"我们家孩子个头随他爸。不随我。但智商别往他身上寻思。"杨淑霞为我解说，点评。

"我智商低，看那么多书，还智商低。"张岐讪讪。

"我从小养活我妈，养活我弟弟。你看你养活谁了？"

张慧娟不认为读书对他们兄妹的智力有什么贡献。智力来自于妈妈，基因比较好。

杨淑霞早就已经宣布三个孩子的成功来自于她的基因。她遗传的智力让他们获得了知识、尊严和社会地位。在他们家中，智力与知识是严格分开的。对知识最向往的是张岐，最不向往的是杨淑霞。张慧娟说妈妈骨子里觉得文化没有什么用。"我没文化，一样把整个家弄得很好。"

同样，如果儿女们有什么成就，那么这些成就也一定来自且只能来自于杨淑霞。即使张慧娟偶有反抗，但反抗的不是智力权威的缔造者，也不是反抗智力本身，而是要表明"我的智力也不差，而且我的视野显然更宽阔了"。王侯将相宁有种乎，彼可取而代之。

张岐在这种家庭政治环境里，起初是作为不负责任的男人而存在，到后来，几乎被全家一致判定为已经老年痴呆，没有资格与外界对话。虽然他现在拥有一个可以存放所有旧书的房子，但那不代表什么，你甚至可以理解成那只是一种包容。

城市化过程中失落的男性

失败的父亲要比一个失败的城市更糟糕。

张晓刚对父亲有一种接近于冷酷的不信任。他如今的生活得益于母亲含辛茹苦的付出，也得益于母亲审时度势的智力和天然的感受力。他的家庭经受住了那二十年残酷生活的考验得以维持至今，同样来自于母亲操盘整个家庭的能力。而父亲扮演的是任性和懒惰的那个角色，志大才疏，缺少规划，随遇而安——"活在自己的世界，再说一点就是自私了"。

王平不但把他今天的光荣成就归于母亲对他的言传身教，而且把他人生的几年蹉跎归咎为父亲的血统。"有那么几年沉寂，可能是继承我爸的血统。我爸就是随弯就弯，不想争点啥。我妈有一股不服输的劲儿，想办成一件事，受十个八个挫折还是要把这事做成。我爸这方面要差。我40岁以后突然把我妈妈身上的优点捡起来，重新爆发了。"

好像没有必要过多论证父亲这个角色对于一个男孩、男人成长的重要性。人类的文化传承这么多年，而且还有那么一点进步，父亲的价值无须过多渲染。但两位主角明确地表达了对父亲的不信任，甚至失望。即使今天他们已经50岁，还是如此。这是一个共性的现象吗，或者这只是一个巧合？对母亲由衷的赞美和认同，与对父亲的否定和疏离之间是一种什么样的关系？是零和游戏吗？是诸多生活困局导致的结果，或者这就是原因？

失败的父亲与失败的城市确实是相关的。失败的父亲这一角色是这个叫作沈阳的城市转型失败的一部分。"转型"是一个讨厌的词，对于在"转型失败"的耻辱中过了二十几年的沈阳人来说可能更是如此。我们已经习惯了以国家视角来说这件事。在国家视角下，沈阳人提供了一系列失败的工厂、失败的转型、失败的改革、失败的老工业基地，以至于他们几乎无时无刻不在拷问自己是不是哪里做得不对——从行为到思想，从能力到态度。《沈阳日报》的理论版从1984年就已经开始自我批判。这种谦逊的自省精神无疑是个好品质，但这个宏大的国家视角好像并没有什么解决问题的能力，或者说解决问题的关键并不在于宏大的层面。

这里说的城市转型失败，是沈阳在漫长的城市化过程当中出现了问题。

一直有一个困扰我的有趣问题。在 2000 年，第五次人口普查数据显示，辽宁、黑龙江和吉林的城市化率依次为 54.24%、51.54% 和 49.68%，在省级行政区的排名中，仅次于上海、北京、天津三个直辖市和广东省。"如果按（中国）七大地区排名，东北的城市率则领先于华北、华东、华中、华南、西北和西南。"（注：刘岩《历史·记忆·生产》；华中，一般指"中南大区"）这个有趣的问题就是，东北既然有这么高的城市化率，拥有发达的工业文明，或者说有着广泛市民基础的城市工人阶级，为什么工人文化和市民文化的影响力远远弱于农村文化的影响力？产生标签和符号意义的反倒是来自于农业文明的东西，比如赵本山，比如二人转，比如喊麦直播之类。哪里出了问题？

这也是东北经济和社会活跃度不高的一个结果。其他实在没有什么东西可说了，人们最终就只看到这个。东北娱乐界一向领风气之先，从评书、相声到央视春晚，再到一些流行歌手，包括标志性的歌手李春波、艾敬之类，都与沈阳和东北文化有关，但那时沈阳标签多，人们不会把它视作唯一标签，如今只有这一个，看起来就是东北文化的全部了。说是幸存者偏差也可以。

但如果更深入地探讨一下，会产生一个有趣的问题。那就是工人群体组成的社会到底是一个什么样的存在。

社会学学者李汉林研究中国单位现象多年，发现一个秘密：中国的单位作为一种典型的都市里的村庄，带有浓厚的乡土气息。（注：胡伟、李汉林《单位作为一种制度——关于单位研究的一种视角》）

"每个单位人总是根据他人对自己的亲疏远近以及重要性程度来决定自身的行为方式和行为态度，并以差序格局的方式来构造自己与他人的关系。"这个"差序格局"理论来自于中国社会学鼻祖费孝通先

生,他在《乡土中国》中第一次用同心波纹和差序格局来说明中国社会的农业文明究竟是怎么回事:

> 我们的格局不是一捆一捆扎清楚的柴,而是好像把一块石头丢在水面上所发生的一圈圈推出去的波纹。每个人都是他社会影响所推出去的圈子的中心。被圈子的波纹所推及的就发生联系。每个人在某一时间某一地点所动用的圈子是不一定相同的。
>
> 我们社会中最重要的亲属关系就是这种丢石头形成的同心圆波纹的性质。亲属关系是根据生育和婚姻事实所发生的社会关系。从生育和婚姻所结成的网络,可以一直推出去包括无穷的人,过去、现在的和未来的人物。我们俗语里有"一表三千里",就是这个意思,其实三千里者也不过指其广袤的意思而已。这个网络像个蜘蛛的网,有一个中心,就是自己。

在单位里工作、生活,特别是生活过的人,对费孝通和李汉林的描述应该都不会陌生。沈阳恰好是集中国单位之大成的地方,本来就是由若干个单位组成的一个城市。所以你也可以替换成:它是若干乡土社会的集大成者。

我们理性地去分析沈阳的城市扩张历史,沈阳真正进入现代城市至今不过一百年左右。工业革命以来发展壮大的城市,大多以工业或者制造业为城市扩张的引擎,而其缘由无非就是离资源近、离劳动力近、离交通中枢近这几种情况。这一点上,沈阳以及东北的老工业基地,不管是由于日本,还是张大帅,还是引了苏俄资本进来的中共当局,都一样。沈阳尽管早有"盛京""奉天"这样的名号,但真正进入现代文明，以现代城市的方式发展，则要到晚些时候，它依赖的是铁路交通带来的便利，人口的大规模引进，奉系军阀、日本、苏俄与中国资本的先后进入，以及由此迅速形成的工业基地。其发展之快，从雏形到形成规模，大约也就用了不超过四十年的时间——从20年代到50年代。与深圳速度相差不多，不同的是，它横跨多个政府。

大量工业人口的进入，让沈阳膨胀为一个特大城市。到1983年，全民职工125.3万，集体职工76.7万，当年的统计数字表明每个人要负担人口1.55个，也就是说工人阶级覆盖的相关人口是313万。而当年沈阳总人口不过521万。（注：沈阳市统计局《1983年国民经济和社会发展计划执行结果的公报》）

但是——这是一个重要转折——城市并非建立起来若干个大工厂，吸引几十万上百万的劳动力进来安置好就算成功。在第一轮的产业工人进驻之后，还要再经过几轮转型和变化，一个城市才最终成熟，或者说成功。

这一轮转型同样有可能失败。失败的先例还不少。

从80年代开始，对于整个东北老工业基地来说，有资源枯竭的问题，有产品市场的问题，也有设备老化难以适应需求的问题。对于沈阳来说，除了以上这些问题，还要加上一个更重要，而往往被忽略掉的问题：它需要继续城市化。

这个继续城市化的过程，包含于那个著名提问之中：城市到底因为什么而存在，是消费还是生产？

一个城市依赖于某个阶段的制造业而兴，而制造业的周期和经济周期，甚至一个企业的生命周期——不论它的所有制形式是什么——都有可能让这个企业陷于困境。接下来发生的就是制造业的转移，它有可能发生在代与代之间，有可能发生在族与族之间，也有可能发生在城乡之间。每个城市竞争力不同，同样的"乡"——农民工进城，有可能是进入深圳，也有可能是进入沈阳。制造业先天存在不确定性，单纯依赖产业工人完善一个城市，存在风险。

工人阶级理论上是城市的中坚力量。他们不一定在财富意义上成为中产阶级，但在社会地位上却是不折不扣的中产阶级。当工业不景气或者制造业转移之时，或者因为产品升级换代需要寻找新的生产基地，抛弃原有的正在年龄和技术上丧失技术竞争力的传统工人，将技能培训的成本倾斜于年轻的新工人时，等待传统产业工人的就是失业。

举个东北之外的例子。即使在中国加入世贸组织之后，纺织工业仍旧是中国在全球最具影响力的支撑性产业。但是对于传统纺织业重镇上海来说，不论是厂房、企业、工人，还是软件性质的管理能力、人才储备、对行业的理解，都统统不再具有竞争力。另起炉灶白手起家的珠三角、长三角甚至山东等地的纺织代工企业，却表现出相当的活力。

这种制造业的转移，对于像沈阳这样的城市来说，意味着失败的无可挽回。

曾慕芝和杨淑霞在与我的聊天过程中提过一句六七十年代的俗语："车钳铣，真没比"，说的是三种岗位——车工、钳工、铣工在工厂里的地位无人可比。但到了 90 年代，这种状况就发生了变化。《沈阳日报》在 1990 年 11 月的一篇报道中说"车钳铣，没人理"。该报的记者在思索青年择业的问题。报道中说，现在商业服务业比较热，沈阳市皇姑区招收商服专业学员——就是为未来站柜台做营业员做简单培训——三百三十人，而报考者达二千六百九十九人。在1993年9月的另一篇文章中再度提到这个"没人理"的问题，与之对照的是，"相反，在一些酒店服务员、公司打字员招工台前，人头攒动，显得非常热闹"。

他们注意到了：一是服务业发达，而服务业提供的机会让女性在职场中更有竞争力；二是制造业缺乏新岗位和机会，男人的工作更少。

这是向消费型城市转换过程中的典型现象，也是男性角色遭遇危机的关键时刻。

研究士绅化和美国城市去工业化转型颇有一些心得的莎伦·佐金在《权力地景：从底特律到迪士尼世界》一书中说及在城市去工业化过程中男性的尴尬境地，服务业在城市转型过程中还可以产生新的就业，但这些女性的兄长则只好眼睁睁地看着女性在经济收入中占据越来越重要的位置，而他可能只能逐渐沦为一个失业救济金的领取者。

这与在《沈阳日报》上看到的"车钳铣，没人理"一样。去工业化不可避免开始出现的时候，男性遇到的麻烦迅速影响了其在家庭中的权威。而女性潜在地获得更多机会——制造业减少之后，信息产业及依靠互联网技术投资全球的金融业兴旺发达，催生出大量新式承接业务，如快递、数据录入等，"为在商业街工作的核心精英提供支持，从事简单作业的事务员、清扫员、便利店员、餐饮店员等也必不可少"。一般认为，一位核心精英的周围，约需五位外围劳动者为其服务。（注：小熊英二《改变社会》）这些低薪劳动岗位，有的成为外来打工者的天下，有的成为城市再就业女性的选择。

这种在全球范围内的城市功能的转移，使得城市——从工业革命算起，现代城市诞生至今不超过三百年的时间——的定义不断被调整。

到20世纪末，去工业化在全球制造业转移的过程中，不断地把一些中产阶级城市塑造成非产业工人为主体的城市。我们回过头来看现在对城市的定义，强调宜居、环境友好、现代服务业，它与工业革命，特别是第一次工业革命初期的笨拙而且污染严重的城市已经不可同日而语了。

据说曾做过纽约市长的规划设计者亨利·丘吉尔在《城市即人民》中为城市定义：

> 社会努力的目标就是，或者说应当是：让城市成为一个可以把孩子养育、教育成为健康正常人的地方；在那里，人们可以找到足以养家糊口的工作，并且有适当的保障，在那里，生活便利、社会交往、休闲娱乐、文化提升等都能够实现。无论从哪方面讲，这绝不是什么乌托邦式的理想，过去和现在已经有很多城镇接近这个目标。
>
> 事实上，大多数人的需求并不是很多，他们也不幻想这些标准有多么高。
>
> 一套满足一家人生活的干净住宅，有自己的私密空间，有一点可供孩子玩耍的场地或者社区活动场所；
>
> 一所好学校；
>
> 一份稳定的工作，可以给家人提供足够的吃、住房、置衣、看病的费用；
>
> 社区内有电影院、保龄球馆、沙龙；
>
> 有图书馆、博物馆、剧场，或者一些位于从属地位的东西。
>
> 这是城市日常生活的主要内容。

色彩斑斓的灯光、拥挤的人群、自由市场的紧张气氛、大都市中奢侈又罪恶的生活带来的压迫感，不过是大型城市中心的表象而已，不是真实的城市生活。

那些东西可能把人们吸引到大城市里来，它们可能让没见过世面的人瞠目结舌，然后把自己住在小县城里的表兄弟叫作"乡巴佬"；它们能够吸引旅游人群或者流浪人群。但是，它们绝对不是城市赖以生存的东西，当然就更不适合小镇。

这看起来真是其乐融融。但仔细看，所有这些美妙服务中不包括体力劳动者、蓝领的工作空间。如果他们在城市空间里没有位置，那他们做什么呢？

总有一代人会在这个转换过程当中，扮演失落者的角色。对于沈阳来说，张晓刚、王平医生的父辈所经历的下岗失业，就是这失落一代的悲剧。他们面临无情的淘汰。他们缺乏经济资源来维持自己的生计；无情而且强大的组织——原来工作的单位——抛弃了他们或者自身也成为被淘汰的一部分，他们的权益没办法得到保障；他们没有足够的社会资本，包括钱、社会关系网络；他们也没有职业技能来展开自救……（注：田毅鹏、漆思《"单位社会"的终结》）

美国大萧条的研究者G.H.埃尔德曾经做过大量针对心理层面的直接访谈和调查，他发现从整个社会的层面来说，男人被过高要求了。大萧条期间的经济受损是结构性问题，但人们还是认为，"只要男人愿意，他就能够找到工作并且支撑起他的家庭"，"失业被看做是道德上的污点，而且失业者中有很大一部分也接受了对于他们的这种定义"。为此，他还引述了简·亚当斯在1932年冬天所说的话："大萧条所带来的最不幸的后果就是：如果一个男人失去了工作，人们就可能指责他是一个失败者。"

在《城市：有关城市环境中人类行为研究的建议》中，罗伯特·E.帕克将之称为"废弃物"："对大城市做过研究的人会发现，我们的大城市充满了废弃物，其中大部分是人，比如那些在工业化突飞猛进的发展中，由于某种原因掉队，从而被其曾为之工作的工业组织所抛弃的男人和女人。"

社会衰落，家中原本的一家之主地位开始受到冲击。一方面，当收入降低，"开源"不成，"节流"就变得越发重要，于是善于节流的母亲的权重开始上升；另一方面，母亲更多地扮演赚钱角色——特别是在城市向消费转型的大背景下，她们抓住了前面说及的为精英阶层服务的低薪外围劳动岗位的机会。

经济复苏或者一个经济体内部的制造业转移，对于城市工人阶级中的男性来说，往往不解决任何实质性的问题。一方面劳动力的转移是被高估的，另一方面，对于已婚并且有住房的中产阶级而言，他们一般很少选择放弃旧有的、已经在贬值的房产，而在另一个房产处于上升期的地方买房，进入当地就业市场——哪怕他具备进入市场的能力。

经过了两轮否定——第一轮是衰败下的养家能力，第二轮是复苏之后的新就业机会——之后，父亲精疲力尽。

失意家庭里会出现更多的争吵。杨淑霞与张岐的生活中充满了争执。张慧娟说，她二哥张晓刚好不容易从西安回来一趟，为了买张火车票也会吵。火车票不好买，杨淑霞说早点去买，张岐去晚了，只能买站票，当妈的心疼儿子，就骂张岐。

这种争吵，让张慧娟心灰意冷，最后在各种逼迫下，她的高考志愿还是从了所有人的意见，选了离家不太远的天津。她对婚姻也不是那么有信心，"我妈优点很多，但生活上很强势，脾气不太好。跟我爸爸吵架，对我们的婚姻观有影响"。

在经历了远在加拿大的家庭生活之后，她有特别的感触了："我也不是特别能理解我爸，但是找了老公，我老公比我爸强点儿。这种男的有很多，没有家庭责任感，你说他就干，不说就不干。"

在《大萧条的孩子们》中，G. H. 埃尔德发现，在经济受损的家庭中，当家庭发生冲突时，孩子们总是站在母亲一边。这个比例惊人：不论儿子还是女儿，都更容易与母亲结成统一战线（51%），它高于谁都不帮的比例（40%），更远远高于站在父亲一边的比例（9%）。而且，母亲在家庭中表现得特别有"心机"，"有意识地把自己为家庭付出的劳动或努力看成是极大的牺牲，看成是一种只有孩子牺牲他们的独立和诚实才能加以补偿的贡献"。比如："本来我用不着这么辛苦地工作，本不需要为了你的教育存更多的钱，但是我这样做了""别忘了，为了你能够穿好吃好我都放弃了什么""想想我为你做的一切，你至少也应该这样对待我"。

埃尔德总结说："牺牲性投入的目的之一，就是寻求他人的爱慕、感激和称赞——感到人们需要自己，自己不仅重要而且颇受人尊敬。"我们的主角，显然各自从母亲那里接受了这样的信息，并认可了它们。

张晓刚无疑站在妈妈杨淑霞这一边。

"我妈跟我爸经常吵架。家里有三个孩子没有不吵架的。现在家里的活儿啊都得互相体谅才行。都是一个人干那肯定不行。我妈还挺能干。"

"我妈工资比我爸要高。关键所有的活儿都是我妈干的。"

"我爸有点偏执。他跟社会脱节。男人不能这样,年轻时候尤其不行。"

埃尔德在 30 年代对父母一代展开访谈和观察,又于 1958 年回访这些家庭,他得出的结论与我们所看到的近似。

在经济受损的家庭中,消费上的冲突、对丈夫不能养家糊口的指责以及更具权威的父母强力贯彻自己意志的企图,是大多数争斗最常见的原因。在母亲占支配地位的家庭中,对父亲的轻视表现得最为明显。来自这些家庭的成年人回忆起往事时,父亲的酗酒状态,长时间的"默默不语",母亲的唠唠叨叨、诽谤和嘲笑仍然历历在目:"父亲在母亲指责他的时候总是一声不吭";"他们不论什么事都要争吵一番,母亲总是胜利的一方";"不论何时何地他们都在互相呵斥——我永远都记得这些咆哮、恐惧和争吵的声音。"

失业是污点。无论如何你失业了。母亲是胜利的一方。这是残酷的现实。

王平承认没跟父亲深唠过,这是一个无法弥补的遗憾,但他还是觉得母亲的韧性、对家庭的贡献和对他性格的塑造产生了积极作用。相反,他的父亲则是个反面案例。

"他要有这么多敏锐的洞察力,就不会是后来那样子了。他是个性格淡泊与世无争的人。说实话,退一万步,你是没有能力与人家争。你要有能力,能不去争?没有人不去,对不?能力没到,你没办法去争。能力到了，你肯定去争。"

他联系到了自己中年那段悲喜交加的人生大洗牌："你跳槽出来，那不是去争？你看不上原来地方，不也是吗？你要是与世无争，你就在原来那地方混了呗。能力到了一定程度，你现在的东西满足不了你了，这就是争。能力不足以支撑你跳出来，你怎么去争？"

"我是这么理解的：说好听的叫与世无争，说不好听的就是能力不足。"

王平为他父亲盖棺论定。

【番外】80年代的短缺生活

进入 80 年代，沈阳人的生活与全国人民一道进入上升通道。多年之后，这不算短的过程被浓缩为一个点，仿佛生活一下子就缤纷而且丰富起来。实际上当然不是这么一回事。它比想象中要漫长。

沈阳人第一次在早春吃上西瓜，大约是在 1985 年，当时个体户已经展开差异化竞争，一个叫苏尧星的人据说在海南岛采购，然后在西双版纳联系货源，用汽车将六万斤西瓜拉到昆明，再用火车运到沈阳，走了十一天，行程万里。这篇出现在《沈阳日报》上的报道讲得有点凌乱，我面对地图思忖良久，也没想明白这是什么样的操作。不过，结果看起来是真实的，沈阳人在阳春三月吃上了西瓜。

1981 年，沈阳人在春节的时候可以吃到新鲜青菜。几大副食商店的蔬菜柜台集中投放洋葱、芹菜、菠菜、菜花、青椒、甘蓝等八九种新鲜蔬菜，而且第一次出现了用小塑料袋包装的芸豆、豇豆、黄瓜、西红柿等速冻蔬菜。

虽然这种进步显而易见，但到了 1987 年年底，豆腐还不是一种想吃就能吃上的食品。沈阳市政府在 12 月决定，将原来计划供应居民的平价菜豆四千吨用于豆制品生产，这样"今冬明春吃豆腐难局面有缓解"。副食部门还特意提醒广大市民，公家生产的大豆腐每板共三十六块,有三十六个明显的方格标志,售价每块0.15元。

注意,副食部门提到了"公家",虽然公家连个豆腐都生产不好,满足不了需求,但在1987年的时候它还是一种质量和信用的保障。"公家"是中国独有的概念,有的时候它就是国家的自称。"公家还能差你这点钱?"你跟副食店吵架的时候,售货员不会胆大妄为到以国家自居,但他可以自称是"公家"。有的时候它是介于国家和家庭之间的一种存在,这是单位体制的一部分。在此处,虽然不过是豆腐这么大一点事,但它所持有的意义是前者,它说的就是国家本身。

那时候公家管的事多,计划经济和国营单位的组合,其颟顸向来天下无敌。托马斯·索维尔在《知识分子与社会》中提到:"苏联时期的中央计划者,有多于2400万种价格要去确定,仅仅这一事实就能呈现出中央计划者所承担之任务的荒诞性。"它为了这些它管不好的事,制造若干管理供应再管理需求的岗位,然后再想办法管理这些体系。"世界上各个国家的中央计划者们已经一再地失败,既有民主国家中的中央计划者,也有独裁统治下的中央计划者。这一点也不让人惊讶,因为中央计划者不可能成为在他们控制之下的所有事情上的专家,哪怕只是胜任者也不可能。"

1981年,终于吃上新鲜蔬菜的那个春节,2月份沈阳市民的粮油供应清单如下:

  精粉每人2斤
  标准粉每人9斤
  大米每人8斤

切面每人 1 斤

　　花生每人 0.5 斤

　　葵花籽每人 0.5 斤

　　豆油每人 0.7 斤

　　香油每户 0.3 斤（注：《沈阳日报》，1981 年 1 月 24 日）

　　是不是感受到了浓浓的过年气氛？这则消息下面还有一篇科普小文章，名字叫《"火锅"怎样吃法》，我们的生活当中终于出现了火锅。

　　我还试图问过几个 1980 年后出生的人，对"精粉"是否有概念，答案是否定的。"精粉"这个词当年极其普遍，普遍到无须解释，就是磨得更精细的面粉，但是现在在互联网上，它已经是个极罕有而且模糊的词语。

　　生活比想象中的要清苦。票证制是一个代表，它比我想象和记忆中存在的时间要更久、更有生命力，在 80 年代的十年间，一直是《沈阳日报》和后来创办的《沈阳晚报》不断提醒大家注意的东西。

　　我们不断看到的，除了买豆腐难，还有买酱难，因为公家嫌这东西利润小，麻烦，售货员都不愿意卖。公家的商店里买不到汽水，私人商贩那里倒是有，公家的饭店里也买不到紧俏的雪花啤酒，但个体饭店居然有卖。《沈阳日报》不断有愤怒的读者来信，批评投机倒把的个体户坏了市场。我相信读者来信基本上是真的，一方面是记者的事后调查证明了这一点，另一方面则是，他们对"公家"的爱直到今天好像也没怎么变化。

　　关于雪花啤酒补充一句。它不是现在的雪花啤酒，那时候沈阳人喝不起雪花，本地还生产黄牌绿牌的沈阳啤酒，或者是散装啤酒。雪花啤酒地位不凡,放在易拉罐里卖。被华润公司收购之后,它才变成难喝的平民啤酒,并被推广给全中国的人。

***

稀缺会制造出因为稀缺而来的好运气。后来台湾人有一种叫作"小确幸"的说法,如果他们也曾经经历过稀缺,会对"小确幸"有更深刻的了解。

我们家的"小确幸"是一辆自行车。

刚搬回沈阳,没有自行车,又无处可买,我爸爸作为一个男人天天坐公交车不够男性气概,也贵。天无绝人之路,一位亲戚在沈阳自行车厂,生产著名的白山牌自行车,当时以质量差而闻名,是沈阳轻工业的代表品牌之一。我们沈阳可是生产机床以及所有重型设备的地方,生产这种小玩意自然不在话下,但要保证质量,可是挺难的一件事。话说中国的自行车业刚起步的时候有三个著名生产商:上海的永久,天津的飞鸽,沈阳的白山,创始人只有一个,都叫小岛和三郎,他一辈子以创业为乐,只创一个业,到哪儿都做制车所。三次创业都成功了。这是题外话。

这位亲戚在自行车厂,并不是说她在自行车厂就能买到车,而是这厂子有一个福利,就是每年会有一次全厂各车间部门的抽签仪式,每个部门运气好的那个人,会得到一个不用自行车票而平价购买本厂生产的白山牌自行车一辆的奖励。

弗克斯·巴特费尔德,70年代末期成为《纽约时报》驻北京记者,他在《苦海沉浮:挣脱10年浩劫的中国》中讲过自行车票的故事:

女工解释说，最后还有一种工业品票，每年元月由她厂里发给，用以购买轻工消费品。用两三张工业品票可买毛线打件毛衣；用半张可买些茶叶，要买辆自行车得花10张，那是个人两年半的定量。但自行车于中国人就如轿车于20世纪的美国人，须臾不可缺，还不能不买。然而光有工业品票还不行，要买辆自行车，还得有特殊的自行车分配指标。厂里近100名职工，每年分配指标只有两辆，可见其之珍贵。

"我们把买辆自行车的机会看得太重要了，新工人一进厂，首先就是找到管生活福利的干部登记买车，有的工人早已买了自行车，一生了儿女又去登记，说是儿女长到十几岁该骑车的时候，登记的号码也该排到了。"

如果三十来年后你在北京领教过摇号摇中一个北京车牌的幸福喜悦，你就能更好地把握这意味着什么。而且，我这位亲戚，是连续两年都抽中了自行车购买机会。这样我爸爸才会如此"小确幸"，否则谁会有多余的自行车呢！

那时候沈阳自行车厂已经开始琢磨为顾客提供多元化的服务，我的这位亲戚年轻貌美，责无旁贷地被指定购买了一辆"燕儿把"二十六英寸斜梁粉色框架自行车，一扫傻大黑粗之传统重工业形象。我爸爸作为中年发福男性，骑这辆车招摇过市两年，我们全家都为此抬不起头。

弗克斯·巴特费尔德还提到了灯泡，我怀疑是中国人把编排的民间笑话讲给他听。不过，以我对笑话的多年理解，有些东西虽然看起来太假，却极有可能是真的。

配给制中最引人注目之处是，买新灯泡得拿旧灯泡去调换。中国制造的灯泡上都盖有序号，工厂用的与家庭用的序号不同，北京用的与外地用的序号有别。用这种区别办法，就能防止人们以欺骗手段拿工厂或外地灯泡去换新。如果家里的灯泡的确被盗了，得到公安局开证明，才能买到新的换上。

***

这种短缺至少持续到1989年，那年已经实行价格双轨制[1]了，但还是有诸多票券在指引着市民的生活。

2月3日，《沈阳晚报》提醒诸位市民"不要忘记买凭票供应的节日商品"。春节临近，有的群众打电话询问这年春节期间凭票供应的商品都有些什么，为此记者从市政府商业办公室了解有关情况。

(1) 从1月11日起，凭4号商品券，每人供应食糖500克；

(2) 从1月28日至2月21日止，凭5号商品券，每人供应中价鱼500克；

(3) 从2月3日起，凭6号商品券每人供应肥皂一条；

(4) 从2月1日至2月28日止，凭4号商品券每大户供应精盐2袋，小户1袋；

---

1 指同种商品国家统一定价和市场调节价并存的价格管理制度。——编者注

(5) 从2月3日至2月7日止，凭5号商品券每户供应蒜薹1公斤。

那一年，不但这些传统票证没有撤离，还多了一些因为双轨制、物价闯关失败而产生的新票证，比如彩电票、冰箱票。这些商品倒是货真价实地供不应求——前一年通货膨胀导致的供不应求：

1988年，每百户自行车拥有量为225辆，增加5%；电风扇40台，增加22.2%；洗衣机80台，增加7%；电冰箱37台，增加117.6%；彩电50台，增加59.6%；立体声收录机35台，增加13.8%，中高档乐器11件，增加37.5%。

这很容易会让人在统计年鉴中得出生活水平迅速提高的结论。但实际情况是，"这种不正常的增长速度，势必严重影响沈阳市的金融和人民生活水平"。另外的数据看起来就要辛酸得多：

1988年沈阳市居民购买猪肉量比1987年相比下降10.6%，鱼下降16%，鲜菜下降12%。人民生活水平明显下降。由此，稳定物价工作仍须加强，居民消费还要正确引导。

1989年2月20日，《沈阳晚报》头版辟了个谣——彩电、冰箱要缴购买税是谣传。文章中说市民传言4月1日起开始征收购买税。沈阳市税务局副局长李天心否认了这个说法。不过，他提到2月1日起已经开始实行"对生产厂家和直接进口彩电的单位，征收消费特别税和国产化发展基金税"。这路数与如今的"辟谣"有些相像之处：4月1日要加税这事是假的，我们2月1日已经加过了。

没见过这种疯狂购物阵仗的市场研究者也有点乱了阵脚，事隔不久，有人预测"我国电冰箱到1990年将饱和"：

> 按国家计划，1990年电冰箱产量的规模是650万到750万台，但是现在的生产能力已经超过1000万台。两年以后，大量电冰箱厂将面临国内市场淤塞，国外市场又无路可通的困难。生产能力远远大于市场容量，已经成为家用电器行业最令人担忧的矛盾。（注：《沈阳晚报》，1989年5月3日，转引自《中外产品报》消息）

习惯于依靠计划经济来规范购买与生产的研究者，还不大懂得以市场眼光来看待人们的需求。要适应市场，还需要学习很多东西。

***

"八大员"据称是中国军队讲究平等的产物。老式军人，官兵不平等，后勤人员与职业军人之间不平等，典型的比如"伙夫"，看起来就很底层。有大人物因此提议，把"伙夫"改名为"炊事员"，"吹号手"改为"司号员"，带兵打仗的叫"指挥员"。类似于司令员，大家都是"员"，以示平等。

几十年之后，中国企业学国外经验，不知道从哪里听说的，说人家看大门的都不叫看大门的，叫"保卫工程师"，觉得这是人家的先进之处。他们不知道，这方面做得彻底的其实是中国军队。再后来，听说星巴克管替你煮咖啡的叫"伙伴",迪士尼乐园里打扫卫生的也叫"演员",据说这样增加了荣誉感,同时提高了他们在公司中的地位。效果是否如此,我觉得没有那么乐观。决定员工地位的从来不是领导给员工取什么名字,而是他做的事能创造什么价值,不管是为他自己还是为社会。

"八大员"再度被关注,是在80年代初,或者说是"文革"之后,这时其内涵已经被替换。2006年中国中央电视台拍过一部八集系列片《我们是光荣的八大员》,现在对"八大员"的解释基本上与这部片子记录的对象相关:售货员、服务员、理发员、驾驶员、邮递员、保育员、炊事员和售票员。80年代他们之所以被关注,就是因为社会地位的提高。

何止是提高。《沈阳日报》读者来信经常有些奇闻逸事,挑战我们的常识。"八大员"系列是其中一种。

> 二月二十日中午,我们在太原街买完东西,来到幽兰园餐厅就餐。进门后,只见四个顾客正在退米饭,因为是凉的。其中有一个顾客买的炒两样(肝、肚)是生的,没法吃。我们买的两元五角钱一斤的饺子过了半小时上来了,先后端两次,每盘往桌子上放时,都撒到桌子上一个。我们特意要一个空盘子查了一下,按规定一斤应付六十个饺子,可只付给我们五十一个。
>
> 最糟的是该餐厅服务态度。一个顾客说,"你们服务态度太差了!"服务员却反唇相讥:"服务态度不好我们能赚钱吗?除了你们,没人说我们态度不好。"我们拿出工作证要找餐厅负责人,服务员说:"我们没有负责人!"

读者梁军最后说：像幽兰园餐厅这样的小馆，该好好整顿一下了。（注：《沈阳日报》，1986年2月）

此前四年，1982年，同样是读者来信，讲的是售货员。同样霸气。

> 五月二日下午一时许，皇姑区辽河副食品岐山门市部肉组柜台，一女顾客嫌肉肥要求换换，年轻的女营业员不给换，发生了争吵。正在这时，一个戴眼镜的男营业员霍地窜了过来，割下一块肉，向女顾客打去，还说："给你瘦肉！"在场的其他顾客无不气愤，纷纷指责营业员这种恶劣的作风。据周围居民反映，该门市部风气不正并非一日，希望有关部门帮助该店转变作风。（注：《沈阳日报》，1982年5月16日）

阿城《闲话闲说：中国世俗与中国小说》里讲北京一个饭馆，1966年"文革"的时候贴告示，称从今之后只卖革命食品，也就是棒子面窝窝头，买了以后自己端，吃完以后自己洗碗筷，"革命群众须遵守革命规定"。同样是这个饭馆，1986年，贴了一条告示：本店不打骂顾客。

"文革"的事在我有直接接触的世界之外，所以看阿城所写，就需要动用一点想象。噢，当年原来是这样的。时间跨了代，或者年龄跨了代，活得久有时候还能赶上跨朝跨代，对很多事的理解就要费些周折。80年代百废待举，有好多事急三火四地往前赶，赶的过程当中难免有些动作变形，成就了许多类似的笑话——我们当时看了义愤填膺，哎，这服务员怎么这样啊！如今看起来，嚯，还有这种事。按喜剧定义，僵硬变形的动作往往会给人以喜剧感。

大东区横街——离沈阳五中不远,有一个国营还是大集体的饭馆,叫新胜饭店。这家店很喜剧。有记者去做调查,发现这单位基本上是在胡来,"生产没有计划,花卷蒸出来没有人卖,放几天长了毛,成筐扔掉"。店里养只小毛驴,每天吃店里做的筋饼豆包。工人要求 10 点上班,12 点才到,晃一圈,吃顿饭就走,临走还要装一饭盒带走。到 12 月,亏损五千多元。一个月二十五天,浪费和损失就达到了五百元。(注:《沈阳日报》,1982 年 12 月)

"八大员"逐渐式微,直接原因是市场供应较之以前更为丰富,稀缺的问题得到缓解。接下来,这种提供市场服务的国营单位也纷纷黄了,或者转成民营。1982 年新胜饭店还能混下去,到了民营饭店也起来的时候,它就没有立足之地了。

"八大员"不在了,却不断有垄断企业出现。沈阳人在这一点上虽然有些愤世嫉俗,但有可能是对的:只要这社会上有紧俏服务,都要先紧着一些有资本有背景的企业先赚一轮钱。到 1989 年的时候,我们的舆论监督已经到电话行业了——"帮安电话的中间人被查出",副题是"市电信局重申,安电话不用走后门递好处费"。

《沈阳晚报》的这篇报道讲了两个案例,都是中间人(注:个体户)拿了好处费,而施工人员尚蒙在鼓里。中间人在接到举报以后,也都退还了好处费——一笔五百,一笔三百。"沈阳市电信局有关负责人重申,安装电话勿须走后门,递好处费。如具备机线条件,用户不用多花一分钱和求人,即可顺利装上电话,如暂不具备机线条件,求多少人、花多少钱,也要等条件成熟。要警惕中间人从中作弊。"

张晓刚二叔张荣家是沈阳最早装电话的那一批人,他家装电话的时候还要自己额外买电线杆子。那时电话不但贵,而且得等号,有的时候还得等线路，凑齐了，你这里就能装了。张荣因为做生意，电话是刚需，所以没有线的时候创造线路也得上，就自己架杆子。

曾慕芝家装电话时已经不用花太多钱了，只要二千多。我装电话是三千三百块钱，请假等电信师傅上门，等了两天，送了两条石林烟还是红梅烟，给师傅们抽，不算坏烟。花费八九十。他们不以为意。

《沈阳日报》当年社会公信力不错，经常登些批评性的报道，有的时候也批评自己。1982年一篇文章标题是"电车汽车公司滥发免票送人情拉关系"，引题是"包括本报在内的近百个单位领取了免票，按通用票价计算，三年使国家少收入二十四万元"。（注：《沈阳日报》，1982年10月21日）很多时候，舆论监督是个态度问题，而不是简单的力度问题，虽然力度也很重要。

"本店不打骂顾客"，现在看匪夷所思，但你要知道，可批评就好办。人人可以批评，所有事就都好办。

第十一章　母亲的社会

曾慕芝的一千零四张电影票

手套对于张岐一家来说，是生意，是穷困生活中的一点希望。对于王平来说，可能代表一双鞋。王宝臣在国营大厂，劳动保障好，发得勤，冬天还有皮手套，翻过来，衬里朝外，可以让裁缝改成一双鞋。

王平说他从小到大没怎么吃苦："我妈卖电影票，可以走后门，逢年过节该有的都有。没有皮鞋，就拿劳保手套改。到初二初三才穿上正经皮鞋，之前都是改的。"

"我妈认识裁缝什么的，有的时候不要钱，满足他看电影。那时候电影票抢疯了，跟不要钱似的。一般在窗口卖票，两个窗口同时卖，两大排。那时候家里没有电视，赶后来家里有电视了，人越来越少，再后来一场一半都坐不满。"王平的妹妹王英解释手套如何变成皮鞋。

"我妈年轻时爱交人。"王英补充。

全家人包括曾慕芝自己都认为她是个不混社会的人，但并不否认她认识的人多。这里隐含着一个逻辑：一个人如果认识很多人，奔走于各种人之间，是为了"家"，那么就不能算是混社会；如果是为了根本不知道或者子虚乌有的什么目的，沈阳话叫"不着调"，那就是"社会"。曾慕芝的所作所为都是为了建设这个家,所以她并不认为自己是一个很社会的人。

现代意义上的"社会"这个词来自日本。这个词在汉语中原本有两层含义,一是典礼表演,二是有共同利益的人们组成的小群体,后一种类似于我们说的"黑社会"中"社会"二字的含义。

在《礼物的流动:一个中国村庄中的互惠原则与社会网络》中,以东北农村社会为研究对象的学者阎云翔发现,在东北,"私人关系被叫作'社会关系',而那些在社会交换的情境(注:诸如婚礼或社区仪式)中活跃的人们则被称为'社会上的人'。""对于村民们来说社会这一范畴并无清晰的界限。在关于北京或者村外其他地方发生的事情的讨论当中,社会一词可能是指整个国家。当村民们在讨论社区事务时,这个术语又被用于指称他们的村子。然而在多数情况中,社会可能是意指某一个体的私人关系这种关系网络。这是身处地方性世界之中的村民们理解关系的通常方式。"中国大多数地区与之相差不多,东北城市比如沈阳更是与之没有任何差别。他用"人情"这个更准确可能也更经常被使用的词语来界定这个伦理体系。阎云翔引用另一位社会学家金耀基的定义:"从社会学的角度来说,人情这个词指的是人际关系,即,同他人共处的方式。"

在80年代,与他人相处,更多被叫作"关系"。反映在社会中,是有关系、会搞关系之类,是王平并不讳言的"走后门",在当年还叫"不正之风"。它们统统是文艺作品和其他宣传活动中批判的一种不良社会现象。但在民间社会,这算是一种能耐。原因只有一个:稀缺。

曾慕芝说:"大东电影院有十来人吧,有放映员、广播员,还有业务员,一场有一千零四个座,这座得卖出去啊,他们一般是组织各单位。那阵儿电影票,是相当值钱,不是钱,是抢,各家都没电视,都上这看电影去。一千零四个座位,好点的,好排的,到时候就没有了。"

因为稀缺,就有寻租空间。这个过程可以视为社会资源的私人化。按照社会学观点,每个人立于世,倚赖各种资本加持——经济资本、政治资本和文化资本。文化资本在以工人阶级为主的社会中大都处于贫瘠状态;每个人都很穷,经济资本也无从谈起;唯一可以说起的就是政治资本,理论上掌握在公家手中,但是可以成为一种交易标的。

社会上吃香的是之前提及的"八大员",他们本身政治资本不高,但手中掌握着一定的分配权力,哪怕只是分配的优先权,也足以提升自己的政治资本。

延伸一点说,我们这本书所描绘的,是有上升愿望的第一代人——王医生和张医生的父辈们,他们大多来自于工人阶级,拼命想实现的无非是让子女在文化资本上占据优势,这是他们让子女好好学习的最重要动力。我们在本书中无暇顾及的另外一种社会底层人士,尤其是那些学习上无望积累文化资本的年轻一代,他们对经济资本的渴望更迫切——在没有政治资本和文化资本的情况下,一个人希求富裕或者想改变生活处境,经济资本就变得越发重要,结果就是他们往往过高强调"本钱"的作用,为此不惜铤而走险。

对于普通的劳动者来说,如何掂对手中的社会资本,就是一个如何运用技巧和能力改善自己和家庭处境的问题。对于曾慕芝来说,唯一可以考虑的是当时还紧俏的一千零四个座位的电影票。

"买肉要肉票,一个肉票只能买半斤肉,认识人的情况下,你可以买两斤肉,付半斤的肉票,钱还是要花两斤的钱。副食店会核对卖货的钱,但票相对来说要宽松一些,差一点可能关系不大。"这就为"走后门"留下可能性。当然,曾慕芝要交换的可能就是让对方更容易买到电影票,或者留下电影票的好位置。

曾慕芝与副食店的熟,让王家生活更有品质,也让王英儿时的美好回忆中保留了脂肪的香气:"肥肉,肉皮也炖了吃了。肥油,做成油酥。小时候爱吃。熬出来的荤油凝了,收好,整菜放一点,香。"

不止于此,小时候推着王平和王英上学的倒骑驴,轮胎质量不好,总去环卫所补车带(注:车胎),师傅们也都愿意帮她免费修。

关键是要建立起网络,而不是总想着"一把一利索"。沈阳人批评人不懂社会中有一条就是这样,"用人朝前,不用人朝后",关系要走动,要维持,要勤打电话,保持熟络。曾慕芝说她三哥有文化,是离休干部,三嫂去世的时候,连他儿子电话都没有。"我这都有,闲着没事打个电话。""孩子结婚张罗喜事,我买东西。要票,不好买,我帮他们联系。"

1993年退休之后,曾慕芝还卖了一年挂历,在马路湾市场,赚一两万块钱。那也是在电影院做业务的时候,结识的各个单位里工会的人,帮着推销掉。那时候,挂历是人际关系润滑剂、岁末送礼佳品,有条件的单位都会给职工发挂历——这是效益好的标志,职工可以拿着挂历送给上学孩子的老师、售货员等各种需要打理的对象。

王平经常提及妈妈的付出,感恩之情溢于言表,这其中既是肯定贡献,也是觉得妈妈辛苦。而对父亲持偶尔的怀疑态度,也是源于父亲王宝臣在"人情"上表现得不够有"进取心"。王平夸奖父亲,在舅舅们都不愿意照顾姥爷的时候,做姑爷的二话不说把老头儿接过来,星期天还领着姥爷去浴室洗澡，善良厚道。但他没有解决最迫切的问题：房子。

曾慕芝抱怨黎明厂福利不好，也是因为房子太小，而这与王宝臣在争取福利中的"不上心"有关。曾慕芝准备好了钱让王宝臣去给管事的人送点礼，王宝臣不愿意去。

而且从她的叙述中我们也能看出，是曾慕芝拿着申请去找黎明厂的总务部门要房子，而不是王宝臣。

——我爸，搁俺家住着，老年人来了，得增加房子啊。
——谁的爸？
——我的爸。上面写着呢。
——不行。工人王宝臣的爸才行。

1984年，王家的房子从九平方米调到十七平方米，四口人，十七平方米刚好压在人均四平方米的线上。这是中国福利分房的硬标准。1988年以后王平上大学，户口迁到医大，提升了人均住宅面积，王家至此也断了在黎明调房的可能。多来一个老人，低于人均标准了，但老人是常住人口、落户还是暂住于此，其中有弹性空间。

一千零四张电影票也改变了王平的人生。高考报志愿，曾慕芝去求一个总在她那里买电影票的人，沈阳一所市属大学的学生处处长，还送了礼，他说："想考医大，你就报六年制吧，还能出国。"曾慕芝信了。这个人懂行，但不了解新变化。隔几天又问另一个动迁办的老头儿，五十多岁，新消息快，他跟曾慕芝说："就差一年，你为啥不考七年制本硕连读呢，也能出国。"曾慕芝又开始动自己的关系，找人改志愿,最后终于得偿所愿。王平的人生走向这一轨迹。

不只职业生涯。"王平这个对象吧,还是我给介绍的。我领着人去的,还有一个介绍人,是他对象嫂子的同学。总去我们电影院看电影。"王平与太太李丽认识的时候已经是大学六年级,1994年,曾慕芝已经退休,电影院的生意也大不如前,但关系还在,网络还在。妈妈带着儿子去相了亲,觉得这人行。本科,名牌大学毕业,朴实,穿衣打扮不妖里妖气的,很善良,就定下来了。1996年,王平与李丽结婚。

王平为此总结,太太得感谢他妈。而至于前面那个故事,虽是遇到贵人了,但机会都是留给有准备的人,贵人也不会从天上掉下来。这是平时人情世故经营的结果。

对此阎云翔也有总结:"人情代表着社会接受的、正确的人际关系,对人情的触犯被视为严重的错误行为。"我们以往有错误认知,总是把福报系统和"贵人""小人"当成一种封建迷信,但实际情况好像并非如此,它是"人情"的一部分。与曾慕芝聊天过程当中,它以各种方式出现:

卖团体票,给你一千零四张票,你得给一千零四张票的钱。分片。三个人,抓阄分的片,你是这片我是那片。咱有一个谁,去你那片卖去了,你说回来跟她生气不?领导说,你怎么跑人家单位去了呢?她老上我那儿,不愿意去远道,找近便的,懒人吧,远道不爱去。我被逼得就骑个车去远的,马官桥、东陵什么的。真有那样不讲理的,后来有病去世了。哈哈。

大势谁也挡不住。王英作为一个旁观者,看到电影被电视冲击。

全世界也是如此。中国稍有不同，因为盗版录像带。电影行业是宣传和文化事业，转身慢，当观众兴趣已经从说教转移的时候，行业内的还没有意识到整个体系在发生变化。录像带租赁到后来的VCD和DVD，把观众从电影院里彻底清除了出去。国外的录像带租赁多少会回到电影行业里来，而中国的整个电影行业与此无关。人们需要更多可看的东西。

但这也不是致命的。电影行业在90年代被击垮另有原因。在曾慕芝看来，电影开始受到冲击，但电影院还过了一段相对来说过得去的日子。电影院真正不行，是单位不再包场看电影的时候。

电影本来是给个体观众看，在电视和录像的冲击下，个人观众整体损失掉了。但中国院线体系收入大头是单位服务，有闲钱的单位每年都有工会预算，如果想不出太好的去处，那就给大家包场看电影。这推动力无非是两个，一是工会协助宣传部门的宣传需要，二是这是最透明而且省钱的员工福利。"那时候有团体，宣传员，你组织来，你管工会，你有五百人，你就猛劲组织，给你回扣。半个月工会得组织看场电影。有时打电话，有时不打，除了像二〇四这种自己有文化宫的，我们都有联系。一个月跑十来个，有的远有的近，近的负责人不在，等一会儿。那时候单位效益都好，拿点钱看电影，白给职工看。"

单位不行了。这笔钱消失了。沈阳电影院的生意也就完了。

1993年，曾慕芝也快退休了。

能人杨淑霞 14 岁在大东边门买了房

张晓刚回小津桥他爸妈家时,看到杨淑霞正在楼下院子里,和十好几个看起来平均年龄有 90 岁的老头儿老太太聊着呢。"我妈跟谁都能聊,那些人都坐轮椅了。以前也这样,没有文化,许多话说。她在她的层次上也还行。"

张晓刚说他妈记忆力好。有一次他觉得要聊过去家里的事,应该找他妈妈,但转念又有点犹豫,这两年他妈有点喜欢虚构,有些事他明明是记得的,从他妈嘴里讲出来完全是另外一回事。明显是瞎编。

中国孩子都会面对一个经典问题:你像爸爸还是妈妈?从长相身材到音容笑貌到性格情商。王平一口咬定自己性格像妈妈,并将之总结为"执着"。这在王家基本上是定论。张晓刚家复杂,他们家里互相评价谁像谁的问题,就是一笔糊涂账。妈妈认为女儿像爸爸;大哥认为妹妹像妈妈;妈妈认为两个儿子更像她;女儿也认为二哥像妈妈;而二哥张晓刚觉得自己跟妈妈不像:他内向,他妈能聊,活跃,不是一回事。

在互相猜测和定位中有一个重要原则:"像爸爸"在张家意味着一种歧视。基本上还会直接演化为一种武器,用以打击对方。所以妈妈在说女儿张慧娟像爸爸的时候,已经是非常严厉的批评了。同样,张晓刚也不会觉得自己像爸爸——这简直就是对最疼爱最宠他的母亲的背叛,虽然我作为旁观者,觉得他的随和与达观有很多他爸爸的影子。

"像妈妈"的情况就比较复杂,总体上来说,达到妈妈的要求,或者达到妈妈的水准,意味着这是他的成功,是最高的赞扬。如果没实现妈妈的要求,没有付出像妈妈一样的努力,这在张家是一种没有上进心的标志。妈妈既是核心原则,又是最终裁判,即便对妈妈的诸多处世原则有诸多不满,唯一的反叛者张慧娟也要用是否"像妈妈"来衡量自己和两位兄长的人生。

张慧娟认为张晓刚受妈妈影响最大:"坚韧不拔,就是我妈身上的。我有一点,但没有他那么多。他很有韧劲。"这是张家家风中自我批评的一种,与妈妈相比不够努力或者不够勤奋,这个观念很多时候是来自于母亲杨淑霞自己,但也是全家要求的一部分。"我二哥遗传我妈的优点还是挺多的。不服输,特别勤奋,一件事没做好,我还要做还要做,直到我一定把它做好。特别努力。"

杨淑霞拥有克里斯玛型人格。确实如此。

1958年6月,14岁的杨淑霞跟着老叔家的三姐来到沈阳。父亲临去世前预言的两点正在发生:前面一个是"人得有文化",杨淑霞因为没钱而辍学成了终身遗憾;另一点"得想办法到沈阳,城里发展比农村快"则成了最后一根生存稻草——没有办法的办法。

那一年在中国历史上的标签是"大跃进",是公社食堂和大炼钢铁。实际发生的事当然多种多样,影响波及也不可谓不远。比如,那一年多时间里,工业大跃进让城市里多了两千多万进城农民。以当年中国的城市化率,这是一个相当大的数字。当然,这个大跃进中的城市新增人口大部分在几年后又被赶了回去。《失落的一代:中国的上山下乡运动(1968~1980)》中记录道:

> 关于从1961年起两千多万"大跃进"期间(1958~1960年)准许进城的农民回乡问题,毛泽东曾经说过:"我们的人民,我们

的干部，好啊！两千万人，呼之即来，挥之即去，不是共产党当权，哪个党能办到？！"

杨淑霞抓住了这个后来被称为"窗口期"的机会。户口制度在这一年年初推出，很快就要大范围推行，再晚一点，人口流动管理会更为严格。一年以后开始的大饥荒更是把饥饿的农民限制在当地坐以待毙。

招工的地方不少。杨淑霞看上了黎明，国营兵工厂，得考试才能进。杨淑霞找了黎明认识的人，拿到提纲，在家复习，考上了。面试难住了她。两个硬指标不够：要求年满18岁，她在报名表年龄栏填上"18"，虽然看着不像；要求体重在八十斤以上，杨淑霞瘦小，不到七十斤，穿了带兜的衣服，兜里搁俩石头，被人看出来，其实拿了石头也不够分量。杨淑霞只好回家哭。

又听说第五印刷厂招工，在大舞台那里。人家还是不相信干巴瘦的杨淑霞真有18岁。杨淑霞跟人说，我要是在这儿干，行你就用我，不行你就辞我。人家还是不放心，第二天老叔找到厂长说："这丫头挺苦，别看她人小，但她挺聪明。"就这么留下来。厂长说："你能跟上学徒工，就给你留下。你要跟不上，也别怪我们不讲良心。"

这天是1958年9月2日，杨淑霞出生在1944年阴历四月十七，阳历是5月9日，她上班那天是14岁零4个月。杨淑霞争强好胜，这种性格大概从此时开始显露。工厂要求六点钟上班，她五点半去，打扫卫生，拿笤帚就扫。"两个月我就转正了。我会来事儿，我师父张伟明，他吃完饭我把饭盒都给他刷了。我三年学徒，学得快，两年，新机器来了，缺司机，就把我提拔上来了，两年徒当司机，三十块零五毛，一级工。"

工作的第二年，还没满徒的杨淑霞攒下四十块钱，跟老叔家的二哥又借了二十块钱，凑了六十块，在大东边门买房了。15岁的杨淑霞建立起了一生的自信。"现在15岁小孩能上班吗？15岁能给妈户口办进来？还得给我弟弟办上学的事呢。"

下窨房（注：地下室），不大，进门就往下走，六十块钱买不到什么好房子，有个院子，可以养鸡和猪。这不重要，重要的是可以把弟弟和后妈接到沈阳来。这事越往后越成为杨淑霞人生中最得意的一笔。叔叔大爷劝杨淑霞仔细考虑，要是后妈到沈阳找了合适老头儿，就走了。杨淑霞说她小，不明白，但关系处得好。照顾弟弟上学，帮着做饭，靠她那三十块零五毛的工资。

家在大东边门，上班在大舞台那儿，每天背个小布包，不坐公共汽车，自己走。穷，省吃俭用，不知道什么是炒菜，每天就是吃点咸菜疙瘩，齁咸齁咸的。供弟弟念书，不敢搞对象。21岁的时候，师姐关素琴请她去大南门家里，预备好饭，不一会儿转业兵弟弟来了。见过面后向她提亲。

杨淑霞想了两天没同意："我家太穷了，现在不能搞对象，我得给我弟弟念完书才行。"

弟弟还算争气，初中考上六中，又上了商业学校，分到第三粮库，单位很快分了房子，这时杨淑霞才把大东边门的下窨房卖掉，卖了一百二十块钱，悉数给了后妈和弟弟。

过了六十年。杨淑霞现在住在小津桥旁的高层小区，一百零六平方米。住了七年，公摊面积大，买时才六千块。杨淑霞的退休金两千九百多元,张岐差不多,两千九百九十五元。现在杨淑霞平时在家,跳舞扭秧歌,七点钟肯定到外面走去,十点半再出去晒太阳,十二点回来吃饭。吃完饭睡一觉。能上网,微信上有十来个群……一天乐子很多。

张晓刚说:"你知道我妈最大的爱好是什么吗?是夸他这几个孩子,不论场合,而且许多都是虚构的。多尴尬的场合都会讲。肯定是为我们骄傲,而且你看她那些同事啥的,有老伴儿的就她一个。你别看我爸那样,那也是一个伴儿啊。其他的人老伴儿都没了呗。老年人心态挺好。"

杨淑霞对自己评价是,长相一般,但有福相,脸有笑容,瞅时间长了,越看越好看。能力强点——此能力泛指所有,方方面面,单位人给她起过外号,叫"活驴",不以为意,觉得是赞扬。自称不知道累。

"我年轻能干,手快,要不然咱比和面包饺子。我沃尔玛包饺子第一。过去包饺子锻炼出来的。"杨淑霞在沃尔玛周末促销活动中得了包饺子的第一名,她津津乐道,引以为豪。

> 咱们社区在沃尔玛包饺子,我得一等奖。那时候十块二十块都了不得。有个男的看我包饺子,问,大姨啊,你是不是受过训练啊。我说包饺子,受啥训练。完了我包多少自己拿多少。一等奖是个大手电。包粽子是二等奖,别人包三个五个,我包七个,大粽子。拿回来我再洗吧洗吧,那么多人,那不埋汰啊?重新包出来十个。(社区)书记说,你看看人家包的。包粽子比赛,包饺子比赛,都行。踢毽不行,腿短。

杨淑霞认为自己总是有贵人相助，命好，于社会上有人帮，三个儿女个个都了不起。人生有成。儿子张晓翔现在分析，她14岁到沈阳，拖家带口，所以必须强势，这是环境使然。

"我这个历史太苦，一个小丫头，十来岁，混到现在，一步比一步高。"

我跟她聊了两个上午，沃尔玛包饺子大赛第一名和15岁买房、把后妈和弟弟接到沈阳一样，属于杨淑霞一生中的光荣时刻。事后总结，个个精彩。

"别提了，我当姑娘那时候为啥肚子大啊？吃完晚饭就糊信封，一糊就糊到半夜。有时候糊一半就睡着了。人家要得急。糊得快才先给你。你糊得慢人家给你吗？"

糊信封是杨淑霞生活中的大事，贯穿她的职业生涯始终。也是她衡量自己人品、受欢迎程度、社交能力、工作执行力、调动资源能力诸多素质的试金石。

到第五印刷厂上班没多久，工会主席对她挺好。"糊信封给小杨吧。家里条件不好。"这不是随便一说，这相当于困难补助。当时工会给困难职工提供帮助，方法之一就是把一些外包的活儿发给他们。

糊十个信封，给两分五厘，一千个，挣两块五。"你知道我一个月糊多少？七十！七十块钱！"有人嫉妒，继而猜疑杨淑霞做了中间商，把活儿又派出去了。发信封的人也将信将疑，担心明珠暗投，枉费了工会关怀的一片苦心。厂长对杨淑霞也好，为此生了气，规定凡是在厂子糊信封这些困难户，在厂子里比赛，谁糊得快，就给谁。糊信封车间的主管盯着杨淑霞，"眼睛还有点斜"，拿脚比画着她："你怎么糊这么快？没在我们这儿干过啊。"杨淑霞答："糊个信封，有啥技术含量啊？不就是手快吗？"

有一次我跟张晓刚探讨游戏。他说他不爱玩这东西，玩过一个，金山出的关卡游戏。最后一关玩到一半死机了。"我还想了好多办法，用风扇吹。那玩意儿需要智商吗？不是锻炼手速的吗？怎么成了锻炼脑力的了？你只要摸索到方法，就能找到规律，一次就过去了。"他们家里的人都说张晓刚像他妈，这两句话说得倒是真的跟他妈妈很像。

手速是杨淑霞的优势，第五印刷厂经常有技术练兵比赛，有一个就是撅纸，一大厚摞，数一共有多少张。杨淑霞每每都是赢家。为此而涨了工资。那时候涨工资，一百个人里涨两三个，杨淑霞就是靠这个涨上去，跟她一起去的三姐干活没有她快，"她退休金没有我高"。

也因为手快，做什么都快，杨淑霞加入了中国共产党，当上了车间主任。在第五印刷厂工作三十七年，车间主任做了有二十年。印刷车间往机器里递纸，一天递一万多张，能挣二十块钱——那已经是挣补差的时候了。

我去她家里，她到处找张晓刚奶奶的照片找不到，但说起糊信封，随手就翻出来各式信封，现在的人不写信，但档案袋之类的东西还有点市场，最多的是各个银行装钞票的现金袋，杨淑霞给我演示每个细节的工序——怎么才能做出一个完美的信封，里面恰如其分地装进一万块钱。

没白天没黑夜地糊信封，糊到挣补差的90年代。那时候这些额外收入可以让杨淑霞每月挣上八九百块钱。给她打下手的，从最初的继母、弟弟，到后来的张晓刚兄妹三人。做到61岁，已经是新世纪的

2005年，再往后家里人不让她做了，"咱不差那一点钱"。其实如果再往下做，钞票袋子也越来越少，这一行当真正成夕阳产业了。

做这么久，当然是因为穷。最初七十块钱的收入意味着每个月要糊二万八千个信封。这不是一个轻巧的活儿。

弟弟上了六中，再上商业学校，毕业了，有了工作，但并没有让杨淑霞轻松下来。不过终于可以搞对象了，有人介绍了住在魁星楼的张家老大，张岐。那时张岐的父亲被定成反动资本家，这一家人的成分是最差的；张岐之前因为没钱辍学回家；正在担心全家被赶到农村去……张家处在运势最低点上。而杨淑霞在谈及自己苦难一生的时候，也不小心说到一点可能的实情："别提了，我这一生不容易。不靠爹不靠妈，自己奔波。寻思找个靠山吧，这个靠山还靠我。"

1967年结婚，1969年老大张晓翔出生，1971年又生下张晓刚，本来计划不生了，但输卵管结扎没做好，又有了张慧娟。一下子成了五口之家，张岐在皇姑那边的一个变电所做电工，倒班，生活能力不怎么强。发了工资就买书买肉，杨淑霞发现指望根深叶茂的张家来让生活有所缓和是一件不可能的事。穷困依旧。

这是杨淑霞一生所要解决的最重要的问题。阴影笼罩一生。穷困生活，像14岁时一样压迫着她。她的人生中所有创造力都跟"穷困"这两个字有关。

"我妈四点钟起来做饭，晚上九点钟睡。天天这样。"张晓刚在还没弄明白我要写一本什么样的书的时候，就已经开启了赞不绝口模式介绍他妈妈。四点钟包包子是他们家的家族记忆，每个人回忆幸福生活都会从四点钟妈妈为他们包包子说起。

我们家俩男孩一个女孩,都特别能吃。记着我们家小时候,我妈把伙食调配得可好了,虽说吃的没水果,就扒堆的水果,苹果啊梨啊,把烂的给削掉。小杂鱼,便宜的。早上把鱼给煎了。高粱米水饭,臭鱼烂虾,整得可好了。包包子,包那个苞米面大窝头,搁粉条,大萝卜,我们叫"油梭子"(注:油酥,猪油渣),这种东西包馅。可香了。在饮食上,我们被照顾得不错,虽然吃的东西不好,但吃得饱,营养还丰富。

张晓翔最会回忆。他继承了他妈妈做饭好吃的能力,现在也是一个对在厨房做饭特别有感觉的人。张慧娟还记得炸鱼、炸丸子、烤地瓜、糖、橘子、排骨……"小时候养鸡,鸡蛋经常能吃,还是挺愉快的。"杨淑霞在张家大院住的时候养了十只鸡,张晓刚和哥哥妹妹都知道怎么喂鸡、剁鸡食,都得干。

愉快与杨淑霞的勤奋有关。杨淑霞说那时忙到没有时间跟邻居寒暄。"东一把西一把,我们一出谁都不认识我们。有老太太说你最牛,谁也不理。我哪有时间说话?"张慧娟说,她妈妈如果读过书会是很优秀的人,"因为她做什么事,都勤劳、求好、上进、能吃苦",半夜一两点睡觉,给他们做衣服——虽然张慧娟自己长年捡哥哥们穿旧的衣服穿。张晓翔说,他们家所有人的衣服都干净,杨淑霞抱着大盆洗。过年过节的时候,一人做身新衣服。"我妈自己做,以前我们家还有缝纫机呢。后来搬家的时候给卖了。现在后悔了,不如留着呢。"跟那些臭鱼烂虾、烂水果一样,他们家买的布也是些布头,杨淑霞掂对着怎么变出一件说得过去的衣服来。杨淑霞还给他们剪头,剪到初中,哥几个嫌乎不好看了。杨淑霞现在想起来，还得意呢："宝盖头，现在又流行回来了。我有先见之明。"

杨淑霞聪明，自称爱看书，觉得张岐买的那些都是闲书，不看。印刷厂里印的各种材料、说明书之类，看完用得上。有一天，在车间里，肚子疼，她觉得不对，回家都快休克了。张罗去医院，自行车被老大张晓翔骑走了，借邻居自行车，张岐给驮到医大。杨淑霞跟医生说她子宫外孕，医生问搁哪儿检查的，她说自己检查出来的。验血，还真是。像那些传说一样，在杨淑霞的讲述中，医生感慨再晚来半小时，输卵管破裂，人就完了。杨淑霞诊断自己准确，心中更加得意。印刷厂送来支票，百分百报销，歇了一个月，又要去上班。厂长说别人都歇半年，杨淑霞说那不行，病假工资少，孩子念书，需要钱。那是1985年，正是张晓刚初三保送那年。

识别婆婆嘴里的肉瘤，杨淑霞说这也是看印刷厂材料看的，材料上无非是宣传卫生健康常识，身上长东西得注意，长什么地方要观察，长哪里不对，长超过多少毫米就不行了之类，她全记在脑子里。

日子困顿，想各种办法，后来才有逼着张岐收破烂手套换钱，挣补差。杨淑霞打工七八百块，张岐手套换钱，四五百块，加一起一个月有一千多块钱。像张晓翔说，家里满屋都是手套工作服之类的劳保用品，杨淑霞还得挨个收拾，弄利索了才有人收。费这么大劲，一天有个十块八块就乐得不成样子了。杨淑霞说自己在外打工，老板们看得上，对她也尊重，杨师傅给看一看，杨师傅给整一整，全套的印刷业务流程尽在掌握，别人根本搞不定这些机器。"上单位去了，中午不得给吃个饭，给个五块六块的啊。"兴许是我听到这五块六块时表情里流露出了太多的惊讶，杨淑霞还补一句，"那时候不给多"。

钱就这么一块两块五块八块地挣着。到杨淑霞60岁的时候,孩子也都上班了,劝她不要给自己搞得那么累,大家挣钱也都不少。杨淑霞不依。娶媳妇得花钱,嫁姑娘也得花钱。

关于婚嫁,杨淑霞也有胜绩。张晓翔结婚,要给儿媳妇买"四金",就是金戒指金耳环金项链金手镯。人说:"亲家,你定个日子,我们过去,给我姑娘买装饰品。"杨淑霞脑子转得快,跟儿子说:"要买金啥的,你们俩去行,我去也行,她妈去我不去。她要挑两万块钱的,我买得起吗?太高的我给不起。"最后买了五千多块钱的。"这个好。她要说'我就要这个,姨'——那怎么办?"这是杨淑霞的人生智慧,"我叫你控制我啊?你老丈母娘跟着我可不去,一个五块一个十块,人家肯定要十块的。"至今回想,依旧觉得这是一场人生胜仗。

穷困有的时候是一种生活方式,渗透到生活的方方面面,变成人思维和逻辑的一部分。张慧娟说她妈妈有一种忧虑,主要是为了钱。

  我妈没念过书,文化层次差一些,对人的发展、社会发展看得不太懂。而且她有一种忧虑,主要是对钱的忧虑。当初我二哥报军校也是为了给家里省钱,其实我觉得他报普通大学的话家里也能供上。但父母总强调,你看家里多困难啊,家里为你付出多少啊。这给孩子的印象就不太好,因为你总觉得欠父母的。二哥就说那我报军校吧,我给父母省钱了。其实他也不想去军校。另外二哥将来分配,她心里也没数,就是想有个好工作。赶上我吧,我妈就觉得民航好,她心目里最好的学校就是民航。以她的眼光,女孩有个好工作就行了。她不知道社会对于人才的需要。

张慧娟报志愿是他们家遭遇的一场大风波。事后多年，每个人都还试图解释当年的初衷。1991年，前途已经见亮，理性分析未来，张晓翔有航空公司工作保底，张晓刚学医肯定会分配一个工作，而且上学不怎么花钱，只剩下张慧娟上学的费用——王平事后就是如此分析，觉得张家不至于穷到不敢让张慧娟上一个她愿意去的学校。而对于他们全家人来说，只有两件事：一是上学是为了好工作，民航这个工作已经是眼前能看到最好的了，为什么不去；二是谁知道穷困生活还会持续多久，以及还会艰难到哪一步，而在确知所有艰难之前，唯一重要的事说穿了只有一个：得有活儿干。

他们最担心的是这个问题。

杨淑霞长袖善舞，一辈子游刃有余处理家里及单位诸多事宜，事功基础，只有这一个。

乔治·奥威尔有一天终于以绅士身份弄懂了贫穷的含义，他在《巴黎伦敦落魄记》中说：

> 人们往往这样认为，一个失业者担心的是没有收入，其实这种看法是错误的。恰恰相反，一个没有受过教育的人，他工作的习惯已经渗进了骨子里了，他更担心的不是收入，而是工作。一个受过教育的人，可以强迫自己闲下来，不去想贫困这等折磨人的事，借以挨过无聊的时间。可对培迪这样没有办法填补空闲时间的人来说，无事可做时感到的那种痛苦就和一条被链子锁住的狗的感受是一样的。这就是为什么"中途落魄的人最应该得到人们的可怜"的说法纯粹是瞎扯淡。真正应得到可怜的是那些从一

开始就落魄的人，面对贫困，他们的脑子一片空白，不知该怎么应付。

更何况，杨淑霞的担忧在一定程度上是成立的。接下来几年沈阳的国有企业转型，耗尽了几乎所有人的信心；很快发生的一轮经济过热，让中国的通货膨胀率达到1994年24.26%的最高点。杨淑霞和张岐的职业生涯双双陷入困顿，杨淑霞只有很难定期发放的每月五十块的不知道以什么名目发的钱，张岐略好，每月一百二十元。

杨淑霞做的事就是努力维护自己的资源。她引以为豪的自身资源是勤劳和聪明，这让她在过去的社会里与"公家"单位之间建立起一种平衡，现在她的资源面临危机。张晓翔说"我妈挺灵活"，这种灵活表现在某个系统里。现在那个系统出现了问题，"灵活"遭遇危机。生活艰难，杨淑霞脾气越发暴躁，家里常年吵架。

那一年寒假，张晓刚从军校回来。"我这儿子，上大学一个月发三十块钱，春节回来，一进屋，跟我说你过节不用攒钱了妈，然后给我三百块钱。三十块钱生活费，一分没花，给我拿回来的。"

杨淑霞愈发相信，自己当初的选择是多么英明。

与"公家"相处的母亲

曾慕芝爸爸搬到二○四王家住，人口增加，王家想借此增加房屋面积，换个大一点的房子。这事按规矩要王宝臣提申请，然后找黎明的房管处，找车间领导"活动"——这词跟后来的"运作"一样，是沈阳的时髦用语。两个词意思相差不是太大,都要托人找人,最终达到自己的诉求。"运作"显得气势更足一些,想提个一官半职,想搞一些紧俏物资,都可以叫"运作",公司上市算是"运作",这是资本运作;"活动"看起来小,但不妨碍做大事。王宝臣不会"活动",抹不开面子,曾慕芝只好自己去,人家说你爸爸不行,要工人王宝臣的爸爸才有资格增加面积。这事就算了。

在杨淑霞这里,这样的事情还有"活动"的空间,不能这样算了。

这还不是增加房屋面积的事,是张家大院拆迁,杨淑霞家没有地方住了。那时候沈阳拆迁是件需要碰运气的事,这边拆了盖房子,如果没有落脚的地方,可能要颠沛流离上几年。这中间充满太多的不确定性,可能一不留神,没什么资质的开发商资金链说断就断,也可能根本就是一个骗局。黎明厂,那么有影响力的国有大工厂;二〇四,那么著名的地标一样的社会主义工人新村建筑,拆迁时万众瞩目,从大家搬迁腾出地皮到回迁,中间隔了四五年。原来的开发商破产,最后到万科手里才算圆满。

杨淑霞可没打算在外面租几年房子,她也没有这笔钱。心里想出一解决方案,然后去找厂长。厂长说:"老杨啊,咱这厂子动迁的老(多)了,你这不是给我出难题吗?"杨淑霞说:"我这没办法啊,三个孩子都念书。你给我开这点钱,够干啥的,还不按点开。我要提前退吧,你还不让我退。你得给我一点出路啊。"厂长找的解决办法跟她想的差不多:厂子里有仓库,仓库那儿有食堂,还有一个剪头的地方——一个四百人的不大的工厂里都有什么配置也是一件随机的事,因为员工中60%是女工,理发是一件重要的事,所以配了这样一个机构,不过在厂长和杨淑霞打这个主意的时候,那儿已经不再提供服务了。腾挪出一间小屋，十来平方米。"我说行啊，反正我就俩人。孩子都上大学了，在外地呢。把打更的辞了吧，我黑天白天都跟这儿住。打更你不得给人钱啊。"

杨淑霞运气不错，拆迁只用了三年就回迁了。她和张岐在这里住了三年，水电费分文不花。临走时跟厂长说，你给我弄点回迁费啊。厂长不愿意掏，问杨淑霞："你老头儿单位给多少？"杨淑霞说："我老头儿单位看咱单位，咱拿多少他们拿多少。"厂长说："给你三千。"杨淑霞说："三千太少，至少四千，我自己掏钱凑一万。"那时候一平方米三百块钱，杨淑霞看好的房子七十五平方米，三室一厅。厂长说："行，给你四千。"

杨淑霞很得意于与公家打交道的顺遂。她在的第五印刷厂工规模小，跟公家提要求底气足。过去糊个信封这类分配给困难户的小活，杨淑霞游刃有余，仗着自己手快、勤奋，使之成为一笔额外收入。住进厂子的仓库里，解决自己住在哪里的问题——能给厂长出难题，并解决掉，这是大事，考察的是一个人的资历，以及与公家打交道的能力。

"公家"跟"单位"一样，如今不是一个广泛使用的词语了。有必要为它稍作梳理。

"公家"在社会主义计划经济时期，有的时候指国家，有的时候指单位，在没有所属关系的地方，比如国营商店这类，它也可以自称为"公家"，以区别于私人所有的小商小贩，总的来说，它与私人家庭相对。

哥伦比亚大学政治学教授吕晓波对计划经济之后的"公家"做

过政治学意义上的界定，它的起源与"单位"相近，诞生于延安时期——凡是诞生于延安时期的，大多并非完全属于计划经济和苏俄式社会主义，而更多具有中国特色：

> 为了鼓励各单位更为积极地从事"生产自给"，中共中央领导允许单位保留收入的一部分作为集体资产用于扩大再生产和改善成员生活的基金。此后的单位生产活动被直接称为"公家经济"，目的在于积累"集体资产"（搞家务）。这一名称在很大程度上反映了游击战的需求和特点——军事单位分散且相对独立于中央的领导。实际上，从30年代末到40年代末，许多单位都不同程度地拥有自己的资产，例如中共中央直属单位，随后的几年，单位的集体资产还包括金银、股票等。（注：吕晓波《小公经济：单位的革命起源》，转引自田毅鹏《重回单位研究》）

澳大利亚学者薄大伟（David Bray）在《单位的前世今生：中国城市的社会空间与治理》中，受益于吕晓波研究，更进一步界定了"公家"这个概念：

> 在政府－公众－个人这一三元模型中，家庭被清晰定位在私人领域。但是在公家一词中，各领域的划分就不那么清楚了。家庭的概念不再限于私人，而被移植到了公共领域。于是，公家，即公共的家庭，成为一个与主流话语中的"公共部门"中的"公共"所不同的概念。公家一词在延安的使用证实了三元模型本身存在问题，因为在形成中的社会主义社会里，公家并不是脱离私

人家庭领域的社会领域；它是革命者所属的新家庭。就像传统的家庭为家庭成员提供慰藉、保护和安全一样，公家承担了一系列的集体福利和安全保障功能。在这种新的社会模式中，最核心的区别并不存在于公共领域和私人领域之间，而是在"大的公共家庭"和"小的公共家庭"之间。"大家庭"指中央政府及它的各个部委和机构，而"小公家"是指基层单元，也就是单位制的雏形，它们提供了新社会实际运作的基本框架。在传统中国，皇帝就是国家的大家长，这种国家就像一个儒家家庭原型的放大版，而延安的家庭隐喻，也指出了基层"家庭"单元和作为"家庭"的政府之间的联系。

"家庭的概念不再限于私人"说明了公家在共产主义的发展中所扮演的进一步扩张的角色。薄大伟的解释也是在这个方向上论证。这当然是有目共睹的一个方向，杨淑霞得到困难补助的同时，特困和困难家庭这种很私人化的领域，是要受到单位工会部门审查的，也就是薄大伟所说的"集体福利和安全保障功能"的延伸——这在任何地方都差不多，接受公帑支援的前提就是要以牺牲隐私为代价。而在平均主义盛行的中国计划经济时期，隐私是相对不重要的；在稀缺经济、大家普遍都穷的情况下，获得额外资源的好处显然大于对隐私的捍卫。一句话，"哭穷"是一个从收益上值得鼓励的行为。

但这恐怕只是一个方面。它在向私人领域扩张的同时，也向私人领域妥协。这个时候一个有趣的值得探讨的问题就是，"公家"是家的延伸还是单位的延伸。

如果"公家"不是很大，像杨淑霞所在的第五印刷厂，四百多人，它就让杨淑霞有机会驾驭"公家"。相反，王宝臣所在的黎明，几万人的大厂，感觉背后就是庞大的国家，任何人面对的都是科层制的官僚管理体系，实际上少有可以与"公家"讨价还价的机会。杨淑霞在讲述过去的经历时，会有意无意将"公家"人格化，规章制度对她有利的那一面会被具化为某个人的"心好"或者"对我好"，从中可以看出她对"公家"所采取的态度也是个人化的一种友善的态度。就像她跑去跟厂长探讨她是不是可以住在厂里的问题，最后并不是制度解决，而是人情解决。

所以，在对"公家"的理解上，会得出两层结论。第一层，家庭中谁能充分利用"公家"，谁可能就在家庭中更具备话语权。这其中，最直接的就是房子本身。王宝臣在曾慕芝和孩子心目中，被认为不怎么顾家，想换房的时候也不愿意出头，王平甚至认为父亲没有能力去争。虽然他没有能力升级房子，但并不妨碍王宝臣在家中的稳固地位，因为整个家庭围绕的中心是他的单位——他的这个大"公家"要安排全家人的生活；张岐在家中地位不高，子女都有微词，显然与他的单位指望不上、"公家"不可依赖有直接关系，因而家庭中心是杨淑霞而不是他。

这里还有一个额外的变故。杨淑霞带着后妈和弟弟来到沈阳，是外来户，张家在沈阳虽然中道衰落，但有坐地户的优势，张岐至少在房子上有话语权。但无奈，因为家庭矛盾，张岐一家被从张家旧宅中置换到二叔家的一个小房子里，大家庭余荫不在，而且条件变差，让张岐在家庭中的优势消耗殆尽。其后动迁的整个过程，从临时住房到新房筹款，杨淑霞充分利用自己单位的"公家"优势，让整个家庭围绕她来构建生活。

第二层,"公家"在一定程度上可以成为家的延伸,这取决于驾驭"公家"的能力。这一点上,王宝臣因为面对的黎明过于庞大,他赢了第一层,但在第二层上难有建树。杨淑霞驾驭能力不错,在关键时机和场合,资源调配者愿意支持她——就相当于"公家"与她的私人家庭建立起了更直接的关系。你说杨淑霞是赢家也不唐突。

杨淑霞把这个算成她的重要能力。她说自己"会来事儿"。杨淑霞在说到每个对她好的人的时候,都会补充一句自己"会来事儿"的评价。这个俗语解释颇多,通常的意思是对于年龄或者地位高于自己的人,表现出恭敬和讨巧的态度,以此来获得资源。在偏底层的社会中,有时它还表现为"求人的能力"。"我会来事儿。我师父说他们家好几个孩子,都没有我懂事。"有人替她找困难补助的机会,有人替她张罗对象,有人替她想着升职机会。

"公家"有分配资源的权力。这里要注意两个问题。一个是到底什么是资源。我们不能忽略的是杨淑霞漫长的职业生涯几乎完整覆盖了那个稀缺经济时代。在稀缺背景下,任何东西都可以成为资源,就连两张篮球票都能打通分房人的关系环节。另一个是当穷到一定程度的时候,糊档案袋还是糊阿司匹林小药袋之间的差别都会变成财富分配不均的缘由。你不知道什么东西是有用的。这是一种存储破烂东西的思维方式,抢夺资源很重要。

"那老板对我都可好了,"这是杨淑霞说她挣补差的时候,还是依赖她在公家那里积累下的技能和人气,"我也好啊,多干俩点,多给我钱就给我,不多给也拉倒。有时候活急,要得多,挣得多,他就多给我十块二十块。人那老板吃饭了,带的好的,饺子什么的,也会说杨姨杨姨,杨师傅,别自己吃,一起吃点。我这儿有,别的那些打工的都不给。"

靠着这些生存技能和智慧，杨淑霞与"公家"打了四十七年交道。她1995年退休之后又挣了十年补差。杨淑霞也认为自己不是"社会人"，原因似乎跟曾慕芝认为自己"不社会"有一样的原因——她们做的一切都跟自己的家庭有关。额外还有两个原因，一是杨淑霞对"社会"的理解是溜须拍马，"我送不了礼，我自己都吃不着肉，我还能送给别人吗？"第二个是她"会来事儿"的对象大多是"公家"。

她历数各届厂长："上班遇到胡厂长也挺好。还有陈厂长，印刷厂换了好几个厂长，都对我好。车间主任就是往下分活，这活儿怎么干，得给人整好。我是中层干部，上面就是厂长了，开会找你，活儿啥的找你。主要是我干活认真，我指定给人家完成。这样我都能让人信任。"

依赖的路径只有一个，全部精力和智慧要围绕"公家"而产生。当"公家"出现麻烦的时候，也是她开始紧张的时候。退休前后，单位开始崩坏，"公家"出了大问题。杨淑霞有点慌张。

> 我那阵挣补差，张晓刚上学的时候。他爸的单位一刀切回来了，劳保一百二。我们单位吧，不给开支，一个月给五十块钱，我们同事上市政府去闹，到大东这边来闹。我从来不去，我挣补差，挣五百块钱。我那时候一个月里里外外挣一千多块钱。有人检举我打夜班时睡觉，在库房里睡得呼呼的。我说张厂长，你们也不给我开工资，我老三念书，一个月四百块钱，你一个月就给我五十块我，我这孩子饿死啊？我说我要提前退休，他不让我退。

我退了,他又招不进去人。那时候还有活儿,不给钱。三年,一个月就五十块钱。

他(张岐)一百二,我五十,一百七十块钱,我们俩吃饭都不够。我姑娘一个月四百,十六号开工资,二十号我得寄到天津民航学院去。小三在天津民航上学,跟人比啊,你看看谁家谁家,人家妈给买什么了,买的、穿的,你看我这穿的。我说没办法啊,你为啥不上人家去呢。这玩意就是,人家命好,托生高干家庭,你说你为啥要托生我这儿来啊。你瞅人家吃的喝的,我说别瞅,要不你就换个妈换个爹。小三随他(张岐),来脾气,不讲理。压住了,还听话,压不住,不行。

驾驭"公家",显然是个相对的概念。杨淑霞在单位住了三年,省了不少钱,水电费分文不花,她还养鸡养鸭养狗,都在印刷厂里,临搬走还拿了四千块钱回迁费。那时工厂还有四百多人,杨淑霞住进去后又搬进去两户。那两户都是双职工,两口子都是第五印刷厂的。厂长埋怨她,就你给我惹乎事,人家都说了,那女的都可以去住。后来厂长说,人住的是收发室。现在没有空房子,你们要住的话,就自己盖。

杨淑霞确实得到了实际的收益。这是底层社会生活——或者严重一点说,底层政治生活——的一部分。真正大的风起云涌的是额外发生的事,杨淑霞只能瞠目结舌地看着:她的工厂,她的"公家",她经历过的时代。

单位不给杨淑霞开工资,让事情变得诡异:她住在第五印刷厂里,却跑到外面的私人印刷厂去打工。留在工厂里的工人也并不工作,他们忙于游行上访，讨薪讨公道。杨淑霞说她没工夫参与，"我跟你们扯啥啊？"当时的张厂长还拿杨淑霞讥讽敲打那些上访工人："到信访办到区政府去闹，人杨淑霞怎么没闹呢？还是没能耐，我这不给你们开工资，你们到外面去赚钱啊。外面有工打你们就随便。你技术不好啊，谁用你啊？"

杨淑霞在个人印刷厂打工，排版印刷全都得干，"个人公司哪有那么多钱养人，有俩人就够"。所以她可以拿到五百。在第五印刷厂，她拿到的最高工资是一百二。

1995年7月1日杨淑霞终于退休，早在1992年的时候第五印刷厂就黄摊了。"现在厂子还有，都归个人了。原来是张厂长，后来给他弟弟了。都卖个人了。那么大印刷厂，连地带机器，卖了多少钱？卖了四五万。"

杨淑霞的事功与克里斯玛人格

到1995年，虽然通货膨胀率已经达到历史高点，但杨淑霞家的生活终于见了起色。就像零存整取的储蓄，多年的教育投入尘埃落定，三个孩子都上班了，不用再搭钱，还能补贴家里。而且，终于住进了新房子，七十五平方米，三室一厅，与过去的破旧平房相比，宽敞明亮，宛若天堂。最重要的是，按杨淑霞的说法，子女这些单位效益都相当不错。

沈阳人爱说效益。无关隐私，无论两个人认识不认识熟不熟，如果聊到在哪儿上班，下一个问题一定是"效益咋样"。说效益好的，各有原因，一般来说逃不过厂长敢整，发得多。最常见的答案是"效益前两年还行，现在不行了"，这几乎成了标准答案，然后带一句"厂长王八犊子，都搂到个人那儿去了"。比下岗者运气好一点，但也没好到哪里去的，就是还有班上的，"没啥效益，上班混着呗，有钱就能发点，比没有强"，杨淑霞的第五印刷厂可以勉强划到这个范畴里。

效益好的标准在几年间也各有不同，能开支绝对算得上效益好；张岐单位不行，效益不好，一刀切发一百二十元——这是当年沈阳的贫困线，人民政府号称要"死守"的，我在凌志军的《变化》中看到过这个数字，实际上是一百一十九元。那边王平父母，说到效益，一般会说，黎明90年代有几年效益不太好，现在国家重视航空，发动机有订单，效益又行了；电影院早些年效益好，抢票，现在没有人看，电影院都个人承包了，开台球网吧的，个人肥了，单位头头脑脑可能挣到钱，单位赔钱，效益不好。

张晓翔在北方航空公司做地勤；张晓刚已经分配到陆军总院，考了第四军医大学的研究生，第二年将继续学习；张慧娟如期毕业，分到了沈阳空管局。提心吊胆的90年代前五年也算平安度过。张慧娟险些偏离航向，大三的时候一度想辍学重新高考，念一个自己喜欢的学校，如今也偃旗息鼓，先沉浸在收入不菲的生活中再说。

总之心情舒畅，信心重上轨道。对于杨淑霞来说，虽然一生中总有一个不尽如人意的没上什么学的"没文化"标签如影随形，但大半辈子运筹帷幄，家庭事业井井有条。最后几年的职业生涯生出诸多变故，险些失败落伍，如今挺了过来。我见到杨淑霞时，她已经74岁，虚岁75，有一种功成名就的得意。

与家里人聊了多次之后，我替她总结出杨淑霞版"十全武功"。如下：

第一，15 岁在沈阳大东边门外买了一间下窨房，接来后妈和弟弟，并支持弟弟从商业学校毕业，长大成人。

第二，14 岁进入沈阳第五印刷厂上班，工作三十七年，聪明能干，家有三个孩子还能做二十年车间主任，技能在身，是把业务好手。

第三，1967 年嫁给大东门外反动资本家张华阁张家长子张岐，扶持一生。关于她老公，晚年她赋诗"赞美"——外头帅，脑袋空，干啥啥不中。

第四，为张家生两个男孩，一个女孩，将自己的高智商传给下一代。

第五，把三个孩子培养成人，两个大学毕业，一个技校毕业，同样技能在身，是把业务好手。

第六，90 年代国困家穷，率领全家渡过难关。

第七，90 年代动迁，生活无着，解决住房问题，同时拿到一笔回迁费，解燃眉之急。

第八，借助印刷厂的说明书自学，准确诊断婆婆嘴里长了肉瘤，准确诊断自己宫外孕。

第九，手快天下无敌，沃尔玛社区包饺子比赛第一名。

第十，一生介绍五个对象，个个成功而且相伴终生。

关于最后一功，前面没有提及。杨淑霞细数五个案例：民航两个，黎明一个，孩子的舅舅一个，邻居互相介绍一个。"我这人特别正，不像一些人丢三落四，二车车的（注：东北方言，指缺心眼儿，言行不合常理），偷鸡摸狗的事不干。介绍的这些人也都正派，让人放心。"

七十四五岁的老太太，复盘一生，赞叹自己的经验、判断、审时度势、运筹帷幄。她将这十大事功尽数归功于勤奋与聪明，认为归根结底是智商统领全局。言语间透出浓厚的智力沙文主义倾向，克里斯玛人格特征尽显。张晓刚他们提及这些往事，也自豪于此。不过，他们不是旁观者，而是浸淫其中，得失与母亲的克里斯玛人格密切相关。

克里斯玛有一点特别重要——偶像崇拜的排他性。从家庭中父亲角色边缘化这个结果看，杨淑霞为自己争夺精神领袖地位的各种舆论攻势，没有浪费工夫。

杨淑霞会在一段话中密集强调自己的综合素质：

> 我是车间主任啊，排版、看错字什么的，人家社区说你就五年文化，不过字写得真挺好。印刷厂管得严，有四个部门管，江青抓起来那时候，省里来人印，不敢放大印刷厂，人多眼杂，必须保密，如果泄密的话厂子就得关门。一个废页都不能有，成品废品都得对得上才行。我们干的是精细活儿，要不张晓刚哪能干这精细活儿。智商遗传妈，情商遗传爹。

这段话中，先是讲自己职责多，是厂子里的重要角色，对应校对的职责，虽然文化不高，不过不妨碍自己字写得好。接着讲自己工作责任重大，所有活儿必须有板有眼不能出差错。"精细"是个重要品质，同样来自于智商，张晓刚做脑神经手术的天赋理所当然应该算到自己名下。在另一个场合，她还提到张晓翔修飞机也需要精细，同样来自于手巧、脑子够用。张晓刚第一次说"男孩智商遗传自妈妈"的时候,我们说话的语境还是很科学很严肃的,突然冒出这样一个看起来很伪科学的说法,与他正襟危坐说科学伦理的氛围很不搭调。而且他言之凿凿,事后对照,仿佛杨淑霞耳提面命,这理论早已经成为这位脑外科研究领域翘楚牢记的真理的一部分。

杨淑霞相信自己的智商遗传给了孩子们,不过更相信自己先进的教育理念——这当然也是智力的结果——对于他们成长的重要性。

"我们家孩子,篮球琵琶足球游泳,都让他玩。"杨淑霞始终把吉他叫成琵琶,她可以清楚记得这东西当时花掉四十二块钱,但就是记不住它的名字。"晓刚说,妈,我同学都有琵琶,我也想买一个。我说咱买。俺家孩子,游泳打球,参加什么文艺我都让。打麻将玩扑克不让,都不让看。"杨淑霞说家教严格,院里常年有四桌打麻将、打扑克的,他们分头都接到了杨淑霞的警告:"你们要缺手找我儿子,我要是碰上了,我跟你们不客气。你们不缺人也不许让我孩子们过去。"在沈阳,打麻将打扑克总是给人一种无所事事不务正业感觉,这在杨淑霞看来是最不能容忍之事。无所事事最终总是要导向惹是生非,那就不光是虚度时光的问题,杨淑霞须严防死守。

"走正道",在杨淑霞的价值观里包含范围广阔。"咱家孩子从来不喝汽水,凉开水,一人一杯,全给晾上。这孩子得走正道。"喝汽水为什么就是不走正道,这是一个谜。大约喝汽水被视为奢靡生活之一种,而凡奢靡必然堕落。

"我们院七家,四合院,没有一家不夸咱家孩子的。你管孩子咋这么严呢?我说他们得做作业,得学习。咱家孩子不跟别家孩子打仗,就学习。买的小录音机,听学习的。你要想听歌曲啥的,没有。"杨淑霞说到此处，还要顺道敲打一下丈夫张岐，"他的书都是闲书"。在杨淑霞看来，这东西属于麻将扑克那范畴，不是他们家孩子应该热爱的、跟学习有关的东西，其存在意义还不如邮票。

张晓翔对"正道"感受深刻。"初中毕业，我说学摄影，我妈花一百五十块钱给我买个照相机。这都是潜移默化的，把我们往正道上影响。给张晓刚买吉他，我练了没练会，张晓刚吉他口琴，都是自己学的，而且口琴吹得还挺好，能吹出调吹出曲来。"张晓翔引入一个概念，叫"正经东西"，这其中包括游泳和打球。"游泳五分钱一张票，坐车来回两毛钱，那时候两毛钱挺值钱呢，能吃一顿饭呢。就给我们钱，让我和我弟弟去。"

他们家中唯一的反对派张慧娟也觉得在鼓励兴趣爱好上面，杨淑霞做得不错，虽然在公平上略有一点微词。"我哥喜欢什么，都比较支持。给我哥买照相机，他们小时候还会冲洗胶卷。学游泳，给他们买票。二哥得到的支持更多，爱集邮，有集邮卡。买了把吉他，相对来说挺贵的。在那个年代里，她对业余爱好还是很支持的。她希望我们多才多艺。我小时候唱歌跳舞，对着镜子唱对着镜子跳，但是我妈没有培养我。条件不允许。少年宫远，还得花钱。父母特别忙，没空带我去。"

诸多美德被灌输或者潜移默化地传递给张晓翔兄妹三人。他们也会偷偷评估父母作为。张晓翔说有些地方还挺矛盾的——矛盾的一方是家教严格，另一方是偶尔冒出来的狡黠、得意和生存技巧。又过去将近三十年，张晓翔说这是他妈妈小小的虚荣心。可能还有点智力上的得意。

张晓刚心好，有医德。这跟父母尤其是我妈的教育有关系，有的时候我还是挺矛盾这个事。我父母,早晨去买菜,讲价讲下来五块钱,或者给小贩讲下来一块钱,乐得不行,好像占挺大便宜的。教育我们的时候吧,就不让我们去占便宜。你说这事矛盾不矛盾?前几天我去爸妈家,给我买的肘子,她说今天,卖肘子的人肯定少收我十块钱。我平常买都五十多块,今天四十。高兴。

中秋节,小时候,上邻居家去了,人有几块月饼。进来,给你们月饼吃。我们小时候馋啊,给了,回来父母就说,月饼都是很珍贵的东西,不能人家给你你就要。吃月饼也不行。我妈领我和弟弟去人家串门,半道就把我和弟弟放到那儿了,人那家包饺子,就留我们俩吃饭,小时候馋,就吃了。回来了挨顿打。"跟你们说多少回了,到人家别吃东西。现在都困难,有点深沉,别吃!"

在接受访问的时候,杨淑霞当然要把全家最其乐融融的那一面呈现给我,但对女儿张慧娟的生活还是表现出诸多不满意的地方。张慧娟没有按她设计好的路径生活,考上实验中学后,从此调整了看世界的角度,心中所想已经不在杨淑霞视野之内。报志愿时与全家的冲突只是一次爆发。大三时的退学风波,上班之后一门心思想出国,原因只有一个:她想自己看世界。

"小三跟我有意见。人家小饭盒分餐的,我们家就一个盒。人家洋柿子炒鸡蛋,小肉肠了,你瞅瞅咱们家,这么穷,破酸菜炖点排骨就当好东西,你看人家!"张慧娟上学的时候渐入80年代,生活条件已经有所好转,她的大部分同学家中是两个孩子,生活条件也不一样,所以张慧娟从一开始就跟两个哥哥有不同的地方。而到了省实验,她的同学层次更是完全不一样。省实验中学在辽宁大学和辽宁省政府之间，向来是这两大机构的子女上学的首选，与工人阶级扎堆的大东区不可同日而语。

张慧娟能记得杨淑霞许多不合理的地方。"我妈太尖刻了，出语伤人，很多中国家长都这样吧。羞辱式教育。"现在张慧娟在魁北克，所以她不但可以拿两代人做对照组来比较，而且还可以分析中西之间的差异。

> 我现在也骂儿子，但多数时候讲道理，沟通。跟我妈不一样，我妈重男轻女。我妈做错了，不承认。什么事她都是最对的，不能说她不对。我觉得她对外人也是这样，很强势。还是文化水平决定眼界和行为方式。我做错了会跟我儿子道歉。跟我妈不一样。
>
> 她到现在也不承认，我的选择是最好的……她认为女人应该生孩子，责任放家里，一个女孩那么要强干吗。当初不让你考实验就对了，让你上中专好了。你说哪有这样的？你学习还要阻止你。女孩出国啊考研啊都是不对的，出国她也不同意。

"吵架，是我想改变她。我妈应该听我们的，她没扭转过来，意识不到社会已经变了。就像我觉得我儿子比我强，我妈也应该意识到我比她强。"

这个矛盾无解。

张晓刚是杨淑霞最喜欢的孩子。从不添乱，从来都想着如何帮家里省钱，从来没想过职业规划和未来。进军校和学医，对于张晓刚来说也没有什么意外，他只要听话就行。没有自己的想法。若干个小事，听话之间就被做了选择，凑成一起，形成一个不可改变不可逆的大事。等过了好久，张晓刚才会意识到自己对"规划"这个词的陌生。他在从医路上走得非常顺利，这得益于他的聪明好学，也得益于他工作之后二十几年时间里医学领域的迅速发展和医疗事业的扩张。在这个巨大的红利期里，一个勤勉聪明有上进心的人，自然会得到一个相当不错的回报。

还有，值得强调的，是技能在身，这是杨淑霞的子女教育规则中隐蔽起来的一部分。在杨淑霞的概念中，甚至没有太多蓝领与白领工作的区隔，一技之长才是根本——修飞机还是修人脑袋差别不大。这也是张岐在家中地位不高的另外一层原因，虽然他是电工，但无法解决问题。"洗衣机往前跑，我给大儿子打电话，我说这洗衣机怎么自己往前跑啊，大儿子说了，我明天给你修修去。下班没回家，来了，整吧整吧就好了。这灯都是我儿子安的。那时候电工是啥电工。"张岐基本上是她每段话里用来做反面论据的结束语。

"咱家孩子都累。哪个都心疼。张晓刚回家，啥也不想干，就想躺一会儿。你赶紧歇会儿，我给你做。这专业我给报错了，应该报轻巧点的。你看张晓刚这两年老的，都出褶子了。孩子一挨累，当妈的也不行，心疼啊。不是累点，可不是累一点啊。报学医，就是我瞎整呗。这几年净念书了。"

那天说到最后，突然话风变得感伤。

这些事遗憾吗？七十多岁了，生命已近暮年，斗志渐失，希望生活无风无浪，并把这种平静投射给她的孩子们。最重要的成功对于她和张岐来说已经完成：在整个社会崩塌、解体、堕落的过程中，他们用微薄的力量、充沛的精力、智慧和爱，让每一个家庭成员都跟了上来，不但没有掉队，而且逆势上升。他们带三个孩子实现了阶层跃迁，进入到富裕而且专业的群体之中，与90年代那个迷茫困顿、看不到出路的沈阳截然不同。

【番外】女性记忆

"干净利整"

与一干人等聊天之后,我发现了一些共性。比如对长辈的赞美,列出若干词,频率最高的,是"干净利整";如果把这些赞美排个前后顺序,排在第一位的,还是"干净利整"。

这主要是针对女性长辈而言,通常是在说到操持家庭的时候。

张晓翔小时候住姥姥家,平房,地板铺了特别普通的那种建筑红砖,姥姥会把砖擦出本色,砖缝里不留泥土。炕柜立柜都擦得特别干净。杨淑霞说起这位后妈的时候,有更多细节:"我大儿子是我这妈给带的。带到5岁,我接回来的。我这妈妈,老干净了。门槛子,都拿马兰根刷子刷。晚上睡觉前把衣服袜子在墙根这儿摆齐了。早晨起来你满炕找袜子找衣服,那不行。她得往死哏叨[1]你。有好处啊,有秩序。"

这种态度影响到杨淑霞,她也成了"干净利整"的捍卫者,并身体力行。"那时候小孩子臭烘烘的,穿得也不行,裤子(注:东北方言,指尿布)脏。我成天给洗啊。这孩子伺候得干净。"张家兄妹从来

---

[1] 哏(hēn)叨,北方话,有一种说法是"呵叨"变音,呵斥之意。也有说来自满语。——作者注

都穿得干净得体。这是杨淑霞勤劳能干的重要体现与成功之所在。

李丽说到她姥姥和她妈妈的时候，也会说及此，再加上"特别"来修饰。王平的大姨，王新宇的姥姥，几乎所有采访聊到的人都会说他的某位女性长辈具备这样的优点。唯一说脏的，是张晓刚说到他奶奶家，"烧煤，上面落鸽子毛，猫也会上桌，还养鸡。那得多脏，我妈就嫌脏"。这符合杨淑霞对脏的几乎所有想象，都是干净利整的反面。

干净，好理解。利整，本地话，写法多样，这里把它写成"利整"，取利索整齐之意。本意在家庭层面好理解，用在家庭女性操持者身上也顺理成章。

它作为优良品质被特意提出来，只有一个解释：干净利整是个基本要求，但实现它有点难度。

沈阳气候干燥，唯七八两月多豪雨，容易生灾，于城市居民生计而言用处不是太大；冬天天寒地冻，用水还是不便，所以卫生不好。

司督阁在《奉天三十年》里写19世纪末："普通居民的房子、卫生习惯与自己大相径庭。地面或土筑或砖砌，与房子外面的地面齐平，甚至还要低一些。在奉天城内，民宅可能要比马路低数英尺。"到了1958年，杨淑霞在大东边门买的那个下窨房，依然与之相近。相差六十年，居住条件其实并没有太多改善。

在设计房屋时就考虑到了能源的节约问题。一个砖砌的平台，即"炕"占用室内面积的一半左右。炕面铺着席子，人们盘腿坐在上面，白天吃饭工作，晚上铺盖就寝。室内一头，建有一个部分隔开的小厨房。其中有一个火炉，上面架着一口大锅，下面是焚烧谷物秆的灶坑，燃烧产生的烟气通过火炉后面的烟道进入炕下，产生的热量再传到炕的表面，形成能够维持数小时的适宜温度。每天烹调食物时随意烧火两三次，炕面温度就能保持一天。但如果谷物秆燃烧产生的烟气散发到室内，眼睛就会流泪，喉咙也感到难受。

当地人没有保持整个居住环境清洁的观念，也从不打扫碗柜后面和房间角落，只要炕上干净就够了，因此，很难说大多数人家里有多脏。窗户不用玻璃，而用纸糊，室内光线很暗。屋顶很少安装天花板，陈年的灰尘和蜘蛛网自然悬挂在房顶檩条周围。一个房间里吃住的人过多，而且所有的痰都随意吐在地上。

王平说，在姥姥家，棚顶上挂一筐，里面装着一些好吃的东西，想吃什么就从里面往外掏。通常这一筐，与炕沿相距不是太远，悬在空中，以方便拿取。平房里有耗子，那时候也没有保质期的概念，所以它成了最好的存储方式——王平的美好记忆，有点原始。

这个时候已经是 70 年代中期，而全球在这段时间里虽然经历了极大战乱，但也完整地经历了新的一轮工业革命，借着电气化和汽车业的发展，人类生活质量、环境和生活状态都发生了极大变化，超过了维多利亚时期第一次工业革命所带来的变化。

说城市卫生的时候，不光是说卫生习惯的问题，也有公共服务的事。这八十几年过去，真正要反思的不是大家的文明观念，而是城市发展。沈阳命运多舛，很多东西当年迅速地领风气之先，像中了彩票的莽撞汉，陡然风光，颇为耀眼，然后迅速败掉，迅速地流于平常，因了过去中彩票一样的好运气，总有股不服输再来一轮的翻盘欲望，再不肯心平气和了。这说得远了。沈阳早年间分为几块,老城和老城以东曾经在张作霖名下,城市西边现在称为和平区的地方,是日本人建的"满铁附属地",中间空了一大块,张作霖有心将之连成片作为商贸区,一东一西发展都不输当时中国的其他城市。

革命后,沈阳作为重工业第一城,其实很得重视,后来称为"热钱"的资本流入数一数二,但受制于畸形投资理念,只往生产上投入,无视个人消费的拉动功能,也不想为普通人的个人生活多花一点钱,基本上就是"糊弄"。当然,在另外一个福利和供应保障体系里,官僚的生活是逐级有标准和保障的——那些怀念早先的"平等"生活的人,目力所及看到的都是与他一样的穷光蛋,所以彼此心安理得,有难同当,甚或根本不知有难。50年代末到70年代前期,人均住房面积不超过四平方米,基本没有变化。刘天宝在《中国城市的单位模式》中提到:"改革开放前30年人均住房投资不足300元,年人均住房投资不足10元。人均住房面积从1949年的4.5平方米降至3.6平方米。"十元虽然在那时也算值钱,但也不过是最低的学徒工半个月的工资。这点钱指望生活水准提升绝无可能,"大跃进"时四川为降低单位面积造价,不用钢材建房,创造了竹编墙住宅,"哈尔滨出现了不用钢铁、水泥、木材和红砖的四不用大楼"——书里还有这么一句话的介绍,我想象不出来这房子到底用什么来建,要知道哈尔滨这地方连竹子都没有。

这种低配版的生活,没办法使文明提升。只有在公寓楼、热水器、供暖系统、煤气、单元房等等元素凑齐了之后,个人卫生才会有一个整体性的提高。

在这之前,干净利整这回事,代表了一个人对自己的严格要求。

因此它会演变成一种素质，继而成为一种人生观。

这个时候，说一个人干净利整就有了赞美的含义，接下来，它有了更多的引申义，覆盖更多的领域。事做得利整，与干活干净相差不多；人利整，除了穿着得体，还有行事爽利的感觉在里面，它可以一直延伸到人品，不弯弯绕，直爽干脆。

杨淑霞提"利整"的时候，把它的多重含义讲得明白。别人有一次找她，说机器不好使。她三两下修好了。求她的人把原来干活的人辞了，说太笨。杨淑霞解释说，这机器得会修，轴啊、纸啊，搁多少才能印清，墨得调。印刷是个技术活，不是你拿过来就印。"我告诉咱家孩子，利整点，认真点啊，别糊弄。干啥都有一定要求。干活精细，干好，人家就信你，干不好，人家谁要你。"这层是说"利整"里的技术伦理，得认真不糊弄，这是处事原则。

接下来杨淑霞说，当年招徒弟，要看人是不是聪明，不能看长相。她对聪明徒弟的理解是手巧、有路子、能看出门道来，有的人翻手就不行。"有路子"指干活有章法，"翻手"就是"出手"，讲的都是干活的逻辑。然后又说到了利整的问题："给谁干活，都得干好。他对你不好，是他的问题。你给人干好，是你的品性。我说得对不？得有个善良劲。"这里说的就是社会伦理——干净利整，事关人的品性，事关善良与否。

从家庭和个人卫生，到着装气质，再到人品信誉，干净利整成为民间评价体系里很重要的方面。如前面所说的，它极可能与普遍的不卫生状况——气候和文明程度，以及基础性服务设施的普及程度有关。

任何地域性的问题，在我们这里都会画一个问号：它仅仅是地域性问题吗？

又要说到工人阶级的代言人理查德·霍加特了。"我认为，在一些记述工人阶级的作家中，有一种趋势认为，所有像模仿下层中产阶级的那些人，其目标在于节俭和干净，在某种程度上他们就是自己阶级的背叛者，他们渴望摆脱它。"我在看待张晓翔、杨淑霞、李丽他们对"干净利整"的评价的时候，第一反应也是，干净利整有种"出淤泥而不染"的抱负在里面。甚至，因为他们所处的环境中这种高于常人的要求和自我要求，所以他们更容易培养一种自律精神，并最终脱离了他们所处的阶级和环境。

霍加特比我们想的要多一点，他从反面证伪：那些不干净不利整的人，对于他们所属的工人阶级来说就更忠诚，更少一点奴性？霍加特始终坚持自己的"保守"立场，不希望在中产阶级化的英国最终丧失了工人阶级的美德。

> 干净、节俭和自尊更多是源自对不愿堕落、不愿屈服于环境的一种关切，而非源自对向上的一种渴望；在那些完全忽视这些标准的人中，无拘无束、慷慨大方、了无牵挂的精神最终成为事实上的懒散邋遢和不思进取。这些人的住所和习惯反映了他们缺乏内在控制力。就连督促孩子"进步"和对"书本知识"价值的尊重本质上也不应该势利地理解为希望上升到另一个阶级。它更大程度上和这样的想法相关，即养活穷人必然会碰到的不计其数的麻烦，只因他们是穷人："我看见他垂头丧气的：你要把心思放在书本上。我已经看到他摆脱了强迫劳动：瞧！没有东西能胜过书本。"

某种意义上，这会让我们更容易读懂杨淑霞对儿女们兴趣爱好的大力支持,如吉他、摄影、游泳、打球。你可以理解成是对孩子的爱、对多才多艺的追求、对上层阶级人家娱乐和兴趣的致敬,但理查德·霍加特提供了另外一种解读:它不是多才多艺,至少与快乐教育之类后来时髦起来的教育观完全不同。它只是有利于一种精气神的凝练,它是另一种形式的干净利整。在暗无天日的穷困当中,这种东西可以被称为"希望"。

姥姥

还有一个共性现象,与干净利整的评价有点关联,它总是发生在母亲和母亲这个亲属体系当中,对于孩子们来说,就是姥姥在生活中的重要性。

姥姥在生活中扮演的角色,基本上就是一个:照看孩子。80年代的沈阳就业率高,很大程度上是贫穷所致——一个人的收入不足以负担一家人的生活,而战乱之后自然生育率的提高,既是社会现象又是自然现象,结果就是张晓刚说的"孩子被当成猪来养"。双职工在中国是普遍现象。

在大多数工业革命国家,早期蓝领工人的收入基本上可以满足一家人的需要,虽然贫穷不可避免,但家庭主妇的存在保证了现代意义上的原子化的家庭的存在。而中国尽管经历了大家庭向核心家庭的演变,也看似基本上完成了这一转变,但实际上这是个自欺欺人的假象。

对于张晓刚、王平一代来说,他们的双职工家庭,实质上没有一个是完整的核心家庭。其表现就是,年轻的生育期父母,通常只有两到三个孩子,但他们的孩子至少有几年时间并不是在核心家庭里成长的。

王平出生在姥姥家,上学前是在姥姥家长大的,持续有五年左右的时间。

张晓翔6岁才回到家里,即使以虚岁来算,也在姥姥家里生活了五年。

李丽出生不久就被送到姥姥家,最初那段时间,因为姥姥姥爷还没有退休,白天她会被送到奶奶家,晚上由姥姥姥爷接回来。"我妈24岁生我,现在算一下,我姥姥当时才四十多岁,年轻,精力还行。我姥对我真比对我妈好,好多事都交代给我,对我妈没那么上心。他们都说我跟我妈妈像姐俩似的。"李丽把姥姥姥爷当家长,上大学是姥爷送到北京,与王平认识三个月之后先领给姥姥姥爷看,结婚是从姥姥姥爷家出发——是姥姥姥爷嫁出去了一个外孙女,而不是父母嫁出去了一个女儿。

李丽的二妹,则是交给奶奶带。三妹四妹是双胞胎,这时才轮到妈妈带,但偶尔还是要送到姥姥家。

我的同学王新宇,则说"跟爸爸在一起生活的时间很短很短",他同样是在姥姥家长大。他唯一的姐姐也跟他一样是由姥姥带大的。

而且,这种小家庭的假象至今也没有太多改善。虽然现在谈到家庭都强调家庭规模进一步缩小,经历了极其严苛的计划生育政策,大部分家庭都是三口之家的独生子女家庭,但对于双职工父母来说——一个人的收入养活一个家庭,对于中国大多数家庭来说,仍然勉为其难,我们的富裕也是一个假象——他们仍然需要祖父辈的支持。

在探讨全球老龄化的著作《当世界又老又穷:全球老龄化大冲击》中,泰德·菲什曼这样描绘中国祖母的形象:

这名妇人说，中国祖母剩余的人生在婴儿诞生后成了泡影。"你大概会损失十年的时间"，她说，"我跟老朋友见不上面。她们也有孙子女要照顾，只要她们开始带孩子，整个人就像消失了一样。我搬到我儿子住的地方，她们也搬到她们该搬去的地方。有时候是不同的城市。我们各自分散到不同的地方。然后十年过去了，你根本不知道谁会过来，因为大家已经十年没见了。"

这足以说明小家庭这种核心家庭模式虽然在名义上完成了，但实质上，在每个孩子关键的幼儿成长期——普遍是五年左右的时间里——这种小家庭是要打折扣的。按现在的模式，祖父母或者外祖父母去儿子女儿的家庭照顾第三代，组成一个可能为期五年甚至长达十年的"临时家庭"。一个核心家庭有十年时间，需要借助于大家庭的力量来完成家庭的核心使命——教育下一代的成长，这就很难称其为核心家庭。

隔代教育是否更有利于一个孩子的成长，同样是要画一个问号的。至少，在我接触的男性访谈对象里，对父亲角色的不以为然，多少与这种隔代教育，特别是来自于外祖母外祖父家庭的隔代教育有相关性。

当然，这其中产生的影响也值得深思。比如是否更保守——其积极的一面在于更好地传承传统的价值观。单独由祖辈家庭教育，与祖辈父辈共同教育产生的效果也不完全一样：杨淑霞去魁北克照顾外孙子，在教育上产生冲突时，祖辈会有所让步；而在"当猪一样养"的80年代，祖辈的价值观可能会更有影响力，当然对孙辈也可能更纵容。

王平说自己从小被姥姥姥爷带大，他们特别宠他："对我特别惯着,小时候挺驴的,在家里我说了算。隔辈人就这样。看我舅家孩子在那儿吃饭,我说不兴在这儿吃,我姥姥就要把他们赶出去。"

而他太太李丽受影响显然更大。"现在想,好多为人处世,我姥一手给我带出来的,什么嫉恶如仇啊,敢作敢为啊,我姥就是这个脾气,不磨叽,特别干脆。"好在她姥姥不怎么宠她,这是一个特殊现象。"管得严,厉害,成绩稍微不好一点,拎笤帚疙瘩就能打我。最后不见得动手,但非常严厉。小学时有一次改课本,我数学考得不好,也没太差,也是三好学生。拿奖状回来。我姥说你不配得这三好学生奖状,你给老师送回去。"李丽应该特别感谢姥姥姥爷,因为她父母对孩子教育比较随性,听孩子的,不想考大学就不考,看得不紧,姥姥对她看得紧,这就已经不太像祖孙之间的感觉了,李丽说感觉更像隔代供养了一个小女儿。"我姥看人挺准的。从小就带我看人……我现在就陆续给我女儿熏陶,你将来要找什么样的人。至少是门当户对,学历相当。姥姥当年虽然没这么说,但她传递出来的感觉就是这样。"

李丽上班之后,第一个月工资拿了三四百块钱,先给姥姥姥爷一百块。结婚以后,不在他们那里住了,每月给四百块钱。"他们也不花,就是高兴,老人看到钱就高兴。我们俩各个礼拜都去他们家,买东西去。"

王平姥姥去世时,王平还在上高中,经常在姥姥家吃中午饭,姥姥家就在五中边上,离得近。"前两天还在姥姥家吃饭呢,说说笑笑,啥事没有。现在回想起来可能是心梗。"那天晚自习回来,"晚上我妈告诉我爸,我爸跟我说。然后眼泪就止不住了。白天去世。我姥应该是打电话说自己难受,领到小东卫生院去了。说没啥事。一直没明白,到晚上跟我妈说,慕芝,我不行了,我可能要走了。我姥去世的时候一点没拖累"。

王平记得那是 1986 年 12 月 1 日。

现在,曾慕芝带的外孙女——王平的妹妹王英的女儿已经长大了,新一代的姥姥们在发挥余热。

张晓翔的女儿偶尔会在奶奶家里住。"你看我这小孙子,"杨淑霞管孙女叫孙子,以至于有一段时间里我以为张晓翔有两个孩子,"一早起来,我这衣服我这裤子哪去了,就问。我说你净瞎扔。在我们家管得就严。"她想起她那用马兰根刷子刷门槛的后妈:"我这后妈,这褥单子,就是坏了,也得干净、利整。"

计划生育

沈阳计划生育执行严格,效果卓著。当年这是沈阳的成就之一,扩大至辽宁和东北,也都是引领风气的优势。但这也是促成如今困境的因素之一。现在年轻人口太少,老龄化严重,活力不再。

通常对此的解释是听话,服从领导。另外一个解释是城市化水平高,文明程度高。举凡低人口出生率的地区总是城市化水平高的地区,在中国也遵循这样的规律,省级机构里,上海、北京这些直辖市出生率低,剩下就是东北这几个省,辽宁最有代表性。这其中沈阳贡献不小。

关于出生率下降有多种解释。有些比较有趣,公寓楼就是一种。公寓楼比例高,意味着人口出生率就会下降。西欧国家中,意大利、西班牙公寓中居住人口比例高,所以老龄化问题比英国、法国这些独立住房比例高的国家要严重得多。俄罗斯和东欧,满世界都是赫鲁晓夫楼,所以低生育率问题与此相关。沈阳住在赫鲁晓夫楼——各种工人新村——里的人住房条件还算偏好的,王平一家1984年从九平方米升级为十七平方米之后,人均终于达到4.25平方米。与沈阳市标准持平——1983年沈阳市区人均居住面积为4.06平方米。这个数字之后持续增长,到1994年的时候达到6.47平方米。

在这样的环境里,生太多孩子不是一个理性选择。

更重要的原因还是在穷上。曾慕芝家的孩子,王平和王英都认为小时候没吃什么苦,因为家里只有俩孩子,日子松快许多,如果有三个孩子,那就吃不消了。他们看邻居和亲戚朋友,两个孩子和三个孩子之间差异巨大。

所以,一般两个就到头。国家那时已经主张"一对夫妻一对孩儿","一个少点,三个多点"。这是计划生育的第一波。

杨淑霞长袖善舞,但她还是提供了拥有三个孩子的窘迫生活案例。张晓翔还没上学就要照顾兄妹几个人的日常起居,中午要做饭给弟弟妹妹吃。张晓刚说,妹妹归他带,"我就把她放在学校门口,三九天,我进去上学,然后我那个班主任看到了,说这是谁家小孩,就让我妹妹进屋里,毕竟屋里有炉子。那时候谁也不管,基本就是这样。我上学是6岁,妹妹就4岁呗。"

80年代计划生育升级为一家只能生一胎。

杨淑霞家第三个孩子张慧娟的出生颇有波折。"小丫崽,幼儿园不要,不兴要第三胎。"但杨淑霞找厂长说理:"我结扎了,结扎之后有的小三儿,四个多月了,要做引产,那谁敢做啊,多害怕啊。怀孕不怪我,是你们失误了,是厂子检查失误了。"结扎这事归"公家"管,不是个人隐私，所以一切都可以摆在厂长办公室里说。这厂子可能处理印刷事务很在行，但给女性输卵管结扎这领域不是太专业，按杨淑霞的说法，"我后面失误好几个，都生了，最后都上幼儿园了"。

曾慕芝意外怀孕，已经到了对计划外生育处罚非常严厉的1980年。沈阳电影公司管计划生育的人跟她说，前面刚有一个计划外生育的事情发生，"你可不能再生了，再生我工作就没了"。

曾慕芝只好做了流产，做完之后，心里委屈，到了妈妈家。那天爸爸牙疼，她感觉爸爸老了，而自己不但没尽孝，还给老人添麻烦。

那时候王英已经上小学，妈妈还是骑倒骑驴送她上学。春天还是秋天，反正天已经热起来了或者还热着，看着妈妈捂得严严实实，不懂，还问，妈你穿这么多不热吗？

那是曾慕芝聊天过程中唯一掉眼泪的时候。

曾慕芝单位里管计划生育的人——每个单位都有这样的人，她在一般的时候是可有可无的角色，但在婚恋和生育大事上的存在感会很强——所说的"再生我工作就没有了"，所言不虚。80年代对计划生育采取极为严厉的处罚措施，这种状况一直持续到2010年计划生育政策松动之后。"一票否决"是最典型的"连坐制"的一种，通常是指一个单位如果有一例计划外生育现象，那么全单位的各种奖励、评先进等资格都会被取消，与之相关联的涨工资等切身利益也会受到影响；有时它也指单位的领导晋升、涨工资等福利。影响甚广。

当然，违反计划生育政策的个人受到的影响更大。90年代末，沈阳一家著名报纸的总编辑因为超生而被开除公职，只好去做房地产商。相比之下，二十年前，李丽的父亲超生仅有少量的罚款、影响一次涨工资，已经是非常幸运了。

很多人的生活都多多少少受到计划生育的影响。东北，特别是沈阳这样的大城市对计划生育控制严格，有城市化因素，有钱的因素，也有文明程度的原因。但不可忽略的是每个人所具有的单位身份的影响，它让人处于易被管理的状态。

这其中还有一个算是额外的问题——"女性可顶半边天"之后，女性职业化程度大大提高。客观地说，它与社会主义运动确实存在关联，但与后世认为的女性解放并没有关系。曾慕芝、杨淑霞她们在生育问题的自主性和单位对个人身体的控制上，没有女性解放可言。反倒是职业化在某种意义上增加了她们对单位的"依附"——我不想说单位所有制，但这么说也并不意外。

研究中国女性解放的学者认为，通过50年代以来中国女性的着装，可以看出这是一个"非性化"的过程，女性承担着男人一样的工作，性别差异被彻底忽略。中国的榜样苏联虽然因为二战导致男性劳动力减少，不得已让更多女性进入就业领域，但女性从着装到特质，从来没有这样一个"非性化"的过程。这是中国独特的地方。

1949年中共建政至1976年"文革"结束，是中国妇女整体性地被解放，被塑造的"社会性解放"时期，中国妇女在最短时间内（不到十年）完成了群体"社会化"过程，与历史上所有性划开了鲜明的界限，也为日后乃至今天妇女的群体性发展奠定了重要基础。李小江认为，社会主义成功解决了妇女，其成功体现在两个方面：中国妇女在较短时间内从"家庭中人"变成"社会中人"，是社会主义革命（而不是女权运动）的结果；中国妇女在法律上获得广泛的平等权利,是社会主义"平等"原则(而不是女权主义思想)的体现。(注:臧健《男女平等——来自苏联的影响:对〈新中国妇女〉的分析》,转摘自白思鼎、李华钰编《中国学习苏联(1949年至今)》)

家庭主妇的消失,把母亲的权重推高——既是家庭收入的重要的"开源"者,又是家庭中负责分配资源的重要的"节流"者。从这个意义上说,女性在家庭中的地位因而提高。但是,如果放在生育角度去看,这个提高并非具有实质性内容。她们还是处于一种工具状态。从家庭到单位,都是如此。

第五部分 张医生与王医生之二

第十二章　王医生抓住了机会

医大一院的食堂，手术室年度聚餐照例举行。各科室的外科大夫、麻醉师和手术室护士一年下来配合辛苦，一起吃吃喝喝化解过去一年的磕磕绊绊，展望来年顺顺当当。这种单位里组织的大型饭局，没有多少人在意饭菜好吃与否，喜欢喝上两杯的这个时候推杯换盏，领导照例八面玲珑挨桌说些客套话，所有人看起来其乐融融。这顿饭吃下来，就相当于过年了。

那是2011年。王平坐在酒桌边，一道一道菜上来，他食不甘味，内地里却百味杂陈。他这时到了综合外科，这名字背后是个混合体，从医院的角度看，这科室把做甲状腺手术的专科和烧伤科整合到了一起——非但办公室、病房在一起，人事、行政和财务管理也都在一起。新科室刚刚成立一个月，人少，吃饭跟胃肠科凑了一桌。

他们桌旁边，是他曾经工作过的另一科室，八个医生、两个护士都是老相识，满满当当坐了一整桌。一个月前，王平费劲挣扎，才得以离开这个工作了十六年的科室。而此时他们形同陌路，仿佛没他这人。

王平心里薄凉：自己这桌人他大都不是很熟，没什么交情；二是这些边缘小科，一向人微言轻；三是最重要的，前同事们似乎接到了指令,居然没有人跟他过来打个招呼或者寒暄几句……偶尔有平素交往还不错的人瞟过来一眼,又飞快地躲闪掉,更加重了王平的狐疑:他们是在有组织地成心孤立我啊!

他换科是希望自己的职业生涯绝处逢生,眼下不但前程未卜,而且甫一独立就赶上这年底的难堪场面。

王平想起早上秦浩跟他说:"我家里今天有点事,晚上聚餐我就不去吃了。"

王平当时回道:"那我也不去了。"

"别啊,你不能不去。"秦浩跟他说。

秦浩是这个新成立的综合外科的主任。去掉原本就不景气的烧伤科的两三个人,挑起这新外科的就秦浩和王平两个人。"我们俩得去一个,咱科不能没有人啊。"秦浩又补充了一句。

******

九年以后。

2019年12月初的一天,早上七点不到,王平来到医院。不乘电梯,走消防楼梯,沉默地绕开在楼道里抽烟的男人,爬到第二十三层,喘着粗气到办公室。每天爬楼,虽然一个月时间还不到,但已经是年轻大夫和护士们之间传播的王平医生新传奇。

王医生"双十一"那天才搬进这间办公室。一个人独一间,隔壁是主任办公室。此外还有一间医生自习室,一个茶水间,一间像教室一样排着桌椅的会议室,墙角一张阜阳产的沙发床还没来得及拆包,从旧科室搬来的医生介绍牌倚在一边。会议室的视野很好,俯瞰窗外,能看到站在中山广场大转盘里的毛主席像，远处五六个大烟囱喷着白雾，城市延伸向远处，同蓝天之间夹着一层灰色。

楼层最大的房间是全科医生护士的公共办公室，一张巨大的椭圆会议桌，周围又有一圈贴着墙的办公桌椅。有一些设施是直接从前任肿瘤科继承过来的。一台电脑的屏幕保护还没来得及换掉，一旦休眠，上面就会滚动播放"五点给药，切记切记！！"

这里比原来的科室大得多，不仅医生各得其所，病人的收纳能力也扩张不少。到2019年搬出四号楼之前，病床位利用一切能塞的地方从十八张加到了三十张，医生和护士不得不挤在夹缝般的高低床间更衣，在休息室走廊里吃饭。而如今床位有四十六张，八个五人病房，六个高级病房，后者随时可以加床，如果接诊量继续上升的话。

美中不足的是，一号楼是内科大楼，王医生他们搬到这里来其实有诸多不便，因为手术还在原来的四号楼，刚开完刀的病人必须推过漫长的楼间走道才能进入病房，平添几分风险。

坐电梯上来，楼层指示牌在第二十三层那儿新贴了一条白色胶布，上面写着"甲状腺外科"。这是王医生所在的科室名称最短的一次。自从进入甲状腺这个专业以来，他的科室名字先后是"血管甲状腺外科"和"烧伤甲状腺外科"，九年之后，终于缩短至一个提纯的版本。这意味着甲状腺外科在医院管理层眼中的地位越来越重要，刚开始需要和别的专业一起共享资源，如今虽然还属于普通外科，但人事、行政和财务已经独立运行。

重要的原因，当然是作为收入部门，业绩突出。甲状腺外科是个从收治到出院以"短平快"著称的地方。一般普通外科的手术患者平均住院时间为两周，而这里两三天就可以出院。全科一年手术超过二千四百例,而王医生一个人就能占到三分之一。王医生是医大一院手术量最大的医生之一,不仅仅是因为甲状腺手术"短平快"。

到了办公室,气还没喘匀的王医生先给办公室的绿植喷水。他的办公桌上有一个盆景,或者说一台风格复杂的加湿器。文竹翠绿,一个陶瓷老头儿在假山上钓鱼,彩灯闪烁,水雾袅袅。等到关掉假山加湿器的开关的时候,王医生就该去做手术了。他六点半进科室,七点五十左右进手术室,中间他会在护士台停留,做一些查房笔记,见几个提前打招呼约他见面的病人家属,再去病房巡查一圈,最后给病人拆线换药。

按王医生在办公室的停留时间算,加湿器每天的工作时间大概一小时。

甲状腺科今非昔比,如今气势如虹。

从 2007 年左右开始,包括甲状腺癌在内的甲状腺疾病在全球的发病率都在迅猛上升,其中早期甲状腺乳头状癌占的比例越来越高。这种被归为微小癌的疾病之所以在统计数据上呈现飞速发展的趋势,一部分原因是甲状腺疾病初诊技术的本质性改变。

在早期,甲状腺疾病主要依靠医生用手触诊,受制于肿块位置、大小和患者身形等原因,很多甲状腺癌,尤其是微小癌会被漏诊。2000 年以后,社会保障体制改善,人们逐渐把常规体检作为生活的一项例行内容,这在大城市尤其普遍;再加上影像学技术不断发展,B 超分辨率大大提高,CT 和 MRI 技术普及,许多小至一厘米的早期肿瘤都能够被发现,其治疗方案往往是外科手术切除。

到 2016 年前后,学界探讨的甲状腺癌重大议题之一,已经发展为如何防止甲状腺微小癌的过度治疗和不规范治疗。那一年出台的国内首个《专家共识》，明确提出"不提倡一切了之"。这些议题背后，除了甲状腺癌已经成为城市女性最高发的癌症这个统计结果之外，还有相关手术的普及。仅仅十年时间，甲状腺疾病手术已经成为外科领域的红海。

秦浩眼光不错。2007年来血管甲状腺外科当分管甲状腺的副主任后不久，他就申请在上海复旦大学附属肿瘤医院短期进修。培训他的是副院长、头颈外科教授吴毅，此人精明能干，1989年就开始专攻头颈肿瘤手术。而上海、杭州、天津这样的城市，医疗资源、病源都相对充足，包括甲状腺疾病在内的许多疾病诊疗，都率先在这里形成成熟的发展路径。

秦浩学习的不仅仅是术式，他还想把管理、流程和发展理念都带回医大一院。但这件事进行得不是那么顺利。他的职位调动看起来升了职，其实仅仅顶着个头衔，实际权力依然在主任手里。并且当时的医大一院把甲状腺划归到"血管甲状腺外科"的大类里。一直到2010年，这个大类的主任做年终总结时，所有的汇报时间都在讲自己负责的血管病，秦浩负责的甲状腺方面一句话也没轮上。

等待只是白白耗费时机。从2010年年底开始，秦浩都在张罗着把甲状腺外科独立出去。他并不大张旗鼓，但也没有刻意隐瞒。秦浩在"运作"，是普外一个不公开的秘密。

他有意拉着王平，不仅因为他是自己的手下。之前他就把上海那些技术和发展告诉他，后来还把王平派到杭州邵逸夫医院去学习最新发展起来的甲状腺腔镜手术，如今当然希望他能跟着一起干。

王平信任秦浩。虽然只比自己年长一岁，但秦浩毕业早，多工作好几年，所以资历要比王平老得多，专业能力不遑多让。而且，与王平完全不一样的是，他的家世好：父亲是另一家大医院的心内科主任，岳父是一家三甲专科医院的院长。他稳重练达，同管理层熟，勤奋好学，事业心也强，不然不会调到血管甲状腺来做副主任。最关键的是，秦浩格局开阔，不像很多人那样算计眼前的小利益。

两人的渊源最早可以追溯到1992年，王平那年大五，选定外科方向，开始临床实习。当时医改刚刚开始，大医院眼界高，对规模不以为意，不喜欢收治小病，都打发给小医院去做。虽然中国医科大学附属第一医院是地方中心医院，但临床的医科生轮不到小手术提升技能。王平贵为首批全国七年制本硕连读，享受最好的教学设备和师资，那一段实习轮转内外妇儿交叉学习，但他和他的二十九个同学却没有多少机会独立完成手术。王平好学，到晚上十点还在等待，一听说有手术，马上自告奋勇替老师消毒备皮，只为自己有上手的机会，但也仅此而已。

好在皇天不负苦心人，他是那一届唯一的实习时就在病人身上动刀的学生，那次也是他人生中第一次上台做手术。这个机会是秦浩给的。当时秦浩和另一个医生负责带王平。有天晚上，秦浩过来打招呼："晚上急诊如果有阑尾炎，麻烦您留下，收一个，我带我们的学生去做。"王平事后对手术如何做下来、是否紧张、病人是男是女都忘得一干二净，唯一记住的是做完手术之后，"感觉幸福"。

所以，秦浩选中王平搭档未来的甲状腺外科，王平当仁不让。

十年前，两人都40岁出头，经过摸爬滚打、社会历练，正是对自己、对人生都发狠的年龄，两人也都拿出了性格当中最决绝的部分来认真面对人生大考。

当初秦浩回血管甲状腺,只是想从中分出一块自主权比较大的甲状腺业务,他乐得做一个副主任,管好自己这摊子事。如前面说过的,把基础打好,该培训培训,该建立体系建立体系。但科室就当没有甲状腺这块业务一样,年终提都不提一句。无声无名显然不利于进一步获得院里的支持。

同样受打压,秦浩可比王平有韧性得多,于是有了秦浩的"活动"。前后用了只一年的时间,甲状腺外科还真就独立出去了。2011年10月,在北京出差的王平接到秦浩电话,说事情成了,他可以张罗离开手续了。

但考验只是刚刚开始。周五宣布成立新的烧伤甲状腺外科,当晚就有人找到高层希望叫停甲状腺分科这件事。秦浩听说后立马关了手机,不接任何人电话,"就当不知道这事",假装对变故一无所知,挺过周末,周一正常到新科室上班,病人挂号就诊,生米煮成熟饭。"病人都收进来了,你怎么能让我现在停下来,那不出国际笑话了吗?"僵持一个多月后,这事落听。秦浩赢了。

王平受到的考验不亚于秦浩。没有人肯为王平发放换科室的通行证。王平面临一个选择,是在秦浩的新事业没着落的时候果断加入,还是等秦浩站稳脚跟,局面更加确定的时候再说。秦浩没有,也不便给出他的看法。他只在王平询问自己怎么出来的时候说:"我现在没办法,没能力办这个事。"

王平后来很为自己的决策自豪,不仅因为他赌赢了结果,而且他当时决然离开舒适区和秦浩一起创业,算得上为哥们两肋插刀。假如等到秦浩平稳时才来,秦浩固然不会拒绝,但他这样会有分现成蛋糕的嫌疑，显得做人有缺陷，"不讲究"。在沈阳，"讲究"和"不讲究"二者泾渭分明，是二进制人生设置中的一个常项，没有中间过渡地带，一个体面的人必须"讲究"——遇事不慌是讲究，讲义气是讲究，不向大官低头是讲究，有远见有担当有能力也都是讲究。

上面列举不管哪一个，都要求王平此时审时度势，离开血管甲状腺外科。王平离开是迟早的事，问题只是在什么时候，以及以怎样的姿态离开。

2011年，王平41岁，在同一个地方工作整整十六年，职称普通，也没什么科研成果，虽然是个尽职的外科大夫，但是就职业发展而言，前景几乎算得上平平无奇。他的手术量在科室十个大夫里排名第三，奖金还过得去，一个礼拜算上夜班两三个门诊，不轻松但也没有太累。

医院要求八点上班，他七点多到，在上级大夫查房之前把所有事情都处理好，处理完就走了。如果当天不值班，他九点下班。回家，或者自己去看场电影。周末有时间安排全家出游，研究股票。

其实很多人都安于这样的生活方式，但王平被那个灵魂问题惊醒——就是好友唐子文的"有一天，你姑娘问你，说你是医大大夫，怎么谁也不认识你，你要怎么说？"——他自此觉得自己浑噩，父亲是前车之鉴，男人到这个年纪不能事业没有交代。

接下来的一个月里，王平按原计划与主任副主任分头沟通，表达要走的愿望。主任和副主任也都表示挽留，他们并不希望看到秦浩这个新科室成功。

然后，王平在早会上公开宣布自己要走。挽留没用。"我是一个没能耐的人儿，教授也不是，主任也不是，没啥发展前途。从现在开始你们别耽误我了，都是朋友，除了工作关系外，我不跟任何人有仇。"

那一个月，按王平后来的说法，他把自己弄得神叨叨的，不刮胡子，拒绝出门诊，精神恍惚。

直到有一天，他在早会上与不相干的护士长也言语冲突起来。下午，突然接到人事科电话，说王平可以走了。王平自己都觉得突然，又有点感伤。

12月1日，这对难兄难弟终于再度聚首。

2011年的这个选择，对王平来说不同寻常。在大机会面前，王平并不是一个主动性特别强的人，虽然争强好胜，但大方向上选择偏向保守。比如他的大部分七年制同学，在毕业之后选择出国，哪怕国外不认中国医学文凭，一切都要从头开始，他们也愿意这么做，而王平虽然一直有移民的想法，但始终没有付诸实施。还有，他总是把南方当成一种臆想中的应许之地，觉得那里什么都"顺"，那里重视人才、竞争有序、分配公平合理……念叨了二十来年，但从来没想着为这事付出任何实际行动。

正因为不同寻常，所以之后的几乎每件事，现在王平都记得清清楚楚。

第一个月手术量只有十二台。科室可能会被收回。或者更惨，从此被晾在一边，这辈子职业生涯宣告结束。

收入急剧下降，还有女儿要养，太太虽然没说什么，但是自己心理负担很大。

迷惘，蛰伏——王医生事后如此形容刚刚分科后的心情和状态。虽然之前他只不过是在蹉跎，但那是安全的蹉跎。

所以，虽然2011年底的手术室会餐一共只吃了两小时，但王平如坐针毡的时间远远不止于此。

被放大的冷落和那一桌无话可说的氛围，为他复盘自己职场生涯的前半程提供了充分的时间和理由：如果一个月十二台手术的日子再持续下去，"我王平就要成笑话了"。事后多年，他每次反刍都会为之添加一分悲剧色彩。尤其是后来的王医生功成名就，地位与层次连自己都觉得提升太快，越是这样，当年的遭遇在被复述出来的时候，就显得越加悲壮："那时候底气不足，现在无所谓了。现在周围摆十桌，我一个人坐这儿，害怕的是他们。"

***

王平和秦浩的起色是从 2012 年春天开始的。

甲状腺手术作为一个生意果然火起来了。挂号看诊的病人恢复到了正常水平，烧伤科的几个大夫也开始转行学做甲状腺手术，但人手依然短缺，王平和秦浩一个人做手术的时候，另一个就得留守在病房。

虽然秦浩从 2009 年左右就开始在"好大夫"网站上回答问题，吸引病源，但在学界打响名声，是另外一回事。王平在这个时候拿下一场中华医学会外科学分会举办的全国手术视频大赛第一名，填上了科里急需的荣誉。

录像录了一整天。王平选择一台手术，全程录像，然后按照评审要求剪辑成特定长度上传，由专家和网络受众一起投票决定初评名单。王平通过后，再带着幻灯片到北京向专家现场解说手术细节和技巧。比赛结果登在了医大和医院的各个宣传媒体上。王医生说，如果得了第二名也有用，但是第一的意义截然不同。

回过头来看，秦浩带着王平赶上了一个特别好的时机。甲状腺检查技术提高，让甲状腺癌这个长在脖子上的结节成为心头大患，继而让甲状腺外科成为热门科室，这是最直接的原因；互联网和移动互联网重新塑造医患关系，则是另外一个大机会。

医生是医院的核心资源，这不用多言。中国公立医院实施由政府来"定岗定编定工资标准"的人事制度，这个局面一直要到2017年才会被打破，这一年《"十三五"深化医药卫生体制改革规划》提出公立医院去编制改革，但尚未真正实现人才的流动，不同地域之间的差异还是很大。

为医生建立个人站点，从医生服务里面抽取分成，是"好大夫"网站的基本商业模式。不过十四年来，它一直没有盈利。而且这期间它的同行竞争者一直没断，但也没有任何传统意义上的，也即就盈利而言的成功者。互联网医疗的创业狂潮在2016年前夕达到顶峰，其背景之一是大量资本的涌入，互联网创业门槛低于传统行业，一时间全民创业，人人都在谈"互联网+"；背景之二是2015年3月中国国务院印发了《全国医疗卫生服务体系规划纲要》，指出要积极应用互联网、物联网、云计算等信息化技术来转变卫生服务模式，惠及老百姓，于是医疗行业的每一个环节都幻化成机会，从健康保险、医生服务、在线影像管理、生物技术、健康硬件到最传统的医患沟通，都涌入众多创业项目。

当然，跟那一年万众创业的大部分项目一样，活跃的一百五十多个互联网医疗项目在接下来一年里有三分之一消失，其中大部分阵亡的都是O2O[1]类——在鼓励用新技术改善医疗卫生服务之后，中国国家

---

[1] 即online to offline，指将线下的商务机会与互联网结合，让互联网成为线下交易的前台。——编者注

食品药品监督管理局在2016年7月要求结束互联网第三方平台药品网上零售试点工作。2017年，一千多家互联网医疗相关企业被注销，幸存者不足五十家，整个行业从争夺用户流量变为竞争医疗资源。

这个行业高度受制于政策变化，同时更根本的是，受制于地域医疗资源的不均衡和医生的供应不足。两个条件都决定了线上问诊的商业价值基础薄弱。

越来越多的"好大夫"网站的竞争者出现在王平的门诊室外。他们希望把王平这样拥有大量患者的医生拉入自己的平台。有一些之前在"好大夫"负责跟王平沟通的经理人，在跳槽去另一家网站之后，劝说王平试一试自己新加入的平台，给出的理由各种各样，比如减免个人所得税，还有搞活动抽奖。

2018年，诞生了一个叫"i甲专线"的网络平台，由公立医院联合创办，服务内容与"好大夫"类似，只不过专注甲状腺治疗。这个平台有冗长的主办方名称——"中国研究型医院协会甲状腺疾病专业委员会，中国医师协会外科医师分会甲状腺专业委员会，中国抗癌协会甲状腺专业委员会"，号称笼络了二十六家医院的甲状腺医生资源，是全国最新的甲状腺健康管理服务平台。

以甲状腺疾病作为切入口，还是看中它病源丰富、问诊手术频率高的特点。同一年，越来越多的公立医院成立互联网平台，包括"好大夫"在内的公司成立的互联网医院也越来越多。

王平很少提及这些变化，觉得这些新公司没啥前景："你说哪个大夫会在意省下来的那点个税？哪里有病人才是值得关心的事吧。"

机会不仅是这些。如今王平的患者主要在辽宁省内，虽然在"好大夫"上问诊的患者理论上可能来自全国各地，但是纯粹咨询的人还是少数，如果需要门诊或者手术，地理位置上的便利就成了患者首要考虑的问题。

地域性或许是所有医生面临的制约因素。一个上海的名医如果在辽宁重新开始工作，他需要面对重新积累患者的风险，对王平来说也是一样，他在辽宁的口碑无法移植到别处。

王平最远的患者之一来自通辽。通辽位于内蒙古，但是新近开通的高铁让当地和沈阳之间的交通时间缩短至两小时。按照高铁扩张的速度，王平也许可以突破至省外做手术，当然，也会有更多的竞争者从省外来到辽宁。所有人都是高铁的受益者。

医疗系统本身的"超级医院"模式也是秦浩和王平的甲状腺外科得以成功的原因。还记得秦浩在将近三十年前为王平安排的那场机会稍纵即逝的阑尾炎手术，如果医大一院继续当年的"高冷"政策，把病人往外推，甲状腺专科到底是不是这家医院重点发展的科室就很难说了。

这样的局面在"华西模式"流行全国之后才得以改观。这个后来被称为"超级医院"的现象始于1993年的四川大学华西医院，从那一年开始，它用近二十年的时间成为业务收入全国第一、科研实力全国第二的三甲医院，其方式是通过行政资源建立竞争优势，通过集约管理提升运营效率。换句话说，就是大手笔投资医疗设施设备，什么病都收，扩大病源，再给予医务人员高激励，以驱动医学研究，提高品牌优势和口碑宣传力，从而进一步吸引人才和病源。

超级医院以效率和规模著称，餐饮业有"翻台率（注：餐桌重复使用率）"这一衡量指标，而医院也逐渐流行起"翻床率"。后来秦浩和王平的甲状腺科成为这个指标的实践翘楚,一方面是因为病源充足,另一方面是占了头颈手术平均手术后三天出院的优势,实现了超高效率。

有了"好大夫"网站,医生虽然还是为医院所有,但一定程度上摆脱了医院对医生资源的绝对占有权,一定程度上实现了社会化——对于资源去中心化这种事,互联网特别在行。除了在医患平台上以碎片化、原子化的形态出现,国家还鼓励医生多点执业,基层医院也希望名医来撑场面以维持流失的患者。信息的重新组织,重新定义了医生与医院——不仅是医生服役的医院,而且是所有医院——的关系。

王平知道自己越来越值钱了,他在想如何能变得更值钱。

***

柳蕾是科室事业起飞的见证者。她用"八年抗战"来形容过去的艰苦奋斗,如今奋斗得到了褒奖,这是她搬到新办公室时最大的一个感受。

她在2008年当上"烧伤科"的护士长,2011年底成为"烧伤和甲状腺外科"的护士长,现在她的护士长头衔前的定语更改成了"甲状腺综合外科"。

"一切都是新的。"她为我介绍这艰苦奋斗的结果:教室里会添置七十五寸大电视和投影仪——秦浩主任特意安排的,希望锻炼大家的讲课能力;医生将拥有自己的学习室和专属书架——秦浩主任特意安排的,希望医生可以不被打扰地准备和学习;女更衣室带有专属门禁——也是秦浩主任特意安排的,护士们感到体贴;还有一间小房间用作餐厅，放了微波炉和美式咖啡机，不用再和护士台挤在一起，也不会再有人在走廊里吃饭。展示这些的时候，柳蕾喜气洋洋，用手机刷开好几个门禁之后都会接上一句："这里是好久以来的梦想，如今终于实现了。"一层楼实现了好几个梦想。

不管是回顾艰苦的创业往事，还是介绍最近景气到让人为难的接诊情况——"双十一"那天搬家，就带过来两个老病人，以为可以空几天，结果第二天四十六张床就全满了——柳蕾都带着那种事业有成人士家庭成员般的愉悦表情。她用一种崇拜的口气介绍秦浩，用一种亲切的口气介绍王平，用一种骄傲的口气介绍科室。

一个揣着彩超的女护工站在护士站前，抓住正在介绍科室的柳蕾小声说想找甲状腺外科大夫看看片子，柳蕾轻快地说："那你是找烧伤甲状腺，还是血管甲状腺，还是甲状腺综合外科？"

护工很显然不知道她在说什么："那咱这儿是哪儿？"

"甲状腺综合外科。"

"血管甲状腺在哪里？"

"四号楼七楼。"

护工再次陷入沉默。柳蕾继续轻快地问："你到底看啥病吧？"

这次回答很快："我看甲状腺。"

柳蕾手一指，"那你找江医生"，然后扭头对我说，甲状腺在医大一院哪儿都能做，血管甲状腺还同时治疗血管病，就连挂其他普通外科的号也给做。但这里是专科，来的病人都目标明确，做过功课，知道自己找的是哪位医生。他们不是以前老病人介绍的新患者，就是本院职工教员的关系户，再不然就来自网络——从内蒙古、台湾、香港来的病人也是有的。"这个专科刚分过来，大家还得熟悉一段时间。"

她无意当中说出一个隐患：如果谁都在做，未来到底会怎么样？什么都有可能变化。

在营养科，就是让王平刻骨铭心的那次手术室聚餐的食堂，走廊角落里摆着一张易拉宝，是超声科推广的微波微创消融甲状腺结节的新技术广告，背景里有按着自己喉咙的一只手，下面用小字写着简单的疾病科普："甲状腺结节是常见的甲状腺疾病，好发于中年女性，近年来发病年龄有逐渐年轻化的趋势。"广告强调，常见的手术治疗适应征十分严格，完全切除还会影响功能，术后复发再次手术风险很大，对某些病情来说，新技术有助于解决所有这些问题。

那些体检结果里出现甲状腺结节的人会在走来走去的路上一眼看到这张广告。大多数人发现自己和这一类信息沾上关系也是因为体检。检测技术的发展让很多原本容易忽略的症状暴露出来，包括甲状腺结节在内的各种结节是其中最为突出的。结节伴有钙化，如果患者动手能力强，稍微搜索一下，就会得知有癌变的风险，治疗从心理上便势在必行。

但甲状腺手术并不是只有甲状腺外科才能做，也不是非得开刀才能做。就好像超声科的这张易拉宝暗示的，甲状腺手术是一个充分竞争的领域，哪怕在医大一院内部也是如此。王医生的竞争者可能来自普通外科的任何人，也可能来自超声科，他们声称可以绕开甲状腺手术带来的各种风险，而手术正是王平医生最主要的工作。

对医生来说，学术是最传统的评价机制。对比秦浩和王平的"好大夫"个人主页简介就可以看出来：前者的学术地位颇高，且在全国都有影响力，相应地，在"好大夫"上倾注的时间和精力较少；后者虽然有一些学术声誉，主要在辽宁省内，但在"好大夫"上流量和声誉都要显著得多。

"好大夫"在这个意义上成了一个补偿。当然，也可以看作一种制衡：在传统体制之外，利用普通人的口碑形成了对医生新的评价机制。

它的问题在于，尽管和医院是互惠互利的关系，这个评价机制脱离了医院体系却不能成立。它可以让一个大夫变得更"好"，却不能让它成为一种独立的谋生工具。

王平的短板实际上就摆在那里。明晃晃的。更何况王平还在担心政策风向。国家鼓励医生多点执业，物价局关于医生的收费标准却还停留在二十几年前。王平说了一个例子："哈尔滨还是齐齐哈尔什么的，请骨科医生来做手术。这医生收五千还是八千，被举报了。说这东西违法。这东西按国家明文规定，出诊费就一百块钱，那是啥时候规定的，可能是八几年的吧，你说这脑子不是有病吗？谁也不能去。"

所有这些让王平只想抓紧时间。"在变化出来之前，得更有名。"

而对于秦浩来说，情况可能还要更复杂。

周二早会。

公共办公室几乎坐满。秦浩在大会议桌最靠里面的位置坐下，王平和他之间隔了几个医生。这张桌子旁不会有实习医生和护士，虽然没有工位牌，但所有人都默认一种不言自明的秩序。

一个小胖子医生站在前面讲解白底黑字的PPT，他有点紧张，几乎是照念，偶尔会说明自己草拟的某一条来自某某专家在某某会议上的发言。

除了秦浩会突然提问，没有人发出声音。小胖子在每次被秦浩打断之后，会更执拗地重复自己的观点，并说明他为何这样认为，然后因为不屈不挠，显得更紧张了。

演示似乎是一份布置下来的功课。甲状腺外科被安排拟定一份术后管理专家共识，顺利的话，交予专家审议，然后发布在专业期刊上。秦浩很重视这一类的荣誉。在一个小时左右的早会上，他主要有两个意见：一个是公布一些国际会议的日期，督促科里的年轻医生投稿，争取口头发言，为此他愿拿出科室经费，因为医大一院并无类似的支持；另一个则显得痛心疾首——PPT在他看来漏洞百出，而同事们却几乎提不出问题，秦浩认为这暴露了科室学术探讨氛围的冷淡。

"这说明啥？这说明我们是一个没有底蕴的科室，不像人家肿瘤科。"他们之所以会继承肿瘤科的办公室，是因为后者是医大浑南新院区的重点科室，在那占据了更大的办公面积。

"我们科室非常年轻，成立至今当然最先是为了生存，但要是只想着做点手术赚点钱，那这是一个畸形的科室。有点手术有点病人就是好的了？将来甲状腺癌的发展方向你们研究了吗？这不完全怪你们，但畸形成长就会导致这样。整个三五年就满足了，就不想发展的事了！"

【番外】"贵人"

一个手术患者,因为多吃了一个炸鸡腿,淋巴液漏个不停,准备开胸的时候,突然间就好了。王平医生将此归结为自己的命好。

我告诉患者禁吃油腻。当班大夫也知道。患者馋,问能不能吃鸡爪子,大夫说能,上老杨家买去了。吃完之后白色牛奶一样的液体一天漏二千八百多毫升。白天连班,这医生值班,我出去做手术了。我每天晚上都回来上病房看一眼。我回来没有一个大夫告诉我。一个人都没说。你病人有变化,半夜两点告诉我,我得谢谢你。我就怕你不告诉我。这事能不知道吗?护士没有责任,她只通知当班大夫,不会给你打电话。你看这就是大夫没有责任心。

那天很后怕。我都没有底了。不大相信保守方案能治好。我都开始联系胸外科了,周一做。我们科历史上第一个。这就是命。周一早上突然就好了,一滴都没有了。神奇吧。

王平医生回味他的人生时,"命"这个字眼出现的概率比较高。他可能是说着玩的。喜欢强调一种戏剧性的变化,这本身就是沈阳文化的一部分。夸张放大有趣的那一部分,渲染气氛,然后与各个时代各种潮流的文艺形式结合起来,让东北文化随时诞生各种谐星。王平不苟言笑,但一样强调其中的神奇戏剧性。

之所以判断是"说着玩的",主要看结果。万事万物都有巧合,流了三天的淋巴液突然间不流了——如果王平医生借此总结,平时没事得多拜点观音,随身带着硬币走哪儿扔哪儿,那就是真的信命;如果他总结是这活得做细致一点,医嘱说得准确一点,晚上回来看病房的时候都问仔细些,每个环节都衔接好,那就不能算是信命。王平医生显然属于后者。

错误总结规律,是乱七八糟的迷信的原因。但人对规律又充满向往,因为这样心里感觉更踏实一些,不会第二天早上发生什么都处于不可知状态。

王医生有一天说到什么东西的时候,突然定义自己多愁善感,感情挺脆,敏感且容易受伤害。而这一切源于他的星座为巨蟹座。

没有什么迹象表明他有多愁善感的体质。即便大家公认星座文学是一种标准的算命文学分支,但在公认的原则里,巨蟹男跟多愁善感的关联度也不高。王医生信手拈来,在他需要说明自己敏感脆弱的时候,没有什么理由,那就拿星座来说。

对规律的信奉,是一种安全感。未知的或未来的世界和时间里的规律,也同样是一种安全感,是一种保障。它总体上相当于喊"加油"。做事或者出门前,特别是有潜在风险存在的时候,祭祀,杀个鸡或者猪给某位神仙,求个好口彩,也是"加油"的一种。类似地,在沈阳民间,当年有许多人喜欢摆"十二月",扑克牌,去掉王和K,洗好,背面朝上,摆十二组,每组四个,从第一组最上面一张翻牌,从A到Q,翻到四个A出来为止。在最后一个A出来之前的月份是顺利的，A 之后那些就是不顺的。这种占卜，简单粗暴。仪式感强的人会在过年除夕之夜做预测，看到底来年哪个月会顺利。如果没有合适的规律能让他信服，那就自己制造几个规律，这"十二月"就是其中一种。

星座、血型这些，与看掌纹手相或者假装懂《易经》一样，都属于算命的一种。八九十年代，互联网还没把这些神神道道的东西给祛魅了，虽然各种正版盗版书渐渐面世，就像老师的参考书，你要有闲钱去把那黄皮书买回来，老师就会被祛魅。算命书也遵循"古登堡[1]定律"，在没有达到人手一册的时候，就会有人扮演中介的角色，为你算命。一旦互联网时代来临，尤其是移动互联网时代，什么称骨算命血型星座，一概民主化，就连王医生也能说上几句。

王子琪出生在 2004 年。李丽在说到女儿的名字时，提到了几个重要的东西：一是要称几斤几两，这是生辰八字的一种算法，各自对应了重量，加在一起得个重量，再去看攻略，对应着什么样的说明。"我姑娘这命挺好。"有这样一个结论，仿佛一生大局已定。二是取名字，算笔画，为增加难度，还要算繁体字的笔画，总之制造一点小麻烦，好像就会增加它的科学性，继而提高可信度。三是名字里不能提"天"，名字有"天"会妨爹。王平医生头脑当中金戈铁马，总想着霸气名字方显英雄本色，但也不敢造次。

当然，这都是针对未来。活到一定年龄，要总结人生，要对既往世界审视一下。福报体系就更重要。对于王平医生来说，重要的一件事是要佐证自己的人品经得起考验。这是一种对既往的奖励。而没有

---

[1] 约翰·古登堡，近代金属活版印刷术发明人，这一发明为大众传播奠定了物质基础。——编著注

这么做的人，应该受到惩罚。只有确实如此，世界才是公正、公平的。它本质上是对公正体系的诉求。

> 我妈结婚的时候，姥爷也没赶回来。他在干校。我妈和我姥爷是共患难过来的，比那些儿女感情深得多。舅舅和姨，在那个年代，没尽到该尽的责任。都不顺利，大家就在一起，共渡难关呗。我妈站在孝敬父母的立场上。现在来看，所有的东西都有报的。我妈生活条件比他们要好。

所以在王平的大事列表当中，请家族的人吃饭，是当年三件大事中的一件，排位相当靠前。这是一种对自己和妈妈的肯定，也包括了价值观的原因，当然还有"命运站在我这一边"的得意。

> 这些孩子谁都不养，我爸一个姑爷照顾姥爷。买个电视，自己不看，给姥爷看。卖个房子，每人都分到钱了，这一点我挺佩服。我对他们有看法。他们有做事欠缺的地方。做一件好事，不会没有回报。我这么一说，我妈就说我，她让我心胸大一点。舅舅那一拨人，下一代过得都不太好。你看你儿子也没孝顺你，因为你不孝顺你爹。

王平的叙述中，姥爷跟大舅一起住三间房，左右各一间，中间是两家厨房拼成的一间，沈阳的许多四合院平房都是这格局。王平在姥爷家住的时候，与大舅一家分灶，姥爷自己挑水做饭。王平那时不到6岁，也觉得这事不妥。王平认为自己从小嫉恶如仇，二舅对姥姥姥爷不好,来姥姥家里,他不让二舅进屋里吃饭,姥姥向着外孙,真不让儿子进屋。

世界要公平公正,王平医生会因此对命运表达更多的尊敬。当然,你也应该有更多的回报。我不乱来,你也不要乱来。普遍意义上来说,中国人对保佑自己上上下下方方面面生活质量和幸福的神灵们,就是这种态度。

考大学报志愿,从六年制英语医学改为七年制本硕连读,曾慕芝和王平都认为是命好,遇到了贵人。曾慕芝倾向于从关系角度认可贵人,王平则从宿命角度认可。表述方式可能就是,曾慕芝更接近于"广结善缘",到王平这里则是"多行好事"。一个直接,一个间接,两个人殊途同归。

> 我的命还是很好。转折点,都被人骗一下,都有贵人站出来帮你。考高中,被人整了一下。考大学,求了一个别人,改志愿。大学留校,也是被人打压,突然又站出来一个人,帮你留校了。隐藏了蛰伏了十多年,秦浩蹦出来了。

总结经验和人生的第一种,就是举头三尺有神灵。女儿不能叫"天骄",得学会敬畏。秦浩主任拉他一把,这要感谢。王平没有感谢互联网和移动互联网,但表达了"好大夫"网站对他改变的重要性。如果总结,这应该也是贵人相助之一种。

总结经验和人生的另外一种,还是要看自己在做什么。在第二种总结中,他总是把问题归结为自己"社会性"的欠缺。"要是会来事儿的话,这个东西就解决了",很多事王平都在这么讲。"会来事儿"是对桀骜不驯的人生的一种妥协——是不是做得到"会来事儿"另说，更中庸更犬儒是不是好事也另说，不怨天尤人显然是一种优点。不怪人家，要怪自己。

第三种经验就是，关键的坎上，都有贵人相助。为什么会有？这里有一些看起来有矛盾的地方。比如，第一反应，当然是我有能力才能得到这样的回报。"尊严，没有能力就谈不上尊严。能力，自信心越强，你尊严就越大。一个人能不能成为另外一个人，我感觉是命，完全有可能。"

王平喜欢以大人物为行事标准，把马云褚时健史玉柱这些人挂在嘴边，会留意他在"好大夫"年会上遇到的吴晓波是怎么挣钱的。（然后疑惑地把目光转向我："你真的认识他？"或者："人这么好，那你混得挺惨。"——当然，这更是命。我很想替他总结一点。）第二层意思是核心的，是一种被包装成"不自信"的自信。

要注意的是，它不是不可一世，而是感激自己命运的一种方式。在另外一位喜欢提及贵人的杨淑霞那里差不多证实了这一点。

> 放活儿的人对我好。档案袋大信封赚钱多啊，小袋像阿司匹林什么的，小药袋钱少还不好糊。（低声）我吧，我人缘好。你说我吧怎么贵人多呢，上哪儿都能遇到。
>
> 糊信封的厂子和印刷厂合并了。我的厂长对我挺好，我这人命好，凡是领导都对我好，你说怎么回事呢？都对我好。

她也有一种洋洋得意在里面。为什么我做到了？你看，我如此智慧而有办法，连命运都站在我这一边。这是一个罕见的，高小毕业，一辈子只做了工人，但具有克里斯玛人格的代表。

第十三章 "每个人心底都有一座坟墓"

张晓刚以聪明闻于世。

哥哥张晓翔前两年头部发现一个钙化点，张晓刚介绍他去三〇一医院，他在第四军医大学的同学是脑内科的主治医生。同学看完病跟张晓翔闲聊，说当年张晓刚震住了他："虽然新疆地方不大，教育水平也就那么回事，但我也是新疆状元啊，我学习还可以的，一到四军医，发现我到那儿啥也不是啊。我一想我就笨鸟先飞吧，要考试了，我觉得提前一个月学吧。看你弟弟还成天打篮球呢。提前一个礼拜，背完了，一考试就考我前面了。"

张慧娟说他哥哥当时有个外号，叫"张九十"，好像是说两个大考，外科考九十多，内科也考九十多，据说这有难度。上高中的时候，老师喜欢树勤奋学习的典型，讲张晓刚同学半夜学到两点，张晓刚很不乐意："这不是诬蔑我吗？"

他觉得他逻辑好。张晓翔大他两岁，但跟他同级，哥哥看张晓刚刷题，一张纸就写几个字，答案。偶尔字多，是多用一种解题方法。张晓翔说弟弟善于总结。张晓刚自己总结，是逻辑好，会归纳。

这能耐后来放在工作上，让他尝到不少甜头。

"你得善于归纳总结，动脑比动手还要重要。"这是张晓刚现在经常挂在嘴边说的话，至少跟我聊起他的工作时，他总是这么说。比如抗生素的正确用量："别人用两千支，我两百支，十分之一。病人手术后发热，一旦发热，大炮打蚊子，所有的消炎药都上。但你细想一下，为啥我做十个就有八个感染的？这不应该啊。不是所有的发热都是感染。这肯定不是感染，就是术后发热，不用药也会好。所以我的消炎药比别人少很多。"

这两年好像所有医院和医生都想明白了，抗生素这东西不能滥用，但在张晓刚刚入这行的时候，先锋啊头孢啊这些看起来很稀缺的东西，往往会成为一个"成功病人"的标配，你吃不着这些好药，或者是因为没钱，或者是因为医院没关系没人，结果抗生素泛滥。

> 那抗生素都是限制的，你要是老用老用，培养出来超级细菌它就没用了。它就是一个习惯。你看，最早的时候没有无菌术，人死主要是感染。有无菌术，死亡率就下降接近百分之二十。这是推理就能推出来的。但是现在的大夫对无菌术和抗生素的发明之间的关系根本就不知道。

张晓刚一直没断过看国外论文，有的时候是别人打包下载他来看，有的时候是用朋友的一些账号登陆，看最新的论文。他觉得国外论文写得比中国的好，经常会把来龙去脉写得清清楚楚，理解他们做一件事的逻辑、初始问题和解决问题的办法。我跟王平探讨过医学史之类的问题，王平在这一点上与张晓刚式的好奇心殊有不同，他说："我知道谁第一个做甲状腺手术有啥意义？"

"感染率下降主要是因为无菌术。但是他们不这么想。你得从最早的时候了解到现在，你得知道发展史。现在（抗生素）强行不让用了，用的话得主任签字，这玩意它也下来了。但你要是不强行，那些人根本不知道自己错在哪儿。他们没有分析和自省的能力。"张晓刚因此在很早就得出一个结论，这些人比他要差很多。

张晓刚可归纳总结的东西在实际操作中越来越多。

> 你看我这个，后来越来越简化，动脉瘤，做来做去最后用的手术器械就是那几把。后来我一看国外做过三万例，它介绍的器械基本跟我是一样的。现在手术器械五花八门，有些人我看那手术器械我就知道，你那效果永远达不到我这样。就是这些小细节。
>
> 我是逐渐简化的。用了差不多十年。做了血管病，对止血和分离更细致更完善。其实挺多手术，尤其脑外，是一些细节的事，不是操作的事。有些专家的手术效果不好主要是认识没有上去，他对这个病的认识本质就是错的，他就是做一万例也上不去。
>
> 咱们有一回准备一个病例去参赛，那个瘤挺小，我给准备了一个挺长的夹子……北京上海的专家说你怎么用这么长的夹子，我不在现场，也没法说啥。一个哈尔滨的专家说你这应该从颞下进，我徒弟回来跟我说的，我说纯扯淡。这个瘤位置特别深，如果你用短夹子吧，那个置夹器挡你视野，用个长夹子呢，我站的位置就可以把周围重要结构给挡开。这是一个经验。你反倒说我长，说明你没有这个经验，或者你没想到这个。后来我买了本书，国外说你要处理深的话就用长夹子，对你的视野没有遮挡。就说有人就意识到这个事了。你们专家水平，虽然国内站位很高，水

平也不咋样。但只能我一个人明白,底下小大夫不会明白。

他说的这些东西有两点值得留意。第一个是"经验",张晓刚说"你不知道实际发生的是什么,说明你没有经验",这是一个有意思的话题。第二个是"夹子",这东西是他们这个行业的一件大事。很多生死攸关的大事,都是细微的东西。我们外行人看到这个夹子会觉得这东西稀松平常,但神经外科一位大师级人物亨利·马什也喜欢拿夹子说事:"相反,在动脉瘤手术的关键时刻,我必须要有一股强烈的意愿,那就是想方设法把手术完成,将夹子放在合适的位置,但是有可能放得并不完美。"

亨利·马什的官方介绍说,他是全球知名的神经外科专家,1984年起担任英国皇家外科学院的研究员,到1987年受邀担任圣乔治医学院阿特金森·莫雷医院神经外科高级顾问。关于马什的头衔可以很长,其中还包括一部艾美奖获奖纪录片主角的原型。他那本《医生的抉择:关于生死、疾病与医疗,你必须知道的真相》据说全景剖析了神经外科医生这份职业,你从原版副标题也能看出它深刻的人文关怀:"Stories of Life, Death, and Brain Surgery"。

我们那天就是从亨利·马什那里说起来的。为了能跟上张医生的脑外科大夫思维,我事先做了一点功课,试图去建立一个尽可能相通的语境,马什是这个行业里的大神一样的人物,虽然张晓刚并不认识他。

我翻出亨利·马什的遭遇——他说他在夹闭血管瘤的时候遇到了工具故障,一时进退两难,手完全僵住,生怕一闪失就会给病人带来终身灾难。我问张晓刚是否也有这种度秒如年的体验。他点点头,如果说起具体的工作而不是概念——也就是他的"经验"的那一部分,一切就容易多了。

"经验"在张晓刚的生活中是件很重要的事。你可以把它理解成传统社会的一个重要特征。传统社会是经验社会，张晓刚的人生重要导师——他的母亲杨淑霞以自负闻于世，而她的自负就源于她在传统社会中的如鱼得水。传统世界的变化相对缓慢，来自老人或者自身积累归纳的那些经验是安身立命最重要的财富。如果某个人天赋异禀，在很小的时候就能洞悉社会运行方式并掌握一些技巧，即使他没有社会经验加持，也很容易脱颖而出。杨淑霞即得益于此，所以她才在受了教育的女儿面前表达自己虽然没有文化但一样可以把家庭操持得井井有条，不屑于张慧娟对于自己学业、职业和人生的种种非分之想。如果我们诛心而论，张慧娟越是强调知识和学识的重要性，实际上越是在否定杨淑霞的能力，越是在强调杨淑霞的短板。我们总是强调在年轻一代身上的"逆反"心理，不太在意它有可能是双向的，母亲一样可能有逆反心理，最后断了母女之间沟通的效率和可能性。

张晓刚这一代就正好处于过渡之中，一方面是经验社会，即传统社会处于解体过程中，他们的职业准备期随着知识爆发而拉长，熟悉某一行业或者进入到某一行业必须经过长时间的严格训练，这可不是杨淑霞那一代印刷厂工人需要的简单的积累——实际上她积累的更主要是社会相处的经验，获得这种经验之后，可以更好地从师傅那里习得劳动和工作经验，或者更好地在资源分配上占据相对好的位置；另一方面是经验社会依然非常重要，人文和类人文（注：比如电视和互联网）还没有发育成熟，所以他们也没有机会从经验社会之外建立起认识世界的体系。

好多次我去分析他认识世界的方式，都有一种琢磨不透的感觉。后来我也学着他试图"归纳"，发现一点端倪。

有一次张晓刚讲他在1995年的时候，那时他已经25岁了。

1995年，去三〇一实习。算是正经到了北京，以前都是路过，安排在医院宿舍里住下，几个同学商量着去城里玩，说去西单，地铁几站地就到。到了，发现北京这地方真奇怪，到处都是卖花的，玫瑰花，很多很多，就摆在街上。我都不知道啊，后来才知道这是情人节。这是我第一次知道还有这个节。挺奇怪啊，北京人怎么回事，满街的玫瑰花。

了解情人节对于张晓刚这个年龄的人来说，也并不是太难的事。但他还是受制于他获得知识的路径——尽管他归纳能力和逻辑一流，聪明绝顶，但经验社会的路径影响始终突出。眼见为实，这对他来说始终是最重要的一个选项，这是经验社会的重要特征。同样是"鱼香肉丝没有鱼"，于很多人来说只是一个段子，但对于张晓刚来说，这是他在西安上学之后，与同学吃饭时心中真的闪过的念头，他甚至怀疑是不是自己又被欺负了。

张晓刚偶尔也会把它归纳到"视野"上去。他第一次意识到这个词，同样是1995年他在北京的时候，爷爷身体不好，快去世了，跟张晓刚说遗愿，北京前门那儿有一家叫月盛斋的店，买点酱牛肉回来，这个好吃。张晓刚到前门，发现还真有这个店，早上十一点开门，给他爷爷买了点。当时他很纳闷，这老头儿怎么知道？他忽略了爷爷早年间可是四合隆的掌柜，即使革命之后公私合营，他也是走南闯北的大东副食采购员。

这其中另一个关键问题则是：一个北京的熟食店如何在他爷爷那里留下印记，而且念念不忘一直到临终？

张晓刚觉得"视野"是他的一个弱项。比如说到高考政治不及格，拉下不少分，本来总分可以更高。他就会提及政治啊历史啊地理啊在初中和分文理科之前的高中都不怎么好，现在的学生面对这些就比他们那时候要更容易一些，走的地方多，从小就旅游，就更有感觉。

把这些归结为视野，当然也不无道理。但我还是觉得，这东西跟张医生对"经验"的推崇或者经验在他认知体系里权重较高有关：你没去过前门，也可以知道月盛斋，没去过西单，也可以知道情人节。

还是回到张晓刚的经验世界。亨利·马什就着夹子的事可以扯到很远，一直说到希波克拉底，这是张晓刚跟亨利·马什的差别所在。

在准备探讨张晓刚从医之路的聊天之前，我做了一点功课，看了一些目力所及的医生们，包括马什在内的一些说法，试图总结他们关心的一些事情。

马什说：

> 众所周知，大脑很神秘，它承载了人类全部的思想情感，对人类生活至关重要……在我看来，大脑的神秘程度可与夜晚的星空和宇宙相比肩。手术的过程优雅、精致、危险，又充满了深邃的内涵。我曾思考过，什么职业能比神经外科手术更加精细？

同样谈"精细"，张晓刚就不会把自己搞得像康德那样，脑子里装上灿烂星空，他只讲"灯"：

> 我把这个灯对准这个口，我这样不用叫护士再来给我调。就我自己能做的事我先做在头里，都先给它准备好。我就举一个术前准备的例子。我在里边儿也都是这样做的。我能做好的事情都给先做好，才会效果好。至于操作快慢的，我觉得都是炫技。

马什又说：

> 这是常人见不到的景象，比世间任何一切都要清晰、尖锐、耀眼，而我的焦虑使手术更加紧张，神秘。

而张晓刚说到他的焦虑的时候，要更可爱一些：

> 就是得有最坏的准备。咱那个手术就是，你在台上真破了，要么好要么残，我得想着真发生这个情况要怎么办，怎么让病人下来台，别残。知道不？

张晓刚没打算在这些问题上跟我做过多交流。那天我本来按图索骥，从几本外科医生的毕生思考中找了几个共性的问题，打算与张晓刚深入交流。结果他说"太感性了"。

(1) 外科医生有什么不一样的生活方式吗？
(2) 如何看待女性同行？

(3) 什么时候感受到生命脆弱?

(4) 是否需要克服尸体恐惧?

(5) 如何学习并积累基础技能?

(6) 如何看待手术中的失误?

(7) 如何看待死亡率?

(8) 医生的同理心或者同情心会逐渐消失吗?

(9) 如何向病人宣布坏消息?

(10) 如何看待病人,是作为一个人的个体,还是仅仅是一个病例?

有好几个问题与生死有关。很多前辈对死人这事特别在意。张晓刚指着"克服尸体恐惧"那句话,翻了一眼,说了一句很哲学的话:"尸体有啥啊,死人不可怕,可怕的是活人。"

我在心里暗自觉得这话值得记下来。这倒是很符合他经验社会的人生准则:对确定性的事做好预案,永远要警惕不确定性。这世界没有什么有比死人更确定无疑的事了,活人则充满不确定性。对于一个要通过感知获得信息的人来说,确实如此:可怕的永远是活人。

张晓刚的同行和前辈们,对死人活人的事想得可是够纠结的。他们当然有纠结的道理,实际上这其中包括的是如何面对自己的失误,如何看待生命,如何扮演或者不扮演上帝,医生的同情心和同理心,等等。属实是个大问题。

你可能会说,怎么会有医生犯下这种大错?他们必须为所犯下的过错受到惩罚。根据相关法律规定,因为医疗过失,医生可能要面对医疗官司、媒体曝光、停职处分，或是被解雇的命运。

做错了事就要接受处罚，这固然是合情合理的。然而，现实生活并非这么简单。在医生这个行当中，有一件事是毋庸置疑的：所有的医生都可能犯下可怕的错误。……我询问的一些我认为值得尊敬的外科医生，他们都是从顶尖的医学院毕业的。……他们告诉我他们在过去一年中所犯的错误。每一个人都犯过。（注：阿图·葛文德《医生的修炼：在不完美中探索行医的真相》）

神经外科手术存在一个令人痛心的真相，那就是如果获得了大量的实践，无论多么复杂的手术你都能做得很好，那意味着之前你要犯许多错误，身后留下一连串伤残的患者。如果你能够一直坚持下去，其他人会认为，如果你没有精神病，至少也是个厚脸皮的人，如果你是一名谨慎的医生，你很可能就会放弃，顺其自然，只做一些简单的手术。（注：亨利·马什《医生的抉择》）

亨利·马什的儿子罹患脑瘤，他作为家属明白了至少两个道理：第一是如何理解暴躁的病患家属，第二是医生的谨慎是一种性格，更是一种选择。有些人愿意扮演上帝，有些人只愿意把问题交给真正的上帝。

另外一位同行法兰克·佛杜锡克塑造了一些冷血怪医的形象。《神经外科的黑色喜剧》里提及一位：对于手术造成病人死亡或后遗症完全无动于衷，早上把病人弄得四肢麻痹，下午就跑去打高尔夫，晚上跟朋友聊天，谈他在第七洞打歪的那一球。

《医生的抉择》里当然也有：

"B教授真是一位了不起的神经外科医生，超一流的专家，"我的注册医生说道，"但你知道他从事现在这个工作之前，住院实习医生怎么称呼他吗？大家都叫他'屠夫'，因为他在熟练、完善技术的同时也令许多患者残废，这些手术也确实很棘手。他惹上了许多难缠的官司，而他似乎并不在意。"

不只神经外科，40年代负有盛名的心外科医生罗素·布罗克爵士（Sir Russell Brock）对病人死亡的态度就是出了名的直率，他说过："今天的手术名单上有三个病人，我不知道哪一个能活下来。"（注：斯蒂芬·韦斯塔比《打开一颗心：一位心外科医生手术台前的生死故事》）

死亡率看起来只是一组统计数字，它对于医生行业的挑战其实非同小可。《打开一颗心》里还提及了一个实际发生的影响：

> 在发生了几桩医院丑闻之后，英国的国民保健署决定公布每个外科医生手中病人的死亡率。现在已经没人想从事心脏外科了。要操持漫长而辛苦的手术，接待焦躁等待的家属，夜晚和周末也要随时待命，谁还愿意做这行？这个系统已经为莫名其妙的官僚气息所盘踞，医生只要碰到一次坏运气就会被带去示众。现在英国已经有六成小儿心脏外科医生是海外留学生了。

张晓刚对于这个问题很矛盾，如果是从他自己的角度看：

> 术中你判断不太明白的，你还敢不敢做？胆大的人更容易出

成绩……我手里也没死过人。把细节注意到了，学会总结，这方面我做得好。敢不敢做。做一个死一个你还敢不敢，这个就挺那个。

如果是从同行的角度看：

你说我们现在的大专家，做过三万例手术，全国最有名，有人统计过他的死残率吗？有人这么做过不？所以说他的名声很大，但是没有一个非常客观的指标。对不？

张晓刚对生死问题思考得其实并不少。我们局外人看亨利·马什的书也好，或者其他人对医学进步波澜壮阔的评价也好，都是纸上谈兵。张晓刚是从衡量医生工作水平的角度思考死亡率的。

我们要知道，他是一个对错误过于敏感的谨慎之人——如果对细致和精细做进一步解读的话，他甚至给人一种有强迫症的感觉。比如他有一个固定的出门步骤，每天默念"伸手要钱"，也就是身份证、手机、钥匙、钱包是否都带在身上——这是别人总结的；后来多了一副要随身带着的眼镜，他就给改成了"伸手净要钱"。术前准备更是一样，"对患者姓名；对左右；摆体位；画切口；调灯"，张晓刚凡遇手术从未跳过这些步骤，还替别人补上不少漏洞。他笃信墨菲定律，"一个事如果要有风险它就一定会发生"，所以从未遇到那个看似荒谬但总是发生的致命错误：弄错了病患的左右手术位置。

他总是想把一台手术做得一点毛病没有。谨慎的代价是他没有术式上的创新，尽管这是一个很高的自我要求。

太细致了吧开拓性就不强。开拓性需要冒险的,做别人没有做过的或者高危的,属于比较喜欢挑战的人。我的开拓性一般。挺多人胆子都挺大的,现在越来越少了,好像90年代和以前更多一些。因为那会儿医疗环境比较宽松,患者对医生比较信任,做错了也不会怎么样。有很多(手术)国外有定论了这样做是不行的,只是信息没有交流,国内还是这样做,完了死伤率挺高的。手术这个东西它没有绝对的这个好那个好……除非你在哪个地方有创新了,改进了,或者你做得多了熟练了,死亡率才会下来。

值得一提的是,技术进步让死亡率大幅度下降,这并不是一个瞬间发生的过程。技术进步,不仅仅是机械层面的改进,也包括医疗人员对这种改进方式的态度。整个过程同样是以死亡为学习代价的。阿图·葛文德在《医生的修炼》中举了一个新旧技术更替的例子:

> 直到1980年,科技不断进步,使得血管置换手术的技术逐渐成熟,也安全了许多,这种手术很快成为治疗大动脉错位的最佳方法。1986年大奥蒙德街儿童医院的医学报告表明这种手术——血管置换手术对治疗病人更有效,病人的死亡率不到森宁手术的四分之一,平均寿命由47岁延长到63岁。但学习的代价也非常沉重:前70例接受血管置换手术的婴儿中,25%术后不治身亡,而那时森宁手术的死亡率只有6%。

在新旧技术的更替时刻,如果是为了个体生命,那么进步几乎不可能实现,如果是为了人类福祉,那么每个医生都要面对高死亡率而接受灵魂拷问:你以为你是上帝吗?如果你站在每个生命的立场上,当然是要最大限度地维持这个生命;如果你站在人类获得进步的立场上,有些牺牲可能必须被视为必然。

《打开一颗心》的作者、英国心外科一流专家斯蒂芬·韦斯塔比说:"我们必须从失败中学习,争取下一次能有所改进。如果沉迷于悲伤或者悔恨,只会带来无法承受的痛苦。"

张晓刚也会用另外一种语言拷问灵魂:"你怎么把可能有的风险降到最低点,你可能要做十个小时,但死亡率只有1%。那你说是一百个小时的工作量重要,还是一条命重要?是十个小时重要,还是死亡率更重要?"

张晓刚的理性回答还是:"如果我的死残率比你少个百分之二三,我也只能告诉我徒弟——我有可能只能对自己说——你看,我少死一个少残一个,算积德了吧。只能这么说。"

在和张晓刚聊天的时候,他常常会接起电话。有一次是这样的:"啊啊,你接进来……人还清醒不?啊……那就晚上加班给他做了呗。"

随后他解释:"这个病人,家里特别穷,动脉瘤破了,多住一天监控病房得多花好几千块钱,家里特别急。所以今天晚上动手术,加班给他做了。"

病人里穷人多,是张晓刚常说的一句话。

病人对于医生来说,是一个病例,一个活生生的个体,还是一个疮疤,完全看他们被放在什么语境下谈论。

刚刚工作没多久,张晓刚遇到了一个2岁的病儿。是外地务工人员的孩子,失足从桥上掉下,硬膜外血肿,得做开颅手术。失误并没有发生在开颅这个操作本身,而是准备工作不足。麻醉科没有获知手术患者的年龄,没有准备备用血液,结果在开颅之后耽误了时间,即便后来找到了血液,也无济于事,患儿心脏还是停跳了。

北部战区总医院门口有一座立交桥,张晓刚在多年之后提起,"家里人就给扔在那个桥下了。报纸上还写呢,小孩疑似做过手术"。

张晓刚对病人的态度,容易让人想起"将心比心"这个词。它比书面语化的"同情心""同理心"更民间一些,似乎也更准确一些。你会感觉到他跟病人说话很直接,能救不能救,到底有没有成功的把握,说得很干脆,不拖泥带水。他也会给病人想一下到底如何治更省钱更经济更划算。但在生命这个问题上,他没打算在人类史上留下更多贡献,显得保守老派。

在谁手上死一个人都有阴影。每个人心里都有一座坟墓嘛。因为自己的问题出了事,这辈子也忘不了。对啊,我前两天这儿刚死一个。不是做手术死的,是并发症。做手术之前这啊那的各种不满意,做完了血管痉挛,这在世界上也是没办法的。术后八天都没事,第九天血管痉挛了。我仔细看了,病人的血管有特殊性。比较细,容易栓塞。这个发了都没啥招,你要把这个攻克了,你在全世界都很牛。

这是那天张晓刚讲的故事。

【番外】"大众创造了希波克拉底誓言"

说到医生对职业的理解,作为外行,我们很容易想到那个著名的"希波克拉底誓言"。它太有名了,在各种和医学有关的书里,只要回溯历史,作为鼻祖的希波克拉底就会出现。其实希波克拉底誓言具体是什么,人们并不清楚——据说后来为了适应医学的发展状况,它前后被修改过八次。

有人考证希波克拉底誓言并非来自他本人,最早提及这份誓言的是公元 1 世纪罗马皇帝朱里亚·克劳狄一世身边的一位医生。而希波克拉底生活在公元前 460 至前 370 年,这之间没有文献提及这份誓言。

简体中文世界里"希波克拉底誓言"的通常版本如下:

> 医神阿波罗,阿斯克勒庇俄斯及天地诸神为证,鄙人敬谨宣誓,愿以自身能判断力所及,遵守此约。凡授我艺者敬之如父母,作为终身同世伴侣,彼有急需我接济之。视彼儿女,犹我弟兄,如欲受业,当免费并无条件传授之。凡我所知无论口授书传俱传之吾子,吾师之子及发誓遵守此约之生徒,此外不传与他人。
>
> 我愿尽余之能力与判断力所及,遵守为病家谋利益之信条,并检束一切堕落及害人行为,我不得将危害药品给与他人,并不

作此项之指导,虽然人请求亦必不与之。尤不为妇人施堕胎手术。
我愿以此纯洁与神圣之精神终身执行我职务。凡患结石者,我不
施手术,此则有待于专家为之。

无论至于何处,遇男或女,贵人及奴婢,我之唯一目的,为
病家谋幸福,并检点吾身,不做各种害人及恶劣行为,尤不做诱
奸之事。凡我所见所闻,无论有无业务关系,我认为应守秘密者,
我愿保守秘密。倘使我严守上述誓言时,请求神祇让我生命与医
术能得无上光荣,我苟违誓,天地鬼神共殛之。

这东西总的来说,就是职业道德。此后无论哪一轮的修改版本,大抵都遵循这些核心内容:对知识传授者心存感激;为服务对象谋利益,做自己有能力做的事;绝不利用职业便利做缺德乃至违法的事情;严格保守秘密,即尊重个人隐私、谨护商业秘密。

拿这个问题去问张晓刚医生,他看我一眼,说,他上学的时候"不知道希波克拉底,就说过'向毛主席敬个礼'"。毛泽东主席对医疗事业确实也发表过看法,现在在很多大医院里还能看得到:"救死扶伤,实行革命的人道主义。"

而且,这句话是1941年题写给延安时期的中国医科大学的。到1991年题词发布五十周年的时候,它被隆重地请到医大一院的主楼大厅里。王平对此并没有过多提及,他对于希波克拉底誓言的看法倒是与他一向的观点相近:"希波克拉底这个东西跟入党宣誓一样,(如果)心中没有宣誓,口头宣誓(就)没有用。"

社会学家兰德尔·柯林斯在《文凭社会:教育与分层的历史社会学》中提及了一个观点:是大众创造了希波克拉底誓言,目的是为了

应对客户潜在的不信任。

一个垄断了重要技能且保留权利来评判自己成败的职业，难免会让那些依靠它的人心生疑虑。当医生或律师上门时，客户通常都会显得十分无助、心烦意乱。此外，哪怕是在最高的技术表现之下，其成果也往往令人怀疑：疾病可能无法治愈，案子可能无法打赢。面对客户（或其在世的亲人）不满的怒火，为了自我保护，职业群体设立了严格标准，并施加给所有给整个职业带来麻烦的执业者身上。正如齐尔布伯所言，是大众创造了希波克拉底誓言，而不是医生自己。

第六部分　社会人

第十四章 "熟人社会"

"走进社会"

社会该来还是要来。不管如何被保护,男孩总要长大成人。这些被母亲宠爱的男孩还是要走向社会。有几个跟社会有关的悖论,其中一个应该就是:本来保护你不接触社会,就是为了让你在社会里更容易找到生存的好位置。

春节前。护士长把王平拉过来:"给你一个病人。"王平那时刚工作,正兴奋,跟在老医生后面,没有机会独立面对病人。这是护士长想着他,应该念护士长的好。等到看了病历,才发现不是这么回事。八十多岁,肝肠肺都不好,结肠癌,梅毒,二院不给做,转到一院来。再仔细打听,本来是给别的医生的,人家看这病人麻烦,不接。"把我卖了,还要卖我一个好,这不当我是傻子吗?""你要直接说,过节了,这个病人比较重,主任不太放心,点名让你来,这是一句话,你不能当我是傻子啊。"年轻气盛的王平医生,就在早会跟护士长吵起来了。

"要不为啥我对搞行政的都很反感,时间长了都挺滑,好人不多。大染缸,好人也变坏了。"

李丽总结王平在单位里的窘迫时——他们夫妻与很多人一样,把"单位"与"社会"视为可以互相替换的名词,实际上也确实如此,他们大多数时候需要相处的"社会"就是"单位"——会像张晓刚一样讲王平的缺点,核心同样在于"不够成熟":对社会上的事了解得少,单纯,看啥都简单;老实,不会说话,耿直,倔;再加上医生的职业身份,说上句说惯了——我们理解这里的"说上句",就是总是扮演信息不对称中的信息占有一方。没有人对他好。为什么要对他好呢?又不知道送礼、拉关系。

这个社会没有什么必要对刚毕业的年轻人表达太多的善意——这是他们真正的"人生初体验"。

张晓刚在毕业分配的当口找不到门路,主要问题在于不知道找谁合适。最后他能顺利分配到陆军总院,还要托二叔这种社会能人找关系。二叔张荣为了能从甘肃文工团调回沈阳,敢于直接坐到大军区政委的饭桌前讲自己的困难,这是社会上的硬角色:敢闯;审时度势,知道关键时候要抓住机会;找最管用的那个人。

王平对自己能留在医大一院的过程所述并不详细,但显然也是无意当中找到了最合适的那个人。

老师跟你说了,你表现挺好,我想留你哈。啥意思?没出过校门,不懂这些。不能说别人留下都送了礼,我感觉大部分人都送了。就跟初中保送一样。老师跟我妈说了,你孩子表现不错,我打算保送他。啥意思,我妈也没弄明白。结果怎么样?老师跟你说完,毕业的时候没留我,傻了。通过关系找到当时主管医疗的副院长,他见科主任,随口问一句,那小伙现在表现怎么样。

主任明白了，王平这是找院长了。留下了。留下你不送礼，人家也憋一口气。头两年过节还送，后来去他妈的，不送了。送礼和办事不是一个概念，我现在觉得那时候三两万块钱还是应该送的。不送，那人就打压你呗，所有好事都没有，没有啥劲头，没有啥前途了。

社会确实不像他们说的那么友好。刚结婚时，李丽和王平沟通还多，单位里的事都要回来讲讲，互相出出主意。"我现在感觉，都是馊主意。"李丽现在总结。

这些"奖学金男孩"有一个不那么被提起的弱点，就是从小被人夸奖聪明。自己渐渐也就相信了这一点，难免在进入社会时要动用一点智力。但要知道，社会更多拼的是经验值，对智力的要求没有那么高。所以这聪明有的时候运用于社会中，并没有什么竞争力，说不定多数时候还被人看成自作聪明，变成一个笑话，自己还不自知。

沈阳有若干民间传说，比如说知识分子整人更狠，知识分子人事关系复杂。这当然有妖魔化的成分，因为工人多，工农干部多，转业军人多，他们觉得知识分子的心思不大好猜测。工人阶级想象知识分子，每个人都很聪明，脑瓜转得比我们快，不像我们工人大老粗，直来直去，所以他们可能无时不在算计着自己的收支利益。王平这样工人阶级出身的角色，当然也从小被潜移默化地灌输类似的观点。这一定程度上夸大了他们对社会的想象。这与王平说的他对"行政干部"的反感是一样的："有些人很势利，看人就是有用和没用。他就是以这样一个标准来区分人。"

王平如今事业有成，说到这里，沉吟一下，还是又加上了一句，

"绝大多数人都这样,但不能太过分"。其实不用他暗示,我们也能看到他的"圆滑",他现在也会用"有用""无用"来衡量人和世界,他只是觉得自己把分寸掌握得还不错,在自己的底线之内。

中国的单位研究者发现,普遍存在于工厂里的"实用性的私人关系"网络,大致存在三种模式:第一种是积极分子和普通工人;第二种是上下之间的恩惠;第三种是互相利用的关系。(注:安德鲁·G.魏昂德《共产党社会的新传统主义》)

在沈阳,这三种模式同样存在于各种"单位"里,某种意义上,它就是沈阳这个城市的"单位文化"的一种形态。

在这个文化大背景下,知识分子确实与工人社会有所不同。比如"上下之间的恩惠"更容易存在于工人社群的师徒之间,师承关系可以为每个新入职、新进入社会的年轻工人提供一点保障,减少矛盾。知识分子体系注重平等和人格独立,并没有这一层缓冲,因而更强调利益交换体系。而一个刚进入工作状态的大学毕业生,并没有太多资源拿来与人交换,结果就是:步入单位,参加工作,通常被视为"走进社会"——二十几岁的年轻人,与一群经验丰富的、岁数大他十几二十岁的人站在同一个竞争起点上,在这个背景下,新入职的大学生基本上必败无疑。

这种观点有个前提,就是人和人之间的竞争是零和游戏,是以相互争夺资源为代价的。在八九十年代,经济发展起步阶段的中国,这个前提是存在的。当然,年轻人也并非没有资源。如果现在看一些"大人物"的简历,他们通常有一些特殊机会,包括进入团委——因为有年龄限制,又有级别,所以很多人因此而进入高速晋升通道；做了秘书——帮助王平留在医大的副院长就是通过此渠道得以晋升；还有一种，进入婚恋市场，这种情形并不罕见。张晓刚就是一例，他太太的父亲也是医院科室主任，德高望重。进入婚恋市场只是得到了别人没有得到的机会，还要辅以其他的职业晋升机会才有脱颖而出的可能——张晓刚秉性淳朴，"一劳本神"，倒没有在这里兴什么风浪。

话说回来，年轻人觉得社会险恶情有可原。如果沉浸于此，同流合污，那就是如王平所说，堕落为一个恶人了。如果自身能力不弱，又有对自己的定力，如王平所说"有一技之长"，那么同样会赢得社会尊重，不会埋没才华。

在王平和张晓刚医生进入社会的90年代后期和新世纪里，"单位办社会"已经进入到改革范畴，不再是受鼓励的行为。但它还在沈阳这种单位制重镇里继续发挥作用。人的单位所有制、人被束缚在单位之中，这种从王宝臣时代就存在的现象仍然清晰可辨。当单位占有了大量的社会资源，一个人对单位的依附性与对任何东西产生的依附性没有什么两样。

任何依附性都以让渡一部分自由为代价。我想要说的重点在于，它对人的文化和精神的控制，以及它对城市化进程的影响。现代文明的最大特征是陌生人社会的形成，而单位制度的活跃反其道而行之，它力图维护的是一个熟人社会。

只有陌生人之间的交易才更具备建立信用体系、契约体系这种现代社会基石的条件。陌生人在社会各个环节上交往，建立规范和标准——大家不再以关系的远近亲疏来判断可能的处理和解决问题的方式，这就是现代文明所在了。

研究现代文明和英国史的詹姆斯·弗农认为，英国是在19世纪进入现代社会的，那时，新的交通和通信技术覆盖范围不断扩大，抽象且不具人格的社会、政治和经济组织体系开始掌控国家。他在《远方的陌生人：英国是如何成为现代国家的》中说，亚当·斯密在《道德情操论》中所主张的"商业活动的增加创造了陌生人社会"实际上是说反了，正确的可能是"陌生人社会重构了经济生活中的行为"。

长久以来，经济生活都是围绕着地方市场和与认识且信赖之人的当面交易而展开的，然而逐渐分散、城市化的人口持续且迅速的增长，为这种经济生活的运作带来了新的挑战。为了促成陌生人之间跨越远距离的交易，市场信息通过印刷品，从人和地方被提取并抽象化。此外，通过印刷，交易的各种形式——不论是公司的法律地位、货币的使用，还是度量衡单位——都被标准化了，因而信任关系的重心由与谁做生意让渡给了如何做生意。正如这些过程改变了经济生活的行为模式，它们也使市场成了名为"经济"的单一实体的一部分。所谓"经济"，具有系统性的特质，可在不同的国家和国际空间中规划。

这里有一个有趣的现象，王平医生喜欢强调"贵人"的存在。他的母亲曾慕芝，以及张晓刚的母亲杨淑霞等老一代沈阳人也一样喜欢提及"命"和"贵人"。"贵人"这个现象之所以有趣，在于"贵人"的身份通常来说带有"陌生人"色彩——在熟人社会中，一个陌生人提供的意想不到的支持。如果一个人与你有利害关系，为你提供帮助，这是社会的正常现象，比如帮张晓刚解决工作问题的二叔张荣，在当地文化中通常不会被视为"贵人"。没有利害关系而出手相助，本身有一定的随机色彩，因此就有了宿命成分，比如张荣主动找军区政委帮忙，解决回沈问题；有大人物替王平解决留校问题，这些被称为"遇到贵人"的可能性更大。强调"贵人"，算是熟人社会长盛不衰的一个小的佐证。

熟人社会贻害甚广，这其实倒是不用多说。这些年来，沈阳和东北文化被广泛诟病，有相当多是因此而生。其中，不找关系办不成事，最为典型。托人托关系，无非就是把陌生人社会变成一个熟人社会。没有熟人关系，你会受到冷遇，或者得不到相应服务。以往，也包括现在，我们习惯于把它归于地域文化，但很大程度上这与地域关联度不高，甚至也不是工人阶级社会的本质特征，它是"单位制"的遗存，是"单位办社会"的本质特征。

我们现在已经接近单位与社会的那个核心结论了。

第一，单位畸形发展的结果，就是不断强化在可信赖之人之间的交易，虽然城市中的各种交易看似都已经存在，甚至各种规章制度也随之建立起来，但实际上它并不会真正得以执行，因为在熟人社会中比拼的是人与人之间的距离，这决定了交易成本；

第二，工业型城市，对于所有不同类型、不同背景、不同文化和意识形态的工业型城市来说，都不是完整的城市化。工业有周期，工厂有寿命，产业工人要转型，城市不可能依赖一到两代产业工人而完成城市化。

沈阳恰好就是上述两个交叉点上的一个城市。

非人格化的社会，匿名的官僚体系，以金钱或者市场为基础建立的——或者委婉地说可量化的——社会关系，因印刷和交易的广泛发展和进步使得空间尺度变得更大的城市，这些是陌生人社会的简单特征。我们看到的是，在沈阳这个从工人阶级社会中发展起来的城市，与之背道而驰的力量是如此强大。

王平与李丽用了大半生的努力来与这个社会和谐相处，这其中经历了诸多的变化。完善自己的一技之长，与社会的蝇营狗苟保持一种疏离的状态，遇到秦浩这样的"贵人"，尽量保持陌生人的相处方式，与单位保持距离。如果他们生活在一个"陌生人社会"里，他们作为专业人士，理当拥有更多机会，或许会取得更大的成就，至少会更自如。

成为"他们"

王医生很多时候——可能是大多数时候——还是会把自己当成一个与社会格格不入的人。至少在聊天的时候，他会有意强调这个特征。

很多时候，坚持"我们"的定位，是一个优点。与权贵保持一点距离，不那么谄媚，不那么"积极"，虽然就"混社会"而言不是什么好事，但可以让人保持清醒。权力机构不管怎么说都有腐蚀性，而且权力这东西还有成瘾性。一个对权力上了瘾且没有抵抗力的人，是王平医生所不齿的那种人。

这种自信心，对于王医生来说，往往是通过自己的专业性和专业判断来表现的。

总住院医师这个职位，在中国现有的医疗体系中，是成为独当一面的主治医生之前必须历练的一个阶段。这个职位要负责全院的科室会诊，对于外行，特别是习惯了官本位的外行来说，好像权力很大，实际上它是一个值班医生的活儿，锻炼强度大。如果是一个好学的人，那可学的东西相当丰富。

王平医生在这个岗位上表现出他的优秀学生本色，学到了不少东西，被评为优秀总住院医师，但也得罪了不少人。

一个肝脓肿病人发烧寒战高热还带糖尿病，内分泌科说这病人归外科，王医生说不，脓肿没有熟透不能开刀，应该内科治疗。主任不服，说你这么小你说了算吗。王医生说，我可以为我说的每句话负责。

又有一个病人，是火葬场锅炉工，两百多斤重，还认识医院的护理部主任。内科认为这病人是阑尾炎，应该归外科。王医生认为保守治疗更好，不必转外科开刀。教授不服，请来了更高级别的教授。高级别教授带的大夫做胃穿刺，穿出了脓，便说是胃穿孔。王医生据理力争，说这不是胃穿孔，也不是阑尾炎，而是胰腺炎，依然不同意开刀。医务科介入，外科最后收了，但还是选择做保守治疗。一个礼拜后病人康复。

王医生觉得自己那一年总住院医师当得特别有质量，独立判断病情，抓住理就敢坚持，哪像现在踢皮球。"我外科不光看年龄看资格，还看能力。我会诊我拍板我定，你要觉得我不准，你可以找上面。"

这态度可不是什么好态度。性格中桀骜不驯的那一部分注定会成为生活的成本，更严重一点，叫"代价"。最大的代价，王平现在也不愿意多提起，或者装成不大在意的样子：他没什么科研成果，作为一个资深从业者，在这一点上不大说得过去。

在最容易出成果或者多出成果的那段时间里，按王平医生自己的说法，他是被打压的。一开始他还跟所有人一样找项目、申报科研基金，但别人做得顺利，他的项目却没啥回音。别人即使不顺利，也都知道今年这个项目差在哪里、专家评审意见是什么，第二年再改一改可能就中了。王平的不顺利是——他自己都觉得有点匪夷所思——领导说，我把你的项目报告整丢了。

按王平的说法，除了叛逆，没有什么好出路。科研不做了，临床是职业本分，工作也还算认真，但即便如此，时间还是多到可以用来看电影和琢磨股票，有阵子还能有时间回家做饭。

那个时候王医生认真考虑过的一件事是移民，就像他的很多同学一样。他选中了加拿大。但他和妻子从未真正下定决心，更何况他还有家庭观念特别重的父母。不过，那成了王平最轻松的一段日子，一个礼拜算上夜班和两三个门诊，手术量不低，科室里十个人他能排到第三，放眼人生后二十年，职业生涯好像已经清澈见底了。

直到那句提醒——我们已经是第三次提到它了："有一天，你姑娘问你，说你是医大大夫，怎么谁也不认识你，你要怎么说？"

让王平认真思考的这个问题，换一种说法是，做特立独行的、始终保持旁观者姿态的"我们"，还是成为公认有成就的、有着让人尊敬的社会地位的"他们"。

我跟着王平进手术室，他向其他同事介绍有人要为他写书。

手术室不是一个沉默的空间。各种仪器发出嘀嘟、哔哔的声音，还有医生同护士的聊天声。一个手术室的医生往往是随机的，而麻醉医生和巡回护士是常驻组合，他们见多识广，常会毫不忌惮地点评某某科某某医生动作不够利索，某些医生光顾着跟唠唠的患者说话，半天也没商量好术式……

甲状腺手术频繁，王平有固定使用的手术室——二十二号和二十四号。当一个清醒的患者被推进手术室，如果他不是那么紧张，一定会注意到这里医生护士亲如一家的氛围,而自己是那个闯入别人家客厅的外人。

王医生有两个助理医生,手术时帮着拉钩,最后负责缝合收尾。两台手术之间大约有半小时的间隙,这时王医生会掏出手机回复"好大夫"上患者的提问。他不休息,不放空,也很少闲聊。

王医生一周里有三天跟他们在一起。通常这样的一天里,有七八台手术,这意味着从早上八点到下午五点半,除了吃饭,王医生很少坐下。王医生手术的特点是快。护士长柳蕾说,如果别人也安排七八台手术,可能无法在五点半下班。王平笃信手术是对一个外科大夫的锻炼,如果年轻医生一天只安排三四台手术,他就会批评他们偷懒,现身说法:"为啥不多做呢……我一天都做那么多。你那么多辛苦,当天看不着结果,一年看不着,两年看不着,但可能五年以后,突然有质的飞跃,你一下子就成名了。这东西你急不来。"王平现在说话有了一点老医生的气度。

一周中的另外几天与这三天一样,有如设计好的程序。周四上午,王医生出专家门诊。当天下午,如果安排得比较妥帖,他会乘高铁去省内另一个城市做手术,现在高铁发达,大部分地方一两个小时也就到了。周五、周六和周日这三天,至少有两天他要出去"多点执业"。一天走一到两个地方,手术量"不能说得太具体",会有人觊觎。

这时候的王医生——大家尊敬地称他"王老师",有时也叫"王教授"——在甲状腺外科领域里已经小有成就,不容小觑了。

作为一个要替王医生写书的人,我被允许在他坐门诊的时候坐在他侧后方,视线抬起来刚好看到他有点谢顶的后脑勺。王医生可以保持这个姿势从早上七点半坐到将近中午，一道铁灰色诊室大门把他和外面黑压压的候诊人群隔开。

大医院的热门诊室里大都有这样的紧迫气氛。但王平的门诊还是不一样。人有点太多了。那道铁门的宽度是普通门的两倍，它更像一堵墙而不是一扇门。当它打开的时候，门外是黑压压的人群，无一例外站着，紧贴着彼此，叫号的机器运作如常，然而人们置之不顾。从房间里看，你永远不知道外面候诊区还有多少人，视线完全被人墙挡住了，也许，根本没有人愿意坐在候诊区的椅子上平静等待。

从早上七点半到十点，一百个患者进出这个房间，如果算上他们的家属，那么至少有将近两百个人。每个人和王平的对话不超过两分钟。这似乎是一种不成文的规定，也可能来自房间里隐形的压迫感——王平回答问题快而短促，言简意赅，并且每一个人看病的时候，身后都至少有四五个人和他们的家属在围观。

十来平方米的房间里随时保持至少十个人：一众病人和家属，我，王医生和江大夫。

江大夫的门诊时间在十一点之后，本不应该此时出现在这里。但给王平操作电脑的人离开之后，王平如何上门诊就成了一个技术问题。他看病有多快，用电脑就有多慢。比王平年长十岁，已经接近退休的江大夫伸出援手。

江大夫可腾挪的空间很局促。他挤在墙与王平之间，一台桌面显示器和一个键盘旁边只够放一个保温杯。

铁灰色的大门开启，就意味着今天的门诊大战开始了——只是对急切的患者而言。有时会有人伸出胳膊卡住门，嘴里喊着："王老师，我就一句话，就一句！"趁着门后的保安犹豫，他挤了进来。后面的人往前涌着，又徒劳站住，铁门重新在他们面前关上。

诊室里，羽绒服还来不及敞开的人们手里捏着各种各样的小塑料袋无纺布袋大纸信封。空气很闷，弥漫着头油的气味。唯一的一张黑色小圆转椅像抢椅子游戏的道具，一个人还没有离开的意思，另一个人就想坐下来，原本在袋子里收着的多普勒相片和病历已经盖过前者紧紧扒住桌沿的手。

王平的问诊通常都是耐心的。他眼睛看着一个病例，嘴里回答着上一个病例最后几句问话——有些人还会折回来再补几个问题——手伸过去接下一个要看的病例。他压低声音回答每一个问题，有些人为了听清把身体凑得近一些：良性，三个月半年之后复查，不用吃药，没有忌口，观察为主；恶性的，是癌，良性的，但是压迫气管，得做手术；手术安排不上；你哪儿的，医保是哪儿的；先打个彩超／穿刺，手术就得切，万一是良性的不是白受罪了……

两个半小时内有一百多个门诊病人，在医大一院并不多见；但更不多见的应该是，这些病人如果想请王平做手术的话，大部分都会被拒绝。

——我就是不吃不喝不睡觉也做不完。

——王大夫我慕名而来。老远了。

——我患者太多约不上。

——我大姐二姐全是搁你这看的。你给我做我放心。

——找我至少要等二到四个月。我就是建议手术，在哪做、找谁做，这个自己决定。

——我就想找你！

大多数来问诊的都是女性——如果你搜索甲状腺疾病的发病人群，各种解释一定会提到女性的心理性格特征、雌激素水平、家族遗传与甲状腺结节的关系。中年女性是高发人群，从门诊的比例看，似乎也的确如此。

眼看预约手术无望，大多数人会最后争取一下，然后捏着资料袋离去。有两种人会成功。一种几率极小，靠毅力。一位嗓门尖利的中年妇女在她的姐妹或者好朋友的陪伴下神情紧张地坐在小圆凳上，两眼盯着王平说，她根本不愿意尝试别人。她急迫得看起来呼吸都紧张，一旁陪伴的人不由拍着她的背，让她不要着急。她越说越急，近乎哀求。王平表情没什么变化，但是拿起了笔，"你手机号码留一下"。

王平面前放着一张 A4 纸，用得多，纸边已经软了，上面有患者的联系方式和病情特征——以简略的几个词排在一起。到九点半去上厕所之前，他大约能写下七个患者的信息。

有时来自外省的患者会得到一些小条，灰白色的纸，印刷粗糙，排版拥挤，但还是在角落里想方设法加上了"好大夫"网站的吉祥物，那只牛。扫描二维码，就可以进入王平的"好大夫"主页。有时王平还会在患者病历上写上当地医生的手机号码。他拿起手机现搜当地医生名字，然后告诉患者如何联系。一周，最多两周，他就会到当地医院去一次，"多点执业"，集中把所有预约的手术做掉。

那些上门复诊的患者也会拿到小条，王平称之为"售后服务"。甲状腺疾病的另一个特点大约就是绵绵不绝的二次问诊。浏览王平"好大夫"页面上的"患友咨询"那一栏，你会看到各种各样的问题，其中不少是术后的服药或者情况咨询，哪怕有些手术并不是王平做的。

那些问题的回复有时是一个蓝色的语音框，只要患者不设置成隐私内容，所有浏览者都可以听到王平的声音。听着那些拉拉杂杂的背景音，熟悉王平的人会想象到他在食堂吃饭时或者手术间歇低头对手机说话的样子——这就是传说中医生的碎片时间。

在这间甲状腺外科共用的门诊室里，还挂着其他医生的名字和二维码。但是没有人去扫那些二维码。有一些人会越过这些大夫的卡片，身子再往里凑一点，去扫王平的那一个。

王平一次门诊大约能发出去几十张小条。没有人问王平为什么有的人会拿到小条，有的人没有。

诊室后门有条鹅黄色帘子，当它被掀起的时候，就代表有门路的人来了。比如，一个穿黑色毛衣的男人夹着包钻进来，把手搭在王医生肩膀上："王老师，我是那谁介绍的，你给看看这个。"抢椅子游戏的玩家们都停下手来，王平举起彩超说几句，黑毛衣男人嘴里喊着"欸好嘞好嘞，谢谢王老师啊"，又掀帘子出去了。

提问的人和回答问题的人都心照不宣。穿着医生白大褂、护士服的人从后门掀帘子进来，就能把号挂上，然后找王医生看病。普通人必须争分夺秒，错过这周的八十个号，就得等到下一周。有时候就连保安也会带来病人。

王平知道这里面很多是托。所谓托就是收了钱，而非真的是亲戚朋友有事。"谁没事一天到晚有这么多亲戚朋友生这毛病的。"但他不拒绝，还是那句话："你把这人得罪了，明天谁也不给做了，你还不知道三年五年之后你犯在谁手上。"

在关于"北方"的抱怨里，王平提的最多的一个是单位压人厉害，另一个就是办事得有关系。

王平当初留在医大，借了"贵人"之光，但这光不一定笼罩一生，大部分路都要自己选自己走。王平把"关系"看得很重，一方面是他理解"他们"的世界运行规律就是如此，另一方面是他总觉得自己离"他们"这个世界还有点远。他有"先天缺陷"。

我在门诊里见到了老吴，他挤开患者从大铁门里进来。我们前几天在手术室里打过照面，他是隔壁某一间的麻醉医生。

"诶王老师，那啥我跟你说的那个病人来了。"

王平抬起头表示诧异："昨天都在手术室外边给看完了啊。儿子领着来的，找了一个卫生员。"

"不能！那不是我的病人吧！"老吴也表示诧异。

"那你让他把材料拿来看看。"

一房间的人都停顿了几句话的时间，然后又重新恢复问诊。不一会儿老吴把材料拿来了，王平接过看了看，"就是这个患者"。

老吴面子上挂不住，"他们怎么这么整呢！我可真服了"。正要冲出去，又求王平："要不王老师还是给看看吧，人都来了，挺大岁数的。"

一个老头儿颤巍巍进来，脖子高高鼓起一个大瘤。果然是老吴在手术室说的八十多岁的样子。王平仿佛之前的对话都没有发生过似的，伸手摸了摸瘤，又问长了几个月——其实他知道这病肯定一早就发了，只不过是家属拖着没有治疗——回答说三个月就长成了这样。王平表示遗憾：长这么快，转移率挺高，放疗也够呛。一旁搀扶的家属连连点头，"我们就是尽孝心，尽孝心"。老人始终没有什么表情。谁也没提昨天在手术室外到底是不是见面看过病。

王平不喜欢做这件事。他心里知道，家属只是需要一个转移责任的说法,表示这个病的治疗有难度,既然医生开口了,那就不是家属的决策出了问题。王平之前在手术室里嘟囔,操蛋家属,老吴明明知道这个,自己就应该把事情挡了。

但是这个人情完成了。

人情是否能完成得看情况。

一个早上五点半打来的电话被王平愤然挂掉。"我当时就急眼了,我说不管你认识谁,手术我不给你做了,别来找我。你这人基本素质没有,我说句不好听的,我已经把我的生活都卖给你们患者了,你早上五点半打电话,把我家人吵醒了,把我姑娘吵醒了,她晚上十点十一点才睡。五六点钟睁不开眼睛。没有商量的余地,我绝对容忍不了的,你爱找谁找谁。不管你认识谁,手术我肯定不给你做。"

李丽劝他,也许是别人着急。王平更急了:"我怼的不是一个人啊,天天这么给我打电话我能受得了吗?"

所谓骚扰电话,在王平这里有两种,一种是在非工作时间打来的,另一种是在工作时间打来的,但需要他放下手头的工作去处理某件事。五点半事件属于前者。但不管哪一种,惹恼王平的可能都不是那一个人,而是一类人,他马上把自己的遭遇上升到命运的层面,仿佛他发泄的不是睡眠被打扰的恼火,而是牺牲不得回报、辛苦无人谅解的哀苦。

至于那些给手术台上的他连打三遍电话,只为让他去手术区门口看一个片子的老教授,他当面没法发作,只能事后抱怨:"这人急得上房了吗?没有啊。就是看个破片子。"

素质。王平喜欢说他们没素质。我们聊起这些的时候,本来的话题是"医生的同情心"。我本来想知道,医生在何时会"丧失"他们的同情心或同理心，因为如果类似的情绪太多，可能会妨碍他们的诊治。

王平最后绕回到了这个话题：同情心我们没失去啊，但这种打扰谁也受不了。

门诊结束之后，王医生倚在医生休息室的窗边盯着手机。

"这门诊我是越来越不爱出了。没有意思。生活没有质量。而且我也接不了手术，都满了，都得拒绝。"

而且经常忙活两个多小时，收上来的病人还没有得罪的人多。医生把门诊当作收病人的渠道，但对于忙活不过来的王平来说，就比较麻烦，医院的关系都照顾不过来，门诊失去了收病人的意义，这事经常让王平感觉恼火。

他的困境确实明摆着。他优先安排了本院熟人的手术，然而仅仅这部分量也太多了，普通的病人只能全部拒绝，剩下的只有去外地做的手术。这两个部分的量加在一起已经到了一年两千台，"相当于复旦肿瘤头颈外科全科总手术量的三分之一"。另一方面，整个科室一年手术三千例，他一个人就做了一千例。

王医生抱怨工作有数量没质量。南方医院的专家可以有更好的收入体系，私立医院可以有更丰富的病人类型，而他只是在重复劳动。

他现在站在"我们"这一边，还是"他们"这一边？在很多时候，王平在这两种社会状态里切换着。

【番外】关于南方人的都市传说

陈赫,沈阳人,民间城市风貌保护者。本职工作是工人。每个城市都有若干个热心于城市保护的组织和人群。陈赫在沈阳这个圈子里小有名气。

那天他说了不少跟城市保护相关的事,讲了一些城市里建筑的悲剧命运,说到后来,他感慨这一领域在沈阳做得艰难。"南方文化保护可能更灵活一些,可以搞成项目,然后众筹什么的。北方一旦遇到钱的事情就麻烦。"

"你看我收五十块钱一个人还要被税务查,后来我打听过了,个人收入不足两万不需要上税,但这事就是埋汰你,你说是不?"他组织同好者参观博物馆,一天活动消耗七七八八下来,一个人收五十块钱,被举报了。

陈赫也因为这个原因,又说:"我不想做营销。我是公益出身,也得不忘初心是不?我跟各个博物馆馆长都很熟,我要变成了钱串子(注:过分看重金钱的人)他们就不能理会我。"

这几句话信息量挺大。我们分解一下:

(1) 南方人脑筋灵活,城市保护做得比沈阳要好,有值得学习的地方。

（2）南方的保护是用钱，或者说是用市场来推动的，所以有好的效果。

（3）北方如果做公益，就不能与钱有关联。如果与钱关联在一起，馆长们会反对。

（4）馆长反对的原因，很可能是："你要搁我这儿挣钱，那我们就要说道说道了。"

（5）所以馆长的态度可能是："我不差你那几个钱，宁可没钱，这事做不下去，也不能乱了。"

（6）保护者最后可能是："我不差这几个钱，我不想被视为钱串子。"

（7）如果用钱推动，能解决问题，但会被视为钱串子。这事要评估一下。"钱串子"是个贬义词。

（8）南方是个钱串子推动的地方吗？

（9）南方到底做得对吗？还是我们这种穷，且益坚，且夸夸其谈而无所作为的才对？

这基本上包含了沈阳人对"南方"的想象、爱还有不解，以及有时候的看不上和大多数时候的自愧不如。自从失去了计划经济大赛里一骑绝尘式的领先地位，沈阳对"南方"就始终在这样一系列态度中周而复始地纠缠。

改革开放之初，明眼人就敏锐地发现沈阳未来堪忧。《沈阳日报》那时候还是一个有认真思考问题能力的媒体，他们从1982年前后就开始琢磨这事。

那年，上海开了一次全国百货、文化小商品二级批发经营协作会，全国二百个百货文化二级批发站，拿出样品共二万一千一百七十四种，沈阳只有六百三十一种。《沈阳日报》写了篇文章，大字标题：

为什么沈阳小百货不受欢迎？

文章总结的内容与其后四十来年说的东西差不太多。一是不能以新取胜（注：对比浙江）；二是不能薄利多销（注：对比江苏、浙江）；三是不注重装潢。记者认为这是重工业城市的特征。对标"南方"从那时候就开始了。

我们能看到很多这样的标题，基本上是《沈阳日报》跑工交战线记者的日常。

《如何改变小商品南货北销局面？》，文章给出的解决方案是，"摒弃小商品费力不赚钱的观念"，"摸准信息不断设计开发新产品"，"方方面面要以实际行动扶持企业一把"。

《"华丰"为何挤了"众乐"》，当年有一个著名的方便面品牌华丰三鲜伊面，沈阳本地也有一个众乐方便面，这篇文章问的是，为什么华丰价格高分量少，却占有市场？总结下来，本地品牌昏招频出：质量不稳定，"大意失荆州"是很重要的前提；华丰用议价面（注：从市场上买的面，更贵），所以卖价是五毛二分，众乐用平价面（注：从粮食部门买的有补贴的面，便宜），一开始卖二毛九分，然后一路涨，涨到四毛六分——报道说"价格调整影响了消费者的购物心理"，没错。如果质量不好，还这么作，没有不败的道理。

《酒香也怕巷子深》，说的是沈阳人没有广告意识，南方产品的广告已经把沈阳包围。"做广告是拿钱打水漂吗?"记者提出了这个神圣的问题。

《不重合同,何以见效益?》提醒沈阳人要有合同意识,说沈阳企业签订合同不认真,一字之差吃苦果——怀疑是被南方人骗了,然后再度提醒,不能"私了"。

《遗憾的"500∶6"》,说沈阳人的商标意识。领先的那个"500",自然是南方。

《建设一处市场,繁荣一方经济》,《沈阳日报》的记者开始走出去采访,到了石狮、义乌,体会南方的腾飞。

《我们究竟差在哪儿了?》组织了一个福建企业家和本地企业家的对话,探讨承包费、契约和市场开拓精神等问题。

《沈阳货在外地受欢迎吗?》《为什么我们总是赶晚集?》《外地经理看沈阳》《我们是否又慢了一拍?》……

到1985年,中国国务院"增强大中型企业活力"的文件出台,至少说明了两个问题。一个是当时就看到的,国营企业不行了,否则无须振兴和增强;另一个是后来被反复证明的:这事,大局已定。

在经过一系列的现象思考和提问之后,更深的观念性的思考也浮出水面。

《市场经济不能忽悠》——这已经到了1994年,记者们发现不仅不能忽悠,还不能不讲信用,而且,市场经济也不是只搞花架子。

在同一年,记者还感慨:《沈阳人也上街打工了》。用不了多长时间,沈阳满大街都是上街打工的人了。它证明了一点:这不是一个观念问题,只是一个生计问题,是活得下去活不下去的问题。

《变换一下思维角度》,讲深圳人为什么对购物保值不感兴趣;深圳市领导带着家眷打高尔夫球——"几位领导带着夫人同港商打高尔夫球,一边谈生意,一边打球,气氛融洽。只有整天伏在办公桌上批文件,或者到处讲话才是工作吗?"

记者由衷希望,"沈阳人在变,沈阳人的思维方式也在变,但总觉得变得慢了点,脚步再大些,变得再快些,这是沈阳人的希望所在"。

后来果然迈得更快一些,也学会了打高尔夫球,带着夫人,也谈生意……不过,好像那时候这些都已经是属于违法犯罪范畴的事了。

在万马齐喑、保守意识形态占上风的1990年,《沈阳日报》理论版上还发表了一篇改革派的文章《对开拓市场搞活流通的哲学思考》,作者是市商业局的局长马向东。他在十年后因为被发现在澳门赌场赌博而落马,那时候他是沈阳市的常务副市长。

在民间,"南方"无处不在。当令人不解的事情发生时,当社会发生变化时,没错,那一定是因为南方人。

"处在这个年龄阶段,男孩也好女孩也好,有想法是正常的。我们那时候回家晚了,九点多钟,尤其女孩,家长不干啊。男孩也不能晚,也不能搁别人家过夜。我觉得,得到2000年左右,婚姻爱情才有进步。南方经济发达,经济开放度高,人就更开放。"五中校长王新宇,不忘把生活观念上的重大改变记在南方人头上。虽然他也认为,真正在2000年左右发挥作用的,是互联网对信息获取的影响和互联网提供服务的快捷和方便。

他的女儿王婧雅说他爸爸喜欢南方,觉得南方人很聪明,经商时头脑比北方人转得快很多。她因此跑到无锡去念江南大学,获得更多的一手资料,结论就显得更科学而实际:"聪明,我觉得,也是一种结果。"不过,她的论证过程不是很清晰,一如所有沈阳人评价南方人时内心的慌乱。"南方人说白了,很现实,也愿意付出,北方人就是劳苦人。南方男生开朗的不多,话多的不多,北方的话多。反正,南方人性格跟北方人完全不一样。"她在评价男朋友的时候说了类似的话:"(跟南方男生)接触过,也有追过我的,但我不知道他有哪些目的。北方男生成天跟着你屁股后头,要跟你说(明白)。南方男生不太好理解,性格差异可能比较大。"

王平就更斩钉截铁一些。南方在他的描述中,符合他对完美世界的所有想象:温和而有尊严的社会关系网络、友善的人际交往、对技术的尊重、金钱和财富的中心地位……

> 南方开放,管理观念跟国外接近,四十岁左右都站起来了。北方压人厉害。而且南方找工作不用花钱。你理解不了吧?你在我们这儿找工作,不花个三五十万进不来,得走后门进来,要不好几个人为啥招他不招你?北方这是常态。得有关系,花这个钱才能进来。有能力也不行。

王平几乎每次谈话都要表达对南方的向往,南方是对他的人生观的肯定。"整体收入会比现在多,阳光收入也会多。""南方手术一台多少钱,百分之多少给你。算得清楚,合理。"

以前我在沈阳铁路局上班,那楼前身是南满铁道株式会社奉天铁道总局。建得好,冬暖夏凉,不用空调。那里的老人喜欢摆弄一段话,随时演给新来的员工或者外来的客人。

——这楼好啊。墙有一米厚。要说还得小日本会干这活。

——啥小日本,都他妈是中国人盖的,拿枪在背后逼着你谁干活不行?

现在,南方人在沈阳人眼里,扮演的就是当年日本人的角色。又有新技术,又有新观念,还吃苦耐劳,还认真,就像王婧雅说的,聪明这东西像个结果,它不是原因。

不过,假如真有这样一条路摆在王平面前,王平也犹豫。头一次是拿自己的年龄来搪塞:"假如我30岁,出去看一看,30岁你还有十年可以浪费掉。我现在50岁,浪费不起,十年我就退休了。"再一次就改了主意,他觉得他对做手术更感兴趣,不是很有兴趣去开拓那些"新"东西。"十四台手术摆在那,怎么把它们的层次抬高才是应该想的事情。"你看,工人阶级手工业者的匠人本色还是指导一切的核心思想。

王平有大医院加持,看不上随随便便的小医院。"现在上海求职,在网上递。绝大多数都是小型医院,县级的。大医院进不去。像我们这种大型医院,这么大规模的,机会很少。除非特别优秀的人才会引进。"

但人真的在离开。王婧雅先是到江南大学读书,毕业之后去了洪堡大学留学。

王平看到的是患者在流失:

昨天去本钢总院,现在他们医保很死,患者收不上来,所以辞职。上南方去了,深圳,那边一年挣个四五十万很正常。

现在沈阳照南方差老了。整个观念都落后,年轻人全跑了。

南方有些城市还不一样。上海我看还行。但如果不接受新人，十年以后肯定挺不了。现在所有城市都抢年轻人。这个不是你政策所能做的。你看现在逼人来沈阳，他会来吗？

第十五章　社会里的成功男人

有一次随便聊天，很放松的情况下，我问王平，谁是从小到大的同学里最成功的人。他没选择官员，也没选择专业人士，几乎没有什么沉吟，选择了一个做生意的。"不知道他做多大，就听说是把棋盘山一个庙买了下来。"棋盘山好像是沈阳城郊唯一称得上是山的地方，也有风景，但没有什么特色。

"小学同学，棋盘山上有一个塔是他的，一个寺是他开的。作价1.7亿卖了。怪坡也是他整的。"怪坡是沈阳郊区的另一个奇特自然景观。简单点说，就是你感觉重力在这里反了——你可以凭重力滑上坡，下坡的时候却感觉像爬坡，很吃力。这种视觉偏差产生的奇幻感觉让这里成了一个旅游目的地。

在沈阳的民间传说中，一个生意人通常隐含着若干种能力：心思够野，敢想；下手狠，或者黑，对自己的客户和合作伙伴，有时还包括自己的搭档；对员工不能太有同情心——这不是什么大事，但它能看出一个人的格局；会贷款，能借到钱，借到钱还可以不还；道上有朋友，也可能养着一个派出所；路子很野，认识各种人，能交得下人；有神秘人在后面提携帮助，或者他就是神秘人士的台前人物……

王平医生认为这个同学最成功，倒也不意外。王平把几个成功企业家挂在嘴边，时刻对标，这对标不是要取而代之，而是充满了"你看看人家"的肯定与对人家思维和逻辑的认可。最常说的三个人是马云、褚时健和史玉柱。马云一度是首富，经常在机场和车站的成功学书籍与影音里出现，是大众偶像。后两个人说明两个问题，一是王平的企业家英雄谱有点老化，二是他对戏剧化的跌宕人生有更多认可，对命运变化的兴趣大于一个人的公司经营能力。他对杰克·韦尔奇一无所知，对松下幸之助兴趣也不会太大，谁是管理公司的高手，不在他的需求范围之内。

说这个不意外，是因为对于沈阳人来说，这差不多是一个必选项。其实也不只沈阳人，中国人有一段时间里大都如此，丧失了方向感，或者叫有点迷失。

说有点迷失，是中国80年代的发展，到这个年代之尾骤然而止，又赶上苏东剧变，上上下下各色人都对未来持一种犹疑态度。此前四十年，先强调阶级斗争，传统文化受冲击，接下来阶级斗争文化又被否定。到了90年代，担当领导阶级的工人阶级看起来日子不大好过；知识分子闷了几十年刚赶上一个春天，自信心还没来得及建立起来，就被商品经济碾压，当年有各种民谣传于世，"拿手术刀不如拿剃头刀""研究导弹不如卖茶叶蛋"之类，总之知识分子没有什么存在感……所以，那段时间可供选择的成功标的并不多。90年代流通领域最先复苏活跃，诞生诸多富豪。

有些是南方人，吃苦，从家里贩些东西到沈阳来卖；更多的是本地人，同样吃苦，跑到南方上货，然后回到沈阳，一两年间可能就发家了。张晓刚的二叔张荣，领沈阳各种风气之先。抢得风气，趁别人不懂或不敢或不能进入的时候，先行进入，当然是魄力智力都值得称道。

于是,他们成了时代标杆。不管原来出身如何,大家齐刷刷地把羡慕的目光投向这群风尘仆仆的生意人。

90年代后期研究中国社会分层的社会学家陆学艺,在《当代中国社会阶层研究报告》中,小心翼翼地避免使用"阶级"这样的词,而用"阶层"来建立他的理论体系,他将中国人分成了十种。不过,大家还是看得出来"上中下"的层次,这让人浮想联翩。

——国家与社会管理者阶层
——经理人员阶层
——私营企业主阶层
——专业技术人员阶层
——办事人员阶层
——个体工商户阶层
——商业服务业员工阶层
——产业工人阶层
——农业劳动者阶层
——城乡无业失业半失业者阶层

陆学艺的十个阶层也能看出当年的这种价值取向。第一个阶层是传说中的统治阶级,按下不表。第二个阶层是当年的工厂厂长或者经理,90年代,承包制之类的改革方案已经走过一轮,不管是代表"全民"还是代表集体,他们手中掌握的分配资源的能力是有目共睹的。

《"单位社会"的终结》中提及一种现象:

吉林省45户省市地方国营企业所办的知青厂、家属厂中的职工，长期在国营老厂开工资的就有1306人，仅1980年即支付工资达84.6万元；有22户长期无偿占用老厂的固定资产，价值达357万元；有9户长期借用老厂流动资金143万元。有的为了"扶持"知青厂，竟将有发展前途的盈利产品转让给知青厂生产。而老厂只生产无竞争能力、销路不畅的产品，以致自己处于萎靡不振的状态。有的同志说：资本主义是"大鱼吃小鱼"，我们现在是"小鱼吃大鱼"。有的厂本来有门市部，但知青厂也办个门市部专卖母厂快货，只开张发货票，就到母厂仓库取货，巧取母厂利润。群众称知青厂为"吃爸吃妈厂"，这已成为各地普遍现象。

这种现象后来被称为"利益输送"，输送对象为大工厂下面的集体小工厂，在当年会被视为一种对旧的僵化体制的反抗。后来又往前走一步，利益分配的对象不再是集体工厂的"集体"，成了自家兄弟和自己，就成为分配不公的新形式。

我们看80年代到90年代初《沈阳日报》等当地报纸中披露的一些经济类案件，涉案的公职人员大部分来自于经理人阶层，而非后期我们看到的，以政府公务员为主导。这个阶层另外一种获得额外收入的路径，是扶持自己的亲友或者自己做体制外的公司，客户、上下游合作伙伴都来自于原有的公司体系，新办公司只为个人服务。

杨淑霞的印刷厂在90年代濒于破产，厂子要黄了，每月只能开五十块钱，但厂长却同时开起一个自己的小工厂，杨淑霞可以在这里挣一份"补差"——这是资源转移的一种方式。

第三阶层就轮到了私营企业主。他们排在专业人士之前。如果视之为企业家的话,其地位与今天的企业家不相上下。王平眼中的生意人是他们,不是排在第六阶层的个体工商业者。不过,当年第六阶层还有跃迁为第三阶层的可能性——此处都是指整体而言,不是个案。排在后面的其他四个阶层,机会不多,或者接近于无。

专业技术人员相对来说是一种体面的职业,其后的发展也证明了他们在整个社会中的中坚作用。办事员,包括普通的基层公务员和其后一个更大规模的群体——公司职员,它们构成了排在前面的五个阶层。

后面五个阶层基本上覆盖了之后二十几年中的社会底层。约瑟夫·艾本斯坦在《势利:所谓上流社会及势利眼众生相》中说:"19世纪之前的人们将阶级和社会地位的差异视为理所当然,多数人都认为社会地位就该永远不变。在阶级等级森严的时代,即使有贵族或绅士在场,民众也不会像现在的势利眼一样总是惦记着要钻营到他们的地位上去,而且当时民众都没有那么强烈的想往上爬的念头。"在八九十年代,经济开始高速发展,产生大量机会,社会调整乃至动荡,产生诸多变化。阶层初现,大家对阶层固化和跃迁的理解都处于懵懂状态,不知道其后到底会发生什么。但向往美好生活之心人皆有之,人们不安于传统地位,希望自己成为高阶人士。

机会到底给了什么人——我们这本书其中一个逻辑就在于此。社会学家讲人的地位变化仰赖于资本作用,这资本无非也就是文化资本、政治资本和财富资本。

传统优势阶层风光不再,新贵——经理人和私营企业主阶层越发表现出咄咄逼人的气势,可能既是一个结果,也是一个原因。而且,他们很快就要证明马太效应，赢者通吃。

　　阶层上升，必须有资本加持。对于低层级人士来说，文化资本相对来说是最容易获得的。杨淑霞有智力沙文主义倾向，她判断文化资本于她这种一穷二白的家庭来说是最容易获得的，所以她看重这些，并坚定支持家里三个孩子的学业。

　　文凭对于低层级人士是一种可以寄托的希望。在80年代的沈阳，中专毕业即可以视为有一个学位，不但有分配工作的权利，而且可以跨入国家干部（注：坐办公室的）行列。相比之下，高中毕业而没有继续学习是一种战略上的失误。在80年代后期，开始推"职业高中"，大半原因是初中毕业的人没办法为社会就业所吸收，又不能让这些考不上高中或者上大学无望的人散在社会上"混"，只好加了一个这样的教育，它除了提供文凭，其实不提供任何价值。这是中国进入"文凭社会"的先声。这种状况也并非沈阳这样的转型城市所独有，而是工人阶级社会的共同特征。

　　在80年代的沈阳，那些辍了学或者只读到初中高中就毕业了的人，会感慨自己缺乏出路，哪里也找不到工作，"现在端盘子不也得有个文凭啊"。

　　如果从实际的阶层流动角度来看，保罗·威利斯在《学做工》中倒是表示，文凭什么问题也解决不了，造成阶级流动的只有一个原因：经济增长。

　　　　事实上，毫无疑问的是，唯有经济增长才能创造向上流动的机会，而且这种机会只对工人阶级中的少数人开放。西方资本主义制度的全部本质就在于，各阶级已结构化并长期存在，即使是相对较高的个体流动比率，对于工人阶级的存在或地位也毫无影响。工人阶级获得再多的文凭，也不能开创一个无阶级的社会，也不能说服企业家和雇主创造更多的就业岗位，即使他们有能力这样做。

政治资本是硬通货。对于工人阶级社会来说，它更是稀缺资源，甚至是不敢奢望的。在这个层面上，中国与欧美社会之间有巨大差异。欧美社会里，一个底层人士希望在竞选和为穷人代言的过程中建立自己的政治资本，继而提升自己的社会地位，这种事有发生的可能性，在《街角社会：一个意大利人贫民区的社会结构》中的波士顿，或者《资本之都：21世纪德里的美好与野蛮》里的新德里，我们都看到这种变化在发生。但在官本位社会里，这一条路并不清晰。清末开始流传的"老百姓怕官，官怕洋人，洋人怕老百姓"的循环中，"老百姓怕官"一直存在。在与官僚（注：代表着体制和政府）打交道的过程中，普通市民阶层自我矮化，任其宰割欺凌，自觉低官一等或几等，即使在"工人阶级领导一切"的口号之下，也从来没有什么改善。标志性的一点，是对公正的麻木，对体制抗争的失败，或者处于弱势，会被自动归结为"命运"。

1966年"文革"开始，在它的诸多破坏当中，有一个是对中国高等教育体制的破坏，这直接导致1968年之后中国高等学校被停办，直到1972年才以招收工农兵学员的名义被有限度地恢复。但是，法国学者潘鸣啸在《失落的一代》中引述统计说，"1972—1976年间进大学的知青中70%是高干子女，进入名牌大学的百分比更高达90%"。一次被称为以"公平"社会为目标的剧烈社会动荡，导致了高等教育事实上的阶级分配不平等和歧视，但这并没有引起什么太强的反弹。中国社会在恢复高考之后才开始反思工农兵学员的存在：他们未经考试就入学，而且在高校中很少学到有价值的东西。

这是对"命运"不闻不问的一种体现。

政治资本稀缺在沈阳和东北文化中有些特别的标志。几年前有段子说，在东北，如何用一句话表现为你是一个社会人，"我在法院开车"成为高分答案。沾着一点政治资本的边，仿佛可以与体制和官僚之间建立起关系，又是民间社会的身份，暗示着身份转换和能办事。能用上政治资本或者有接近政治资本的机会，已经可以算是人生赢家了。

胡平的《犯罪升级：黑龙江鹤岗"1·28"巨额现金抢劫案侦破纪实》这部纪实文学作品讲黑龙江鹤岗"1·28"抢劫案，首犯孙海波做卖布生意，挣不了多少钱，在决定去做点大事之前，他盘算了一下手中的各种"资本"：

> 做买卖不好做，原因是：一，本钱太小；二，做的人太多；三，门路不行，干啥都不好干。……就说到了铁路上拎包的事儿，也感到没什么意思。一是很辛苦；二是铁路上要有人；三是被抓住要出得来，为这事关几年不划算。

即使拎包作案这种低风险的犯罪，都得考虑动用政治资本，而可动用的政治资本——"铁路上要有人"——也难以满足。东北许多大案要案发生，与各路资本都无着落有一定关系。在"1·28"鹤岗劫案中，四个当地"无业"者图谋在煤矿发薪日抢劫工资款，虽然工资款保住，但共有十余人在枪战中被枪杀，当地一家煤矿的保安部门遭血洗。事后看，他们上述的盘算，反映了他们的现实处境。

他们都是没受过什么完整教育的工人阶级子弟，文化资本几近于无。90年代各国营厂矿都已经显露疲态——他们要抢的那笔工资款，也是拖欠了几个月工资之后春节前发的过年钱。他们偶尔做点小买卖，或者到韩国和北京这样的地方打工，财富资本也接近于无。《犯罪升级》中对当时黑龙江鹤岗这样的资源枯竭型城市的凋敝有诸多描写：穷到有一次他们抢劫路上要步行一个小时，更不要说抢完之后逃亡的窘迫——所以他们"犯罪升级""深谋远虑"，决定用一年时间准备，包括派一个人去学开车，为了让另一个有不在场证明，提前几个月对外声称出国打工。

政治资本这样的硬通货根本不在他们能解决的范围之内。对于发了财的沈阳人或者东北人，大家事后总结此人成功，会说他搞定了哪个科长处长，甚至局长市长之类。但在起步阶段，吃苦耐劳这一关如果过不去，有些人宁可打家劫舍也不愿意在处长身上多下功夫，或者说这不在他们的视野之内。原因多半还是离得太远，不如来点爽快的，抢劫的成本和收益更合理。

这当然是现实。社会学家孙立平在他的90年代社会学分析专著《转型与断裂》里提出一个概念：总体性精英。说存在一种"同时拥有政治资本、经济资本和文化资本的人"，并将其浓缩为一个代号"TC"的人。

1977年，在军队服役的他决定考大学。他之所以在这个时候跟大多数同龄人一样上山下乡，是因为他父亲是一位资历很深的老军人，或者说一位高干。

TC 考入南方某水利学院，但他接到入学通知书后并没有去报到。当年有一个特殊政策，"对于特定级别以上的老干部子女，可以照顾在其身边就学"。于是他就进了北方的一所著名学府。

80 年代初，大学毕业时赶上出国热，父亲的关系为他提供了一个担保，在国外学了三年。

回国，在朋友公司从事"官倒"业务。之后进入国家某委，任副处长。

80 年代末，进入第三梯队，升任副局长，成为局长候选人。

90 年代初，决定"下海"，在海南省注册了一个公司，炒地皮。成为一个知名的民营企业家。

90 年代中期，文凭热，赞助高校，成为博士生。获得博士学位。

孙立平提出问题：这究竟是一个资本转换的过程，还是同一种资本在不同领域展现的过程？他认为是后者，因而他将其统称为"总体性资本"。说是总体性资本，从事后看当然没什么可指摘的，但其根本貌似还是一个"出身"问题，政治资本起了决定作用。在 90 年代中期以前，TC 之所以在各种资本中游移，不断调整，不断抢夺资源，其实倒不是出于对自身多样性的追求，而更像是因为他们实际上与普通人一样对前景迷茫。他们也不知道未来是政治资本发挥更大作用，还是文化资本可以让他们"独善其身"，或者是赚足足的钱最踏实。这些都是八九十年代全球范围内不确定性的结果，即使是 TC，在那个时候也不敢为未来打一个保票。

到了 21 世纪，中国加入世贸组织后，全球突然为中国敞开了一个巨大的窗口期，恰好中国在这段时间里韬光养晦，狠狠地抓住了发展机遇，中国经济发生脱胎换骨的变化。TC 才终于踏实下来，老一代留给他们的政治资本颠扑不破。

***

有天我带我姑娘去中街的兴隆大家庭，打车。司机，我真不认识，不记得了。司机跟我说："你是王大夫，你不用给钱了。"我问："为啥？""你给我家亲属做过手术。"你说我抱我姑娘在车上，我高兴不？我肯定高兴……上一次去营口，做完手术挺晚了。我自己上饭店，吃饭。有个人走过来，"王老师你账我给你结完了"。我说："我不认识你啊。""王老师你给我做的手术。"你说有成就感没？有成就感。你不知道，对你来说是个平凡的事，对人来说人可能要记一辈子。

"治好一个病，救一个家庭。别的职业未必有这种感觉。"王平为此做出总结。作为一个专业人士，王平这个时刻获得了职业上的成就感，实打实的一种尊重。这种成就感可能带给曾慕芝更多自豪感："人家说，你儿子是专家了。"在另一边，杨淑霞则自豪地称"我儿子是给别人治脑袋的"。张晓刚和王平分别在 1994 年和 1995 年开始自己的专业人士生涯，职业上的成就感早早就已经开始，某种意义上，他们的学业和各自父母家庭在教育上的投入已经开始获得回报。

只是这地位在社会的大环境中，还谈不上到了让人放松的地步。

工人阶级决定了沈阳的社会整体特征，他们对待专业人士还处于一种怀疑的状态。

李海鹏2001年离开沈阳不久，在《经济观察报》上发表《长日孤独的城市——沈阳人的性格、文化、生活和希望》。至今我仍觉得这是对世纪之交的沈阳描摹最准确的一篇文章。其中有一段写道：

> 沈阳的文化基础在全国各省会城市中应该是比较好的，所属的大学无论从数量、种类、级别来说都还不错。沈阳人绝对不是漠视知识的人，如果在全国各地寻找对戴眼镜的人抱有尊重心态者，也许是沈阳最多。沈阳人的问题是，只知道站在远处尊重知识，但不愿走近知识人群，甚至在尊重之余还对知识分子抱有一丝同情。在2001年之前，沈阳人很难相信他们在街上遇到的"使劲花钱"的知识分子真的"有钱"，他们一直以为只有在鞋城和五爱市场才能赚钱。他们对了90%，错了属于未来的那10%。如今东软集团的员工别墅区渐渐地为沈阳人所知，沈阳人才突然发现自己走进了21世纪，但却是最后一个。

隔了又快二十年，看这"最后一个"，真是狠狠地"说中"了。也许沈阳人至今还没有走进新世纪。

李海鹏用感性的语言把这一般被称为落后、保守或者不思进取的特质表达出来。理查德·霍加特则在《识字的用途》中以社会学家身份回忆了自己的往昔，他发现"奖学金男孩"在工人阶级社会中不仅仅是对一个求学期男生的评价，还包含了教育、教育带来的回报、对专业人士的态度……这种既羡慕又不解还要带点嘲弄的态度贯穿始终，持续绵长久远——与对文凭的叶公好龙式的热爱纠缠在一起,从来没被放弃过,也从来没人当真去把它实现。沈阳在这一点上倒是真的没有什么特立独行之处,令它步履蹒跚或者瞻前顾后沉迷于旧世界里的缘由,还是与工人阶级那个社会本质密切相关。

  人们往往会含混不清地对待那些对阶级界限有清醒认识并学着做一些教育活动——以便"为他们的阶级出力"或者"改善他们自己"——的少数人。在某种程度上,对"学者"(就像对待医生或者堂区长那样)的尊重仍旧维持不变。

  我还记得,在我获得奖学金不久,在一个工人阶级俱乐部里,坐在我身边的一位单身的中年矿工。在喝了朗姆牛奶酒结账时,他从找零中递给我一个半克朗硬币。我努力去拒绝,他说:"拿着吧!小伙子,把它用到你的学习上,就像所有矿工一样,我只是浪费了这该死的东西。"

  另一方面,经常会对"读书识字"持怀疑态度。它给你带来了什么好处呢?当个职员,你就好(例如更幸福一些)起来了吗?或者当个教师就好起来了吗?那些拒绝让孩子从事学术的父母——数量不多的父母仍旧这么做——并不总是在考虑这样的事实,即父母必须花更长的时间提供吃饭穿衣,在这背后是一种对教育价值的怀疑,这种怀疑含糊其辞但力度很强。这种怀疑从群体感身上获得了某种力量:因为群体追求的是保存,它会阻止其任何成员想要进行变革、离开群体、与众不同的苗头。

  这是个毋庸讳言的现实问题。如果专业人士像李海鹏笔下的南塔鞋城和五爱市场的经营者一样有钱,他们就会赢得更多尊重。在张医生和王医生开始进入专业领域之时,他们年轻,分配制度也没打算让他们参与更多的利益分配,而且,社会体系也没有改善——至少工人阶级占人口多数的沈阳是如此。医生?只是有一个好工作而已。有钱?谈不上。

王平因此有很强的危机感。这种危机感持续到他把父母养老的钱"置备"齐了才稍微缓解。

> 我有危机感,万一哪天我病倒了,不幸没了,我爸妈谁照顾?女儿谁照顾?刚开始有些灰色(额外)收入都给我妈我爸了。养老。这钱肯定还在,没有花的地方。万一哪天出啥事,不至于让我爸妈出去要饭,风吹雨打的。现在没有后顾之忧了,绝对。房子有两套。我舅我姨他们都很吃惊。我妈现在还有一套房子,就我妈一个人的名字。我现在处于好的时期,没啥后顾之忧了,妈妈也安顿好了,孩子也基本安顿好了。(分配制度)这个东西不科学,但你不知道明年啥样。我对目前是满意的。

到21世纪10年代末期,王平认为自己的生活是稳妥的,这其中的原因有他换了新的科室,有更多施展自己技艺的机会,以及"好大夫"网站这种借由新技术产生的新市场,让他得到越来越多患者的认可,以及专家的地位。

但是,这其中让他的生活变得有保障的额外收入,有灰色嫌疑。这里还是有一个值得玩味的转换。作为工人阶级子弟,王平恪守一些价值观,在"我们"与"他们"的世界里,尽量保持一种民间的状态。

但作为专业人士,他与民间——大多数时候是与陆学艺所说的十个阶层中的后五个低阶层——是一个不断疏离的过程。就是说,医生在社会角色中一般会转换为"他们"。这其中有两方面的转换:一是医生拥有来自于专业领域的见解,属于天然的"信息不对称"中有优势的一方,很容易被看作"他们"中的一员;二是处于中国这个社会转型期,临床医疗中灰色收入普遍存在,也使患者自视为社会交易中"被剥夺"的一方,成为中国社会问题之一的"医患矛盾"也就由此产生。

医患矛盾的产生大多数时候并非因为医者丧失职业道德,也与"被剥夺"并无关系,其核心原因在于我们社会中缺少一种对"共识"的认可,这种共识来自于矛盾双方如何处理信息——包括不了解的信息。这是人文素质缺失的一部分。

弱势者是"我们",强势者是"他们"。工人阶级阶层跃迁中"我们"与"他们"这一组概念的提出者理查德·霍加特,一直以一种波希米亚的精神来对抗这种宿命一样的转换,虽然他货真价实地从"奖学金男孩"成长过渡成为开创一个研究范式、建立一个新研究领域的社会学家,最后成为标准的"他们"中的一员。但显然并非所有人都有这种觉悟,更何况这其中还有洋洋得意的来自于专业领域的成就感。

对于一个一直认为自己有社交障碍、讨厌混社会的人来说,"不求人",是一种境界。王平完全可以借此维持他自己的清高。

王平还特意为此回忆了前女友,他在大学五年级的时候突然对我们的一位初中同学展开了爱情攻势,那时候人家已经毕业工作,对一个正在上学的没有社会经验的小男生持一种怀疑态度。很快这爱情故事就结束了。

人家不干了,我去问了一趟,没告诉我,就拉倒了。

我感觉她可能有其他人。性格可能也不合适。人家毕业了,见过外面的世界,离开校园,可能更精彩一点。我那时是穷学生,啥也不是。

现在我感觉,她是眼光不准。这跟买股票一样,那时候心里肯定不舒服。现在越看越淡了。那时候你没有能力。那我现在有这样的地位,多少人来巴结我啊。

当然,这种自得稍纵即逝,世事总是难遂人意,女儿很快成为王平医生的一个软肋,让他不能率性而行。这是后话,我们会再度提及。

【番外】张荣回沈阳

张荣告别妻儿父母,背个包,一路向西,从唐山歌舞团、河北省歌舞团、河南省歌舞团、宁夏文工团,最后到了甘肃省歌舞团,终于落脚。

职业上实现了梦想,但生活上一团糟。他的太太俞高洁是个老师。他们有两个孩子,老大张韵,落脚之后就跟着张荣在团里。老二张欢是个女孩。等到张欢大了一点,也被送到甘肃,张荣带着两个孩子过他的单身生活。

1975 年,甘肃省春节拥军演出结束,军政要员与演出人员宴会聚餐。甘肃歌剧院男中音演员张荣带着女儿张欢直奔首长席,坐在兰州军区司令员和政委之间。"我坐这儿,这个是我女儿。我不是带她来吃大盘子沾光来了,主要是没人看我这孩子。"

第二天,团长找到张荣:"你个狗日的,昨天你跟政委说啥了?"张荣说:"我没说啥啊,就说两地生活啊。"

没白说,特批回沈阳。回沈阳也要考,张荣就此成为沈阳歌舞团的男中音演员。

又过了几年,1982 年,女儿张欢也上学了。女儿想学钢琴,张荣想买一台钢琴,买不起。那时他的太太一个月只挣三十八块六,他就想，得换个活法，得挣钱。

还有一个原因，邓丽君来了。张荣这男中音独唱，没有人听，上得台来，人家要听邓丽君。开始还硬着头皮唱，后来张荣看，这节目单怎么就改了呢？前天还有我，怎么现在就没有了。团长说没办法，叫一个管服装的女孩上台，人家会唱邓丽君的歌。观众欢迎。

辞职第二年，回团里看朋友，他们见到张荣，好一顿诉苦，"你走得太对了""你真英明""我们美声唱法再没有人听了"。

据他说，他成了沈阳文艺界最早停薪留职的人，也是最早开出租车的人，开的是苏联拉达车。停薪留职期满，团长让他回来，已经找到赚钱门路的张荣拒绝了，他又成了文艺界最早主动离职的人。之后做了沈阳最早开生猛海鲜餐厅的人、最早卖热带鱼的人、最早做亚格力鱼缸的人，八一公园早市的花鸟鱼市场依赖他一手经营。"赵本山家的鱼缸都是他给做的"，张晓翔说他二叔时特意强调。

总之，这是一个敢想敢做，而且做得很有声色的人。

敢于为了自己的爱好一路流浪一样去找工作；面对高高在上的大领导不怯场，敢于提自己的要求，而且居然就办成了；抛弃"铁饭碗"也可圈可点。除了挣钱少，促使他辞职的还有一个人——团里演出的时候，有个管服装的后勤小姑娘突然唱起了邓丽君，这位男中音敏锐判断出他的好时候不会再有了。这种敏锐后来被用在其后的各种经商机会当中——他自己总结，我不做别人做过的生意，我要做就做卖最高价的生意。

1991年，他们家早早就移民到美国。现在全家都在美国生活。

第七部分　张医生与王医生之三

第十六章　王医生的房子

这房子，从1969年到2004年，曾慕芝和王宝臣在这里住了三十五年。

像梦一样。开始是一个九平方米的房间。还有一间大屋十七平方米，但那是另外一家，他们两家共用厨房和卫生间。卫生间就像现在商场洗手间的单个隔间那么大，转身都难，多的时候有九个人在早上抢这一平方空间。厨房没有什么可说的，两个炉眼，两家各用各的，一个水龙头，水费电费两家分摊，煤气装得晚，上来就安了两个表，都是黎明厂职工，低头不见抬头见，邻居换了几茬，大都相处愉快，至少没有什么矛盾。这是幸运的事。

1969年4月5日，曾慕芝和王宝臣结婚。倒骑驴运过来两床铺盖。曾慕芝的父亲打了两个箱子，同样运到新家中。新家里有缝纫机，钻石牌的，算是嫁妆里的大件，虽然家里暂时还没有人会踩缝纫机，但这是一个体面人结婚应该有的物件。

五十年前的物件现在留存下来的不多了。

"三大件"只剩下一块大英歌。大英歌是手表的名字，全称为"17钻金刚防水防震瑞士手表"，它还是王宝臣的外号。在没有什么私有财产的60年代，它是一件值钱的家什，可以唤作奢侈品。1981年进口手表大调价,它的价格从二百六十元降到二百二十元一块。

因为身价不凡,所以它可以成为一个人的标签。据说雷锋也有一块。有一段时间里,还有人探讨为什么艰苦朴素的雷锋会有一块英纳格手表——"英纳格"与"英歌"是不同的翻译方式——因为雷锋是以"新三年旧三年缝缝补补又三年"而为人们所纪念的。那个时候的奢侈品更具实用精神,手表与缝纫机和自行车一样,贵为"三大件"之一,但最重要的还是作为计时工具而存在。在一本1984年出版的内部书籍中,沈阳市统计局赞美沈阳建国三十五年所取得的成就,其中一项统计数据是,每百户职工家庭的手表拥有量,从1978年的二百零五块,上升为1983年的二百八十三块。那个时候沈阳的家庭规模平均为3.78人,也就是说大部分成年人都有一块手表。不过需要说明的是,手表作为奢侈品的时代非常短暂,1983年已经有电子表——先是液晶表,后来是石英表——问世,大量从日本进口或者走私的电子表进入人们的生活,去"南方"的人是必须要代购一些背回来卖给同事的。

另外一个大件——自行车,结婚时还没置办,王英学车的时候,买了一辆白山牌自行车。"三大件"至此凑齐了。

回到结婚那天,工友和亲戚们送的各种东西都湮没于历史之中,谁会留着若干本毛泽东选集呢?谁会用四十几年的锅呢?

那些日用品的归宿各有不同。白山牌自行车散架了,不知道哪天被人骑了去,就此消失。钻石牌缝纫机没有卖出几个钱,现在想来曾慕芝有点后悔,是个纪念,挺可惜的。有一把木头小凳子,理论上是黎明厂为这房子配置的家具,携带方便,曾慕芝房改时把它一道买下来留下做了纪念,在新房子里,现在它还在客厅一角,随时行使它的功能。

至于兼着沙发、餐椅的大双人床，已经淘汰了。折叠的圆饭桌早就零碎了。木箱不在了。皮箱还在，看着斑驳，能不用就不用，省得它最后再坏掉。

三十五年间最大的事，是第十五年时的搬家。说搬家有种怪怪的感觉，因为就是像挪家具一样从这屋挪到隔壁那个房间，直线距离不超过十米，厨房和洗手间不变。

但这意味着从九平方米升级为十七平方米，是大事件。搬家的理由正当充分：王宝臣家添丁进口，按规定可以享受更高水平的住房。

房子里住着的人，进进出出，三十几年浓缩下来，像一场话剧。

在这三十五年里，开始是两个人。第二年，即1970年，有了王平，王平跟父母挤在一张大床上。隔两年，又有了王英，王平有了一张小床——后来这张小床传给了王英，王平回到大床上，因为小床放不下他了，只有王英还能勉强睡得下。王家有一儿一女四口人的时候，他们就可以申请更大面积了，但这件事整整拖了十年。那时候王平14岁，王英也有12岁了，他们终于可以有各自"独立"的空间，那张高低床上层是哥哥的，下层是王英的。两年之后，也就是1986年，姥爷搬来了，妹妹把床让给了姥爷，14岁的王英又跟父母挤在一张床上。

像梦一样，曾慕芝现在房子越住越大，难以想象当时的窘迫和搬到十七平方米时的兴奋：高低床是正经床，水管子焊的，结实。姥爷许诺亲手打的沙发和立柜也放进来了，满满当当。

之后人来人往就更频繁了。1984年家里是四口人，1986年姥爷来了。1988年王平考大学终于可以住校，只是寒暑假还要回到家里，不过终归是松快了。1995年，王英嫁人，当年李丽对小姑子先结婚还不满意，但王英已经在这个房子里住了二十三年，太够了，能早搬出去一天是一天。第二年，1996年，王平也结婚了，搬到了五爱街。再过一年，1997年，姥爷去世了。

十七平方米的房子回到了1969年二人新婚时的样子，显得空荡荡。

曾慕芝说他们家艰苦朴素，这是真的。他们家没有电器。早些年有一个大的收音机，不是俗称半导体的那种小东西，更像后来的音箱，调台是全家都会瞩目的一件事。他们家用收音机听新闻和报纸摘要，听评书，没有什么更多的用处了。王平考大学那年，他们家添了一台电视，黑白的，九寸，王英说"可小可小的"，要凑近了才能看。1988年，大部分人家买的电视已经是彩电了，那一年物价开始闯关，引发通货膨胀，所有家电都跟不要钱一样被抢购一空。沈阳在1989年底的时候，每百户家庭电视机的拥有量已经从一百一十四部增加到一百一十六部，其中彩色电视机由五十部增加到六十七部。电冰箱在那一年卖得更好，每百户从三十七台增加到五十二台。王宝臣家始终没买冰箱，他们家要到王英生了孩子之后，四舅送给他们一个淘汰的小冰箱，没怎么用就坏了。那已经是1998年。

※※※

曾慕芝总是叨咕黎明最次了，待遇不行，说的主要是房子紧张。面对这大工厂，曾慕芝的社交体系使不上劲，王宝臣又不愿意上下活动，自己努力了几次最终也没有结果。更有怨言。

儿子王平在这个时候表现得很客观，他说这事得辩证地看。那房子是小，但在1980年之前，大部分人都住平房，没有厕所，没有自来水。打水要到公共水龙头，上厕所要去公共厕所。

那时的公共厕所，与现在看到的也截然不同，没有灯，夜里不能去，晚上不方便。小孩小，房间里有马桶；大一点，最好的方法是忍着。两三个蹲位的旱厕，早上就要排队，环卫如果打扫不及时，满眼黄白之物，相比之下味道都是小事了。

沈阳下雨集中，总是在七八月份，赶上雨大，莫名的黄汤会随着雨水流溢，周边都没办法下脚。冬天倒是清爽，排泄物落地结冰，笋一样从蹲坑里长出来，一直冻到高处，直到高过便坑，高到一定程度，一种是用大锤子砸掉，另一种是在两边垫砖，它还会继续结冰，你要小心翼翼，否则就是一次灾难。

黎明给分了房子，叫"两水两气"。而且有地板，王英特别提到。

王平说："那时候，工厂福利，是好房子。不同时间点，看那房子是不一样的。不能统一说是个好房子还是坏房子。80年代以前，那是个好房子，因为很多人没房子，在平房外面接一个偏厦，也算是一个房子了。没有大工厂在背后支撑，一般工人分不到房子。80年代以后，逐渐进入商品社会，居住条件、环境不一样了。"

他说，这事得动态地看。

即使跟黎明厂内比，也可以动态地看：

1985年，《沈阳日报》报道，黎明二十四对青年夫妇住进装有采暖和通风设施的公寓。新闻不打眼，有些东西会忽略：比如"采暖"好理解，但"通风设施"是什么？没有人会管窗户叫通风设施。所以，下一步可能会想到，这房子原是没有窗户的，它是人防设施。人防这词，可能也需要略加解释，是指人民防空。准备打核战争的时候，城市里挖了很多防空洞，用来藏兵或者藏人，60年代末，备战备荒为人民，荒废可惜，80年代之后逐渐改为民用，成了黎明新人的新房。

关于房子紧张的问题，王平的大局观没错。巴特费尔德在《苦海沉浮》中说到房子：

> 共产党人爱说自己实行的是房租低廉、人人住得起的政策。我所认识的中国人的确大多每月只付两三元房租，这和纽约或东京每月的1000美元房租相比，和洛杉矶买套住房得支出50万美元相比，确实只能算九牛一毛。但问题的另一面是，中国城市人均住房面积只有3.6平方米，只够一张大型餐桌那么大。这比苏联的人均住房面积还少，而苏联本身也有严重的住房紧张的问题。我注意到报纸报道说，中国35%的城市家庭面临住房问题，"其中5%—6%的家庭根本谈不上有适当的住房。"

那个十七平方米房子的"单位自有住宅使用证"上，写着王宝臣当时需要交给黎明房管所的租金，每月三块二。

中国的改革开放，在80年代受到人们欢迎，有一点是特别重要的：它开始以人民福祉为中心来考虑问题。怎么样让大家的生活质量有所提升，这是一个国家应该想的事。巴特费尔德记录，1979年中央政府开始承认以往的战略失误，在革命后的三十年间，"政府模仿斯大林的做法，把住房视为消费项目，在国家吃紧的资源分配方面自然处于比修建工厂和办公楼更低的位置"，"他们正竭尽全力加以更正。70年代末以来，已经实施了一大批住房建设计划；仅1979年，政府就出资修建了1.18亿平方米住房，占1949年以来所建住房总面积的六分之一。当然，和美国相比，中国的差距仍然很大。美国1979年新建住房面积是2.67亿平方米，且人口只及中国四分之一，现有住房条件也优越得多"。

王平说的，80年代前后差别，大体不差。

***

我问，隐私怎么办。不管是面对王平，还是他妈妈曾慕芝，这都是一个难于启齿的问题。

王平说，比想象的要简单，因为不知道什么是隐私。懵懂无知。王平跟我讲了半天他对女性、对生理、对男女关系的理解，说是通过看录像了解的。说了半天，发现是在正规录像厅里看的香港电影，可能连三级片都不能算。问张晓刚的时候，也是这样，他以前从来不知道女孩有生理期这回事，妹妹张慧娟跟父母睡一张床。

曾慕芝比我想象中的更直接。我还在想如何拿捏提问的分寸，她已经心领神会。

> 有什么个人隐私。我跟你说，王平他爸有时候着急了，刚结婚，刚有孩子，着急能怎么办，他不打夜班吗，早上回来，跟我说，慕芝你今天别去了，陪陪我吧。我看电影院当天要是不用出去卖票，或者我可以晚点去，咱俩就那啥呗，满足他的要求呗。那你说怎么整？晚上就不能干这事了，孩子都在家。

王英在旁边补充："楼上别人家都挂帘什么的。那时候都这样，以前好像家家都那样。我们那时候小,不像现在小孩懂得多。放学就知道出去玩,回来就睡觉。跟现在比,感觉小孩什么都知道。那时候啥也不懂,回来累了,就洗脸睡觉了。不想别的。从来没想过父母有什么不方便的。"

曾慕芝说:"那时候咱也不这样,当孩子面特别注意。现在有时候特别知足呢,现在真不错。那时候比,真不行。两家一个厨房,一个厕所,是挺不方便的。"

王平从来没有独自住过一个房间。直到女儿上了高中,住了校,一百七十五平方米的大房子里,偶尔把影响他休息的李丽赶到女儿房间里去,他人生中才有了自己独立的房间。

王英后来大了,有了生理期,上厕所,用塑料袋一系,完事了。换衣服,试衣服,夏天就趁姥爷出去了,把门划上,冬天就只能在厕所里换了。

***

王宝臣住房考——

1969年,王宝臣搬进二〇四宿舍三十四栋八十二号,在九平方米的房间里住了十五年。

1984年,搬到十七平方米的房间又住了十九年。前后三十四年。

1996年,王宝臣退休,2003年女儿换房,王宝臣买下女儿的房子——群众艺术馆附近,五十八平方米,自此搬离二〇四。原来的房子租了出去。

2014年2月6日,黎明厂动迁办给动迁户发了公开信。

2014年6月27日,曾慕芝到动迁办取房证,把王宝臣的名字改成曾慕芝。

2014年9月6日,曾慕芝和女儿王英到开发商那里签了协议,交付三十多万。

2017年12月29日,回迁大东区和睦北二路。新房的位置与三十四栋八十二号的直线距离不超过一百米。原来八十二号的位置上是新回迁楼的沿街商铺,招牌是"贝贝卡绘本馆"。

在三年前,2014年5月23日,王宝臣已经去世。当年的8月,他被安葬在沈阳回龙岗墓园。他没有回到二〇四。

※※※

曾慕芝领我去看二〇四仅存的几幢旧楼。她熟门熟路走到一组围栏前,围栏有一个大洞,用塑料布挡着,勉强可以算作入口。

曾慕芝穿着一件咖啡色的外套,背有点驼,腿脚倒是灵活的。她想要给我们展示当年他们家如何在九平方米和十七平方米的空间里生活,哪里是厕所,哪里又是厨房。旧楼周围残砖瓦砾遍地都是,最后一批迁走的人把生活用品散落一地。她想找一户还开着的门进去。

试了两个,后一个看起来能行。

房屋的木制门窗已经尽数卸走,墙面破损,露出砖块。阳光从没有窗户的门洞里直射进来,墙面是浅绿色的。

我们很快便走出来。就着这些残砖瓦砾似乎很难想象王家的生活。接着往前走还有更多的旧房子,有一些回收废品的人似乎还住在里面,几幢房子四合围起来,中间是带着凉亭的小广场,草木没有人管,已经长得旁枝斜出。隔着朦胧的野草,可以看见一间房的窗户下拴着一条狗。

曾慕芝没有往前走,她留在入口那里,还在回忆当时生活的样子。没有人知道这些保留下来的二○四赫鲁晓夫楼要被拿来做什么,网上有人说这是准备做历史文物保留下来,但最新网上又传它们还是要被扒掉盖新房。在沈阳另一边,铁西工人村据说有个博物馆,里面锅碗被褥都被分别按照工人家庭、干部家庭的方式一一摆好,成了旅游景点。曾慕芝没听说博物馆这回事。

那间她走进去的房间隔壁,一扇门关着,上面贴满了黄色红色的回收联系电话或者小广告。一张张只不过便笺条大小。在这些小条中间,有一张手写的告示,用紫色的水笔写着:本屋并未签订搬迁协议,请勿打扰,谢谢。后面留了一个电话号码,不知道写给什么人,"屋内没有值钱东西"。

仿佛在一段时间之后,紫色字旁又补上了黑色的大字,看字迹换了一个人:内有老人,听不着。

***

对于李丽来说,房子不是太难的事。她爸爸做派出所所长,在80年代到90年代,各种管理不是太规范,开发商和有地皮的单位都会把一些房子交给派出所来安排。李丽说她爸爸给所里的警察都找了房子,对自己的事不是太上心。没想到自己女儿结婚还需要房子。

房子不应该是男方准备的吗?李丽原本是这么想的。但王平指望不上。王平相亲成功的时候,还是个念书的学生,六年级,第二年才毕业,家里有个十七平方米的房子,住着五口人,妹妹比王平小三岁,有男朋友,还没有出嫁。李丽政法毕业,分配到一家有政府职能的事业单位,同样各种管理没有规范,政府职能也可以当成生意做,赚钱。别人一个月挣不到一千块钱的时候,李丽能挣八九千块。这家庭条件,不论是派出所所长的父亲还是李丽的收入,都令工人家庭王家望尘莫及。

好在李丽有眼光,看准这七年制男生前途不会差。姥姥也喜欢学习好的,做了主,抓紧结婚才是重要的事。李丽父亲手里有一个小单间,是一个拆迁的房子,不知道什么时候回迁,李丽妈妈帮着跑开发商,换了一个五爱市场边上已经盖完的。李丽跟单位商量,给她补一点钱,单间换成了一个小套。"那时候单间就三四十平,换的这个,朝向一般,把山,但面积大,六十平方米。"王平至今也很满意:"六十平方米,很可以了。算大房子。那时候结婚能有多大房子?"

王平从爸妈那里拿了三万块钱,两万块钱拿去装修,买了冰箱彩电音响微波炉,微波炉那时候算大件,二千七百多块钱,松下牌。音响是JVC的,洗衣机是小天鹅的,涡轮,现在也不用滚筒,还是喜欢捅盖。冰箱是海尔大王子,一直用到2019年,"前几天才换的,多少年了,一直闹着要换"。

李丽不是太看得上:"他们家没出啥,拿点钱,但那点钱不算啥。我们单位那会儿效益特别好。我自己就挺有钱的,在那个年代属于挣得特别多的那种。王平不觉得亏欠。但我同事都知道,就说王平是靠我起家的。现在人家行了,我得靠他。"

李丽再一次感慨自己的眼光不错。他当医生了,挣钱的日子不都在后头吗?当大夫差不了,只能是越来越好。

***

2003年,王平和李丽开始张罗换房。看好了小北的房子,挺大,一百七十五平方米。"当年应该不小了,现在不算什么了。三千三百块钱一平,五十几万,不到六十万。当年那房子也算贵的了。"李丽因为工作关系认识开发商。那房子他们挺满意:"前面楼间距是九十米,地下是个停车库,上面是花园,一楼也不挡光。这么大楼间距基本上就没有了。一期就看了,我说等二期吧。要比一期贵十来万块钱。"

不过,曾慕芝和王宝臣坚决反对买这大房子,他们的观点就是,三口人买这么大房子干什么。王平和李丽没听他们的意见,买了,买完之后很得意,一是那是房价最便宜的时候,二是这房子大,姑娘很小的时候就在家里骑自行车,来回骑。

"现在我婆婆观念改了,要大房子,那会儿就是有房子就行。原来他们的房子太小了,换个套间就特别满意。现在认可了,观念这种事,我对他们不要求。"李丽在说到大家庭中的这些小矛盾的时候,总是想努力表现得云淡风轻。

【番外】关于房子的观念

1995年王平和李丽在五爱市场买第一套房的时候,买房子对于大多数人来说还是一种新事。在机关或者单位里工作的人,一般还都寄希望于单位分房子,而单位没房子可分的人,也没有太多买房的机会和钱。如果他们想改善居住条件,拆迁可能是最直接的手段。在沈阳人看来,能够买房的都是挣了大钱的人,而挣大钱的路径基本上是在五爱市场或者南塔鞋城"看床子",做生意。这些挣大钱的人没有体面的劳保,每天又那么辛苦,大家可能同情多于羡慕。即使他们买得起房子,那时候房子差异不大,大家居住条件相差不多,也没有太多嫉妒的理由。

《沈阳日报》大约从1990年开始有房地产广告,极其简洁,一般占半个通栏大小:塔湾(注:一些沈阳人能看得懂的大体方位),重明里(注:具体地点),砖混七层(注:意味着没有电梯),二水二气(注:上下水,煤气和暖气,那时候还需要特意强调,说明并非标配),1990年10月竣工,每平方米六百五十元,预约金收60%。

这个时候商品房两室一厅,面积是七十到八十平方米,预约金60%,意味着要交三万块钱左右给开发商。那时候没有按揭的概念,风险最大的是开发商的可信度到底怎样——他可能卷款跑了,可能跳票拖上你几年,可能压根就是一个骗子……所以"找人""认识人"是一件重要的事。这种文化延续至今,成为东北官僚文化、计划经济形态的标签,也是因为建立"信用"比较艰难。

购房贷款出现在生活中,大约要到1992年,这年《沈阳日报》转载了一篇北京的报道,说北京联想集团七十二名职工,日前获得了北京市建设银行六百万元贷款,用于私人购买住房,"这是北京住房改革的一个新的突破"。说是突破,其实更像是单位住房分配的新形式,而不是我们现在理解的"按揭贷款",因为担保者是单位,而不是个人的收入。使用期限是十五年,月利息是6.6‰,这贷款并不便宜,合年利差不多到了8%。

在没有形成市场之前,买房子不但拼你的社会生存实力,还要比拼你的运气。

1993年,《沈阳日报》说"商品房买难卖也难,沈阳亟待建一处商品房市场","买房的人得全市到处去找,找房屋开发公司,运气好也许能看到一个房地产广告"。在90年代初,"住宅互换"是解决住房问题的另一种方式,沈阳每年会召开秋季和春季两次互换大会,《沈阳日报》有一篇报道,说这换房之难,想换房的人要有足够的时间和精力在房地产市场(注:一个真正的实体的市场)摆摊,等人来问津,他的真命天子可能是正好要他的房子的人,而且那个人也正好有一套跟他的需求相吻合的房子。

那篇报道说市场开了一年多,已经成交了五千套,这到底是全部的换房数量还是通过这个市场完成的数量,从报道中看不出来。但以房易房这种C2C模式,因为没有信用体系作支撑,交易方不可能有太多,想象当中A的房子给B,B的房子给C,C再卖给D,而D有一个房子可以满足 A 的需求——这就已经是市场了,没有信用体系,不可能建立起这么复杂的交易链条。

1993 年,大背景是南巡之后,市场经济改革重启,在沈阳房地产市场上出现了河畔花园这样的高品质住宅,"外商住宅区"。这个富人小区持续了能有二十年,如今没落,但周边还是沈阳的富人区。当时它的售价在三千元以上,与同时期一千元以内的普通商品房比起来,确实可以称为天价。不光在沈阳,在中国都不算便宜。新华社 1993 年 5 月 19 日一则通稿说"上海商品房奇缺"。"眼下一般多层商品房每平方米售价超过三千元,高层已达五千元左右,人们称它是:发疯的房价!"

不过,那时候的人们天真而且乐观,人们不相信这种发疯的房价会持续下去。有人从商品经济角度算账——这是 1994 年 7 月,"上海市区好地段虽然价格还在攀升,外环线两侧的多层商品房,降至 1800 元左右,但仍购者寥寥"。做出预测的人,显然是懂经济规律并且认真做了功课:"从现在起,全国城镇平均每年至少要新建中小套型住宅 1.5 亿至 1.8 亿平方米,从上海看,要达到本世纪末 10 平方米的人均目标,住宅成套率要在 70% 以上,基本解决 28 万户居住面积在 4 平方米以下的困难户目标——还要新建 6000 万平方米。全国现有 50 多万套别墅和 5000 多万平方米住宅还未销售。"

开发商预测,由于人们购买力有限,全国商品房市场薄利多销将成为大趋势。事后多年,我们当然有很多理由嘲笑这些数字,想跑回去告诉当时的人们,人均十平方米的目标是不断提高的,一千八百块钱的房子是不贵的,所有这些预测都建立在需求的基础之上,但恰好在"需求"上面是有无数种解释的……

在王平和李丽开始购房的1995年，万科作为最早进入沈阳的品牌开发商，开始在城乡结合部开发新的小区，价格超过当地售价，每平方米一千六百八十八元，零利润物业管理，全天候二十四小时保安，让小区成为家的一部分。而《沈阳日报》在一年前才开始向读者介绍"物业"这个词，记者去了上海，看到小区内路边椅子没有一丝灰尘，小区里有一个叫"会所"的地方，会所里还有游泳池，楼道内很明亮，居然还贴了瓷砖，这些东西由一个叫"业主委员会"的机构来管理。记者想象，明天我们会住在哪里？

一个新时代已经开始了。

第十七章　张医生的爱情

在接近 50 岁的时候，张晓刚对世界的认识已经趋于平和。

没啥职业偶像。男的哪有啥偶像啊。人都是两面的，一个人你离得远都看着挺好，离得近了都是有缺点。有些我觉得挺好的专家，后来发现都有弱点，都是人。那为啥要有偶像呢，你崇拜他啥。比如马云，你崇拜他啥，他可能有他的能力和机遇，另外可能有一万个马云才能出来这一个。你说范冰冰赚这么多钱，其实十多万（演员）都在那儿，你看到一个挣钱的，剩下的都挺艰辛的。

人挺多性格胆量都是基因决定的，崇拜也没用。乱世肯定是好勇斗狠的才能出来的。辩证法。一个大专家的成名也是这样的，他总有学习的地方，但他也不是神。接触多了你发现他也不是神。

张晓刚说自己"随波逐流，缺乏规划"。一方面是真的懒得做规划，另一方面是事后懒得为自己总结出一个"非做不可"的理由和规划。

他很晚才发现钻研医学带来的乐趣，之前只是作为一个好学生应尽的义务去学习它。他自然也没考虑过转行，唯一的努力是在三〇一医院的时候考虑要不要留在北京，但是离家远不能照顾父母，而且带他的教授也说医院没有多余的位置了，这事也就算了。从此踏实回到沈阳，踏实钻研脑血管病，除了觉得"不够烧脑"之外，没有什么可抱怨的。

因此这怅惘也很平和。

他的平和，唯有在谈起和女性有关的问题时才会被打破——曾经我以为只是婚姻话题，后来发现也不尽然——一直不缓不急的张医生在谈论这些的时候会变得僵硬慌乱，仿佛墙上有一个洞，而他需要拼命糊才能掩住。

也只有在这样的时候，你才看出一个在"社会"的路上显然已经走出很远的人，离真正的游刃有余可能还差很多距离。张晓刚的质朴会驱使他按照承诺来回答我的问题——通常我也会在锲而不舍还是适可而止之间犹豫片刻，然后本着"我们说好要开诚布公"的态度照直问下去——但是他还没有质朴到不加掩饰，其结果就是，那个洞越糊越大，最后成了一只房间里的大象。

张晓刚的太太是一个科室前主任的女儿，从庸俗的社会关系学上看，一位聪明能干的年轻医生，显然大有前途，老主任看后生可畏，把女儿介绍给这位青年才俊，算得上是完美结合。但关键环节没有合拍。张晓刚太太一直希望出国，而现役军人张晓刚基本上没有出国可能。现在，太太在美国生活。

强势的工人阶级母亲杨淑霞与大家闺秀之间的观念是否有什么冲突，全家也都讳莫如深。

这些信息——说起来会显得八卦——是我在不同的采访路径里拼

凑出来的。张晓刚无法系统地谈论自己的婚姻。

这个过程差不多是这样的：

我们首先要谈他生活中除了母亲以外的其他女性。结果在这一关就很艰难了，于是我们改为谈论张晓刚对女性的感知能力。

——没有喜欢什么女生。真没有。发育比较晚。没有对谁有憧憬和向往。有同学大家都觉得长得挺好看的，我没觉得她长得好看。那谁（提了一个名字），初中高中都是同学。我印象挺深，她初中穿的都是打补丁的。后面听说他们家刷厕所用的是盐酸。我只记得这个。不觉得长得好看。我上高三，人家就是那群高四的朋友，说你们班谁谁谁谈对象呢，谁谁谁谈对象呢，我都没看出来。我们班的都没看出来。不是我们班的更看不出来。要人说我才知道。我在自己的圈子里，外面是什么样我也不是很关心。

——那第一个对象是怎么来的？

——我妹妹介绍的，就是同意处处呗。对女生也没啥概念。其实我实习的时候也有对我挺好的，又留电话又啥的，好像是沈阳去进修的，留了电话我也没打过。我能看出别人对我有好感。但我没有感觉。

——要是有人猛烈追求你，你是不是就从了？

——那有可能。我人格不完善。

——不是本能吗？

——我那个时候生活跟现在环境不一样。就是接触男女的事情都很少。看的电影也很少。……没有看过小黄片，上大学期间也没有。后来有，那都是成年人了，毕业之后吧。因为上大学时候他们也有到同学家说看录像的，录像厅里都有。但我没看过。没想过。……我不是性冷淡。我觉得我是被动型的。发育有早晚，这点得承认……王平结婚也晚。哈？他不是谈的第一个结婚的啊？他们医大女生多。知道不？只要是个男的就能找到挺漂亮的女的。

他的确在努力告诉我一些看起来坚实可靠的理由：

——有可能是什么呢，我这个人比较挑剔，或者说觉得没到时候，就都不……见完就完了。
——你喜欢什么样的？
——说不清楚。喜欢漂亮的。是不是喜欢特别漂亮的？有这种可能性。
——那你爱人呢？
——我爱人应该挺漂亮的。
——是因为特别漂亮才看上的吗？
——有这种可能性。
——是谁介绍的？
——院里的主任介绍的。不算。中间也不是很顺利。我主动追人的时候……也不是那种挺有情调的。那就结婚了呗，那玩意儿……那就处呗。时间长了也没啥挑拣了，那就结婚呗。她应该有人追。觉得我比较靠得住呗，另外从职业来讲都还比较可以。

隔段时间我再次提起漂亮这个话题。这次张晓刚有备而来，侃侃而谈：

——你为什么对漂亮有概念，但是发育比较晚？

——就跟一个人吃辣一样，阈值不一样。审美的阈值。比如说你比较挑剔，对容貌的要求是比较高的。不挑剔呢，就对性格啊身体啊有要求。我觉得是这样的。人和人的差距应该就是这样的。人的性格、外貌匹配也有规律。你说找对象为啥有早晚。我大学同学说从小这方面启蒙是看动物，城市的人就没有。一个人生长环境是啥样（人就是啥样）。不像现在，现在网络啥的电影啊影响都一致。那时候差别非常大，跟家里营养条件也有关系。

——你绕了一个圈子。

——比如说你对异性感觉非常强，你对容貌的要求就要低一些。如果你感觉不是很强，要求就要高一些。这样对你的刺激就比较强。这是一个生物学的道理。生物学不是只看胸，有各种标准。人也是动物。人和人的差异就在这儿。……是，我这人面子比较薄。父母会说男孩子要主动点。他们是过来人，有时候也会提醒你。什么男追女，女追男是不。另外就是什么人跟什么人吧，确实有一个相貌脾气爱好的匹配。

——你们俩匹配吗？

——只能说还行吧。但你要说要找到一个非常匹配也不容易。有些东西得迁就。这个岁数了，像专家说的，你把人和人的关系看得比较透了。

后来我跟张慧娟说，张晓刚说他可能喜欢特别漂亮的女生，这样才会有感觉。张慧娟隔着语音通话放声大笑："特别漂亮？我就记得他刚上大学那会儿回来就说,我算是明白了,漂亮的女人就只在电视里。"

张慧娟的判断和我的估计也差不多,青年才俊张晓刚在医院这个系统里并不缺乏中意者。个高,成绩好,科里器重,据说在医院的单身才俊里名列前茅。

然后,他突然然而并不意外地结了婚:

没有求婚。直接就那啥,定了就办了呗。有波折,认识三天就干仗(注:吵架、发生口角)了。我这个人不会说话,不会说软话。这方面我肯定是能力很差,一言不合呗。算小事吧。就是技巧不行。

然后他会迅速进入一个公共话题,此时语气就要放松得多:

现在网上不是说有教程吗?按那个来,什么样的女孩儿都能追到。因为能知道所有人的弱点,很专业化。

再回到自己的话题,此时气氛就像芬兰浴,骤热急冷:

——了解么……就是处一段时间就了解了吧。
——她了解你吗?
——了解。
——那不错啊。
——那处一段时间就能知道生活的细节什么的。

——她是什么样的人？

——……（沉默）这咋说啊？也属于内向型的。还有啥啊？

然后谈到结婚和结婚之后：

结婚就在咱食堂。那时候简朴嘛。四十桌。不知道多少人。我掏的钱。我爸妈没给钱。都自己掏的。要给礼金。五千？一万？车队他们家找的。食堂办的，非常简陋。他们家要求在那儿办的。

领证早就领了。酒席还拖了一个礼拜。那天我们还考中职，考主治医，往后还推了一周。结婚穿了西服呗，买的，报喜鸟，两千块，就穿过一次。也是我自己买的。她穿了什么记不清了。

新房……（长久沉默）没有自己的房子。跟我妈家。没住，下午就回来了。我原来在我们师兄的房子，他们出国了嘛。后来结婚是在那儿，还是他们家，还是租的房子？应该是租的房子。

好像是刚结婚就读了博士。那没办法。那不是考上了嘛。她也来北京看过我。我可以回来的，三年都有假期，节假日，都可以见，后来怎么没回来呢。我那个实验得取标本，其实我让别人帮我取也行，就等那些标本取下来我做，其实那年也没干别的。后来去上外语了，学了一年外语。知春路再往外走。新东方。

我没有出国的念头，就是想多学一点。学了八个月，词汇量挺大。但是GRE太生僻了，用不上。我还记得双手都能用的，也是A打头的，岁数大了记不清了，可以查。考试挺多也是考逻辑的，我还挺适合那个东西。但我也没考。

我不出国是人生没有规划嘛。跟结婚没关系。

然后谈到妻子出国：

——为什么你爱人要云美国？

——我媳妇儿家里原来也想让她去。结果去了很久也没去成。去学习啊。她家里也有原来的学生啥的在美国。一办中美就有摩擦。有一次是撞机。就是那个南海撞机。这回出去了，是很厉害，中美开始贸易战了。有影响啊，部队出国挺难的。她有个姐在那儿，原来药学院毕业的，她叔家孩子，后来就留在那儿了。她姐找个外国人，好像也心梗没了，一个人在那儿。她也是住她姐那儿。她不咋工作。

——那意义是啥？

——换个环境呗。反王没啥正经工作。有时候帮着教教中文啥的。

——你又不能去。

——我不想去。我可以去，想出国可以有办法。

——那不是分开了吗？

——分开就分开呗。她也不是长期在美国。

——办不办移民？

——看情况，她没决定，但可以在那里待的时间比较长。好像是 B2 签证。就是十年里可以随便去的那种。……我哪个国家都没去过。老麻烦了。我们科也有出去的，学习进修，旅游是不可能的事。我不想去，耽误工作。去的回来我看临床也就那样。就看看氛围呗，学学外语。我们出去年龄也偏大，不能给人打下手吧。去了干啥？给人写文章？我们都是去科室去医院，得自己申请。……现在学医的人都是这样的，毕业当住院医，当完去国外看看再回来。这是很好的规划。我们都没有这种规划。……我们现在出去，患者都会流失的，知道不。这段时间我不在了他们就找别人了。所以不见得你能有什么好处。

我们在2018年12月第一次聊这个采访计划的时候，还问起他为什么不要孩子。他很快回答，没有不等于不要。

后来他会主动说起如果家里没有孩子那时间要怎么打发的问题，说这话的时候，仿佛忘了自己恰好就是一个没有孩子的人。

拿这个话去反问他，张晓刚反倒是傻笑：“现在没有，不代表以后没有。”

如果并不是说笑的话，这个观点不知道他是否也跟他的母亲杨淑霞交流过。在杨淑霞那里，她会抱怨说，这老二什么都好，就是不能跟他说孩子的事，一说就起身准备离家，"没人敢说"。张慧娟说，二哥太强了，哪哪都好，但人没有十全十美，就是婚姻这事，不尽如人意。大哥张晓翔说到此处就会叹口气，"这事不好说，也不敢多问了"。

这样讳莫如深的气氛同样让我的采访变得迟疑不决——在这件事上，我也得遵守社会规则，这不仅仅是采访技巧的问题，也要考虑是不是有冒犯乃至对信任的伤害。

我最后一次对询问张晓刚的婚姻状况做出努力，是在跟完门诊去吃饭的时候。

"你看你爱人这么长时间在美国，也不打算回来……"

这次张晓刚的反应迅猛，吓了我一跳："你的意思是我离婚了呗？！"

我就此打住。一种本能告诉我，这个话题到此为止了。

结果饭后往外走的时候，他又在感慨一个家庭有了孩子才完整。我不舍得放弃这个机会，再问了一遍之前问过的问题："你不也是没有吗？"

张医生带着混不吝的微笑看了我一眼，说："没有自己的，别人的也行啊。"

【番外】李丽与张慧娟

2008年冬天的蒙特利尔，气温落到了零下五度。张慧娟在一间杂货店里拖地。客人脚上的雪水混着泥，洗拖把的水直接倒进下水道可能会堵。张慧娟提着一桶水走向外面的窨井。路滑天冷，她想起小时候家里还没使上自来水那会儿，得出门上井沿的公共水龙头打水，路上铺着防滑的炉灰，水龙头常年不关，如果关了，就会冻上。麻烦。

"我怎么活到小时候了？"

蒙特利尔到沈阳有一万公里，这是张慧娟来蒙特利尔的第十一个月。她身高一米六九，体重不到一百二十斤，35岁，未婚。这间九十平方米的杂货店是她稳定生计的最大希望，也是最大赌注——人生积蓄都已经投进这里。

2008年年三十那天离开的时候，她预设了两三个月的时间，就跟所有人嘴上说的那样，先去看看。那份条件优裕的工作只是办了休假，这只是对所有表示惋惜的人的表面安慰。张慧娟此前所有的经历，都会让这个假期变得漫长。

***

李丽1992年从中国政法大学毕业之前，已经很清楚自己要干什么，或者说很清楚自己不要干什么。她不想留在北京，不想继续读研究生。这个选择如此匪夷所思，以至于她的老师在班会上公开表达了诧异：这位同学想去一线。

如果把这句话补充完整，可能是这样的：中国政法大学，中国法律系统预备人才的输出地，国家"统分"可以留在北京的时候——多少人梦寐以求希望留在北京，多少人希望通过考研留校或者进入最高法，偏偏这位从沈阳考到北京来的同学，坚持要回家乡做个普通公务员。

李丽的说法是她不想读书了。她从来不是一个讨厌读书的人，否则她不会出现在中国政法大学的校园里。但是在大四那一年，她无论如何不想继续念书了。

她认准了要回到抚养她长大的姥姥和姥爷身边。当初考到北京是他们首肯的，姥爷说，除了北京，其他地方还不如留在沈阳；大学里不要谈恋爱，毕业要回沈阳。李丽一直谨记叮嘱，躲开任何阻碍她回到家乡的因素，比如不和外地同学谈恋爱——谈恋爱意味着要结婚，意味着毕业分配必须去同一个地方，意味着她一个女生可能要到男方家里去。如果对方不是沈阳人，就从先决条件上否定了一切可能性。她毕业在1992年，放弃了统分机会，人事关系打回到了沈阳市人事局。同届考去中国政法大学的东北籍同学，都留在了北京。

***

2008年的那个春节,张慧娟至少体会到两件新鲜事:一个是第一次没有在自己家过春节,而是和几个在加拿大的沈阳同乡集资吃了火锅;另一个就是火锅的价格,十五加币一个人,说起来似乎并不贵,但初来乍到又没有工作,这钱每个人都吃得心疼。

在来加拿大之前,张慧娟在蒙城(注:蒙特利尔)中文网上找了住处,图价格便宜,房子状况不太好,房间和房间之间连门都没有。后来和人合租,又有新的矛盾。

找工作也是一茬一茬,去工厂打工,干的是贴标签的活儿,"感觉回到了旧社会"。监工在身边转来转去,地方又脏又差,整天都得站着。张慧娟个子高,累的时候趁监工不注意可以在工作台上坐一会儿休息。自己用保温盒带饭,买最便宜的菜自己做。

所有的活儿都是体力活:灯具厂、钉子厂、纤维制造厂……工厂派的都是季节性的短期工作,十天个把月之后就不要人了,当时还是男朋友的老公因为语言不通,打短工之后干的是送外卖的活儿。虽然两个人有点积蓄,也靠加拿大政府的政策申请了一些补助,但生活质量还是以肉眼可见的速度飞速下降。

最关键的问题是心理落差。大学毕业到出国来蒙特利尔之前,张慧娟在沈阳空管局工作了十三年,月工资从2004年起就过万,还不算单位日常福利,房子就发了两套,说是养尊处优并不为过。她是管计算机的,"计算机也不总坏",还能抽出时间去辅修一个二学历,每天至少可以拿出一小时化妆之后再上班。食堂吃饭,还有单位自带的三星级宾馆餐厅可以刷饭卡点菜,"水煮肉片什么的,尽点好的吃"。也没有家庭负担，工作之外就是玩耍和逛街。

这样的工作过了九年之后，张慧娟的生活陷入到了那个老套的问题中：要不要在这种"一眼能看到退休日子"的生活里接着过下去。

她最终的选择是不要。九年里她可能过得也不落俗套，因为她没有按部就班地把自己划到嫁人生孩子那个常规的队伍中去。2004年，她开始报班学法语。

班不难找，从80年代末到张慧娟张罗出国的时候，出国热已经把市场的各种需求武装起来，所有为自己谋划未来的人都可以被粗暴地划分为两类：出国的和不出国的。出国带来的不仅是一种对异域生活方式的幻想——按照王平听说的说法，国外的厕所比他们医学院的实验室都干净——还有一种对人生实力的肯定。看，这个人出国了，有能力，挺厉害。

想出国的人如此之多，张慧娟找到了几个一样想学法语的人，凑钱雇一个加纳人教课，一小时一百元。后来更正规一些，上了培训学校。

张慧娟开始的计划是很完满的。她打算去加拿大，因为自己在航空系统工作，加拿大魁北克省有国际民用航空组织，还有庞巴迪这样的大公司。自己马上有双学历，基础分就会比较高，法语也学得不错。一切的一切，都推导出这是个保险的选择。

唯一不在计算之内的就是时间本身。

也许从2004年张慧娟决定移民开始，命运就发生了一些微妙的连锁反应，这导致她的后半生在一些关键的时间点上不知道为什么总是有点偏差。如果不是对于选择的执着，她可能依然可以落回到那种一眼看到退休的惬意日子里去，但是在许多东西都在慢慢改变的时候，她的想法从未变过，这最终让她在2008年的时候过上了被人盯着贴标签，以及提着水桶走到天寒地冻的室外去倒拖地水的日子。

如果移民政策没有在2004年因为加拿大保守党的上台而收缩，张慧娟也许不需要用四年的时间才最终出国；如果不是移民局把2002年到2006年期间积压的申请一块面试，也许张慧娟不会在这个过程里意外认识一个男朋友；如果她没有就此决定和这个男朋友一起出国，也许她也不会在年三十离开……不过相比后来发生的事情，在年三十搭飞机出国已经不是什么重要的大事了。

31岁的时候决定移民去读书，这个决策就算不划归到"不同寻常"的范畴，也是一件会让普通人思虑一下的事情。对过日子的人来说，有那么一点波希米亚。

到2008年，波希米亚已经无法回头。放在张慧娟面前最重要的事情变成了生存本身，如果她不打算以一个败将的面目回沈阳的话。

不确定性会让日子变得漫长。张慧娟开始去各种杂货店打工，从认酒牌烟牌开始。后来有个在蒙特利尔开店的中国人跟张慧娟说，他要回国了，他在国内找到一份月薪七千元的工作。

张慧娟当时就有点崩溃："他七千多工作就要回去了，我一万多工作不要了就来了。"

***

李丽认识王平的时候，已经工作两年了。

从北京回到沈阳，在政法系统有些人脉的派出所所长爸爸帮她联系了一家事业单位。这事业单位有管理职能，算是改革开放之后的新鲜事务,洋气,需要外语人才。又是学法律,外语又好,还是名校毕业,李丽颇受重视。那时单位福利好,没几个月到了春节,单位一人发五百块钱。那时她的工资还只有两三百块钱。当时她就上街花一百块给自己买了件衣服,到家又给了姥姥姥爷一百块,觉得自己成了有钱人。

到1996年结婚的时候,李丽到手的薪资已经有了八九千,还不包括福利。"行业比较乱,管理不严,固定工资也开,绩效也开,能拿的钱都拿。"90年代的沈阳愁云惨雾,大量国有企业破产倒闭,这个工业城市陷入下岗失业带来的抑郁之中,月薪到一千块钱就敢说自己效益相当不错了,张岐和杨淑霞的正当收入分别是一百二十元和五十元——李丽的生活不是一般的优裕。

李丽回沈阳的头两年还是没谈恋爱。"我这学历有点高。辽大、沈大这种的,能算上大学?"1994年,24岁,北京回来的名牌大学生,工作接触的都是出国的时髦人,待遇又好,别人介绍了一个又一个对象,都没有看得上的。

学历很重要,一个高中同学介绍她认识王平,"中国医科大学医疗系七年制本硕连读",学校比政法差点,但是是研究生。二十五年之后,她说的还是学历:"之前别人给我介绍的时候,我就没遇到一个比我学历高的。王平还真是第一个,也是唯一一个,后来也没有了。"

除了学历之外,王平所有的条件都可以归为"一般"。家里没有准备婚房,父母都是工人,见面的时候穿一件铁锈红衬衫,"看着就土"。李丽不是一个势利的人,她是一个有原则的人。

相亲那天是王平他妈带着来的。在同学家见面,介绍人说了李丽的家庭背景,李丽也开口说了几句,王平始终没有说话。关于这次相亲,李丽还记得时间不到5月,自己穿了一件薄外套,王平看着单纯,果然是个学生的样子。王平所有的细节都不记得了,多年之后回忆,只是说李丽跟自己一样话不多,看着不够活泼,不是自己原本设想的那种类型。至于为什么定下来交往,是妈妈曾慕芝拿的主意,"她得感谢我妈",这话王平说过。

李丽这边处了三个月,带回去给姥姥看。一锤定音。有一个"年龄比自己小四天"的小问题短暂卡顿了一下,按老规矩,男方不应该比女方小。当然,关于老规矩的最终解释权归姥姥:如果王平专业学历都不错,人也看着老实本分,那么,"小四天,不算小"。

后来得知女儿在学校有人追求的时候,李丽审时度势,把八个字渗透给女儿——也就是姥姥的标准:门当户对,学历相当。李丽认为自己是个智慧的母亲,对普通家长认为的早恋不横加干涉,而是顺势聊天,与其激起叛逆,不如趁早把判断标准写入潜意识:这个人我家不会同意,那个人差不多。

如何选择一个男人,尽管从来没有以一种正式的口吻谈起过,但李丽看起来琢磨过很多次这个人生课题。也许和一些禁忌规则一样成了潜意识,以前是为自己,现在是为女儿。她在早些年的朋友圈里经常会转一些经过公众号浓缩的独立女性人生故事,比如徐志摩的发妻张幼仪。王平的妹妹王英会说嫂子很知性,李丽也确实是这样塑造自己的。在女儿读高中的时候,她就告诉她:不能依附男人而存在,年轻时候还能靠可爱美丽,三四十的时候只能靠自己。

至于男人,可说道的就多了。

——学习好,工作好,你能找一个层次比较好的老公。你这么一点能力,找一个这样(比画很大)的老公,这样分开早晚是必然的。……年轻的时候就喜欢那种，别和我磨叽，酷酷的。到岁数之后，女的就喜欢那种，关心我啦，媳妇长媳妇短的，喜欢这么说话的。男人不会这样的。……现在我也告诉我姑娘，（如果）在上海上学，不要找上海男的，我受不了。上海男的太磨叽了。东北男的真挺好，上海的媳妇，东北的男的，调教得可好了。我知道东北男的对媳妇都可好了。……（追我姑娘的）那男生，我觉得不行，那男孩有点社会，父亲是癌症，我倒不是瞧不起这种家庭，这种家庭跟我们家是两回事。这种层次的家庭，将来这种男孩有点反社会，跟条件好的那种男孩不一样。

——一个重点中学的小男孩怎么"社会"？

——有点社会……成熟呗，说话也是社会腔多。

至于自己的人生选择，虽然李丽没有直接评价，但能看出来她是满意的，或者即便有不满意，她也说服了自己。前半截自己赚得多，后半截王平赚得多，老实本分只想着工作。医生这个职业，越到后面越有钱……只是她和王平现在的节奏似乎完全错开了，早上还没起床，王平就去上班了，晚上她还在玩手机，王平已经睡下了。王平也不知道她捧着手机到底在干什么。她也不知道王平成天劲儿劲儿地工作有什么意思。快50岁了，不是应该放慢速度享受生活吗？

***

弟弟张晓刚和妹妹张慧娟的聪明是两种不同的聪明，大哥张晓翔说。

张晓刚如果想做什么事，一般都不显山不露水，偷偷筹备，一鸣惊人。张慧娟要咋呼得多，当她有了一个目标，在动手之前往往全城皆知。

这和她的性格吻合——直率、急躁，说干就干。

全家第一次认识到张慧娟的聪明是在她中考的时候。从在大东区都没有太多存在感的一〇七中学考到省实验，张慧娟是有史以来第一个。她的成绩一向不错，班主任跟她说，你考一中就行了。一中肯定能考上，省实验和沈阳二中这两块牌子就不一定。班主任不是外人，是她的二婶，张荣的太太，人民教师俞高洁。但张慧娟不以为意，我学习这么好，为啥不能考省实验呢，肯定能考上啊。

结果就考上了。

这件事让大人们惊讶两次，第一次是她的勇气，第二次是她真有实现自己想法的能力。

张慧娟后来对这件事的解释是，去省实验读书可以住校，听起来挺好玩。张家人多地方小，张慧娟自打出生起就跟爸妈睡在一张床上，初中毕业已经15岁，产生对住校的向往在情理之中。张慧娟的选择看起来是勇敢的结果，其实可能更像是一次意外的成功。她的真正厉害之处是打听到了省实验有住校这个选择，并且决意向这个选择靠拢。张家的大小事情从来都是由妈妈杨淑霞一人决定，张慧娟的选择当然也不失为一种勇气，但更为难得的是自我意识。

杨淑霞其实并不在意张慧娟考不考省实验，考上了挺骄傲，但更多的是也是意外——家里原本就不宽裕，现在要再加一份住校的开销了。张慧娟对妈妈的感情错综复杂，爱意中夹着抱怨，她觉得妈妈重男轻女。标志性事件是小时候二哥有牛奶喝而自己没有，穿的都是哥哥剩下的衣服,喜欢唱歌跳舞想去文化宫参加活动,但家里不会给钱,相比之下,哥哥们就可以买相机买吉他,妈妈给哥哥们更多支持,尤其是二哥。

杨淑霞认为张慧娟刁蛮,吃喝处处跟人家比,不如哥哥们来得质朴。张慧娟就不应该和省实验的同学比来比去,那里的孩子都是独生子女,父母都是干部和知识分子,那样的家庭怎么能跟自己这个有三个孩子的工人家庭是一回事——没有认清这个社会现实,是张慧娟的不对。

张慧娟的生活算不上刻意标新立异,她只是在持续发挥当年选择住校时的那种独立意志。这种独立意志来自于对抗,用她自己的话说,她是除了母亲之外"家里唯一会合计事的人"。自那以后,还有两次对抗特别显著,一次是她高考填志愿,另一次则是移民。前一个失败了,如果不失败,就不会有后一个事件的发生。

*　*　*

李丽喜欢文学,至少喜欢过一阵子,从高三到大学,然后就是怀孕那一阵子。文学于李丽就像一块石子投进湖里,投进去的时候涟漪阵阵,然后什么痕迹都没有留下。

她自己都觉得奇怪,为什么什么都没有留下。

高三的时候她看起了《红楼梦》,"超级喜欢",看不懂家族关系的时候自己动手画图谱。从头到尾看完,每一章回起头的诗都能背下来。上大学后第一件事就是买一套人民文学出版社版本的《红楼梦》。她也喜欢唐诗宋词,自己动手填词。

姥姥和姥爷家没有书,李丽的书都是借的。去同学姐姐家玩,看摆着琼瑶小说,也是拿起来就看,"看完拉倒"。李丽至今感到自豪,没有受到琼瑶爱情观的影响,也没有因此产生对爱情的向往。还在写作文的时候把琼瑶笔下的故事三五归类,老师表扬她能看出门道,显得理性。

上大学时连"特别枯燥"的外国人物传记都看,不知道怎么了,从头到尾看完。直到时髦的尼采《查拉图斯特拉如是说》,看不进去了,只能还给图书馆。

其实并非什么都没留下,大学的时候李丽重看《红楼梦》和诗词,被同学说多愁善感,像林黛玉那种感觉——看这些书给李丽留下的是一个标签。也许王平看到李丽的时候也是这个印象,她那会儿瘦而高,言语不多,如果观者线条再粗一点,和林黛玉倒也有几分相似,只是李丽很不喜欢这个标签,她不喜欢"矫情"的东西。

还有张爱玲。以前李丽喜欢她的"小资",觉得文章里有一种细腻的氛围,怀孕的时候再看,看出了刻薄,觉得不舒服,改看《读者》杂志。

霍达和《穆斯林的葬礼》是一个例外。李丽喜欢这个作家,找来所有的著作,理由是她的书有男作家的感觉,远胜过女作家的小家子气。

不管是曹雪芹还是霍达,李丽都不记得他们对自己产生过什么影响。她能记住的就是自己从头到尾看完了这些书。有兴趣找书来看,坚持把书看完,还有心情自己创作,这些动作在李丽看来就叫作文艺。文艺是一种年轻时的爱好,不作用于她的性格、人生观。文艺一部分在她——一个文科生——这个身份里得到了正统性的解释,文科生可以文艺,但是离开了学校还这么文艺,听起来就太不懂事了。

李丽虽然高中选了文科,但似乎对此没有太多了解。至今她也认为文科出路极其有限:要么当老师,没啥意思;要么做媒体,太累;要么就是她现在这一行,政法,"文科里最不温柔的那种"。二十多年过去了,现在替女儿思考未来,一如既往。

现在她最有表达欲的是育儿经。比如如何和女儿沟通。

她和女儿讨论电视剧《小欢喜》。扮演离婚母亲的陶虹是母女最常争执的角色。女儿觉得陶虹变态,对孩子过于压迫,李丽劝她站在一个离婚母亲的视角考虑问题,"一个人带着孩子,孩子又不怎么听她的,你说她得多郁闷啊。"

女儿最后接受了李丽的观点,在电视里孩子早恋那一段,李丽的女儿甚至可怜起陶虹来,"她连个商量的人都没有"。李丽大喜过望,开学后女儿学校鼓励孩子和家长一起看电视剧,要求讨论之后写观后感,她觉得自己有先见之明:"你看,我们俩看《小欢喜》,如果你要写观后感的话,你写的水平肯定要比他们高一级,因为我之前给了你引导。你们要写肯定是从孩子的角度写,现在你肯定能想到另一面,家长也有不容易的地方。你可以写两个方面。"

她不主张女儿接触文科。"现在不是有从小就读经什么的吗。我宁可给她买《神奇校车》之类的,讲自然科学的。我就给她看这个,不给她教文科。我不想让她学文科。"她以自己现身说法,似乎是为了加深自己的观点力度,再总结一遍:"文科真没用。"

她的女儿已经上高中,现在除了一些动物小说,还喜欢看《钢铁是怎样炼成的》。也试过《红岩》,说是看不懂。

李丽不需要花太多时间就放弃了在文科——或者用它最完整的说

法，人文科学——里打捞经世致用的概念，这是一场无用功。就像她说的，她只是在人生最空闲的时候——大学、怀孕和快退休的时候，想起来要去看书。生活对李丽来说非常具体，都属于现实存在的人：丈夫、女儿、丈夫的亲属、自己的亲属。丈夫是一个核心。所以在提起自己当年的文艺雅兴时，她会说，都给王平磨没了。

如果跳开日常生活——这种机会不太多——李丽就又成了一个文艺的人。2019年李丽第一次来上海，逛武康路，她还是不由自主地向当年喜爱的那种氛围靠拢：巴金的洋房故居，梧桐树和老弄堂，她心目中的上海——这些都是旅途中的消遣品，就像张爱玲小说里的小资一面，无法带入日常生活。

"世界观什么的太大了，我们就是过日子的普通人。"在被问起和王平相处的原则时，她说。

***

省实验对张慧娟来说，不是一个学校，而是另一个世界。

"一下子你周围的人全都变了。"

最开始的改变是排名。第一次期中考试，全班三十三个人，她倒数第三。张慧娟初中从来没有掉出过前三名，那种轻松自在名列前茅的人生体验在省实验宣告结束。

虽然知道省实验的同学都挺厉害，而且自己进的还是一个数学实验班——各级数学竞赛的第一名都在班里，还有一大堆学奥数的——但是耻辱感并不在张慧娟的预期之内。

她遇到了一个唯分数论的班主任，为了让学生产生更迫切的竞争心态,班主任每次考试都给全班排名次,并大声念出后几名的名字。

张慧娟的压抑在三十年后听上去依然很真切:"你说人不还都有个名字?"

本来她还对一切浑然不觉。刚入学的时候学校安排晚自习,张慧娟从没上过这种自己安排时间的课,于是照样贴歌片抄歌词,她的自习课属于黄蓉和邓丽君,别人的属于物理和数学。

倒数第三这个概念太具体,太新鲜了,张慧娟开始重新审视自己,发奋图强,目标是班级名次不低于后十名。这是一个很现实的目标,因为张慧娟不久之后就意识到了自己不仅仅是学习方法上缺乏竞争力,她还进入了一个以前从没意识到的阶层。

相比"放养"的张慧娟,她的同学们更像是十几二十年以后的那种好学生,独生子女,从小参加培训班,有人在一旁苦心孤诣观察他们是否有一技之长,每走一步都为后面的人生做好了打算。这个世界里当然有爱好和兴趣,但就连爱好和兴趣也是为未来的机会服务的,正如张慧娟感慨的那样,"不仅是学霸,而且是超级学霸,又聪明,又勤奋。"

她已经放下了歌本和明星,但还是很难挤进班级前二十名。她能拉开的只是和自己之前表现的差距,而不是和别人的差距。压力最大的时候,张慧娟认为自己整个人毫无魅力可言,整个人都被"学渣"这朵阴云笼罩,这个词一直跟随她,直到她成了一个加拿大人的时候,她还在比较当年省实验的学渣和学霸的人生境遇,只不过多多少少带上了扳回一局的口吻。

那时候二哥张晓刚已经离家去西安上大学。他是家里和张慧娟最亲密的一个人,也是最能给予学习上援助的一个人。当然,这种援助的作用可能微乎其微，因为一切最终都要靠自己。

张慧娟有的时候会假设考上省实验的是二哥，"他肯定能行，肯定能进前十。"张晓刚没有去省实验在小时候的她看来是个遗憾，到长大了，就觉得是一件必然会发生的事。

> 我哥怎么说呢，他不像我，我这个人吧，想办的事一定要去办，主观能动性比较强，我自己想怎么样就怎么样。我二哥是怎么呢，他是怎么着都行……用好听的话说就是适应性比较好，稳定性比较强，是金子在哪儿都能发光，说得不好听，就是个人没有主见，觉得差不多就行，没有个人强烈的要求。从小都是这样。

小时候的张慧娟很为二哥惋惜。高考成绩那么好，却浪费分数去了一个军医大学，他既不喜欢当军人，也不喜欢学医，只因为这是妈妈的意愿。

张慧娟假设自己一定会比二哥强硬："让我去军校我肯定不干，我要反抗啊，我得蹦跶。"

她的确反抗了，然而并没有争取到比二哥更好的结果。高考的时候，她因为太紧张而破功，再度滑到班级最后几名。志愿也没有填好，第一第二志愿分别是武汉大学和山东大学的经济系，经济系在当时是热门专业，于是她落到了妈妈选的，天津民航学院。

杨淑霞最满意民航了，大儿子张晓翔进了民航系统之后，米面全发，工作稳定，家人坐飞机还能优惠。再说工作就是工作，养活自己是唯一目的，国家经济发展趋势和个人抱负之类，并不在杨淑霞的考虑范围之内。

张慧娟了解妈妈的出发点："就是想有个好工作，女孩有个好工作就行了……她认为也可以去学药，学经济有可能找不到工作，学药可以去铁西制药厂。"

张慧娟想学经济，或者学会计。这两个在当时的她看来，都是和钱有关的志愿。她希望自己变得更有钱，母亲对经济条件也一直很在意，学这些东西也许有助于改善自己和全家的经济状况——不管怎么样，省实验毕业的人哪有去天津民航学院的呢？

1991年夏天过了，经历高考和志愿两重失败的张慧娟好歹是去天津报到了。那真是灰暗时光。与实验中学那种天降大任于身上的骄傲恣意比较起来，大学里的同学们都是抱着毕业就有"铁饭碗"的心态，考试自然也是六十分万岁，整天吃喝玩乐，张慧娟觉得自己虚度光阴。她的高中同学一多半去了名校，即使是那个一直引为"学渣"同道的好朋友，最后也考到了厦门大学海洋生物系。她决定终止这种荒唐的处境。退学重考。

母亲杨淑霞和二哥张晓刚闻讯赶到天津，把她这种不切实际的想法压了下去。

说起来，张晓刚曾经给张慧娟写过一封信，指导她如何填志愿。这封信对他自己的意义可能要大于对张慧娟的意义。因为他的志愿是一场灾难，虽然数十年后无论是他自己、张慧娟，还是一贯正确的母亲杨淑霞，都认为学医有效改善了张晓刚避世的孤僻性格，但是他的确是踩着一路的不情愿和辛苦过来的。他可能想把自己的经验告诉妹妹，也有可能只是讲一讲大学到底是怎么回事。

这封信后来寄丢了。

也许是因为夹了钱，张慧娟后来说，但是就算寄到了又怎样呢，家里拿主意的只能是妈妈。而且张晓刚也听妈妈的,听说要去劝妹妹,那就去劝。

张晓翔也要过三十年才能理解妹妹在当时的处境。2019年,他的女儿即将高考,他面临替女儿考虑专业和学校的问题。此时他想起妹妹那年夏天的退学风波:"我没去,因为我那时候觉得她也是作,也是闹,现在我理解了。从她那个层次上来说,'我搁这么好学校,考到这里来了。我的同学,清华北大的都有很多'。她就不想在那儿念了。那时候不这么想,都觉得考上这么好的学校,毕业就分配,为啥还在那儿闹啊。"

张慧娟的抗争再一次失败了。她抵不过杨淑霞的唉声叹气、高血压和强势,大学四年之后,去了人人羡慕的沈阳空管局,做一个机房管理员。

***

李丽工作不久之后去考过一次律师执照,王平陪着去吉林大学考试,没能通过。

她的职业进取跟这次考试挺像,认真,但没有到全力以赴的地步。这次尝试之后她就一直留在单位,30岁的时候从英文翻译转到主流业务:出国证明、财产继承证明……然后有了女儿。

李丽是在2004年生的女儿,34岁。之前做翻译的时候因为成天对着电脑,担心辐射,没敢要孩子。

女儿成了她真正的职业,让她带着一个明确的目标真正忙碌起来。

先是史无前例地学会了做饭,从日常做给女儿吃到过年可以张罗一桌菜；学会了开车，接送女儿上幼儿园上小学上中学直到住校；学会跟老师相处，又学会跟女儿同学的家长相处，在王平不在的情况下组团春游……

十几年的母亲角色渐渐因为女儿住校和即将考入大学而放缓节奏，紧张情绪也得以舒缓。李丽开始重新看她和王平。

她开玩笑说王平是靠自己起家的，前半截自己赚得多，到女儿小学三四年级的时候，王平开始跳出原来的科室，成了一个职业甲状腺外科医生，收入和声誉都飞速增长，于是他成了后半截的主力。这个组合——王平用的词是"战略"——很不错。

但忙碌带来的忽略让李丽感到恼火。

李丽认为自己吃的苦王平根本看不见。那种苦是像盐一样化到水里的，根本不在明面上。比如时间表。在孩子上学的时候，她得开车半小时去接她放学，再开车半小时回家做晚饭，还要处理别的事，这种消耗让她心累。女儿在学校里的各种琐事只有自己一个人当倾听者，比如那个经常开女儿玩笑的物理老师，玩笑本身无伤大雅，但是赶上了女儿青春期，事态升级到了影响成绩的地步，于是李丽开始琢磨，要不然给老师送点钱，让他注意一点……

但这些都是不涉及本质的抱怨。李丽发现自己要求的是"说几句好话"，她坚信当年姥姥，当然也是她自己选择的正确。如果这个人认可她的付出，她的生活就会如模版一样完美。

> 你看，我要是把几件事全办砸了就好了。可能我把这些事情都处理好了。想尽办法把事情做好，他就觉得有指望了。我能行，他就不干。

> 我不知道他为什么不服气我……最后把自己打造成女汉子了。
> 独立性是有……没有（让他）产生怜惜、保护的心理。
> 我比较强势。我这个强势也是后来逼出来的。

李丽把这种混杂着依恋和委屈的情感总结为中年婚姻的寻常状态。这份婚姻——不知道她自己是否意识到——至少在一半比例上帮助王平理解女人这种存在。另一半的贡献者是王平的母亲。王平认为母亲是完美的，坚韧、朴素、任劳任怨，所以李丽作为后者也理当如此。二者叠加，构成了王平在各种场合都会提到的一句话："女人一辈子最大的意义是孩子。"

女人并不是一个个体，而是一种社会角色，或者说如果扮演不好那个社会角色，作为个体就失去了意义。这样想的不仅仅是王平，也有李丽。在接受自己的社会角色这件事上，她并不需要任何人的说服，也许她在决意从北京回沈阳的时候就准备好了。

聊天的时候，李丽接了两个电话。一个是女儿的常规打卡，只要是住校日，每天女儿都要在上下午各打一个电话给她。学校不许用手机，用的还是电话卡。同学对此表示惊讶，女儿的理解是：是不是他们家里困难，打不起这么多电话？

另一个电话是有人办事。李丽的回答听起来乖巧可人。"那得把他也叫着，我就是听完了也定不下这个事。……我就是听一听，都是他定。哈哈哈。他没时间。嗯嗯嗯嗯。我回头跟他家说一下，看看他什么意思。嗯嗯嗯嗯。嗯。行。嗯。好了。拜拜。"

我们见面这天约的是傍晚，她没能回家做饭，"这事不怪我，是他让我出来的"。

***

要到离开高中很久之后，张慧娟才会完整地明白辽宁省实验中学在她身上发生了怎样的作用。

毕业去空管局，高工资和舒适状态有一阵时间里让她丧失了斗志。她的工作是数据库系统管理员，大学专业却是航空电气，所以现学计算机，还去东北大学拿了第二学历。不过在学习状态告一段落之后，她就仿佛看到了自己退休的样子，"就平平稳稳过一辈子，那种一眼望到头的生活"。和她最亲密的那群人也都在一个一个出国。这让她有不祥之感：考名牌大学、热情拥抱生活和未来的那些省实验的同学们，可能要再一次把她抛弃了。

以前受制于母亲杨淑霞的严加管束，现在，张慧娟有能力自己做选择了。

这一次不能被甩下来了。她也想出国。

> 上过实验的人是不一样的。如果没有，那就是一个普通人，人生也不会有什么目标，去了民航会觉得民航很好的，也不想往更高的地方去了。但是你上了眼界就开阔了，你见到了很多精英，虽然你不是精英，但是你会追随精英的脚步。

这种放着好日子不过，偏偏要让自己前途未卜的选择在很多人看起来不可思议，不仅仅是她没有念过多少书的母亲杨淑霞，还有她念完博士毕业的二哥张晓刚。如果李丽认识张慧娟的话，可能还有她。把她们放在一起来写，是觉得这里有一些神秘的相关性：李丽在高考填志愿的时候是自由的,她想去哪里就去哪里;选择工作的时候,李丽对自己的意见不那么在意;李丽相信传统家庭对于她的重要性,所以她早早就准备好婚姻;有一段时间里王平职场不顺张罗着出国,目标也是加拿大的魁北克省;还有在对老公的选择上……李丽和张慧娟年龄相当,都很聪明。但好像她们在每个关键时刻都做了不一样的选择。

也许省实验中学只是一种强力催化剂,毕竟张慧娟的独立意志在更早之前就形成了,她只是需要实现自己意志的机会。在她的一生之中,第一次出现这种机会就已经在工作之后了,而且因为移民政策,实现得略微有那么一点晚。

张慧娟是到了加拿大,才发现自己的人生规划不太符合现实。她最初申请了一个全日制的学校,不为上课,只为拿到政府给予每个月七百加币的补助,其中五百加币是奖金,二百是贷款。即便如此,经济的窘迫程度也已经到了影响生活质量的程度,改善经济状况成了比念书更紧要的事情。

张慧娟打过短工,又去当地华人开的小卖部做学徒。当时她已经有过一轮盘算:如果自己继续学计算机,毕业了年龄就已经偏大了,可能会找不到工作。不如在魁北克这地方盘个小店,这里的人跟东北人挺接近,天冷,爱喝酒,开店有正规收入就可以正常生活了。

这个决策后来被她的哥哥张晓翔引为妹妹聪明的证据:"我最佩服的就是开店这一点。很多人特别理想……我妹妹脑袋转得特别快,她到那儿没多长时间,拐弯拐得特别快。别人还念书的时候,念两年书再找工作的状态,她就去整这个店去了。事实证明她是正确的。同时来,同时都去找工作,哪有那么多工作给你啊。"

张慧娟的决策机制的确发生得挺快：前三个月在打工观察，第二轮的三个月已经决定放弃读书，开杂货店，去不同的店家帮忙学习；到了第三轮的三个月结束的时候，她已经有了相中的目标。

就是那家需要她在大冬天出去倒水的店，她持续经营了十年。

一开始是给人打工，后来是连房带店一起租，除了一万块钱押金，她每月还需要交出去好多钱：住房租金、店铺租金、水电费用，还有经营利润的按比例分成。她还记得数字：大约每年五万五千加币。

这几乎是她所有的积蓄，如果这个店没做起来，除了回国，她几乎没有别的选择。

接店后的三个月——又是一轮三个月——张慧娟情绪从来没有起来过。她不知道店的生意会不会够她付租金。从早上七点到晚上十一点都在店里，数完钱已经十二点了，收账的时候一元钱、五分钱都要数。赶上冬天最冷的时候，店里暖气不足，她焦虑地用薯片和可乐填充自己，人一下子胖了起来。

男朋友因为语言不佳——要到半年之后他才能用法语从一数到一百——帮不上什么忙，除了去仓库搬酒就是吃饭、看电视，倒是因为经常和房东喝酒，培养了深厚友谊。

他安慰当时忧心忡忡的张慧娟，如果还不上约定的钱的话，他就去打工。张慧娟说，这挺让人感动的。当时他们两人的分工是，男朋友去上学，张慧娟去打工。因为张慧娟认为男朋友是上海交通大学毕业的，名牌大学出来的，去做杂活不合适。

男朋友是在移民过程中结识的。他出国的理由是不满意电厂成天倒班的生活。"找对象那时懂啥啊，那时要求也低，他有个专业，还名校毕业，还挺务实的。还想做数控机床，还做电工，这就是看低自己，没有信心。我当时要是知道我这么有本事,我能找他吗?"

在此之前,也许张慧娟也和一些人相处过,但是合适的那个一直没有出现。张慧娟把情感方面的缺失归结为家庭影响,父母整日的争吵让她对婚姻本身兴趣不高,具体到恋爱上,又不知道怎样的人才能算作合适。

当时,哎呀,我很幼稚,婚姻观很虚荣,这是人生的一个教训。我当时想找一个挺有钱的人,这是从小的一个观念。或许是想找完美的,受琼瑶小说影响挺严重的,又会照顾你,又有学历,又挺有钱的,长得还好。所以我找对象挺挑,其实我错过了很多好机会,太注重外在条件,不懂其实两个可以说到一块儿啥的挺重要的。

店开在居民区里,靠近廉租楼,生意反而要比富人区的好。张慧娟发现,越是穷人越爱消费,那些领救济金的人抽烟喝酒,又不用上班,是日常的主力消费者。2008、2009年那会儿的穷人都还没有买车,消费只发生在步行范围之内,通常月初生意最火爆,张慧娟忙得连吃饭的时间都没有,月末大家的钱逐渐花光,店里的生意也随之冷清下来。

如此到了2009年2月,张慧娟发现营业款有两千加币的结余,稍微踏实了一点,这日子的确可以过下去了。此时,距离她离开沈阳刚好一年。过去的人生都像梦一样甩在后面,每天的忙碌让她无暇顾及过去和未来,"坐店比坐牢还累"。

两年之后,张慧娟把这家店买了下来。男朋友也变成了丈夫。

店开到第四年的时候,2012年,张慧娟怀孕了。本来请了月嫂,结果临时因故不能上岗,在她临产之前说来不了了。张慧娟又要顾店又要做新手妈妈,丈夫还不同意用外人看店,怕偷货。

> 我老公给我做饭。下午他去店里了,就不给我做饭了。我就挨饿。我还睡不好。孩子也不会带。小孩半夜起来吃奶,我特别兴奋,半夜起来给他洗衣服。那时候真遭罪啊。早晨困得不行。特别难受。

每天只能睡三个小时的张慧娟陷入了严重的产后抑郁,实在没有能力看店,头发都变白了。

丈夫因此想到去申请一个工作,并且拿到了聘用通知。店开不下去了,两人商量着卖掉。但是因为丈夫不愿意接受砍价,最终面对五千加币的心理差距没舍得松口,一个想买的朋友也没有买成。

后来证明这是最后一个好机会。这家店的房屋已经老旧,边上银行停工半年之后,原有的客流也随即减少。重要的是,廉租楼里的穷人开始买车,他们去越来越远的地方购物,小卖店逐渐凋零。全球的社区士绅化的影响终于渗透到了张慧娟住的社区。

张慧娟对这家店的计划本来不至于沦落至此,经营两年之后,她就计划换一个规模更大的店,然后雇人来做,自己当老板。

但是她的计划没能实现。问题出在自己不会开车,而老公每天都在打游戏,不愿意出去看店,真要出去的时候,因为贪便宜,看的都是犄角旮旯的店铺位置。看店这件事一拖再拖,一直拖了八年。

最终张慧娟以低于买入价的价格把店铺脱手,只是为了不错过最后的机会。

抱怨丈夫的口吻让张慧娟在几个瞬间非常像她的母亲杨淑霞。在孩子半岁的时候,杨淑霞曾经到加拿大帮过张慧娟半年,这个小学文化的老太太胸口挂着二儿子写的信息牌,一路上在机场跟着各种同路的中国人,直到在机场见到女儿和女婿。

为了让妈妈可以顺利拿到探亲签证,当时因为照顾婴儿失眠的张慧娟半夜爬起来写各种申请证明,展示他们家在沈阳的生活,避免签证官认为母亲有非法居留的倾向。本来这些活儿都可以由丈夫来干,但是他还是因为沉迷游戏耽搁了。

这场婚姻里,张慧娟似乎是在不断的问题处理中才真正了解自己的丈夫,她说丈夫小时候是一个被家长逼着学习的小孩,因此长大之后,在没有人逼迫的时候就处于自制力失控的状态。优点是对家庭还有一些责任感,虽然帮不上什么忙,好歹还是上着班——她检讨自己的脾气也许过于急躁,对于是不是应该买房之类的纷争,如果以后还是说不到一块,那就自己去把事情办了得了。

说这些话的时候,张慧娟已经过了对婚姻最失望的阶段。

她想起自己的父亲,形容父亲和自己的丈夫一样,都是婚姻中的既得利益者。杨淑霞不会用这样专业的词,但说的话也差不多:"这么多年我养活一家子人,你养活谁了?"回到母女关系里的时候,杨淑霞还是说女儿像父亲,压不住的时候,显得刁蛮。

但是大哥张晓翔在那一年去加拿大探望过妹妹之后,得出一个结论:"她性格跟我母亲特别像,属于那种特别有领导能力的,一般人都看不上。"

如今张慧娟的丈夫在一个交通管理部门工作,地点在加拿大的另一头,温哥华。两人各住在不同的城市是一笔开销,张慧娟一度考虑离开蒙特利尔，和丈夫团聚。

她把自己年轻的时候离开空管局解释为那个年龄下才会做出的冲动抉择，如果现在需要给出一个留在加拿大的理由，那就只能是"为了孩子"。

不开店之后，她会去孩子的学校当义工，观察这里的学校的教育方式，也看一看和孩子日常接触的老师。她的全部精力都用来抚养和观察儿子。她甚至想过可以开一个直播账号作为谋生方式，也许大家对于她在加拿大的生活日常会有兴趣。

当时咬着牙留在加拿大，对家里人一句抱怨也没有，是因为"自己选的路，爬也得走完"。

至于婚姻，似乎也符合这句话，只是张慧娟觉得，"心里有时候还是挺不平衡的。你觉得名校毕业，这人一定很聪明。结果你发现不是那么回事"。她可是一直想考个名牌大学的，省实验的人不是都应该这样吗？

她给自己的微信昵称，叫作"全能妈妈"。

第八部分 知识,尊严和自我

第十八章　缺失的人文

报志愿

张慧娟18岁时虽然对文明多样性和世界没有太多了解，但她知道自己想去南方，想去经济发达的地方，想学经济或者财会，她对数字有兴趣，她对赚钱有兴趣，她想考浙江大学。

在这三年之前，张晓刚一点想法也没有。全家人都知道他喜欢计算机，但这跟工作和上学有关系吗？他报了哈尔滨工业大学的计算机系，同时又报了一个优先录取的第四军医大学，这就意味着第一志愿是作废的。而且他爸爸替他报的还是第四军医大学的中医系，要不是学校看他分数高，把他调整到医疗系，他的人生可能就与脑外科完全无关了。

> 那时太年轻了，上复旦什么的，我们都不知道。包括王平那个七年制都要比我聪明，我们六年制本科，然后还得考研究生。王平就是找对人了呗。都是这样。你看我爸基本不认识谁。我妈还找一个，她们同事的弟弟，是哈工大学激光的，这个我还记得。反正他要报的话，就要报建筑系。其实挺有眼光的，搞房地产啥

的都发财了。沈阳建工学院就在咱医院边上,那时候都没有人报。就像大连医科大学什么的,我都不知道。上学第一年,王平那个我也不知道。北京上海啥好的医学院我也不知道。

王平用"可笑"来形容回忆里的报志愿。"我们班主任自己都没念过大学,他不懂学校、专业、系都是什么。二班吴老师年轻,是正经大学毕业,氛围好,像大姐带小弟一样,指导填志愿能帮上忙。"我们在前面提过,曾慕芝先后托人,最后给王平改了中国医科大学医疗系本硕连读,七年制。这让张晓刚羡慕。

这些都在曾慕芝的掌控之中,只是曾慕芝总是扮演被动的弱者角色。她会说她有旧思想,儿子离得不要太远,离家近最好。她让王平学医,相信学医越老越值钱。"他跟我说不乐意学医,自己打听吉大还是哪儿,想搞科研。我一打听吧,你研究行,国家不给你拿钱,你研究啥啊。我说你别考这个,国家不拿钱,你搁啥出成果啊?"

和曾慕芝一样,杨淑霞在张晓刚报志愿时强势出击。在杨淑霞记忆里,张晓刚表了忠心。"你报哪我考哪,我哪都考得上。后来有一个同事说,学医累,尤其做手术。张晓刚说我不怕累,只要能挣钱就行。"

决定一生命运的关键时刻,就在这样的各说各话中倏忽即过。在自我意识还没有出现之前,大家纷纷把人生的大方向定了下来。

王平以前不知道张慧娟高考报志愿的际遇。听说这事,他以他的专业人士口吻评价,觉得这是张晓刚失责。"他爸他妈没文化,不懂,他都上两年大学了,他不懂吗?这个时候不得帮爸妈出主意吗?"

那封丢失的信如果寄到了张慧娟的手中,意味着哥哥替爸妈说话,而不是替她说话,意味着家中最后的同盟者离她而去,最后的希望落空。然后,所有的事都在她妈妈的指挥下继续滚动向前。

问题一一浮现:

为什么民航志愿不是她的目标?

为什么民航志愿一定是全家人的目标?

以及,为什么已经见过世面的张晓刚也会认为民航学院是个好选择?

民航,一个工人阶级的职业选择

张慧娟一直没想明白父亲张岐为什么会那么讨厌会计,连带着不喜欢跟经济金融相关的所有东西。张晓翔已经被会计专科录取,录取通知书被张岐扣下,根本就没交给张晓翔。两个人最后都落在民航系统里,这应该算是张岐对中国民航事业的最大贡献了。

而另一方面,两位母亲,曾慕芝和杨淑霞都为自己的儿子选择了学医。这其中有什么相关性吗?

前面在探讨"奖学金男孩""男性气概"时,曾经提到过工人阶级对一些职业的好恶,他们更喜欢动手能力强的,而不是耍嘴皮子的,摇笔杆子的,坐办公室的。

工人阶级首先相信的是"一劳本神"工作的广大蓝领产业工人,其次是他们能看明白的那些在他们的生活中出现的,最好是工作在一线的工程师类型的知识分子,他们能够保持一种与工人相近的工作状态,如果他们能得到工人的赞美——"你不大像个知识分子"——这可能是最高级别的肯定。

而在王平和张晓刚求学前后，工程师的地位有点不保，因为他们赖以生存的国营大工厂面临着更严重的危机，在他们眼力所及的范围，可以选择的工作不多。就跟曾慕芝对科研单位的不信任一样，国家要不让你搞，你就没有机会搞科研了。王平的看法与他母亲是一样的，他在说起自己的职业时，就会表达，什么时候都得看病，那儿长个瘤就得割。甚至通货膨胀都不用害怕，钱不值钱，你给我米也行，什么时候人都得吃饭啊。

这种对自己的肯定，就是技能派的核心。它甚至都超过了工人阶级的自我肯定，已经到了第一产业从业者自信的高度。

另外一方面也值得回顾。1990年前后，中国距离"文革"结束不过十几年的时间，社会中大部分成年人都有"文革"记忆，其中有两个重要的记忆与知识界有关：一是知识分子整体上是被迫害的，他们在80年代之后重新获得肯定，并成为受重视的一个群体；二是知识分子群体是分化的，人们普遍认为"四人帮"是一群耍笔杆子的人，一群无中生有、搞派性斗争、玩政治的坏人，这在一定程度上连累了人文类型的知识分子。

"知识分子"，在这里，我们先用中国最通用的那个概念——受过高等教育或者受过中等教育但有干部身份的人，在90年代和之前被统称为知识分子。其实这中间包含了知识分子、专业人士两种人。杨淑霞们对自己子女的期望所在，都是做一个正直的人，正直的专业人士。

张慧娟因为自我意识的觉醒，已经明确知道自己不喜欢这个东西了。

那个专门写英国工人阶级的保罗·威利斯，在《学做工》中说他们"普遍认为实践比理论更重要",他的文献中提及一位工人从火柴盒背面抄来一句话,写成标语,贴在车间里:"一盎司的敏锐直觉可以媲美整座图书馆的学位证书。"

车间里充斥着关于纯粹理论知识愚昧不堪的虚构故事。实践能力才是首要的,是其他知识的基础。在中产阶级文化里,知识和文凭被视为个人在各种实践中实现提升的途径;然而在工人阶级眼中,理论是附属在特定生产实践上的。理论如果不能维持其相关性,就会遭丢弃。

从这个角度去看杨淑霞们对医生职业的偏爱和信任,就更容易一些。它是一个看得见摸得着的手艺,这种动手能力很强的职业符合母亲们对一个体面职业的所有想象,而且它在不可知的未来中有自己的生存之地——这是最普遍的母亲的期待。

"这个小子光知道理论,什么都要靠书解决"……"他有一次订了一本书,书寄来的时候是装在一个木箱里的,书到现在还是在那个箱子里,因为他打不开那个箱子。"……故事不是真的,那没发生过,但是意思是对的。他没法拿出箱子里的东西,因为他不知道怎么打开那个箱子!那还有什么用处?

看书有什么用?男人不能靠书而应该动手解决问题。保罗·威利斯引用的工人阶级的都市传说,与杨淑霞对家里男人的点评在本质上是相通的:张晓刚修好了电话,张晓翔让洗衣机不再自己乱走,动手解决问题才是一个成功男人应该完成的工作。与此同时,张岐作为一个电工,不能在装修房子的时候布线,不能解决家里的电器问题,这证明了男人的失败。

在这种文化氛围中,书和书背后隐含的知识是被轻视的。想要让书有用起来,也得先解决"打开那个箱子"这一前提条件。至于多大程度上算是经过了"打开箱子"的阶段,"打开箱子"之后如何开启新的人生,很多时候也被忽略了。这种忽略有的时候是有意为之的,因为大部分人生都是在解决前面的问题。

考上那所民航学院,对于张岐和杨淑霞来说,是一个体面的选择。

张慧娟感觉到了自我意识的存在,省实验那些学霸的刺激自然是一个重要原因——"人都有个名字是不?"跳出工人阶级社区的圈子,进入陌生世界:人家天分比你好,比你勤奋,基础更不用说,父母还知道督促,这一切与张慧娟初中时所感受到的完全不一样。在这种挣扎当中,自己到底扮演一个什么角色反倒清晰起来。从此她才有了努力不让自己掉进后十名、琢磨自己学点什么、考个什么学校,以及去什么样的城市里生活这样的想法。

报志愿对于张晓刚和王平来说,是妈妈要做决策的事。对于前面提及的付同学来说,就是放飞自己的时候终于到了。"只要不是沈阳的就报呗。"按他自己的说法,首先这是自己的事,没有人管他,哪个顺眼填哪个。不想当兵,又不想浪费提前录取的机会,所以填了中国人民公安大学,结果中了。第一志愿写了北大,国民经济管理。他上面有一哥一姐,三个人的高考志愿都是自己来,父母讲无为而治。付同学虽然初中时学习成绩一般,但自视甚高,连刘老师也不放在眼里,当然刘老师也不把他放在眼里。有一天刘老师把他父亲叫到办公室，当着付同学的面说，你儿子成绩不怎么样，得做好考不上五中的准备。他父亲事后问他，你觉得你能考上吗？他说应该能考上。父亲就不再管他了。这事付同学记得牢，隔了三年到了报高考志愿的时候，自信犹在："你要考个重点中学都能考上，基本也差不离。对吧？"

班长王新宇认为付同学有个性，"从公安部辞职，个性强不？"隔了二十多年，王校长还觉得这事需要莫大的勇气。付同学对当年也很得意："政治部的人根本就不知道怎么处理，不知道怎么走手续。没先例。"

自我意识不是只有上省实验中学才会有。付同学觉得沈阳五中也不差："在中学的时候我们不是一群土包子，对吧？我们是在一个非常有知识的校园里读书的，对吧？当时我们的图书馆里也有《十日谈》，有《神曲》，有《汤姆·索亚历险记》，对吧？都可以借，只是你不借而已，对吧？"他用报菜名的方式回忆了自己中学时的阅读经历，核心是说五中并非一个不入流的学校，你有条件做一些事。同时还顺道说了一下对沈阳的妖魔化的问题："我们不是五线城市那种没有任何希望的地方，我们在沈阳还是有很多希望的。我们初一的语文老师是北师大毕业的，对吧？"

五中确实能提供一些当时还算不错的机会。张晓刚在1984年初二的时候就已经是计算机班的学生了。那时候电脑还是苹果机，电脑一定要有机房，不会随便出现在什么上不得台面的地方，机房里一定要有防静电的地板，要换鞋才能进出，电脑还要有红色丝绒盖头，不是哪个同学都有资格打开。因为要换鞋，所以机房里永远有一股脚丫子味，这味道和下午炽热的阳光一起，成为我对高科技最早的记忆——

虽然 Apple II可以在80年代就进入五中，但科技含量不那么高的空调离生活还远，这断送了我对计算机的美好想象。

不过张晓刚天赋异禀，在这里就学会了编程："我还记得有一道设置程序计算所有素数的题，我设计了一个特别复杂的，把所有的东西都除一遍的那种。结果它没运行几个循环就死机了。当时苹果运算能力还不强，所以没有几个循环就死了。正常没有这样的，但我小孩编成这样已经可以了。接触电脑早，后来数理化好就想学电脑，报志愿也报了，没有学成。其实我接触的时间不算太长。"

中国很多人最初接触电脑就是通过这台机器，也有很多人因此而成为计算机领域里的翘楚。张晓刚热衷于计算机的新奇感和对智力的挑战，乐此不疲："那时候屏幕都是绿的，我玩一天电脑，出来看荧光灯都是粉色的。"他由此认定自己对计算机的爱好，这也直接促成了他高考第一志愿填的是哈尔滨工业大学的计算机系。但对于他来说，兴趣和未来的工作之间还隔着无数不可知的东西，而可知的东西里包括最强大的杨淑霞的意志。

解决生计问题是杨淑霞意志中最重要的一个。她希望快一点从窘迫的生活中解脱出来。张晓刚知道自己高考不是太难的事，也知道"提前录取"意味着第一志愿的作废。他对他妈妈表明了自己的态度：我考军校，给家里省点钱。这是另一种形态的自我意识。

学会了用苹果电脑，看到了一种新东西，人生豁然开朗，但距离打开一种可能性还差得远。那需要很多的机会，很多的进步，可能一生都未必赶得上。

2018年底，张晓刚和我坐在一家小饭店里，第一次就这本关于成长的书回忆人生。我们差不多还处于一种寒暄的状态。他说，他应该做一点更烧脑的工作，这几乎是他唯一一次表达对自己职业的不满足。其后，他更多表达的是随遇而安的态度，满意于现状："做医生还不错，可以保持与人打交道，我不擅长跟人交往，这个可以弥补一点。""要是学计算机，写代码，可能把人写傻了，知识体系要不更新，就完了。学医比这个要好一点。"

前边那句话，是强调他一生孜孜以求的融入社会的大目标，而码农这种身份可能会影响他的人生进阶或者突破；后一句反映的是他对计算机业的不了解。他没有意识到，如果身处那一行，他的世界可能完全不同。他不一定是个写代码的人，这个行业展开的空间被证明是很大的，三十年间的社会发展和变化证明了这一点。

被忽略的人文

诺贝尔文学奖获得者约瑟夫·布罗茨基说"人即是他阅读的总和"。我跟每个接受我访谈的人都会说到看书这件事。

从一定道理上说，只要看书，多少都是好的，养成阅读的习惯更为关键。在我采访过的人物中，主动提及看书的以及确实也看了许多的，是两个文科生：付同学和李丽。不过李丽无形中把她和她的阅读的世界做了一次切割，她姥姥在她的人生中完胜所有书中先贤以及各式女主人公——某种意义上这也是"自我"很大的一种表现方式。李丽透过问题看本质，所有书中讲的爱情也好，浪漫也好，都不如姥姥讲的人生道理，而这人生道理首要原则就是门当户对，细化一点说，就是嫁个有前途的好男人。这想法果断将她带回了沈阳。几十年之后,她说"王平把我所有的这些爱都磨没了"——我隔了好久才想明白,此处"王平"应该是个虚指,准确的说法是以"王平"代表的现实生活。

被提及"爱看书"最多的是上一辈人张岐,张家所有人都指出了这一点,同时所有人也都特意强调他是"看闲书"。这跟"一盎司的敏锐直觉可以媲美整座图书馆的学位证书"一样,对于爱读书的人不是一个好评语。张晓翔是对父亲看了什么书,或者他们家里拥有什么书记忆最多的一个人,包括《高老头》《红与黑》之类,这一定程度上说明了张晓翔对读书的敏感。

张岐看这些"没用"的书,在杨淑霞看来是浪费时间,是不干活的借口。张晓刚认可这一点,他补充说他爸爱看苏联卫国战争的书,带着不解和不屑。

张晓刚上学时家里有一个大书架,摆着张岐的那些书,但张晓刚并不看,他看一些跟学习有关的课外书。王平只学习,曾慕芝说儿子爱看书,在学校里订了报纸和杂志,最具人文精神的可能就是《如何写好作文》之类。王新宇说那时候他迷上了梁羽生和金庸。女生看琼瑶,男生看武侠,这是喜欢读闲书的同学的标配。

论对人文素质的培养,不拘一格的付同学可能真的是最奔放的一个,学校图书馆里的书显然是借了一些,同学之间串换的各种时髦的流行小说,也都会出现在他的阅读范围里。当然,很重要的原因是,他与李丽一样,是这几个采访对象中为数不多的学文科的。这也从侧面说明了王平这些未来的理工科悍将对文科同学的偏见:他们不但学习不好,而且比较闲。学业压力和他们的自律精神肯定是看闲书太少的主要原因,而没有任何的读书指导,是更重要的原因。如果学校有要求每个人都得读点什么名著,相信这些"奖学金男孩"会义不容辞地挺进各种图书。遗憾的是,那是高考最艰难的时代,号称"千军万马过独木桥",没有人敢为此掉以轻心。

读书的路一开始就堵住了,这甚至都不怪他们。

可以推到应试教育头上,对啊,一般都是这么说的;往上推,可以推到当年社会主义国家对理工科体系的偏爱和对人文学科的提防;再往上推,工业革命以来专业性教育体系、技能培训潜移默化中替代了大学教育,都可以当成原因。

对工程师文化的推崇,是工业革命的一部分。人类进步依赖于教育这种功能的强化,知识分子作为受教育者承担的社会使命,在工业革命初期,还是保持一个社会的价值观和人类精神的传承。只是在近代以后,每一个行当都需要有更细化的知识积累,专业教育成为一个人安身立命的根本,这个时候成为专业人士意味着可以获得更好的工作,教育不再具有意识形态色彩,而是一种技能培训。

大学教育在这个时候成为获得工作技能的手段。因为教育资源的稀缺和教育门槛的抬高,在高等教育之前的中等和初等教育逐渐沦为应试教育,人们这时才意识到人文学科的缺失。

我们如今一般不会称之为人文教育,而是取了一个新名字,叫"通识教育"。

看《十日谈》和《神曲》不会对一个人的学业有什么特别的帮助,付同学如今的职业成就也与当年看过这些书没有半点关联。但读书可以开阔一个人的视野,知道世界上有些人有些事是另外一个体系里的,他们有他们思考问题的方式。

艾伦·布卢姆在《美国精神的封闭》中说，这可能是获得一种美德的必要条件。现在，不光是中国，全球范围内都有对"通识教育"缺失的担忧，全世界都在反思在我们的教育体系中丢失了什么。

> 大学教授绝对有把握的一件事是：几乎每一个进入大学的学生都相信，或自称他们相信，真理是相对的。……相对主义是开放的必要条件，这是一种美德，也是我们的基础教育五十多年来不断灌输的唯一美德……真诚的信徒是真正的危险。历史和文化研究告诉我们，过去的整个世界都很疯狂；人们总是自以为一贯正确，于是才产生了战争、迫害、奴役、仇外、种族主义和大国沙文主义。关键不在于纠正错误，做到真正正确，而在于不要认为自己完全正确。

如果我们为人文定义，或者说为一种素质定义，布卢姆说的"不认为自己完全正确"是一种能力。人文科学或者人文学科到底有什么用？每个人都有不同的说法。一些对美国和欧洲教育进行反思的思想者从不同角度予以解释说明。有人主张在中学时代完成通识教育，更多人认为应该在大学里完成。大学不能沦为一个职业技能培训机构——这其中包含两层意思，第一层是对大学不能提供通识教育不满，第二层是对把全世界教育带偏的美式大学不满。

哥伦比亚大学雅克·巴尔赞教授是个思想史家，他为我们演化了人文学科是如何被自己打败：

early些时候,文科与科学之间的关系良好——那时的理学系通常只有一个物理学和天文学教授,一个化学或"自然历史"教授。这些科学与文科一样自由,因为所有知识生来就是平等的。但是,在19世纪80和90年代,专业科学不断壮大的大军侵入了学术界,摇旗呐喊地鼓吹唯有它掌握经过验证的知识。如果认为科学家有意去伤害或扼杀人文学家,那是错误的。人文学家受到的伤害是他们自己造成的。他们为了与科学竞争,为了成为科学,放弃了自己与生俱来的权利。他们通过教授大学生钻牛角尖的治学方法,使课程内容失去了其自然性,掩没了文科研习的优点。(注:雅克·巴尔赞《从黎明到衰落:西方文化生活五百年,1500年至今》)

人文输给了自然,文科输给了理科。当职业成为大学教育的目标,人的培养——通识教育的位置就变得微妙。在此之后,所有的呼吁和所有的感慨,抱怨的成分好像越来越多于指点迷津的功能。有些东西变得不可逆。巴尔赞在哥伦比亚大学的经历说明了这种无力感。

职业和社会都不是大学的目的,教育才是。它比前两者都要重要。具体说来,它要在本科生开始经济和社会生活之前,为他们注入适当剂量的人文精神。在这种令人羞愧的提醒之下,每个人都开始赞赏人文。它们是不可或缺的——虽然对象是什么还不清楚:一些人认为,它对很好地利用即将到来的学生的闲暇不可或缺;一些人认为它对培育'价值观'不可或缺——我们需要公民、民主人士、人文主义者;一些人认为它能使人天生的才能得到发展:我们需要艺术家,需要这类人,需要创造力。(注:雅

克·巴尔赞《美国大学：运作和未来》》

而 80 年代中国的情况可能还要更复杂一些。中国当时正在努力成为一个正常国家，对技术和自然科学保持基本尊重的同时，也保留了对人文学科的怀疑。"价值观"是统一的，公有化的，与财产一样是不被允许自我存在的，艺术家和他们身上的创造力是需要被纳入意识形态的。这是个指定的、由上至下的体系，闲杂人等不能越雷池半步。

好医生的标准

我请张医生和王医生分头回答他们认为好医生的标准都是什么。

王医生事先看了我的问题，准备了严谨的答案，在纸上列出一二三四条，与我一条条地讲。张医生则一如既往，表现出不经意的样子，磕磕绊绊地讲述我觉得不那么像他要真心表达的东西……

两位医生的共同特点是，都像是在准备一场考试。或许在他们的求学生涯中，真的有一道这样的题摆给每一位立志于救死扶伤的白衣天使们，而他们也确实都背过答案。

他们背的看起来是同一套答案。

张晓刚医生说，有个说法，我也刚看的，好大夫要有狮心鹰眼妇人手……

王平则一条一条地讲，为什么要有狮子一样的体力，鳄鱼一样的耐心，骆驼一样的忍受力，还有大海一样的胸怀……

外科医生都是这么熟悉野生动物的吗？

他们已经做了二十几年的外科医生，到了这个年龄，见识过生老病死，与各种疾病、病人、病人家属打过各种交道，也曾帮助亲人朋友求医。他们可能是真心觉得狮心鹰眼之类是必备的素质，但我总觉得他们应该有更多更准确的见地。

当然，另外一种可能性更为显著：他们在二十几年的时间里，从学习到执业，以极快的速度向前飞奔，根本无暇总结自己所积累的人生经验。而且，有一条非常重要：他们认为自己不擅长于此。

他们不大会讲自己从工作中或者从人生中总结出来的东西。讷于言，敏于行，当然不能说是缺点，所以宁可背些狮心鹰眼之类的陈词滥调。

换个方式，随便聊聊。"好医生的素质，有良心就算吧。利益和病人的垂死面前你要有取舍，只选一个，先选别人的健康呗。当然你把人救了还能赚到利益也是好的。"张晓刚跟每个门诊病人打听他们从哪里来，什么背景，不是因为势利，而是想在知道背景之后采取一个合适的方案，大多数时候只是让患者少花一点钱。这可能继承自他母亲杨淑霞，也是家庭贫穷记忆导致的本能反应，但这种朴实的善良比医者仁心更有说服力。

病人的信息最好是了解全面。各种各样的人都有，高风险的，家里几个人，都干啥的，孩子在哪儿等等。前两天有个病例，他老伴肺癌，他手术做完偏瘫了。这家人一个癌症，一个偏瘫，家里就不乐意了。我本来琢磨别开刀，不开刀偏瘫不了，结果还是撞上了。所以像这种家里有两个病人的，你就得慎重，家庭情况比较困难，你就得用那种便宜的方法。家里特别挑剔的人，你看咱们遇到的人，老师、记者，都属于特别挑剔的人。医学上有些事情你说不那么明白，不是一加一等于二，叫我解释我就很难解释，很难沟通，你明白我意思不？不是说比较憨厚的人，农民，解释起来容易。跟地域也有关系，有的地方比较习。

王平会在每一次手术前，把所有要注意的信息和细节写在一张纸上，都安排好。有些时候，他是希望自己的患者可以有更高的层次，但条件不尽如人意的患者不会因此而被另眼看待，他的技术、责任心和职业道德不会产生偏差。严谨、认真，或许是他应该总结的美德。

在对自己能力和经验的总结上没有什么过人之处，这对两位医生来说并不构成什么担忧，他们从小受到的教育——在工人阶级的一系列特征里已经很清楚了——"不说话"或者"不大会说话"不是什么缺点，而且很多时候它还会让人获得额外的安全感，避免不必要的麻烦，或者让人产生信任感。当然，它也会成为人生成本。我们两位主角都是所在科的副主任，主任和副主任之间的差别大都在此——至少他们认为与此有关。

张晓刚在放松下来的时候，会说很多东西。

比如说如何判断学术权威：

> 国外手术会写历史，谁第一个做，怎么演变。术后什么情况，怎么证明有效，怎么证明无效。他跟中国就不太一样。中国信专家，专家厉害。这个一刀，那个一刀。国外得讲道理。比如你说药好，你得这边有一百个病人，那边一百个病人，对比测试。不是你说好就好。

中国的医学是跟国外接轨之后发展才比较迅速。我看过很多，包括临床上，我感觉还是国外的比较准。你像国内，正式的指南都没有，只有《专家共识》。国内体制你想要做比较，做疗效判定，那太难了，没人管这个。国外有保险公司跟着呢，你这病做完了治愈率多少，死亡率多少，都有跟着，中国没有。说你是专家，就是你手术做多少例，你多有名，学术站位，发表多少文章。这个东西……而且很多专家共识本身也是错误的。咱们有的时候看那个《专家共识》，觉得他妈的这玩意不咋样，后来改版，但改也没改全。就近几年。它叫指南的少，叫共识的多。拿过来一看，跟国外有很多是一样，不一样的后来也改过来了，它是错的。它是一个思维方式，一个东西得有道理，得有客观的指标。

比如知识的传承：

美国是这样，培养大夫，先教给你一两万的病例。中国不是这样，就是师父不愿意教给你，除非他要老了退了才愿意，就牵扯到竞争的事。牵扯到体制。国外医生的竞争没有那么激烈。它有一个准入门槛。我培养你，你就必须要干成这些事。他总结经验会教给你。中国没有这个体系，师父的经验教训不一定会告诉你，这就靠悟性。中国竞争比较激烈，有你的没有我的，也没有很好的传承。

都是竞争的关系。我可能会对我徒弟说，在科里也不会说。别人也不会相信你。其实你注意到问题A，你还得推广。比如脑外科就是体位的问题，有时候做手术，体位一看就不行，就是一个很别扭的体位。这样做五个十个小时,肯定不行。

  有人说这个手术可难了,为啥你做得好我做不好,其实你只要稍微改进一下就可以把很难的事情变容易,但别人不知道这个事情,他只是认为只有我这个程度才能做。但我也不太跟别人说。我只能告诉我徒弟。为啥?因为我跟别人说也没用。因为他不会听我的。或者听完我的他又觉得,那我还是比你强。

最后一项可以视为张晓刚对人生而不仅仅是职业的一大总结。他还有一个更简洁的表述版本:"很少有人跟我想一样。不交流。凭啥跟他交流这个啊。"

  换句话说,他会从自己的职业生涯中总结出很多经验,但这些经验并不能传递给其他人——"别人为什么要听你的?"有的时候权力变得重要,有些事情并非资源分配或者收益的问题,而是话语权的问题。话语权可能也并非为了自己,而只是为了推广一些有益的东西。在经历了很多次这样的挫折之后,通常会有两种选择,一种是屈服于官本位,成为管理者,自然获得话语权;另一种是放弃,如果"每个人都认为自己是对的",那就各做各的事了。

这是整个社会成本的一部分。对我们的主角来说,处于这样的社会大环境里,很多时候就是随波逐流了。人类进步,与人类在生产生活实践中经验的传承相关。当我们放弃或者削弱这种交流、沟通、传承的时候,增加的是整个社会的成本,而这本来是知识分子的一个重要职责。

  80年代知识分子落实政策的时候,知识分子这个概念几乎涵盖所有受过高等教育的人。对于工人阶级子弟来说,摆脱工人阶级身份最直接的办法是考上大学,毕业,由国家分配工作,有一个"干部"身份,这个干部身份与知识分子是等同的,所以它没有什么特别的含义。

到了现在,知识分子的意义要复杂得多。这也是社会进步的结果,受高等教育的人口比例越来越高,知识分子内涵变化也大。雷蒙·阿隆——他可能是那个时代,也可能是所有时代里最重要的知识分子——在50年代的定义是这样的:

> 这些分析并不导致必然选择某一定义,而是指出了各种可能的不同定义。有的人可能会认为工业社会的一个主要特征就是拥有大量的专家,由此他们把"知识分子"(intelligentsia)定义为已在大学、技术专科学校中获得了职业活动所必须的素质的那些个体的总和。也有人可能会把作家、学者和有创造力的艺术家置于首位,教授或批评家位列次席,普及者或记者名列第三,那些实践者,如法学家或工程师,则随着他们日渐沉迷于追求效率和丧失了对文化的关注而不再属于知识分子这一类别了。在苏联,人们倾向于前一种定义:技术型知识分子被看作是代表,而作家也成为了灵魂工程师。在西方,人们往往更倾向于后一种定义,而且还把范围缩小至仅限于那些"主要职业是写作、教育、宣传、戏剧表演或从事艺术、文学活动的人"。(注:雷蒙·阿隆《知识分子的鸦片》)

我们的两位主角,坚定地认为自己属于知识分子行列。张晓刚说,学理工科的肯定算知识分子,学文科的不一定。王平也如此认定，而且更进一步，他似乎有一个新主张：学文科的很难被称为知识分子。如果考虑到他的那个工人阶级公式，也不是太难理解，不要忘了，在他看来，学文科的都是政工干部，虽然从一定意义上来说——雷蒙·阿隆的定义似乎也支持这一点——政工干部因为专事意识形态工作，是不折不扣的知识分子，如果刨除宣传成分的话。

两位医生遵循的基本上还是苏联意识形态上对知识分子的定义。不过雷蒙·阿隆认为这也并非全是苏联的原因，实际上发展中的落后国家都有这个特征。他说："获取知识分子这一头衔所需要的资格，随着非体力劳动者数目的增加，也就是随着经济发展而不断提高。在不发达国家，不管取得何种文凭都会被看作是知识分子：这样做并非毫无道理。一个曾在法国学习过的阿拉伯国家的青年，在他的国人眼里，确实已具有了文人所特有的种种姿态。"医生是专业人士，是不是知识分子就不好说了。

但如果是在一个高等教育比例更高的地方，雷蒙·阿隆举了一个法学教授和律师的例子。

在我们看来，法学教授比律师更应具有知识分子的品质，政治经济学教授比分析评论行情的记者更应具备知识分子的品质。这么说是因为记者通常都是为资本主义企业服务的雇佣劳动者，而教授是公务员吗？原因并非如此，因为在前一个例子中，律师属于自由职业者，而教授是公务员。在我们看来，教授之所以更像知识分子，是因为他的唯一目标就是保存、传递或扩展知识。

我试图跟张晓刚讲这个道理，听了半天最后他终于听明白了："你说的是大V啊？那我不是。对大众话题感兴趣，让大众知道，这种人如果是知识分子的话，那知识分子就太少了。"

第二代已经成长

王婧雅还记得那个四月初，父亲在无锡跟她进行的那场谈话。

那阵子无锡一直在下雨，春天的雨细而密，钻得哪儿哪儿都是。王婧雅刚刚回沈阳平定她经历的人生第一个南方冬天带来的彻骨寒冷，新学期开学之后，南方的春天紧接着就带着绵绵不断的雨来了，南方的雨季成了后来她回忆里印象最深刻的东西——"空气中都是特有的湿湿的味道"。

这里的菜很甜，粥也很甜，至少除了大米粥之外的粥都是甜的。她要用很长一段时间适应无锡排骨，第一次吃的时候她只觉得，"我的天啊"。

那是2014年。王新宇并非专程来看女儿，他在上海出差，顺道拐到无锡。女儿考到南方城市他觉得不错，南方人都有自己的事业，聪明，经商什么的头脑比北方人转得快很多。

王新宇和他当年的同学们一样，说起南方，有股神秘的向往。他高考的成绩中游，比不得张晓刚、王平这样的同学，父亲做主，学师范，学数学，只考取了沈阳大学师范学院，挺普通的，学校局促，看起来像个高中。不过，它脱胎于沈阳教育学院，在教育局系统里是自家嫡系。王新宇有班长天赋，还是沈阳市优秀学生干部，到学校就被当作自己人培养，很快做了学生会主席，入了党，另一位学生会副主席成了他的女朋友，后来成为王婧雅的妈妈。毕业时档案调回大东区教育局，区里另外一所重点高中——沈阳市第一中学看到他的档案，像发现宝贝一样，再不肯撒手了。过二十几年，女儿考到南方，算是未竟念想的实现。

王婧雅不了解父辈那种对南方烟雨迷蒙的向往，她最看重的是离开辽宁，"不想过那种五一、十一放假回家的日子"。

爸妈原本觉得金融类的志愿不错，她不想学，冲着自己对生物的喜好填了江南大学食品学的志愿，又在前面填了香港浸会大学，总之都在很偏南的地方。结果浸会面试没有通过，食品系的分数又少了几分，好在她填了服从调剂，于是终究还是溜着江南大学生物系的分数线去了无锡。

她初中在育才中学，高中在沈阳二中，都是第一梯队的学校，但最终高考的时候她发现，同班同学除了出国的那些，大多数人都留在了北方，出辽宁省的连十个人都不到，去江浙的就更少了。

王婧雅记得那天她和爸爸去看了鼋头渚刚刚开的樱花，太湖边上的著名景点，4月初正是最美的时候。谈话在晚饭后王新宇的酒店房间里开始。照例是一次"促膝谈心"——这是王新宇和王婧雅之间的小仪式：每次他们俩都会坐在床上或者沙发上，谈话开始之前先象征性地碰一下膝盖，完成所谓的"触膝"之后，谈话就开始了。

你看你都18岁了，以后要过什么样的生活，你得自己有想法，爸爸妈妈不能一直决定你的人生是吧。你想想你毕业了是想出国呢，还是想在国内读研，还是想直接工作。要是出国，你想去哪个国家，你都要有什么准备。语言，成绩要求，你都要去了解去研究。还有,你需要爸爸帮你准备多少钱,你要提前和我说。无论去哪个国家我们家都可以负担,只要是你的决定,我们都支持。但是无论你做什么选择,走什么样的路,想要成功,肯定要吃苦的。

这次谈话,王新宇将其定位为一场成年人与成年人之间的对话。虽然在不长的谈话过程中,主要是成年人王新宇在说,成年人王婧雅只是在语气停顿的时候点点头,什么也没有说。谈话结束,她就回了宿舍。

到了王新宇临走前的那天中午,父女俩在无锡三阳广场地铁站地下的小馆子里吃牛肉饭。店不大,人挺多,挺热,地铁运行的声音一直轰隆隆的。吃完饭等着结账的时候,王新宇又提起了促膝谈心说的那个话题,让王婧雅记得好好想想,其余的没有多说。

结完账他们就起身离开了。

据说王婧雅对未来生活的构想萌芽于一部电视剧。名字大家都不记得了,讲的是一群留学生在海外的生活。家里人还记得王婧雅当时对于女主角的热爱,学习好、英文好,据说她当时就立志要像这个女主角一样出国学习。王婧雅不记得这件事。她认为对她的生活规划有巨大改变的事情应该是发生在初三那年,妈妈带她去了上海和香港。

其实上海对我来说,一直都是一个很神圣的地方,初三那年我妈第一次带我去上海,真的是有一种见到了大城市的感觉,高楼大厦的那种,马路上有很多看起来就很贵还很好看的车,就很向往。就想着,以后自己能不能在这里生活什么的。那次旅游还去了香港,基本上也是同样的感觉。当时跟我妈还表达了对这两个城市的喜爱,我妈还告诉我要想在这样的城市生活,要非常非常努力学习才行。

后来,电影《小时代》又重重地击中她一次。"我不喜欢看这种小说,后来假期里同学说想看《小时代》,我也就一起看了。就那一场电影,妈呀,就是我脑海中幻想过无数次的那种场景,然后那个假期就向同学借了小说来读。"

物质的力量强大到令人难以想象。小说里面描绘的上海不仅让她感受到了生活的质量,甚至也让她感受到了生活的压力。"如果你要生活在上海,经济压力大,房子贵,肯定不容易。但我作为一个离将来独立生活还有一点点时间的人,我还是喜欢上海的那种氛围。"

2017年,上海陆家嘴的德意志银行,王婧雅办留学德国前的手续。办完事推门出来,迎面看到东方明珠电视塔高高在上,下面写字楼的星巴克里,吃早饭的人,喝着咖啡,拿着电脑,那一刻,她感觉到幸福。

"心情老好了。"

因为要到上海办各种留学手续,王婧雅自己跑了几趟上海,这成了她自我鼓励的一个来源。每次她都给自己留出大半天时间到处转,除了初中时看到的高楼大厦,高中在《小时代》电影里看到的浮华泡沫,还"看到了不同的人在这个城市过的生活,看到优秀的人有多优秀,努力的人有多努力,平庸的人有多平庸"。王婧雅自称看到城市真实的样子。

她最后总结,是父母在她成长过程中创造的看世界的机会,对她的未来产生了最大作用力。

其实还有一种作用力改变了王婧雅的人生走向。

王婧雅人生第一次正式的选择发生在初中升高中的时候。她在育才的直升考试没有通过,参加沈阳市的统一中考之后考到了沈阳二中。作为当时负责沈阳市第一中学教学业务的副校长,王新宇认为沈阳二中管理过于松散,没有一中抓得紧,应该让女儿来一中旁听——自己作为副校长,能照顾得上;而且离家近。女儿来自己这里,管理更严,高考成绩肯定更好。

王婧雅可不想让这事发生,"千万不要考到爸爸的学校"是她的信念。

小学时,她去爸爸办公室,王新宇的办公桌上摆着监控屏幕,展示着全校各个教室的每个角落。这种设备让她感到害怕,她第一次正式与爸爸探讨了隐私问题。如果到了一中,她的命运只会更惨——"搁家我在你眼皮底下,考这儿来了,我还是在你眼皮子底下。我考完试我还没知道成绩呢,你先知道了。我在你面前就是个透明人了。"

十二年以后,王新宇依然是学校监控录像最高管理权限的拥有者。他被调到五中当校长,终端变成了自己的手机。他向我展示那个软件,画面稍微有点卡顿,可能是网络问题。我们当时在远离五中的一个饭馆里吃饭,他指着一个按钮说,按下去他就可以向全校同学喊话。这套系统如此先进,以至于作为学生家长的大东公安分局的分局长来到学校都要对这套监控设备表示羡慕。

中考录取结果出来之后,王新宇提议让王婧雅保留沈阳二中的学籍,到一中来借读。他还是想在自己的势力范围内做一次努力。王婧雅的拒绝就非常轻松了:从来都只有从不好的学校去好学校借读,哪有从好学校去不好的学校借读啊。

她说,从那时候起,她就不想被人管着。自己做了决定,就不怎么会被别人的建议影响。

王新宇倒不强求。事关女儿的独立,这是大事。

王婧雅从两三岁开始就拥有自己的房间,兴趣爱好也都是自己选择的。家里那栋楼的一楼住着一个钢琴老师,她也想学,妈妈对她说,"这东西不便宜,你可想好",买了就得练。刚开始非常快乐,直到后来开始考级,快乐消失,硬着头皮被妈妈薅着上,算是为钢琴付出的代价。

小时候自己想要煮面条,不知道该怎么做,"我妈就说你想怎么做就怎么做,然后我就凭借着我的印象和想象,成功做了一大锅面糊,哈哈哈,面条放太多了,还煮了超级久。我妈最后还都吃了。反正在家做饭也是一直没人告诉我怎么做,好不好吃最后他俩都会吃光光,不好吃提点意见让我下回改,好吃就夸我。"

王婧雅对那次促膝谈心其实很意外,虽然从小她就拥有能力范围内的最大选择权,但是如此正式且涉及长远问题的谈话还从未有过。她当时的第一反应是惊讶,"我爸会放任我自由生长"。

她是很早就想出国的。还没有高考的时候,她就思考过自己可以去哪些国家。

(1)去美国。一些家里条件比较好的朋友已经去了,"少数越来越精英,多数越来越物质"。王婧雅在说"物质"的时候,似乎指的是享乐主义,而她并不赞成一个人应该全面倒向享乐主义。"我有一个朋友,上海的女生,去美国之后,变得越来越开放,各种夜店,泡吧,拎的都是名牌包。"她有点忌惮美国的环境,"可能身边的人啥样都有。我觉得美国是一个,如果你优秀,你可能也不错,更优秀;不怎么优秀,一般的人,去美国都能去。"

(2) 去英国。优点是读书时间短,缺点是花费比较大。这个志向一直保留到大三,后来之所以没有去成,是因为雅思成绩达不到她想要的标准。

(3) 去日本。这是最早的考虑选项。高考之后她去旅游,觉得同为亚洲国家也许文化上更亲善一些。但她始终对学日语没有热情,于是也就搁置了。

最后她选择了德国。父母感到惊讶:"你咋想的呢?你知道德国在哪儿吗?"

王婧雅决定去德国,是因为入学时院长的一个讲座,内容是院长夫妇一起在柏林留学的经历。这个"长得非常帅"的院长用一场讲座的时间为王婧雅下了一个决定,要去德国留学,她深为讲座打动,"这不就是我想要过的生活吗?"

德国此前从未出现在他们的家庭谈话中。他们谁也不认识去德国留学的人。王婧雅的妈妈还为女儿的时间规划感到担忧:"你去德国学语言得一年,几年能毕业也不好说。德国毕业特别难。你供完了得多大岁数了。一个女孩子搞到三十多岁,还在读书,是不是不太好?"

王新宇的建议是,先去学德语试一试,于是王婧雅就去新东方报了班。根据谈话中的隐形契约,她自己为自己负责的历程这就算正式开始了。

学德语让她想起小时候学钢琴的体验，一开始是好玩，一旦开始考试就压力倍增。大二的时候，为了让向往德国的女儿增加感性认识，家里给她报了在洪堡大学上一个月语言课的夏令营。半天上课，半天去博物馆这样的地方体验德国人文。

她后来到底是通过了去德国留学的审核考试，而差不多同期的雅思没有通过。王婧雅说："感觉在人生的岔路口有人推了我一把。虽然决定是自己做的。"

> 我觉得很重要的一点是，我父母给我自主选择权的前提是，他们会有意无意地给我指引一条更优秀的道路，而不是放任我为所欲为。他们会以身作则，我就会被潜移默化地影响，而不是他们为了图省事就让我想干什么干什么。在同龄人当中，我应该算是自由度很高的人了。当然，这个所谓自由度的度也取决于我的年龄，越长大，自己要承担的就越多。

尽管还需要一段时间才面临读博、找工作之类的问题，但自己想要的目标越具体，王婧雅开始思考的问题就越多。

去南方读大学让她衡量生活的方式发生了一些微妙的变化。"初高中会发现有一些人比你更优秀。但上大学之后，在南方，见到了很多比较好的城市，比较优越的生活，比较向往。包括我身边的一些人，他们在什么阶段，做了什么样的努力，得到了什么样的回报，我都会看到。"

她的父母曾经建议她去高校教书，她认为这种看起来幸福感很强、有寒暑假的工作离自己很远，倒不是故意违逆做教师的父母的意思，而是她知道自己向往外企。

"我天生就喜欢跟外国人说话,跟外国人交流,喜欢做点比较国际化的事情。我也说不好哪来的这种想法。"

进高校需要读博,进外企更需要工作经验。她已经打听好了适合自己专业的公司,诺维信,全球最大的制剂公司,中国总部在上海。她也设想过自己应该做研发之类的工作,也不是出于对研发的热爱,而是对销售这个工种的抵触。

她对销售的认知来自于柏林室友。她和两个室友在做代购生意,她负责采购,两个室友负责直播销售。她看到有一些效果并不好的产品,以一种炫目的方式推销出去,觉得卖东西这件事不是自己想要的。而且推销产品总是差点意思:"我有同学做销售,我觉得跟卖保险也没啥区别,就是卖的东西不太一样。"

王新宇听女儿说起过室友做代购的事,没发表啥意见。自从女儿去国外读研究生,他在心态上要放松很多,以至于王婧雅觉得爸爸变了一个人。

"当父母的吧,都会觉得你从事这个相同职业,以后可以帮得上一点忙。她不选择这个职业,我们是帮不上她的。我们的观点是你丰富你自己,你把你自己做强大了,找工作是你自己的事。"王新宇说。

他语气里没有太多牵挂。"视频跟她妈视频,在柏林住跟在哪儿住没啥太大区别。你搁无锡也是视频。国外也是。"

他们一家都不那么善于表达感情。王婧雅第一次从德国回来,进家门吓一大跳,房间里搞了个气球门,上面还写着"Love"。"爸,你们学校联欢会剩下的气球拿家里来啦?"王新宇说这是她妈妈在淘宝买的,他一个个亲自吹起来。这是他们全家都记得的,最隆重的一次感情表达。

和气球在一起的还有两束花,以及一桌简单的饭菜,每一道都是她最喜欢的。

如今她开始观察父母的状态,母亲在她留学之后开始健身,也研究健康饮食,父亲开始减少喝酒应酬,还和母亲一起长跑。她在未来设想的生活里预留了照顾父母的位置:"我不可能定居在国外,但我会在国外工作个两三年,或者五年。我觉得我是个中国人,不太可能留在德国。再一个,我非常考虑我爸妈就我一个孩子,我也不是多孝顺,我作为一个女儿,爸妈年龄大一些,我不太放心他们自己在国内。"

"我不一定回沈阳,但我可能回上海、大连或北京。我不想离爸妈太远。"

她开始学习理解社会那些"乱七八糟"的事情——即便她不主动理解,她接触到人情世故的频率也比以前多得多:朋友找她帮忙,要不要帮,要帮多少,怎么个帮法……利益是一件麻烦的事情,爸妈以往只是彼此交流,如今也会拉着她一起商量。

回国的时候她见了一位大两岁的朋友,这位朋友已经自己创业。听着朋友聊项目、营收开支以及做生意的各种门道,她觉得对方不是年长两岁,而是年长十岁。

也有朋友依然在和父母的意志斗争。纠缠的依然是要不要去南方工作之类的事情。最终她的朋友没有斗争成功,留在了辽宁,现在又因为工作不顺利而苦恼。

张晓刚第一次出远门是考上大学,哥哥张晓翔护送他去西安报到。两个人都很兴奋,有面包——杨淑霞给他们买了不少,在路上吃。至今在张晓翔记忆中,这还是一个破天荒的大事。

曾慕芝不想让王平考太远。80年代,南方人已经迈出很多步了,对于重工业的、计划经济的、保守的、北方人的、老实的、"一劳本神"的、工人阶级的……种种自以为贴切标签下的沈阳人来说,南方是个充满未知的魔幻之地,每个人都心存去闯荡的梦想,不管是在高考报志愿时,还是工作了几年心怀更大志向之后。这南方有的时候是深圳,有的时候是海南,闲下来的时候可能是他们迷之热爱的江南——全中国的人都相信"上有天堂,下有苏杭"这句话,但好像只有东北人特别相信——在王婧雅这里,它更多的是上海。

王婧雅初三去上海和香港,世界已经在她面前展开了。等到看《小时代》电影的时候,别人的生活和自己对未来生活的想象挂起钩来,这东西应该就是传说中的视野。父辈的同学中,这一步的完成可能要在工作之后,意识到自己的职业身份、职业所能带来的其他附着物,这个时候自我才一点点清晰、完善起来。

王婧雅不担心这一点。她明确知道自己的空间意识,这个空间是自己的,他人勿入的。张晓刚有一个实体版的小仓房,他在里面看书弹吉他,但在整个生活中,他并没有一个自己独立的空间;王平则从来没有在独立空间中自己生活过,一个上铺几乎就代表了他25岁之前大部分时间里的生活状态。在王婧雅那里,两个空间都在,而且,她可以做出选择——她不想在那个被父亲当成透明人的学校里学习,监控是一个需要谨慎对待的存在。她也不想过五一、十一就回到家的省内生活,这眼光并非训练出来的,更多是来自于感悟。让你感悟的机会更是起决定作用的东西。

所以当她看到陆家嘴的时候,她不会感到压抑或害怕,她全身心地觉得这是她的未来生活。

上一辈人把出国放在理想里,想象自己会有一个别样的人生,那简直是人生抗争的一部分。对于王婧雅来说,她轻易地实现了。

上一辈人把南方当成一个奇幻的存在,那是一个异次元的世界,有着与自己相同但又完全不同的人做着未来的事,那里的人有钱、有理想、会生活、讲道理、懂经济……王婧雅亲眼见识了他们,虽然不脱父辈审慎赞叹的目光,但跟陆家嘴一样,那是她生活的一部分了。

上一辈没有选择的权利,因为没有钱,因为更上一辈的"舍不得"。她的父辈已经知道这种目光的局限有多遗憾,他们打心眼里希望自己的下一代有更广阔的未来。

还有独立。

还有享受了发展的红利。

这一切构成了"自我"——当审视自己的时候;也构成了"进步"——当面对社会的时候。

而父辈已经知道了自己的管理所能达到的半径。王新宇说:"她在德国学习,能不能在德国成家,能不能留在那里,回中国能不能回到东北,是不是回到沈阳,我都不知道。假如她愿意去上海,上海房价那么高,我买不起,压力大,那就回东北。想那么远,有些事你是做不了主的。"

第十九章　王医生重入社会

王新宇的那句话王平恐怕不能同意。现在他正在琢磨重新混社会。

让高傲的王平医生屈尊俯就的唯一动力是女儿王子琪的前程。他说这是他的"软肋"。

主动也好，被动也好，王平这一代专业人士，在社会中争取到自己的地位，实现了阶层跃迁，可以与社会保持一定距离，让社会主动来靠近他，"巴结"他，他可以爱搭不理。但是，如果放在更长远的一个时间尺度里——至少包括他女儿的成长和进入社会的这个周期里，光是自己在社会里爬升到一个地位是不够的，社会阶层的完整跃迁，必须包括子女一代的中产阶级化——不能断。他得想着为女儿铺路，而女儿未来的幸福世界，必须以自己的社会资源为前提。

2004年女儿出生，王平早上在产房看到女儿，立马觉得责任重大。他说内心受到了冲击。"我这人对感情和血缘关系更看重一点。我在产房陪了一个礼拜，一直没走。医院有条件，我们住的是高间，单独一个病房，不认识人是约不到的。一礼拜没刮胡子，洗澡喂奶，都是我干。"从此之后，王平认为自己做的所有事，都是为了他姑娘。"没孩子，天天挨累，干啥啊，不缺钱不缺啥的。成人了，没啥打拼的了。我们院有一个副主任，孩子得白血病死了。我有天逗他，为啥不去浑南（注：医大一院的新院区）当主任，他说我去干吗呢，挣这么多钱，干啥啊？"

为了女儿，他得重新"巴结"这个社会。

这种因为第二代而来的担忧是对未来不确定性的更长远的考量，而且看起来好像没有尽头。一个是钱，另一个是对社会资源的分配资格。

在王平眼中，这世界太复杂，以他一个敢想敢干还有一身技艺的人都走得磕磕绊绊，更何况一个女孩子。"你说女孩子做个行政，如果没点背景，不出卖点什么，想爬到处长之类的，挺难。"

为了女儿的前程，必须牺牲自己。

2019年9月，王子琪考到育才双语，正式进入高中生活，距离高考还有不到三年。王平很满意她现在已经开始对自己要求严格，考试成绩也一点点地从前十名往前排。王平说感觉看到了他自己当年的影子。

李丽付出的要更多，每天两个电话与女儿沟通——她和王平都认为这是女儿懂事的表现——王新宇听说这事有点迟疑，半天说了句，"好吗？"

盯着女儿的各种小心思小起伏，每件事对于这个当妈的人来说都是天大的事。这样的好处是每一点点进步，都会让她欣喜若狂，恨不得讲给每个人炫耀，坏处是一旦王子琪有点什么情绪不高的事，全家就会紧张得像天塌下来一样——哪怕是补课的物理老师开了一个王子琪不那么喜欢或难以理解的玩笑，他们甚至会因此而考虑是不是要找物理老师谈一谈，或者干脆换个物理老师。

与学业没有什么关系但同样重要的，还有每天都在长大的女儿要面临的性别意识、女性意识的觉醒。他们可不是生活在真空里，况且学校也会要求每个学生去关心一些他们认为是社会的或者人文的话题，比如关心《小欢喜》那部电视剧……李丽觉得收获特别大，它教会了王子琪如何推己及人，如何去理解一个单亲妈妈，或者未来如何找老公。

这些不是王平所要做的。王平有更重要的任务。现在看来至少可以分解为三件事：一是报志愿，二是准备钱，三是钱的出路。

虽然是两年以后的事，但现在这已经是他们交流的最核心的内容了。2019年的那个暑假，上海台风天。李丽带着女儿王子琪去感受上海。这也是多年来李丽第一次来上海，为此她学会了网上订机票订酒店叫网约车，一切安排妥当。她们按计划去了迪士尼、外滩、东方明珠、自然博物馆，还额外去了武康路。李丽觉得这是最上海的地方，意外的是女儿也喜欢，这更加让她觉得这是一个好的开始。距离高考还有两年，王子琪现在心中属意的目标是上海交通大学。

这交通大学也是一家三口秘而不宣的博弈的结果。

总结下来，这心路历程可不短。李丽和王平本来希望孩子出国，送孩子留学几乎是所有发展中国家中产阶级父母的夙愿，也是他们这辈子事业有成、家庭幸福的最重要的一个标志。但无奈王子琪不喜欢出国，在家中一提"出国"两个字，轻则指责父母"思想落后"，重则筷子一撂，生闷气回房间不吃饭。所以，现在就只有按在国内上学来规划，重新进入拼社会资源的渠道——最终考察的还是他们的社会资源调动能力，这可并不比准备一笔留学费用省力。所以，现在王平不得不再向社会"妥协"。我们从这里可以读到他对社会、对利害关系的理解——当我对这个社会有要求的时候,我是无法守身如玉的。所以,妥协是没有办法而且可以原谅的事。

排在最前面的是不能学文科。学文科找不到工作,除非当老师。王子琪的一个同学父亲是电力口的,按照潜规则,员工子女如果是理工科毕业,可以安排进入电力口,但这个孩子偏偏学了文科,这意味着她再也不能进到电力口了。李丽为不相干的这一家唏嘘了好半天——父母忙活大半生,想帮孩子找工作打个前站,机会丧失了。这是前车之鉴。有一段时间,他们想如果王子琪学文科就让她学法律,学理科就让她学医,充分把父母积攒的资源利用起来,但一是李丽对文科前景没把握,二是王子琪也越来越倾向于理科,所以法律和文科这条路已经不用考虑了。

所以只能学理科。生物医学工程——李丽最初提出这个方案,心中藏着一个小盘算:这个学科如果要深造的话,就要出国,这样就可以实现他们送王子琪留学的理想。虽然王子琪作为一个坚定的爱国者,觉得留学就是不爱国,但王平和李丽觉得留洋意味着他们对女儿的教育实现了终极胜利。

我在旁边揣测,这其中包括了两种成功:一是别人有的当然我们都有能力提供,不能差了这一关;二是留学毕竟是他们那一代人未曾轻举妄动的理想,现在条件这么好,当然要在下一代身上实现。王子琪做了一点功课,还真的有兴趣。李丽和王平看在眼里,心中暗喜。但是,王平又变卦了。有一天与业内人士聊天,王平发现了这个行业的阿喀琉斯之踵:除了做研究,没有什么工作。虽然王子琪有点喜欢这个专业,但是没有工作啊。王平一定想起了当初他想报吉林大学志愿时来自母亲的劝告——曾慕芝说,国家不让你搞科研,你怎么办?

王子琪又对小动物医学感兴趣,终于更靠近王平这个行业了。但这有工作吗?虽然宠物医院有那么多,未来也不会变少,但是,那算单位吗?好像都是个人的企业,个人的医院。他们相信毕业找工作还是得去那种可以称为"单位"的地方,公司不是那么让人放心,私营的宠物医院,在王平和李丽心中还是像靠不住的"个体户"。

想来想去,还是学医比较好。跟最初的那个想法一样。女儿学医,考验王平的时机到了。

交通大学现在似乎是最优的一个选项,它的医学部是数得着的,而且在上海。但如何准备钱,这第二个问题,还是十分考验王平。

虽然刚刚去过上海,但李丽还是低估了上海生活的不易程度。"他说我姑娘一旦要到上海上大学,我们得给她买房。那也够了,几百万。三四万一平,三四百万……我不是说只给她准备三四百万,是买房准备几百万。"

虽然以我的了解,王平一家的经济实力应对女儿未来的上海生活是完全没有问题的,但关键是要负责到哪一步。王平第一次跟我聊起女儿的时候,就表达了他的霸道总裁作风。"给女儿的留学钱?那才需要多少钱。如果喜欢北京上海,得买一套房,一千万够不?不能这个工作不爱干了,然后还得为还房贷着急。不爱做这个工作,还得撅着屁股干,这不行。"

他们似乎不能接受租房住,我们并没有探讨过这个问题,但他们有些时候会暗示这一点,王医生甚至不能接受二手房。上海市中心除了二手房并没有太多选择。新房对消费能力确实要求极高。在另一次聊天时,他还表达过对贷款这种金融行为的反感态度。王平喜欢踏实的感觉,就像他厚厚的大钱包。

"唔，好的地方，一百多平方，王平说过，应该住在市中心，得一千多万，别太涨。"那天与李丽聊到房价，我跟她说，她有点意外，稍微有点黯然。

"我们俩是想，孩子如果上美国，我们就在美国买房。现在看美国更便宜一点。我们还研究过，怎么把这钱倒到国外去。现在我姑娘倾向于去上海，他现在就开始研究上海的房子。我说他就是精神病。"

"我轻易不跟我姑娘谈，将来我怎么给你买房。男的可能和我们想法不一样。我轻易不谈。你都给我姑娘打点好了，我要女婿是干啥的啊？"李丽还是要想得更现实一些。

——王平跟我们的说法是，如果女儿工作不开心，那得想辞职就辞职，他养。

——那他就把我姑娘养成废柴了。我也宠着我姑娘，但是我想至少你得有工作啊。你工作不用太好，我给你买房子得了呗，但你得稳定地工作。学习好，工作好，你能找一个层次比较好的老公……你优秀才能找到优秀的老公。

又回到姥姥当初对李丽潜移默化的影响、如何选一个好老公的问题上去了。好在这问题总的来说还是凭运气，真命天子急不得。可以急的，还在王平的三件事上：志愿、钱、钱的去向。各个实打实。几年之内得搞出眉目来。或者说，即便是优秀老公这么没谱的事，其实也在王平一家的谋划之内。这就是钱之外的社会资源问题了——"你优秀才能找到优秀的老公"，前提是"你优秀"，而"你优秀"的前提是你得上个好学校，毕业的时候能找到好的工作。

王平最近对"好大夫"网站的劲头有变化。他在考虑人脉。给什么人看病，建立什么样的社会网络，这很重要。社会文明进步是从传统的"熟人社会"升级为"陌生人社会"，但对于个人来说，尤其是中国来说，个人进步是把"陌生人社会"变回"熟人社会"。

这可不是什么文字游戏。在中国社会的各种民间研究中，北京上海这些大城市的"好"，被很多人归结为它们是陌生人社会，做什么事不用拼关系，有规矩讲契约，省心，不像"小地方"，屁大点事都需要托人——沈阳不大不小，恰好是屁大点事都要找人的地方。但很快就有犬儒主义社会人士出来泼冷水：北京上海不是不拼关系，是你根本没有到需要拼关系的那个层次。现在，王医生希望能为女儿在行业里先拼一点社会关系。

"如果她学医，我觉得医大挺好，我在这儿的关系都用得上。"这是理想状态，顶多是他多做一点溜须拍马的事，王平已经准备做出个人牺牲。但如果不学医，就得想办法认识更多的人。王平医生的资源就是医院和手术——从这个意义上，二三十年过去，他与母亲曾慕芝所处的"八大员""吃香"那个时代没有什么区别，还是一种"社会资源私人化"的过程，可能有过之而无不及，只是档次略有提升。

> 我不见得有能力做主任，主任到了院长那里也得说小话。我也不是党员。哪个科长来了，处长来了，我愿意搭理你就搭理你，不愿意搭理就不搭理。基本上谁来我面子都给，但我不用巴结你，不用说小话。我没啥求你的。
>
> 我现在突然有一个软肋，孩子。如果三年后我孩子考到医大

了，我现在就得违心，就得跟他们喝酒，拉关系。我是这个圈子里的，我总有点人脉。我现在奋斗一年顶我女儿奋斗多少年？起点在这儿呢。

在王平的理解中，如果要建立起资源，钱是小事，就跟百十来万留学钱总是能攒出来一样。关键是要知道花在哪里，而且要花得出去。"现在学校一年招那么多临床，谁能留在医大？为啥留他不留你？现在留在医大的毕业生不得花个几十万啊？"

他只好重新混社会。

女儿喜欢上海交通大学的医学部，在上海，是个好选择，也算是中国最好的几个医学院之一了。这是一个值得鼓励的事。但未来要回沈阳，除了医大还有什么太好的选择吗？中国医科大学的资源可能才是最重要的。

那么未来是考家门前的医大吗？

王平有无数次数落北方、东北、沈阳在人才上的漠然，在机制上的不透明，在人际关系上的复杂，总畅想着南方多合理，多科学，多给人以希望。只是现在年龄大了，不大好动了。如果30岁可能还好，努力十年，一样可以做到行业里应该达到的地位。

直到有一天，我问，如果现在条件都好，你也只有30岁，你会不会去南方？

他想了想，最后还是说，不会去。

直率与诚实是我们的美德。

这样的命运看起来在下一代身上可能还将持续展开。

曾慕芝当年看王平，舍不得他离家太远。"哭哭啼啼的，就想离家近点。"王平说他妈妈当年就是这样。这时代到底是结束了。王平希望王子琪去美国念书,现在的问题是,王子琪倒是不想去那个国家了。"咱国家这么好,就不想离开中国。"世道轮回。王家完成了一次转换。

现在我们回过头来看整个社会的大背景,几十年的发展,让每个穷小子都有了野心。自己的,和一定要留给第二代的。

美国大萧条锻造了一代人的性格,从穷、稀缺、生计艰难时代走出的人对自己和下一代的财富与幸福有特别的执着。一位叫汤姆·萨顿的律师,曾经历大萧条时期,他在《艰难时代:亲历美国大萧条》中总结自己说:"我算有些势利。尽管钱只是一个象征,但我希望我的孩子们进入这个社会的上流阶层,不必是最上层。他们要知道工作勤奋一点儿,再努力一点儿,就会走得更远一点儿。我们为孩子做了很多。世界上还有一些干苦力的,他们都是很好的人,但这种事情想想就好,那是别人家的儿女要干的。"

这个时候再问王医生,什么是成功?

——相对来说,现在我离成功近。我现在努力一年,可能顶得上我姑娘努力十年。我现在努力一点,可以让她以后别那么苦,少走点弯路。"

——如果通货膨胀呢?

——通货可以膨胀,技术它不会膨胀。我还能干十年二十年吧。我技术不贬值,名气不贬值啊。我跟我媳妇还说呢,我这儿永远挨不着饿。收不到钱,我还能收大米吧?不会挨饿。有哪天钱买不到粮食,也有可能的。

为了女儿的未来,多做手术,充分使用六度空间理论,拼命赚钱,把陌生人社会强制掰回到熟人社会。王平给自己立下了新的目标。

现在来找王平做手术的人,要三周时间才能排完。他已经几乎无法在门诊时接收手术病人,只能给他们推荐别的医生。

少做了不行:"你控制不了一天只做五台。有一天得罪的病人比交下来的病人还多。"

"如果你被这些东西绑架了,那解绑的人也只能是你自己啊。"我劝王医生不必这么未雨绸缪。他难道不应该对自己好一点?一般人这么忙,都需要用各种方式调节情绪或者缓解压力。

王医生对调节情绪这种说法嗤之以鼻:"啥叫调节情绪,抑郁症啊?"他更看不上对自己好点这种说法。"我现在不想对自己好点……你越做越想做到一定程度。你看马云、褚时健、王健林,他们喊累不?厉害的人都是不轻松的。"

没隔多久,他举起手机给我看一个密密麻麻的页面:"你看这'好大夫',一天回复就有五十多个,回起来都烦人。我也就奋斗这三年,等我闺女考上交大,去他奶奶的老子不干了。"

紧张感。一生所为就是要实现阶层跃迁,且保护好这个结果——势力所及,至少要保护到女儿的生活。这是王医生定义的成功。

第二十章　不能独自进晚餐

　　张晓刚如今技术一流，与人为善，如果杨淑霞对张晓刚工作了解得更多一些，肯定会更加得意于自己当初对他工作的安排。这个从小觉得自己会被人欺负的曾经的"奖学金男孩"，母亲、亲戚、邻居眼中品学兼优的好男孩，从中学到大学到三〇一的博士，从学生到医师到教授专家，成了工作领域里最有作为的医生之一。患者点名为他而来，期待他亲自主刀看病，心下踏实。人家叫他"张老师"或者"张主任"，也是发自内心的尊敬。

　　如此，三十年时间已经过去。

　　三十年时间里，张医生和王医生他们完成了阶层跃升，没有在一个社会分化的时代里落下阵来。要知道，在沈阳经过了整个社会的转型、下岗冲击之后，在与他们家庭背景相似、同样出身于工人阶级的人中，失意者人数不少。好好学习，从初中到高中，上重点，考大学——当初杨淑霞、曾慕芝她们的全力支持，成了他们个人奋斗的可能最扎实的基础。

　　学医，实际上是杨淑霞和曾慕芝们朴素的志愿。来自母亲们的直觉也好，来自工人阶级对专业性的迷恋也好，因为对世界和教育了解太少，他们选择了最像产业工人的那种动手能力强，又为社会始终需要的行当——这对于他们来说，无疑是正确的。

尽管过去几十年间，脑体倒挂[1]、医患纠纷等都曾先后出现在生活当中，并成为一种现象，为他们的职业选择蒙上了一层阴影，但从趋势上看，他们选择的是最有前途的职业。很大程度上，情绪化的医患矛盾与整个社会中被剥夺阶层对富裕阶层的敌视态度有关。

更重要的是，他们的选择暗合了需求扩大，而这个行业里有资质的从业者的生产周期又是漫长的，他们在早年间投入的教育时间，获得了实际的回报。

从需求来说，周其仁在《病有所医当问谁：医改系列评论》中做过一个统计："1978—2005年间全国的医院数目仅增加了101%，门诊部所增加了120%，医院、卫生院床位增加了70%（同期人口增加了36%，所以每千人床位只增加了6%）；同期全国医护人员的增加数，医生88%，医师155%，护士多一点，也不过232%。"就是说，相对于卫生总费用增长77.65倍、个人卫生开支增长199.75倍，所有医疗卫生供给方面的变化，并不多。"同期全国诊疗人次增加了也只不过40%。"

真正发生巨大变化的是人的生活质量的提高：

> 1985年全国城镇家庭人均年收入748.9元，人均消费支出673.2元，其中食品开支351.7元，人均医疗保健开支16.7元，分别占全部消费开支的52.2%和2.5%。……20年后，城镇居民家庭人均年收入上升到11320.8元，人均消费开支7942.9元，其中

---

[1] 指脑力劳动收入低于体力劳动收入的现象。——编者注

食品开支占全部消费开支的 36.7%，医疗保健占 7.6%。……农村家庭有类似趋势：1985 年人均医疗保健开支只有 7.6 元，占全部消费开支的 2.4%，占食品开支的 4.1%；20 年后，人均医疗开支 168.1 元，占全部消费开支的 6.6%，占食品开支的 14.5%。

如果以看病难看病贵这些先入为主之见来衡量，医疗开支的增长确实惊人，但如果以恩格尔系数来衡量，以前的穷触目惊心，现在把钱用于医疗保障，是经济增长生活水平提高的标志，而非贵和难的表示。

而这对于张晓刚和王平来说，则是难得的一个巨大的市场爆发，他们恰好进入了这个飞速扩大的市场。周其仁感慨："老百姓花钱买得更多更好的服务，得到更多的享受，也带动收入更快增长，然后乐意有更多的花费，这不正是经济增长应有的含义吗？"

这些时代的大运气给他们带来个人领域的小运气。运气不错的人有的时候会怀疑自己占了人生的便宜，所以王平总是说"贵人"相助——这是一种获得帮助的能力和天分，甚至是某种神秘的力量在发挥作用。

从他们的职业规划上看，他们的母亲都居功至伟。更何况在沈阳复杂而且悲凉的 80 年代到 90 年代大历史中，他们的工人阶级家庭维持了正常运转，与他们长袖善舞的母亲们相比，他们都会觉得自愧弗如。王平偶尔可能会有自负，但觉得母亲不比他现在的社会地位和条件，以当年的资源能把家庭和职业操持得如此顺畅，确有不凡之处。

张晓刚自己也说，学医虽然不是自己最初喜欢的专业，但是有利于他和社会的交往。如果真按照自己的兴趣去学了计算机，没准现在也是"一个只会埋头编程的傻子","可能做得也还行，但那不就跟社会脱节了，是不？"

"社会"是他们一生奋斗和挣扎所最在意的那个标的。

我们不能忽略他们身上可能是最重要的那个"奖学金男孩"的标签。他们最拿手的一件事是：解题。张晓刚一辈子都在解题，小的时候是功课和老师故意让他做的数学题、不喜欢的英语和历史，后来是内科、外科、全科，再后来是神经外科。他们面对一个可量化的指标时，总是可以迅速找到解题办法，轻松赢得头筹。而在不可量化的领域里，他们总是有点疑惑自己的能力，总是有些担忧：自己做得不够好。

没有哪个词比"社会"更难以量化了。所以，对于张晓刚来说，它是一生待解而未解之难题。它不但难以量化，而且根本就是一个没有准确的外延和内涵的词。

"社会"这个词在每个人心里、每个时间段里，都有不同的含义。

在中学的时候，"社会"是一个坏词，那是另外一个"不学好"的世界，学校的所有老师和班主任说到它的时候，更像是在说"江湖"，那些江湖气很重的同学，被称为"很社会"。上学的时候，希望越"不社会"越好，但又要面对"挨欺负"的现实，而霸凌者、欺负人的人，大多是被定义成"更社会"的。

有趣的是，如果这个人更容易审时度势，未雨绸缪——也就是不那么江湖气、不那么莽撞，同样会被称为"很社会"。这种"社会"将持续到更久远的工作岗位上，具体来说，在一个单位里，"很社会"的人通常会把问题想得更严重一些，坏事想得更多一些。而这时候，一个相对来说浪漫一点、江湖义气一点的人，在单位里就会被认为不那么"社会"了。这个时候像王平或者张晓刚都会觉得自己质朴纯真，可不像那些老谋深算的人——上海话里叫"老法师"，北方人称之为"社会老油条"。

如果是老师说一个学生"更社会"，那他可能是指江湖气，也可能是流里流气；而如果在江湖帮派中，说这个人"更社会"，那可能就是一个贬义词。

王平总是想表现自己"很社会"的那一面：对人和事有自己老成持重的见解，审时度势的能力不比那些混社会的人差，这个时候再不屑为之，是最得意的。

"社会"有点像那个段子：上学时不让谈恋爱，一工作就逼着相亲，恨不得第二天就生个娃给他们带。

"社会"的含义复杂，张晓刚始终挣扎在这个社会的评价体系里。

"社会"在这个意义上变得有诱惑力，其成本则是需要用一定智商与别人周旋，获得别人喜欢的或者别人愿意转让给你的一部分利益。说这个人"很社会"，是对他获得资源的能力的褒奖，但其代价或者成本也是，他是一个要从别人那里拿到东西的人。

"能拿到"，在资源稀缺的时代里当然是个值得夸耀的能力。对我们的主角来说，凭借专家身份，他们有机会建立起自己的熟人社会圈。地位跟钱有关，但它不是钱的事，成为有名的专家，肯定比钱带来的尊重要高。专业人士的"利他主义"能带来地位和尊重等其他形式的回报。

张晓刚的"有钱人也愿意有医生做朋友"就是在这个背景下说出

来的:"做医生以来成就感还不错。那不然你这么累是为啥,就是被人认可。到哪里说话别人都挺尊重你是不。都想交个医生朋友。有钱人也是这样的,身边都有几个这样的人。"

这个话题,兰德尔·柯林斯的《文凭社会》也有谈及——我还特意问及张晓刚是否看过这本书,他并没有看过。

> 律师和医生的伦理准则成功地基于上流社会的礼仪建构了一个限制性的圈子,用来避免竞争,从而保持费用高昂。在专业人士中引入严格的伦理准则,总能为他们带来经济和社会地位的提高,并让其他人更难进入他们的圈子。医生能与他们最喜欢的客户——也就是最富有的客户——在地位上平起平坐,这一点也是他们所希望的。因此,他们更强调有教养的上流社会生活方式,而不是唯利是图的作风;他们还强调传统教育,以及用来将非上流人士挡在门外的垄断组织。

这看起来是个全球现象,而且就柯林斯的研究范围和视野所及,从美国独立战争那时候开始,也就是外科医生还没有建立自己的江湖地位、内科医生统领整个医疗界的时候,就已经如此了。

张晓刚虽然没有什么后顾之忧,也不像王平那样会为女儿考虑太多而重新燃起斗志,相反,他经常说自己可以以高级知识分子的身份退休了。但实际情况是,他显然没有放松对自己的要求:"医生这个职业成就感还是挺高的,大家都恭维你。但也有缺点。如果要觉得自己挺好的话,容易自以为是,老以为自己比别人强。正反馈多了也不是特别好。"

因为曾经有过吃饭被宰的经历,二十多年过去了,他依旧认真地张罗吃饭,认真地问你想吃什么,认真地以你的身份来揣测你的喜好,认真地调出他头脑内存中合适的饭店,热情地推荐给你。

在我们接触的过程中,那种"对社会保持一定距离"的清醒一直很隐秘地浮现在张晓刚说的各种话里。比如他很早就知道只要稍微放松一点看病标准,医生就可以给自己纳入很多做手术的机会,也可以带来更多收入;如果在一些合适的地方卖力宣传自己,就可以变得更有名,不光在本院有名,还可以在地区有名,甚至在全国有名,这当然会带来更多的好处。名气对于医生来说,再重要不过。

但是张晓刚仅仅是了解这些信息,基本上无动于衷了十几年。直到最近,他才开始把病情和手术细节更新到朋友圈,显然是在做一种最力所能及的宣传。考虑到宣传的本质——迅速、准确、高效之类——张晓刚的这种营销方式仿佛让人看到了一个书呆子蹭着自己的鞋尖,迟疑地在一个大门口徘徊的样子。

但张晓刚还有另一种努力——看起来和发朋友圈一样维持在自己的自尊和原则范围之内,虽然效率不高,但是总算在执行:吃饭。

请客吃饭是社会上的一件大事。现在他热情地参加同学聚会,前些年管理不那么严格的时候,同学朋友来了,医疗系统的同行来了,他都会张罗起来。而且,张晓刚还把它上升到一个高度。这种努力可以一言以蔽之,"不能独自进晚餐"。

这是他不知道从哪个公众号里学来的一句话,经常用来提醒自己离那久远的人生目标、从小的短板,还有很长的路要走。

张晓刚用这句话来告诫自己,要时刻注意融入社会。

我搜索这句话时，倒是发现一本叫《别独自用餐：85%的成功来自高效的社交能力》的书。书的作者基思·法拉奇据说出身于一个贫民家庭，从给人当高尔夫球童开始，省悟人生，得出人际交往和人脉对个人成功的重要性——在寻求和接受别人帮助的同时，也热情地帮助其他人，由此形成了自己的社交圈。毫无疑问，这是本鸡汤励志书。

你认识谁有时候比你是谁，还要重要。

如果你的关系网里联系人的差异越大，那么你的社交力量也就越强。

你不能一个人到达目的地，实际上，你根本就走不了多远。

任何领域的成功，尤其是商界，都在于与人共事，而不是反对和提防。

当今世界，基本的硬通货是信息，一个范围广阔的关系网是使我们成为各自领域思想领跑者的最可靠方法之一。

要建立这样的一种社交关系，不是一朝一夕能完成的，所以绝不能临时抱佛脚。一种成熟而稳定的关系是需要不断维护的，想要得到别人的信任和帮助，需要自己一点一点去铺垫。

听起来也确实非常鸡汤。当张晓刚与哥哥离开家，踏上去往西安的火车，杨淑霞叮嘱过张晓刚如何与老师和同学相处：不要小气，要请大家吃饭，要合群，差不多就是要进入社会了，这社会跟在家里不一样，跟上中学也不一样。社会里有利益冲突，如果不懂社会的规则，很有可能就会挨欺负。

张晓刚显然记得这些，他很容易就会在这种耳提面命的教诲中学习,迅速掌握要领。开学不久的中秋节,他主动出击,请同宿舍的人吃月饼和水果,一共也没花几个钱,这可能是他独立面对社会之后的第一次主动适应社会的行为。

  张晓刚和王平在对社会的憧憬和担忧中,走到了现在。现在大半人生过去,他们会发现很多可以量化和不可量化的目标,量化的目标容易实现,比如要有多少钱,比如在40岁的时候评个正教授之类。量化目标实现了就实现了,实现不了,评估一下,会被迅速放弃。难的是不可量化的那些指标,比如成为一个更"社会"一点的人,在社会上混得更如鱼得水一些,这些东西很难用数字去衡量,最后就会变成为终身目标——如果他是一个上进心很强的人。

  对于王平来说,一想到女儿未来的资源与前程,他就会马上督促自己赶紧"社会"起来。

  对于张晓刚来说,则是不能独自进晚餐。

说明及感谢

伊险峰

做这本书，源于对中国四十年社会变化的兴趣。这变化太快，总要有一个来龙去脉。

我是两位主角张医生和王医生的初中同班同学，高中同校不同班，上学时算得上相当熟悉。中学毕业后，我与他们没有来往，直到在毕业三十年聚会上重聚，我有了一个想法：这一代人是中国四十年改革开放的受益者，而他们生活的沈阳在这个历程中处境复杂——从计划经济时代最重要的重工业城市到一个落伍者，有强大的失落感。落笔之时，东北和东北人的身份也颇为外界所关注。种种原因，令我觉得这是一个有趣的选题。

至于做的过程，更有一些发现。有两个觉得还不错的见解：

一是工业型城市，轰轰烈烈就建起来了，迅速地工业化，以为完成了城市化，但实际上城市化并没有完全建立起来。沈阳的整个80年代到现在，都是城市化进程的一部分。劳动力成本上升，工业肯定是要转移的，必定要填补些东西进来。如果你是个港口、政治中心、金融中心，可能还会好一点；如果你不是，那就悬了。这是工业革命以来工业城市的共同特点或者命运。光靠喊振兴没有用。

二是"工人阶级"和"沈阳"这两个词作为定语时的通用性和可替

换性。这些观察，受益于一些前辈的研究。在理查德·霍加特、保罗·威利斯等人的著作里会看到他们对英国工人阶级的田野调查，与我们所见相似之处颇多。其实，不论是路内的小说还是刁亦男的电影，很多时候题材并非取自东北，但只要是工人题材就有一种东北味道。那不是东北和沈阳，那只是工人阶级。近年，兴起了一种"东北伤痕文学"，或者叫"东北文艺复兴"，其背后真正的动力是那个消逝的群体——产业工人的记忆。

另外，我还受益于欧美对城市士绅化的研究，广义上说，是城市转型的研究。在学习若干前人著作之后，我发现，工人阶级在城市转型中的牺牲的例子，在美国有锈带，在中国有被称为"中国锈带"的东北。当然，研究中国单位的田毅鹏，研究社会转型的孙立平，研究90年代改革的马立诚、凌志军等前辈，都让我们受益匪浅。沈阳就是单位的标本，不论是态度还是单位人，不论是以传统单位为基础的社会解组还是今天原子化的结果，他们的研究对现在我们看到的世界都有很多启发。

在中国，工人阶级或者叫产业工人群体，与计划经济相关。沈阳是前工业重镇，在采访之前，这些标签仿佛都是信手拈来，但与我们个人生活有什么关系，其实不甚了了。确切地说，真正对沈阳有一种认识——甚至严重一点说，有认知和感情——是在启动采访之后，更主要的是在对张医生的父母、兄妹、叔叔，王医生的母亲、妹妹、太太和女儿做了若干访问之后。

他们离我有一定的距离，我可以带着职业的目光去审视他们，但我也会设身处地地想象他们的思考和决策。在这个过程当中，我感受到的东西超过我在沈阳生活二十年所感受到的。

我还感受到工人阶级这个概念从模糊到清晰——此前它之于我只是个教科书上的术语，从未在我的生活中出现过，但在采访过程当中，它很实际地出现，并且表现出很强的存在感。

两位主人公的人生被规划也好，或者借着模糊的目标去努力也好，就是在逃离这个阶级，用我们现在的话叫"阶级跃升"。对于个人来说，这当然是好事——虽然理查德·霍加特可能会视之为"背叛"，但就像我们在感谢这个时代时所表达的，这是"进步"。

在写作中，我还带着两个觉得还算有趣的疑问：为什么沈阳这个在 80 年代就已经是城市化水平最高、产业工人最多的省会城市，到了 90 年代之后，其代表形象反倒是乡土形象的赵本山？产业工人以纪律性和服从为特色，不那么友好的地域派观察家还会觉得东北有不抵抗和日据历史，平白无故多了一个"奴性"标签，那么为什么他们会有那么强烈的"社会"性，甚至现在"社会人"的形象基本上是按东北人的形象来设计，这又是哪里出现了问题？

我基本上是按两位主人公各自的成长来规划内容，有一些我认为的关键节点，可能会对其一生造成影响。从这个意义上来说，它是一个成长的故事。而从更广泛意义上来说，我们会看到他们以知识分子的自我认知，去努力适应社会，甚至是成为"社会人"的过程。对他们来说，有一些是艰难的选择，有一些看起来则是无意识的选择，家庭、社会、教育甚至职业都在其中发生作用。进入社会是一个终极选项，得到社会承认，才能获得自我认知、尊严、成功。有的时候它超过了职业所带来的成就感。

这是个问题吗？如果从他们各自的成长来看，似乎不是什么麻烦。但如果从社会总体成本来看，可以探讨的东西可能会更多。

早在十年以前，我会觉得最重要的是商业，这东西会带来创造力、民主、文明，也承诺了思维方式的变化。十年后，觉得不是这么回事，或者不完全是。变化取决于另外一些东西。

比如对待贫穷者的态度。在一本记录墨西哥城工人阶级的书《桑切斯的孩子们：一个墨西哥家庭的自传》里，奥斯卡·刘易斯引用 C. P. 斯诺的话说："我有时候很是担心，富裕国家的人们完全不知道贫穷是什么滋味，我们甚至没法或不想去和那些运气欠佳的人说话了。我们务必要学会这一点。"

在我们的生活中充满了成功人士、中产阶级之后，我们身边有多少是"运气欠佳的人"？我们大多数时候是忽略的。

这就是我想要重新去看待的一些东西。

在这个领域里，我是新手。

当年，我曾经在一位出版界闻人王大路老师门下谋事，像所有年轻人一样，做了两个月之后发现有另外的机会，自此就离开了出版业。大路老师临别赠言说，你，患得患失。一针见血是他一贯的风格。这事我一直记在心上。

做学术，讲究大胆结论小心推断，要说什么，斩钉截铁，你得向你的读者表现出自信。

做媒体非虚构，有的时候更接近于文学，难免会觉得海明威的冰山理论是有趣的，有些东西待读者自己琢磨。其间好像是有矛盾的。

所以，就会想起患得患失这事。没想到此处体现出来了。

采访，是由杨樱负责的，她问的许多问题引出一些精彩的答案，并帮助我们一起深入受访者的内心世界，这是我不擅长的。

四不像的作品，有些东西我相信它是有趣的，而且值得更深入地思考。这算是我们开始练起来。但愿以后能有提高。

所以，感谢前辈学人的种种启发，是最应该的事。

感谢李海鹏和王昕。我们曾经在一个大学里学习。他们是我多年的朋友，与我们分享了很多他们对世界和社会的看法。我们愉快的聊天持续多年，每一次都值得记忆。这一次，我偷偷地录了音，如果时光倒流，过去经年的聊天都能记录，那将是一件有趣的事。

特别感谢王新宇。初中时他与张医生、王医生和我是同班同学，且担任班长。高中时他继续与张医生和王医生同班，继续做班长。有趣的是，现在他是我们的母校沈阳五中的校长。从幼时，他就有不一样的见识和气度，如今亦然。

当然，最应该感谢的是张晓刚医生和王平医生，以及他们家庭的所有成员。他们为我们提供了所有的故事，坦诚友好，善良而且……伟大——这并非源于他们的开诚布公，而是源于他们对这个世界的态度。出于谨慎的考虑，最后时刻他们选择了化名，我们尊重他们的意见。

前人所思所学，让我们可以稍微跳开一点去看沈阳，看人性如此相通，社会如此固执，一步一步须臾不能跳跃，没有弯道超车这回事——有的时候看故乡沈阳，会觉得悲观，有的时候是释然，乐观倒是谈不上。

这个变化是否画上了句号，是暂停还是终止，眼下不好说。

关于整本书的分工，第一、三、四、六部分，由我执笔，第二、五、七、八部分由杨樱执笔。最后由我统稿。我们曾经为各自的语言风格和行文中不可避免出现的第一人称"我"而颇费踌躇,最后决定还是任性一点,带着各自的眼光来记录。这可能会带来一些困惑,只好寄希望于读者的宽容。

图书在版编目（CIP）数据

张医生与王医生 / 伊险峰，杨樱著 . -- 上海：文汇出版社，2021.11（2022.1 重印）
ISBN 978-7-5496-3655-6

Ⅰ.①张… Ⅱ.①伊… ②杨… Ⅲ.①纪实文学－中国－当代 Ⅳ.① I25

中国版本图书馆 CIP 数据核字 (2021) 第 196737 号

张医生与王医生

作　　者 /	伊险峰　杨　樱
责任编辑 /	何　璟
特邀编辑 /	王宇昕
封面设计 /	周伟伟
封面绘画 /	王　宁
内文制作 /	张　典
出　　版 /	文匯出版社

上海市威海路 755 号
（邮政编码 200041）

发　　行 /	新经典发行有限公司
电　　话 /	010-68423599　邮　箱 / editor@readinglife.com
印刷装订 /	山东韵杰文化科技有限公司
版　　次 /	2021 年 11 月第 1 版
印　　次 /	2022 年 1 月第 5 次印刷
开　　本 /	640×960　1/32
字　　数 /	390 千
印　　张 /	17

ISBN 978-7-5496-3655-6
定　　价 /　68.00 元

敬启读者，如发现本书有印装质量问题，请与发行方联系。